pulp
master

Thor Kunkel, 1963 im „Kamerun", einem eher berüchtigten Viertel Frankfurts (a.M.) geboren, ist der Autor von *Endstufe* (2004), *Ein Brief an Hanny Porter* (2001) und *Das Schwarzlicht-Terrarium* (2000). Nach dem Studium der Bildenden Künste u.a. in San Francisco arbeitete er als Regisseur in London, ab 1992 in Amsterdam. Er lebt heute als freier Schriftsteller in Berlin.

THOR KUNKEL

kuhls kosmos

pulp master

pulp master
Band 27

Erschienen bei PULP MASTER, Berlin

Originalausgabe
Erste Auflage 2008

Herausgegeben von Frank Nowatzki
Lektorat: Angelika Müller
Redaktion: Ute Nowatzki,
Heinz Scheffelmeier
Cover: 4000
Vignette: Gerda Bakker/Thor Kunkel
Autorenfotos: Hagen Schnauss, Cynthia Berger
Umschlaggestaltung und Layout: MM-Grafomat
Druck und Verarbeitung: NORHAVEN, DK-Viborg

ISBN 978-3-927734-41-8

Bibliografische Information Der Deutschen Bibliothek.
Die Deutsche Bibliothek verzeichnet diese Publikation in der Deutschen Nationalbibliografie; detaillierte bibliografische Daten sind im Internet über http://dnb.ddb.de abrufbar.

www.pulpmaster.de

Widmung

Dieses Buch ist meinen drei lebenslangen, unersetzlichen Freunden gewidmet: Johannes P. Huth, auch genannt Mister Negativ, the London Boy and original Superjock, (Remember 1979? Seems like yesterday, Buddy.)
Mike Pagliosa alias Mike Vamp alias Artist Unknown, the musical genius and avantgarde-creator, stets zuverlässig und bereit mit mir neue Wege zu gehen.

Und Norbert Heinz, dessen Weisheit mich bis heute berührt (Yours sincerely, Brother Sir.)

Eine liebevolle Verneigung gilt meiner Lektorin Angelika Müller, die es fertigbrachte, die semantischen Atome von *Kuhls Kosmos* auf höhere Umlaufbahnen zu schießen. Ich wünschte, jeder Autor hätte so eine großartige Zusammenarbeit im Lektorat.

Ich danke der Schweizer Literaturstiftung Lieselotte Diers für die freundliche Unterstützung beim Schreiben.

Ferner waren zu unterschiedlichen Zeitpunkten unentbehrlich: Gerda, meine Mutter Gudrun, mein Bruder Thomas, meine Schwester Siggi, meine langjährigen Freunde Ulrich Otto und Enno Dünnebier, meine APG-Freunde ebenso Christian Alvart, Boris Schönfelder, Ariane Eggers, Nikolai Vogel, Markus Gertken & the divine Mary Mills, Dorothea Westpfahl und – last not least – mein Verleger Frank Nowatzki.

A big hug to you all!

Inhalt

kuhls
KOSMOS

Am Anfang wurden wir falsch verstanden.
Wir hatten nie die Absicht, die Leute einem
Inferno auszusetzen, das sie unglücklich macht.
Bitte, niemand ist gezwungen, in eine Disco
zu gehen, geschweige denn dort für immer zu bleiben.
– DANTE ARRIGO, Innenarchitekt von »Studio 54«, 1979

Zum vorläufigen Stand der Ermittlungen

Ich fragte einen Armen, wie es ihm gehe; er antwortete:
Wie einem Stück Seife, ich werde immer weniger.
– JONATHAN SWIFT

An einem farblosen Januartag des Jahres Neunzehnhundertachtzig, zu einem Zeitpunkt, als die Gründer des legendären Studios 54 in New York vor Gericht standen, abwechselnd Volksreden hielten, den Senat beschimpften und die Würde des Präsidenten mit Füßen traten, an diesem Tag wurde Mario *Rio* Bravo auf dem Griesheimer Friedhof, nicht weit von seinem ehemaligen Arbeitsplatz, einer Chemiefabrik in Mainufernähe, beerdigt. Auch Sonny und Ilse zählten zu der überschaubaren Trauergemeinde.

Ilse hatte Klein-Harry, ihren Sohn, bei »Muttern geparkt«, er war ohnehin seit Tagen am Zahnen und hätte nur die Zeremonie gestört.

Ein Pfarrer fabulierte von unergründlichen Wegen des Herrn und der Auferstehung im schönsten Kleide. Sonny konnte sich kaum mehr das Lachen verkneifen, so bizarr empfand er das Katholengeschwafel.

Ein Pharmastricher hat die Kurve gekratzt, dachte Sonny. Was war daran unergründlich?

Er reckte seinen Hals um zuzusehen, wie sie den Fichtenholzsarg abseilten, doch irgendeine Schulter raubte ihm in letzter Sekunde die Sicht, dabei war er auf seinen höchsten Kloben – den alten Gary-Glitter-Tretern – erschienen!

Ilse schluchzte vor sich hin oder hickste, was auch gepasst hätte, denn sie hatte auf dem Hinweg zum

Leichenbegängnis getrunken. Verlaufene Wimperntusche zog sich beidseitig der Nase wie eine Rußspur zum Kinn. Ilses stoßweiser, nach Martini riechender Atem war deutlich zu sehen und Sonny spürte die Wärme in ihrem Körper. Unter dem Mini trug sie schwarze, schillernde Strümpfe. Je länger der Pfarrer sabbelte, umso öfter dachte Sonny daran, sie nach Ende der Vorstellung hinter einem Grabstein im Stehen zu nehmen. Mit dem Tod konfrontiert, hatte er immer eine unerklärliche Geilheit empfunden, als wolle er den grimmen Schnitter verhöhnen.

»Wie lange noch?«, fragte er Rios Mutter, die zufällig neben ihm stand.

»Er ist doch schon weg«, antwortete sie. Ihre Augen nahmen einen trüben, glasigen Ausdruck an, als ob es in ihr dämmere. »Mein Junge ist im Himmel bei unserem Herrn Jesus Christus.«

»Ach so.« Sonny hatte endlich einen freien Blick auf die Grube. Die Kiste war bereits verschwunden, ein Sargträger scharrte genervt mit dem Fuß.

»Glauben Sie das eigentlich wirklich?«, hakte Sonny nach. »Ich meine, vielleicht gibt es da oben ja gar nichts. Kann doch sein. Den lieben Gott ham se auf'm Mond nicht getroffen.«

»Gott wohnt nicht auf dem Mond«, sagte die Mutter, »sondern im Himmel. Bringt man den jungen Leuten denn gar nichts mehr bei?«

Sonny bleckte die Zähne, doch verbiss sich jeden weiteren Kommentar.

Als die Totengräber ihr Handwerk begannen, saß er bereits in Ilses auf Hochglanz poliertem Wagen, den sie im

Wendehammer für Begräbniskutschen abgestellt hatte.

»Dumme Schnalle«, Sonny versuchte, den ewig verdrehten Gurt aufzudröseln, »da sieht man's mal wieder, alles, was ein Loch hat, ist kaputt!«

Ilse runzelte die Stirn, sehr lange sogar, doch dann drehte sie den Zündschlüssel und parkte mit der ihr angeborenen Ruppigkeit aus.

Trotz des kinetischen Schubs fühlte sie sich in diesem Moment alt und verbraucht. Eine alleinerziehende, frisch geschiedene Mutter mit einem schlecht gehenden Fitness-Studio am Hals, das war sie rein statistisch gesehen. Auch die Bank saß bisweilen im Nacken, denn in den letzten Monaten hatte sie die Raten für die Hypothek kaum mehr aufbringen können. Sonny hatte sie dagegen gerne am Hals. Obwohl sie ihn ebenso wenig liebte wie ihren Lincoln Continental, so wäre es ihr doch schwer gefallen, auf ihn zu verzichten. Als Mann verkörperte er den kleinen Unterschied unter dem Vergrößerungsglas.

Selbst wenn sich Liebe nicht in Maßeinheiten ausdrücken ließ, noch gab es keinen Ersatz für Kubikzentimeter, eine Weisheit, die sie einem Muscle-Car-Magazin ihres Exmannes verdankte. Wenn sie ehrlich war, und das war sie nur selten, hatte ihre Ehe nur deshalb Schiffbruch erlitten.

Langsam fuhren sie an der Friedhofsmauer entlang. Vor dem Portal lungerten noch ein paar bräsig wirkende Trauergäste herum, eine etwas größere Menschentraube hatte sich dagegen um einen halb auf dem Gehweg geparkten Laster der US-Army versammelt. Gerade kletterte ein junger, ganz in Weiß gekleideter Farbiger aus der Kabine, einen riesigen, mit goldenen Bändern geschmückten Trauerkranz in den Händen. Der Typ sah aus, als ginge er zu einem Mafia-Begräbnis.

»Sieh mal, da drüben ist Eddie«, entfuhr es Sonny.

»Und er ist wieder zu spät«, sagte Ilse. »Was meinst du, soll ich anhalten?«

»Aber, *baby*«, rief Sonny, »ich habe einen Schluss-Strich gezogen, hast du das vergessen? Kein erwachsener Mann würde sich mit einem Typen wie Eddie abgeben.«

Die Nasen stur nach vorn gerichtet, rollten sie einfach vorbei.

»Er winkt uns nach, siehst du das?« Ilse warf einen schnellen Blick in den Seitenspiegel des Wagens. »Kannst du mir eins verraten? Warum muss er sich selbst zu diesem Anlass wie ein Zuhälter kleiden?«

»Das ist sein *ghetto style*«, kommentierte Sonny, »so sind die *nigger* halt drauf. Die Kugel, die Rio erwischt hat, trägt er jetzt um den Hals.«

»So?«, schnaubte Ilse. »Dann ist er noch bescheuerter, als ich dachte.«

»He, *baby*, sag, was du willst, aber es stimmt: Das Miststück von einem Bleiklumpen steckte in einem *speaker*. Der alte Stompie hat es erst bei den Aufräumarbeiten entdeckt. Meinte neulich, das Knacken, das er um Mitternacht gehört hatte, hätte wohl doch natürliche Ursachen gehabt. Ich meine, er war kurz davor, einen Exorzisten zu rufen. Doch dann hat er die Kugel aus dem M-16-Gewehr gefunden und alles war wieder paletti. Super-*low*, wenn du mich fragst.«

»Was ist daran super-*low*?«, fragte Ilse, die Sonnys Disco-Slang insgeheim hasste. »Und woher will Eddie wissen, dass es *die* Kugel war? In der Zeitung stand, ein G.I. hätte wild um sich geschossen. Eddie ist ein

Hornochse, und wenn du ihm glaubst, dann bist du ein noch größeres Rindvieh!«

»Lass uns mal sachlich bleiben.« Sonny spürte ein Unwetter aufziehen und rückte vorsichtshalber so weit es ging von ihr ab. »Buddha Schmidt hat die Flugbahn der Kugel rekonstruiert.«

»Wie? Doch nicht etwa der große Buddha Schmidt, Saufaus und letzter Baccara-Fan der Nation?«

»Logen, genau der.« Sonny machte eine hilflose Geste. »Außerdem gibt es noch einen verdammt merkwürdigen Zufall: Die Seite der Box, in der die Kugel steckte, war ja über und über mit Platten beklebt. Und jetzt rate mal, welches *cover* die Kugel erwischt hat!«

Ilse zuckte die Achseln.

»›Born to be alive‹«, sagte Sonny. »Die gute Maxi aus Glitzervinyl! Kein Witz. Es waren noch Blutspritzer drauf.«

»Das will nichts heißen.«

»Aber, *baby*, es war Rios Lieblingsplatte!« Sonny hielt einen Moment inne, denn die Plattenhülle, die Patrick Hernandez vor einem krude gepinselten Seestück zeigte, hatte ihn immer an verdorbene Meeresfrüchte oder Salmonellen erinnert.

»Das ist doch kein Zufall.«

»Rio war zu gut für diese Welt«, seufzte Ilse.

»Da täuschst du dich aber.« Sonny schüttelte entschieden den Kopf. »Rio war *creepy*, er und sein bester Freund Kuhl, dieses abartige Aas. In der Schule nannten wir sie immer die Gestörten vom Block. Sie waren nicht normal, verstehst du?«

»Hör schon auf.« Ilse begann, linkisch ihre Augen zu wischen. »Rio war schon in Ordnung.«

»In Ordnung?« Sonny zog sein Lid nach unten, so dass sie das Weiße vom Augapfel sehen konnte. »Kuhl hatte vielleicht einen Schatten, aber Rio hatte einen, der konnte sogar reden. Behauptete er jedenfalls. Eines Abends ist mir Rio auf der Camberger Brücke begegnet, direkt am Schotterpark, wo sie die neuen Gleise verlegen. Es war schon spät und über dem Bahnhof hing dichter Nebel. Ich hörte auf einmal Schritte und, na ja, da kam er mir entgegen. Das heißt, eigentlich hatte ich gar keine Schritte gehört, sondern Zähneklappern, von weit her schon. ›He, Mann‹, hab ich gesagt, ›wie geht's‹? Du weißt ja, wie freundlich ich bin. Aber er hat einfach durch mich hindurchgestarrt. War wohl auf *trip* oder so und da hatte er meistens seinen drei Meter großen unsichtbaren Kumpel im Schlepptau.«

Ilse holte einmal tief Luft, sehr tief sogar.

»Seinen was bitte?«

Sonny schluckte. »Na, dieses ... dieses Ding. Er nannte es Gestaltwerther oder so.«

»Sonny!«

»Frag Eddie, wenn du mir nicht glaubst! Wir wussten alle Bescheid.«

»Und da habt ihr nichts getan?«

»Was denn – etwa Rio bei den Bullen verpfeifen? Außerdem hatte er dieses Ding nur erfunden, um sich wichtig zu machen. Ich meine, er hatte ja sonst nicht viel, womit er angeben konnte. Seine Plattensammlung vielleicht, aber das war's dann auch schon.«

Ilse schüttelte den Kopf. »Kaum ist er unter der Erde, schon ziehst du über ihn her.«

Sonny konnte beim besten Willen keinen Zusammenhang sehen, aber er hatte sich vorgenommen, den abgeklärten Tröster zu spielen.

»Weißt du, *baby*«, er hauchte ihr einen Kuss in die Armbeuge, »der Tod ist die natürlichste Sache der Welt, er gehört zum Leben. Ich meine, es ist normal, dass wir sterben. Rio hat den Bogen überspannt und ab morgen bringt ihm der Maulwurf die Post, das ist alles.«

»Schluss«, sagte Ilse. Die ersten Siedlungshäuser vom Kamerun waren in Sicht und ihre Weißwandreifen holperten über die schlecht geteerte Straße.

»Und ich dachte, ihr wart Freunde.«

»Freunde?« Sonny schenkte ihr einen mitleidigen Blick. Wenn sie grübelte, war sie unausstehlich. Er nahm sich vor, an irgendeiner Pumpe noch eine Flasche Asti Spumante zu kaufen und ihr gründlich das Gehirn einzuweichen.

»Ein erwachsener Mann hat keine Freunde«, stellte er schließlich klar. Und da er sich auch aufs Süßholzraspeln verstand: »Gäbe es nicht die Frau, die er liebt, er wäre mutterseelenallein auf der Welt.« Beiläufig tätschelte er ihr rechtes Knie. »Ist dir auch so kalt, *baby*? Wenn wir zu Hause sind, werde ich erst mal den Jacuzi anschmeißen und dich so richtig verwöhnen.«

»Ein andermal«, sagte Ilse. »Manchmal denke ich, ich bin nur mit dir zusammen, weil du am durchtriebensten bist.«

Kann schon sein, dachte Sonny. Über seine Beziehung zu Ilse war er sich restlos im Klaren: Jeden Abend schob er sich eine Brustwarze in den Mund und still und selig vor sich hin nuckelnd, dämmerte er in den Schlaf.

Ihre Schwangerschaft war jetzt anderthalb Jahre her und doch benahm er sich noch immer wie der Milchbruder seines Stiefsohns.

Sie hatten gerade eingeparkt, als Sonny einen dunkelgrünen Ford Capri bemerkte. Der Wagen rollte im Schritt-Tempo an ihnen vorbei und hielt dann in der nächstgelegenen Einfahrt. Sonny konnte die Zivis förmlich riechen.

Den Jüngeren der beiden kannte er vom Sehen: Schnauzbart, Dauerwellen, Jeansjacke mit Pelzkragen und ockerfarbene Stiefel – eine Geige vor dem Herrn! Gelegentlich tauchte er im X-Body-Center auf, mühte sich mit einer Langhantel ab und versuchte, Ilse mit Räuber-Pistolen zu imponieren. Angeblich hatte er die Drogenszene Frankfurts im Griff, Percy Quäl nannten sie ihn.

»*Hi.*« Sonny machte ein sinnloses, aber allgemein akzeptiertes Finger-über-Kreuz-Zeichen.

»Platzer, Kriminalpolizei«. Der Ältere präsentierte seinen Dienstausweis. »Herr Sonnfried Lattmann? Wir hätten ein paar Fragen an Sie.«

»Dann fragen Sie mal«, sagte Sonny.

»Auf der Wache«, sagte der Bulle. »Ich muss Sie leider bitten, mit uns zu kommen. Es liegt da ein Verdacht gegen Sie vor.«

»Verdacht?«, fragte Ilse. »Hat er schon wieder einen Strafzettel nicht bezahlt?«

»Hallo, Ilse.« Percy Quäl sah verlegen zu Boden. »Dein Freund hier scheint in ein Kapitalverbrechen verwickelt zu sein. Sieht nicht gut aus für ihn.«

»Kapitalverbrechen?« Sonny versuchte ein belämmertes Lächeln. »Aber ich hab doch gar keine Aktien.«

Der Alte schüttelte wie ermattet den Kopf. »Komm schon, der Kommissar wird dir alles erklären.«

»Wahnsinn!«, japste Sonny. »Du, Ilse, ruf die Polizei! Sofort! Das ist Freiheitsberaubung!«

»Spar dir die Fisimatenten!« Percy stieß Sonny unsanft gegen den Wagen. »Du wirst uns freiwillig begleiten, hast du verstanden, du halbe Portion?«

Wie in einer amerikanischen Verballhornungsserie von Recht und Ordnung drehte er Sonny den Arm auf den Rücken und führte ihn ab.

»Es kann länger dauern«, sagte sein Partner. Er wandte sich noch einmal um. »Ich würde sein Abendessen vorsichtshalber warm stellen, Fräulein.«

Sonny, der sich auf einen schweinischen Nachmittag im Jacuzi gefreut hatte, starrte wie betäubt vor sich hin.

»Ich glaub, ich bin im falschen Film«, stellte er fest. »He, das wird es wohl sein!«

SZENE

Untertitel: Frankfurt am Main, Polizeipräsidium, 3.1.1980

Grelles Licht. Ein orangefarbener Plastikstuhl vor schmuddeliger Raufaser.

SONNY, *bis auf die Unterhosen ausgezogen, setzt sich auf den Stuhl. Seine Gesichtsmuskulatur imitiert immer wieder drei, vier stereotype Mienen: Heiter. Erwartungsvoll. Verstört. Ungläubig. Einmal winkt er scheu in die Kamera.*

SONNY: »Hat mal jemand 'ne Lulle für mich?«

Jemand reicht ihm aus dem OFF eine Zigarette.

SONNY: »Nett von Ihnen. He, Sie – is das 'ne Eintracht-Krawatte?

(Pause) Hab ich gleich gesehen.«

Im OFF fällt eine Tür ins Schloss. SONNY *steckt sich die Zigarette in den Mundwinkel.*

SONNY: »Hat hier vielleicht noch jemand Feuer?«

Eine Tür öffnet sich – diesmal energisch – und ein Feuerzeug flammt auf.

SONNY: »Die Firma dankt, Meister.«

Er raucht den ersten Zug auf Lunge und hustet.

SONNY: »Starker Tobak. Roth-Händle?«

Er hält sich die Hand über die Augen, als würde ihn das Licht blenden, und blickt direkt in die Kamera.

»Sie heißen?«, fragte die Stimme.

»Das wissen Sie doch«, sagte Sonny.

»Wohnhaft?«

»In Frankfurt, Kamerun. Mal hier, mal da.«

»Kamerun?«

»He, soll das heißen, Sie haben noch nie von unserem Viertel gehört?« Sonny machte ein paar fahrige Bewegungen. »Kamerun grüßt den Rest der Welt.«

»Was sind Sie von Beruf?«

»Beruf?« Sonny hätte um ein Haar Rammler gesagt, aber er hielt sich zurück.

»Unternehmer«, sagte er dann.

»Und was unternehmen Sie, wenn man fragen darf?«

»Was soll'n das werden, Jungs? Heiteres Beruferaten?« Sonny suchte nach den passenden Worten. »Ich arbeite in einem Sport-Studio, mit gleitender Arbeitszeit, gleich hinter der Opel-Brücke.«

»Heißt das, Sie sind überdurchschnittlich fit?«

»Stimmt.«

»Sie trinken nicht?«

»Keinen Tropfen.«

»Und Sie sind Nichtraucher?«

»Sie haben's erfasst.«

Die Stimme machte eine kurze Pause.

»Und was tun Sie da gerade?«

Sonny betrachtete die Kippe in seiner Hand. »Schitt.«

»Sie scheinen nervös zu sein.«

»Und wenn? Die Hetzmeute hat mich verschleppt.«

»Gehen Sie noch einer nebenberuflichen Tätigkeit nach?«

»Sind Sie schwerhörig?« Sonny – innerlich und äußerlich ohne jede Perspektive – blinzelte in die Lampen. »Wollen Sie mir nicht endlich sagen, worum es geht?«

»Lassen Sie es mich einmal salopp formulieren: Haben Sie jemals mit Waffen aus den Beständen der US-Army gehandelt?«

»Waffen?« Sonnys Mund trocknete schlagartig aus. »Nicht dass ich wüsste.«

»Nicht dass Sie wüssten.« Die Stimme schien sich im Flüsterton mit jemandem auszutauschen. »Kannten Sie Harry Griggs, den Mann Ihrer Freundin?«

»Flüchtig«, sagte Sonny. »He, wissen Sie, was mir gerade einfällt? Harry hat manchmal Anspielungen gemacht, er könnte Knarren besorgen.«

»Mit Sicherheit sogar. Sehen Sie, Harry Griggs, ein angesehener SPEC-4 der Army, hat uns nach seiner Ausreise eine fünfseitige Selbstanzeige geschrieben.«

»Tzzz, jetzt bin ich aber überrascht. Ich meine, dass Harry in der Lage war zu schreiben, alle Achtung.«

»Den Komiker-Auftritt können Sie sich sparen. Griggs belastet Sie schwer. Sein Brief schildert im Detail das Unwesen von Waffenschiebern der 1st Armored Division. Einer von denen hat Ihren Freund Rio auf dem Gewissen.«

»Und – haben Sie den schon verhört?«

»Nein. Als Angehöriger der Army wurde Danny

Abraham Rosen nach der Tat sofort an die MP überstellt und hat Deutschland inzwischen verlassen.«

»Typisch.« Sonny konnte es nicht lassen zu stänkern. »Einen Killer lasst ihr laufen, aber bei mir macht ihr einen auf Starsky & Hutch!«

»Wo waren Sie am Abend der Schießerei?«

»Im Bett«, sagte Sonny.

»Gibt es dafür einen Zeugen?«

»He, nicht frech werden, ja?«

»Oh, Verzeihung: Gibt es eine Zeugin?«

»Sicher, meine zukünftige Frau, Ilse Griggs.«

»So. Was, glauben Sie, ist in dieser Nacht im Ali Baba's passiert?«

»Das Übliche.«

»Sie meinen Drogenexzesse und kriminelle Delikte?«

»Ma langsam, Herr Oberhauptkommissar ... «

»Nun, wir haben zwei Dutzend Aussagen von Leuten, die behaupten, Danny Rosen habe auf ein – ich zitiere – ›fliegendes Monstrum‹ gefeuert. Eine Zeugin, die sich noch immer in psychiatrischer Behandlung befindet, gab Folgendes zu Protokoll: ›Es schwebte im Trockeneisnebel unter der Decke. Ich dachte erst, es sei nur ein Gag, aber dann streckte es seine schwarzen Fühler aus und ich spürte den Tau des Todes auf meinem Gesicht.‹ Ich würde sagen, so etwas beschreibt nur jemand, der verdammt *high* war, oder nicht?«

»Wo Sie Recht haben, haben Sie Recht.« Sonny nickte zustimmend. »Würde sagen, die Dame hatte eine schwere Hazillula... Hallizuna... «

Halluzination ist ein schwieriges Wort, wenn man in Unterhosen auf einem Plastikstuhl sitzt, geblendet vom Scheinwerferlicht und in der Gegenwart eines Bullenrudels, das einem etwas anhängen will. Sonny nahm neuen Anlauf.

»Für mich klingt das nach dem gepanschten *acid*, das Rio von Karl Fußmann bezogen hat. Vielleicht hat der eine Lokalrunde geschmissen, wer weiß.«

»Konnte er nicht. Fußmann hatte am 18. Dezember 1979 einen kleinen Unfall, den er nicht überlebt hat. Er ist ohne erkennbaren Grund in die Leitplanke gerast.«

»Ja, stimmt, habe ich ganz vergessen. Ich meinte ja nur.«

»So, so, Sie meinten ja nur.«

»He, waren Sie eigentlich schon mal in Fußmanns Kellerlabor?«

»Das steht auf einem anderen Blatt. Sie sitzen hier, weil wir gerne wüssten, wer in Frankfurt einen Handel mit gestohlenen Waffen betreibt. Über die Hehler gibt es eine interessante Stelle in der Selbstanzeige von Harry Griggs. Hören Sie zu: ›Die Nutte und ihr Zwerg leiteten das Tagesgeschäft.‹ Können Sie sich vorstellen, wen er damit gemeint haben könnte?«

Sonny schob seine Unterlippe leicht vor und schüttelte unendlich langsam den Kopf. »Keine Ahnung, *sir*, die Beschreibung trifft auf niemanden zu, den ich kenne.« Worte, wie in Stein gemeißelt. Er hatte den Eindruck, dass jemand hinter vorgehaltener Hand lachte.

»Wie Sie wollen. Dass Sie Danny Rosen kennen, haben Sie vorhin schon zugegeben. Kannten Sie nicht auch Anton Kuhlmann?«

»Kuhl, ja, logen.« Sonny spürte, wie sich das Netz enger zog. »Hör'n Sie mal, Sie machen einen großen Fehler. Wollen Sie, dass ich Herrn Bossi einschalte? Herrn R. Bossi aus München?« Sonny hatte kurz zuvor über den Anwalt der Schönen und Reichen gelesen und hielt Rechtsprechung seitdem für eine Frage des Geldes. »Was ihr hier macht, ist Folter und Kindesentführung!«

»Ihre Aussage wurde zur Kenntnis genommen, okay?« Der Polizist räusperte sich. »Was ist mit Private 3rd Class Edgar Logwood, auch Eddie genannt? Haben Sie ihn nicht vorhin auf dem Friedhof getroffen?«

»Stimmt nicht«, ächzte Sonny. »Ich habe kein Wort mit ihm gewechselt.«

»Wie klug von Ihnen.« Die Ironie in der Stimme war nicht zu überhören. »Wir haben nämlich die Anzeige eines Offenbacher Disco-Besitzers: Logwood habe ihn vor drei Monaten mit vorgehaltener Knarre bedroht. Was haben Sie dazu zu sagen?«

»Dass ein Frankfurter einem Offenbacher nie etwas glauben sollte! Das sind alles Kuffnucken!« Später entschied sich Sonny, Kuhl alle Schuld in die Schuhe zu schieben. »Der Arsch suchte einfach immer und überall Streit.«

»Und deshalb haben Sie ihn später beseitigt?«

»Beseitigt?« Sonnys Stimme klang höher, als würden ihm gewisse Teile gequetscht. »Wie kommen Sie denn da drauf?«

»Nun, hier habe ich ein paar Fakten für Sie.« Außerhalb des Lichtkreises begann jemand geräuschvoll zu blättern. »Am 19. November wurden zwei einschlägig bekannte Kriminelle in einem Parkhaus erschossen. Kopf- und Herzschuss aus nächster Nähe. Die Tatwaffe: Eine 9 Millimeter. Der einzige mutmaßliche Zeuge war damals ein junger Nachtwächter, Ihr Nicht-so-guter-Freund Kuhl. Sehen Sie einen Zusammenhang?«

»Verdammt, nein.«

»Sie mochten diesen Kuhlmann nicht besonders, ist

das richtig?«

»Niemand mochte Kuhl«, sagte Sonny. »Es hieß, er hätte seinen Alten auf dem Gewissen. War 'ne richtig miese Geschichte, ich meine, jeder weiß doch, dass was nicht stimmt, wenn ein Toaster in eine Wanne reinplumpst, wo der Vater noch drin sitzt. Kuhl hat darüber sogar Witze gemacht. Sein Alter hätte auf dem Rücken ausgesehen wie ein frittiertes Wienerwald-Hähnchen.«

»Beantworten Sie nur meine Frage!«

»Ich hätte mich nie mit diesem Kotzbrocken einlassen sollen.«

»Das ist das erste ehrliche Wort, das ich von Ihnen höre. Harry Griggs schreibt nämlich, dass Kuhlmann Sie abgelinkt habe. Und dass Sie sauer gewesen seien, richtig sauer. Haben Sie Kuhlmann deshalb um die Ecke gebracht?«

»Harry *Mothertrucker* Griggs«, Sonnys Hände krallten sich in seine Knie, »so eine Ratte – «

Er brach ab, denn das Tuscheln im Hintergrund machte ihn nervös.

»Jetzt seien Sie mal vernünftig.« Der unsichtbare Inquisitor schien eine neue Schraube gefunden zu haben. »Finden Sie es nicht merkwürdig, dass Leute, die Sie kennen, ganz plötzlich verschwinden?«

»Ich finde eine Menge Dinge merkwürdig, aber ich habe mich an diese Dinge gewöhnt.« Es hatte nichts mit Mitleidstour zu tun, was Sonny jetzt sagte: »Sollte ich eines Tages verschwinden, würde das auch keinen scheren.«

»Aber Sie sind nicht verschwunden, sondern Kuhlmann und zwei Türsteher derselben Diskothek, deren Besitzer wiederum Ihren Namen im Zusammenhang mit einem

Raubüberfall nannte. Was für ein merkwürdiger Zufall!«

»Das finden Sie merkwürdig?«, murmelte Sonny. Der Lichtkreis schien sich um ihn zu drehen.

»Sehr sogar. Und dass ein mehrfach ausgezeichneter Spezial-Offizier der US-Army Sie als Drahtzieher einer Waffenschieberbande bezichtigt, das finde ich sogar ober-merkwürdig!«

»Ich habe seine Alte gebumst«, platzte Sonny heraus. »Reicht das als Erklärung?«

»Ich bin noch nicht fertig, Sonny-*boy.*« Die Stimme holte einmal kurz Luft.

»Anton Kuhlmann verschwindet also irgendwann im November. Der Ihnen bekannte Mario Bravo erstattet am 9. Dezember eine Vermisstenanzeige und wird drei Wochen später erschossen. Die Tatwaffe? Eine als gestohlen gemeldete M-16 aus Beständen der USAEUR. Kaliber .5.56. Der Schütze? Wiederum ein Bekannter von Ihnen. Nun frage ich mich, kann es sein, dass die Komplexität dieses Falls meinen Horizont übersteigt, oder klingt das nicht alles ziemlich bizarr?«

Sonny bewegte den Kopf hin und her.

»Ja, ich würde sagen, das Ganze klingt ziemlich bizarr.«

Die Stimme machte eine wohlbemessene Pause. »Ich weiß das, Sonny. Ich wollte nur hören, ob Sie das auch wissen. Dabei habe ich Ihnen das Allerbizarrste noch gar nicht erzählt. Wir haben gestern eine Waffe im Garten Ihrer Freundin gefunden. Und Einschuss-Spuren neben ihrem Balkon. Wer könnte Sie beide wohl im Visier gehabt haben?«

»Was ... wie bitte?« Sonny glaubte, er hätte einen Gehörsturz erlitten.

»Das ist die Waffe.« Jemand reichte Sonny ein gestochen scharfes Schwarz-Weiß-Foto. »Eine Benelli mit Schalldämpfer, ein ausgesprochen seltenes Stück.«

Mothertrucker, dachte Sonny. Er musste an die letzte Neujahrsnacht denken, die verdächtigen Geräusche am Fenster und Ilses Verdacht, ihr Ex würde da draußen in der Dunkelheit lauern.

»Zum letzten Mal – «, eine Hand landete plötzlich auf Sonnys Schulter, »packen Sie endlich aus. Wir haben mehr als genug Beweise, um Sie dingfest zu machen.«

»Ding ... fest?« Sonny ließ das Foto fallen. »Sie bluffen doch nur«, sagte er dann und stand auf. »Das Ganze ist eine miese Racheaktion von einem frustrierten Typen, um mich in die Pfanne zu hauen! Harry war in dieser Nacht am Durchdrehen, weil ich mit Ilse – na, Sie wissen schon.« Am Rande des Nervenkaspers brachte Sonny noch ein groteskes *WINNER-smile* zustande.

»In der Neujahrsnacht hat er uns mehrfach telefonisch belästigt. Fragen Sie Ilse, wenn Sie mir nicht glauben. Die Waffe, die Sie gefunden haben, gehörte eindeutig Harry.«

»Können Sie beweisen, was Sie da sagen?«

»Denke schon.« Sonny sah zum ersten Mal Licht am Ende des Tunnels. »An der Knarre werden Sie meine Fingerabdrücke nicht finden. Sie haben nichts gegen mich in der Hand, und jetzt möchte ich meinen Anwalt sprechen, und zwar sofort.«

Das Licht ging an und irgendjemand reichte Sonny ein Handtuch.

»Alle Achtung, das waren die vollen zwölf Runden.«

Ein Schnauzbart im Skipulli setzte sich Sonny gegenüber.

»Herbricht«, sagte er. »Kommissar Jörg Herbricht. Ich danke Ihnen für Ihre Geduld. An der Benelli waren tatsächlich nur die Fingerabdrücke von Griggs. Damit sind Sie raus aus der Reise, das war's. Wenn Sie sich beeilen, sind Sie zum Abendessen wieder bei Mama.« Erst jetzt bemerkte er die Pfütze unter Sonnys Stuhl.

»Heiliger Strohsack«, sagte Herbricht, »warum haben Sie nichts gesagt?«

Wahrscheinlich dieses peinlichen Vorfalls wegen fühlte er sich verpflichtet, Sonny nicht nur eine Unterhose zu leihen, sondern ihn auch nach Hause zu fahren.

»Es ist der merkwürdigste Fall, den ich je hatte«, sagte Herbricht im Auto. »Eine Menge Leute verschwinden oder werden ermordet. Und wir wissen nicht, was dahintersteckt. Noch mysteriöser, wenn Menschen sich mir nichts, dir nichts in Luft auflösen. Wir gehen davon aus, dass es da draußen noch immer einen Mörder gibt, der frei herumläuft und jederzeit wieder zuschlagen könnte.« Er streifte Sonny mit einem verdammt scheelen Blick. »Dass Sie es nicht sind, war mir von Anfang an klar, aber ich wollte Ihnen mal auf den Zahn fühlen.«

»Das haben Sie getan«, fiepte Sonny, »und wie.« Ein Beamter aus der forensischen Abteilung hatte ihm sein kleines Malheur in einen luftdichten Beutel verpackt; den knautschte er ununterbrochen zusammen.

»Sie waren meine letzte Chance«, sagte Herbricht. »Außerdem wollte ich mir mal wieder vor Augen führen, dass ich ein abgebrochenes Psychologiestudium mit mir herumschleppe. Ab und zu überkommt es mich dann.« Er wischte einmal über die beschlagene Scheibe. »Um ehrlich zu sein, ich weiß nicht, ob sich diese Chose je aufklären wird. Es gibt kein Motiv. Da leben ein paar Menschen jahrelang völlig unauffällig in ein und demselben Milieu und plötzlich schlägt der Tod wie mit der Fliegenklatsche dazwischen. Eine Art Massensterben setzt ein und niemand hat dafür eine Erklärung.« Der Anblick der Galluswarte, die als ein Kameruner Wahrzeichen gilt, ließ ihn einen Moment den Faden verlieren. Ein Krähenschwarm flatterte um den Turm und plagte die Wartenden an einer Haltestelle mit seinen Kotbömbchen. Sonny lachte kurz auf, als er die grellweißen Tupfen bemerkte.

»Manchmal denke ich, dieser Kuhlmann ist die Schlüsselfigur«, fuhr Herbricht fort. »Ich habe ihn damals, nach dem Blutbad im Parkhaus, gewarnt, aber er wollte nicht hören. Vermutlich hatte er die Täter erkannt und geglaubt, sein Schweigen würde ihn schützen. Dem Anschein nach hatte er sich wohl verkalkuliert.«

»Soll das heißen – «, Sonny suchte nach den passenden Worten, »soll das heißen, auch Kuhl wurde von denen ermordet?«

»Ganz sicher.«

»Und seine Leiche?«

»Vorläufig beurlaubt.« Herbricht schmunzelte vor sich hin. »Entschuldigen Sie, aber so nennen wir das intern, wenn eine Leiche noch nicht aufgetaucht ist.«

»Aber wieso sind Sie so sicher?«

»Es gibt keine andere Erklärung«, apostrophierte der Kommissar.

»Wissen Sie«, fügte er hinzu, »ein Mensch verschwindet nicht wie ein Stein, der ins Wasser geworfen wird. Er zieht nicht einfach ein paar Kreise und dann ist alles wieder still. Wenn ein Mensch verschwindet, hinterlässt das eine

Art Ruch in der Luft. Aus einer Todesvermutung wird eine gefühlte Gewissheit und ein erfahrener Kriminalbeamter weiß dann Bescheid. Kuhlmann ist tot, mausetot. Glauben Sie mir.«

1
Einzellerblüte

Ich wünschte, dass es das Alter
zwischen dreizehn und dreiundzwanzig
nicht gäbe oder dass die Jugend diese
Jahre verschliefe; denn in dieser Zeit
geht es nur darum, Mädchen zu schwängern,
den Alten vor die Köpfe zu stoßen,
es geht nur ums Stehlen und Kämpfen.
– SHAKESPEARE

Das Leben, wie es sein sollte I

Am letzten Morgen des Jahres 1979 erwachte Kuhl mit dem schlimmsten Brummschädel seines Lebens. Er fühlte sich dehydriert, wie Schrumpel-Synthetik aus der Trockenschleuder. Der salzige Geschmack auf seiner Zunge ging in ein fast schmerzhaftes Sodbrennen über, ein Brennen, das jeder vom Kotzen kennt.

Batteriesäure, dachte Kuhl. Seine Batterie war jedenfalls heillos hinüber, denn er war letzte Nacht wie nie zuvor unter die Räder gekommen. Automatisch tastete er nach seiner Uhr: Viertel nach fünf, Bahama *big time.* Sein innerer Taktgeber tickte dagegen noch immer nach den mittleren Breiten.

Jeden Morgen erinnerte ihn das Schlafzimmer erneut an das Gemach eines Paschas: Aus dem Baldachin hingen goldene Troddeln bis auf die satinbezogenen Kissen herab. Die zerwühlte Spielwiese grenzte an einen Whirlpool. Am Beckenrand erkannte er leicht verschwommen einen Spiegel, Geldscheine und die Reste des weißen Pulvers, mit dem er sich die Nase gepudert hatte.

Coca war auf den Bahamas billig wie Läusepuder, nicht zuletzt weil Kolumbien mit seinen schneebedeckten Tälern vor der Haustür lag.

Kuhls Blick wanderte zu einem dunklen Fleck in den Gardinen. Vor Tagen war dort, zwischen den Gazefäden, der Todeskampf einer Fliege zu Ende gegangen. Kuhl fragte sich, wann die kleine Staubfee, die er gelegentlich traf, den Kadaver beseitigen werde. Ob er ihr mal einen Tipp geben sollte? Oder gleich einen Tritt in den Arsch?

Unschlüssig richtete er sich auf. Unten, am Strand, veranstalteten die Wellen das alte Rein und Raus der

Gezeiten in einem schäumenden Riesenteller derselben blaugrünen Tinte, die angeblich zwei Drittel der Erde bedeckte. Jeden Morgen klebte zittrige Gischt auf den Felsen, als hätte sich dort Moby Dick oder irgendein anderer Walfisch ergossen.

Hula, dachte Kuhl. *Wow, yip, low low low.* Die Hula-Bazille hatte er erst kürzlich im Golfklub aufgeschnappt. Ein älterer Snob pflegte es nach jedem halbwegs gelungenen Putt über den Rasen zu brüllen, mit Golfer-Jargon hatte es dennoch wenig zu tun. Kuhl war das Wort auf Anhieb sympathisch gewesen; hatte er doch früher in Frankfurt – aktiv und unter Einsatz seiner Gesundheit – selbst im Winter Hula-Hemden getragen. Jahrelang war er hula gewesen, ohne von dieser quasi-ontologischen Bedeutung zu wissen. Jetzt war alles hula für ihn: Mädchen, schnelle Autos, exotische Cocktails, selbst Naturkatastrophen, wenn sie denn sein mussten.

Die See war auf jeden Fall hula, und selbst wenn es nicht Hawaii war, sondern ein anderer Sandbuckel im Ozean, das Element blieb dasselbe. Mühsam baute er sich ein paar Kissen ins Kreuz.

Die Villa war voll automatisiert. Angefangen von der elektrisch schließenden Einfahrt bis hin zum beheizbaren Hochdruck-Whirlpool, es lief so ziemlich alles auf einen Knopfdruck hinaus.

Über den Palmen wurde es hell. Ein paar Seevögel kreisten schon in der Luft. Wo sie niederstießen, lagen ein paar größere Yachten vor Anker.

Big time, dachte Kuhl.

SZENE

KUHL *schwebt vom Bett langsam zur Decke*: »Lasst mich euch kurz vom irdischen Glück und den Verheißungen dieser Insel erzählen. Geld scheint sich hier in Luft aufzulösen, vielleicht liegt es an dem feuchtwarmen Klima, vielleicht auch nicht, doch bevor ihr es wisst, habt ihr eine Menge Kohle verplempert. *funky* Nassau – oder *nighttown*, wie die Leute hier sagen – ist ein teures Pflaster. Die Nachkommen der Piraten nehmen es von den Toten, den Halbtoten und den Lebenden, je nachdem. Selbst Hunde müssen für die Überfahrt zwischen den Inseln bezahlen.

Ich war kein armer Hund mehr, jedenfalls hatte ich den Eindruck, die Zwangslage meines Daseins habe sich drastisch gebessert. Mein Leben war plötzlich eine Maxi aus Glitzervinyl und *funky* Nassau war Disneyland pur. Wenn ich ausging, landete ich stets in einer Disse mit 5-Sterne-Lokal, picobello, wenn ihr wisst, was ich meine, und hinterher gab es *high life*, worunter ich nicht mehr und nicht weniger als unbegrenzte Nuttenfinanzierung verstand.

Schon der Schlitten in der Einfahrt hatte mich fünfzigtausend gekostet. Ein alpinweißer Dodge Challenger R/T, 70er Baujahr, genau wie in »Vanishing Point«. Der Verkäufer erzählte was von dreihundertfünfundsiebzig satten Pferden, der Wagen sei ein Traum, »Hengst-Power«, kein Rost, nirgends, wegen dem trockenen Klima, ein gut erhaltener rostfreier Traum, sagte er immer wieder, aber ich wusste es besser: Der Wagen war ein riesiger, schneeweißer Dildo und ich würde ihn Mama *nighttown* in den Arsch stecken und sie damit grün und blau prügeln. Tatsächlich hatte ich viel zu tun, ich meine, vielleicht ging ja die halbe Stadt auf den Strich und es hatte sich rumgesprochen, dass ich in einem Palast wohnte und nicht knauserig war.

Es war wirklich wie im Film, nein, wartet, es war so, wie das Leben sein sollte: *mellow*, super-*mellow*, super-abnorm-*mellow* sogar, im Unterschied zu ultra-super-abnorm-*low*, was die meisten von euch mit Wohlbefinden verwechseln.

All die hässlichen, grauen Störstreifen vor meinen Augen waren verschwunden, das Blockschaltbild hatte aufgehört zu bestehen. Ich lebte plötzlich im Licht, sah Konturen bis auf die zartesten Teile scharf umgrenzt und wunderte mich, wie viele Farben es gab. Glaubt mir, Schönheit war schon immer ein physikalisch-chemisches Erzeugnis und daher eine Frage des Geldes.

Ich weiß nicht, wie viele Lakaien zu meiner Bleibe gehörten, sie waren selten zu sehen, schlichen sich wie Heinzelmännchen ein und brachten die Dinge auf ihre Weise in Ordnung. Top-Service. Großartige, devote Naturen. Sie wollten wie Dreck behandelt werden und da waren sie bei mir an der richtigen Stelle. Zehn Riesen kostete mich der Zirkus im Monat.

In meinem Vorgarten gab es ein Riesenplanschbecken, ein echter Wohlstandsteich war das, so fünfhunderttausend Liter, gechlort und immer auf achtundzwanzig Grad temperiert. Natürlich war ich bisher nicht einmal geschwommen, aber es war beruhigend, das Ding da draußen stand mir zur Verfügung. Hätte ich reinpissen wollen, vom Beckenrand, es wäre okay gewesen. Ja, es war gut, dass ich hier wohnte, hier auf Paradise Island, und nicht in einem Sozialbauknast in *downtown* Kamerun, es war gut, dass ich ein Mörder war und kein Fernsehmann, kein Notdienstler, der nur gerufen wurde, um irgendwo eine defekte Röhre aus der Glotze eines verkackten Rentners zu schrauben.

Junge, Junge, in Gedanken spielte ich manchmal durch, was noch alles hätte schieflaufen können. Ich hatte vier Männer erschossen oder genauer gesagt dreieinhalb, dem einen von ihnen hatte ich vorher die rote Gurgel gezogen, mit einem kleinen Skalpell. Glaubt mir, er war schon tot, bevor ich ihm den Gnadenschuss gab, doch auch ohne dies solltet ihr nicht leichtfertig den Stab über mich brechen: Wäre das alles in Kriegszeiten passiert, hätte ich einen staatlichen Auftrag gehabt wie jeder Soldat, ich hätte wahrscheinlich noch einen Orden bekommen. So aber war ich nichts weiter als ein Mörder und ich schätze, die Richter hätten nicht verstanden, dass ich mich in einem lebenslänglichen Kriegszustand sah, einem sozialdarwinistischen Irrsinnssystem, einer elenden Ebene des Determinismus und dass ich wie ein guter Soldat der Evolution gehandelt hatte. Jedes Raubtier muss damit rechnen, an eine noch aggressivere Lebensform zu geraten, und genau das war den Männern, die ich ausradiert hatte, passiert. Leider war die Welt noch nicht reif, um mich zu verstehen, und bevor die Sache zu heiß werden konnte, hatte ich mich still und leise verdünnisiert.

Die Hälfte meiner Beute hatte ich inzwischen verprasst. Vier Wochen, länger würde es nicht mehr reichen. Alle paar Tage fuhr ich zu meiner Bank und wechselte ein paar Scheine, es war kein Risiko, denn für Personen mit ausländischem Wohnsitz gab es hier keine Währungskontrolle. »*A little offshore banking*«, wie der Manager nachsichtig meinte; er wusste, das Geld schmolz hier wie Eis in der Sonne. Schön, ich hätte es auf ein halbes Jahr strecken können, aber dann wäre es so gewesen wie früher, in meinem Block, wo es auch nur darum ging, irgendwie über die Runden zu kommen.

Vier Wochen also. Ich hatte nicht darum gebeten, geboren zu werden, und wenn es am schönsten ist – na, ihr wisst schon –, sollte man gehen.«

Er hatte nicht den Vorsatz gefasst, sich umzubringen, es hätte nicht zu ihm gepasst, irgendwelche Vorsätze zu fassen und sie dann in die Tat umzusetzen. Seiner Meinung nach reichte es, sich zu öffnen, aus der Deckung zu kommen, zu zeigen, dass man bereit war, der Tod würde schon einen Weg finden. Es war so, als ob man aus dem Haus ginge und daran dächte, dass man nicht mehr zurückkommen werde.

Fünf Uhr zwanzig: Schon wieder fünf Minuten vorbei, von einer Gnadenfrist von vier Wochen.

Was soll's, dachte Kuhl. Alles Organische läuft auf die Zersetzung hinaus: Milch, Käse, Wurst, Menschenfleisch. Was bleibt einem anderes übrig, als in der Zwischenzeit zu schmerzstillenden Mitteln zu greifen?

Zwei dieser Mittel lagen neben ihm: Sie schliefen noch, und wenn er die Bettdecke hob, konnte er die erstklassigen Fleischwaren sehen. Für den rasierten Freudenspender hatte er hundert Dollar bezahlt, die Krusselmütze gab sich mit einem Heckpfennig von achtzig zufrieden; zusammen hatten sie ihm – nach zähem Handeln – einen Freundschaftspreis eingeräumt, doch dann auf seine Kosten wie die Hölle gekokst. Erst als er die blauen Flecken an ihren Armen und Knöcheln entdeckte, begriff er, was er sich da ins Bett geholt hatte: Junkie-Nutten, das alte *bummin' & cummin'*... im Dutzend billiger, dachte Kuhl. Deshalb haben Typen wie der Sultan von Brunei so viele Muschis. Alles hängt offenbar mit den Lebenshaltungskosten der Biester zusammen.

Die Bahama-Mama murmelte etwas im Schlaf, es klang wie ein Fluch.

Kuhl befürchtete, sie würde plötzlich die Augen aufschlagen und ihn als Erstes nach ihrem Namen fragen. Verlegen setzte er seine Sonnenbrille auf, hoffte, es werde ihm helfen, ein paar Erinnerungsmoleküle aufzuwirbeln.

Brandy? Brenda? Brezel? Es war wie ein Silbenrätsel, das er nicht lösen konnte – Dämon Wodka! –, er hatte ihren Namen vergessen.

Sie war mager, fast knochig, *lean'n'mean* – was nicht unbedingt ein Nachteil war für eine Bettakrobatin. Durch die dunklen Gläser erschien ihm ihr rechtes Schulterblatt wie die verkohlte Schwinge eines Engels. Dass sie keiner war, soviel wusste er noch. Eher ein exotischer Vogel, der schrille Laute ausstieß.

Black pussy, dachte er, genauer gesagt süßsaure, angebackene Pflaume, wenn man geschmäcklerisch ist.

Er hätte sie auch Kongo-Schlitzficke und Fulanie-Nussknackerin nennen können, denn er hatte für alles bezahlt.

Die blonde Schnalle hatte ihn schließlich zum Orgasmus geritten. Vor allem anderen hatte sie sich vornehm gedrückt. Kuhl stufte sie als F.A.N.T.A. ein – *Fuck And Never Touch Again*, ein Jock-Terminus für Frauen mit schlechtem Atem. Jedenfalls war sie weit von dem entfernt, was er unter SUPERNUTTE verstand. Er hoffte, sie würde noch vor dem Frühstück verschwinden.

Nutten, die dumme Fragen stellten, waren nicht jedermanns Sache, und sie hatte schon zum Einstand dumme Fragen gestellt. Als er sich ausgezogen hatte, war ihr seine Knarre aufgefallen: Italienerin, das neueste Modell aus Pietro Berettas Stall, extrem hula, wie seine alte Bleispritze, die er ein paar Tage vor seinem Abflug im Main versenkt hatte. Als ob er eine Katze oder ein anderes kleines Tier ertränkt hätte, so kam es ihm immer noch vor. Die neue Bella war noch jungfräulich, roch nach Waffenfett, er konnte es jedenfalls riechen. Der Schlitten, eng gespannt wie eine minderjährige Büchse, lief wie geschmiert.

Jeden Morgen spielte er so mit ihr, zielte auf den Fernseher, die Bettpfosten, den Ventilator an der Decke und die Schäfchenwolken am Himmel. Manchmal peilte er auch Seevögel an, Yachten und Propellermaschinen. Genau das hatte er der Blonden gesagt.

Das farbige Mädchen nieste plötzlich im Schlaf. Es war ein kurzes, hartes Niesen, als wäre bei ihr alles verstopft.

Er nahm das rote Samtkissen, das er ihr nachts untergeschoben hatte, hielt es vor die Mündung. Das Kissen hatte einige unappetitliche Flecken, aber als Schalldämpfer war es gut zu gebrauchen.

In aller Ruhe zielte er auf ihr Gesicht.

Sie würde nichts merken, rein gar nichts. Der Tod würde sie im Schlaf nehmen, kein Erwachen, kein Wehgeschrei, und nebenbei bemerkt, nicht mal die schlimmste Art, sich von der Welt zu verabschieden.

Er war unschlüssig, wo er die Kugel platzieren sollte. Das linke Auge vielleicht, das ohnehin wie ein Veilchen schillerte? In dem Glitzerlidschatten würde ein dunkler Blutquell aufsprudeln, aber sein Sinn für Romantik war eher unterentwickelt. Die beste Stelle erschien ihm die Stirn zu sein, genau die Stelle, wo der Hindu den Gebetsfleck hintupft. Andererseits, die Nasenwurzel bot sich geradezu an – schön breit, nicht zu verfehlen; er zielte, doch ihr Nasenring, ein wirklich brachiales Gerät, lenkte ihn ab. Vielleicht sollte er durch den Nasenring schießen? Ein kleines Kunststück wie im Zirkus?

Plötzlich hatte er selbst den Lauf der Waffe im Mund, es ging alles rasend schnell, er schmeckte Karbit und sein Zeigefinger krümmte sich: KLICK.

Sein Gehirn arbeitete fieberhaft: Er hatte abgedrückt.

Es war mit Abstand das lauteste Geräusch, das er je gehört hatte, und er hielt den Lauf noch immer fest mit den Lippen umschlossen.

Er konnte sich nicht erinnern, das Magazin herausgenommen zu haben.

Bist du tot? Der Lauf knebelte noch immer seinen Mund wie ein kantiger, metallischer Penis. Über Kimme und Korn schielte er nach der Digitalanzeige der Uhr, hielt den Atem an.

Erst als aus der Null eine Eins wurde, wusste er, dass er noch lebte: 05.31.

Sein Kiefer entspannte sich, die Hand, seine Hand, hob die Pistole – natürlich fehlte das Magazin, im Knauf gähnte ein rechteckiges Loch.

Seine Gedanken kamen allmählich auf Touren. Erst mal das Magazin, dachte er. Nicht, dass er vorgehabt hätte, den Stunt zu wiederholen, aber es war seine einzige Munition: fünfzehn mickrige Schuss. Mehr hatte der Waffenhändler nicht rausrücken wollen.

Auf Knien suchte er auf dem Fußboden, zwischen lose

verstreuten Kleidern, Zeitungen, Plastiktüten und sauceverschmierten Tellern, an denen noch Reiskörner klebten. Unter dem Bett sah es noch wüster aus: Unrat, zerknautschtes Dosenblech, Flaschen und Zigarettenstummel bedeckten den Boden als Ablagerung amoralischen Schlamms im Flussbett der Nacht.

Nichts zu sehen. Er hatte die Suche fast aufgegeben, als er über einen randvollen Aschenbecher stolperte, drei Strohhalme hatten sich zu einem Oktaeder verknotet und mittendrin saß diese riesige Schabe und lutschte an einem Kartoffelchip.

Ich hoffe, dir ist klar, dass ich dich umbringen muss, dachte Kuhl.

Unauffällig suchte er nach einer geeigneten Waffe. Der Panzer sah hart aus, verdammt hart, und die Schnelligkeit dieser Viecher war legendär. Er hatte sich gerade einen klobigen Stöckler geangelt, da sah er das Magazin blauschwarz schimmernd im Schatten der Chipstüte liegen. Er zögerte einen Moment, und dieses Zögern reichte dem Insekt aus, um zu fliehen.

Was soll's, dachte Kuhl. Da die Villa noch drei weitere Schlafzimmer hatte, würde er einfach umziehen und die Schabe vergessen.

Spiegelbild im Badezimmer: Obwohl der Zustand seines Gebisses jeden Versuch einer ernst gemeinten Säuberung ad absurdum geführt hätte, schaffte er es spielend, sich zehn Minuten die Zähne zu putzen. Schon bald war er nur noch ein schäumendes Gebiss, das ihn schauderhaft angrinste.

Kuhl fühlte in sich die Leichtigkeit einer Filmrolle, die ihre letzten Meter abspulte und bereits ahnte, dass die

Reise ins weiße Licht gehen werde. Er fühlte sich erleuchtet, vielleicht war es auch einfach nur die Zahncreme, eine Art »Strahler 70«, die nach Menthol schmeckte und ihn *high* machte.

Am Morgen meines Todes, ha ha ... Für seine Verhältnisse sah er blendend aus: Braun gebrannt und mit nassem Haar, kam er sich wie ein halbseidenes GQ-Model vor, eine Mischung aus *toughie* und Tunte. Ein Hafen-Friseur namens Pearly, Ex-US-Marine, hatte ihm den obligatorischen Fünfdollarhaarschnitt verpasst und nebenbei die Knarre vermittelt. Und den Schalldämpfer.

Yip, dachte Kuhl. Erst der Schalldämpfer adelt die Waffe zum Killer-Werkzeug. Viel mehr konnte man von einem guten Friseur nicht erwarten.

Nachdem er ausgiebig geduscht hatte, rasierte er sich den Flaum von der Oberlippe und übergoss sich mit einem schweineteuren Parfüm, das ihm ein anderes Mädchen aufgeschwatzt hatte.

Er hatte sie in der Cable-Beach-Diskothek angequatscht und ihr 200 Dollar geboten, aber sie wäre auch für 100 angetrabt, frisch gewaschen und gekämmt, wie sich das zum Ausritt gehört. Gewöhnlich wimmelte es auf dem Streifen nur so von betagten Touristen, die mit den *chicks* um die Kurtaxe feilschten oder gar zum Nulltarif wollten. Während des Einkaufsbummels hatte sie ihm von den Absteigen erzählt, vom Sagrotan-Getue der älteren Freier und wie es sich anfühlte, mit einer Zahnprothese zu knutschen. Kuhl hatte auf einem Parkplatz mit Aussicht auf Paradise Island gehalten: Sie taten es, er fuhr sie nach Hause und das war's.

Inzwischen hatte er es geschafft, mit einem Halbsteifen zu pinkeln und sich zu überlegen, warum seine Harnröhre plötzlich so hundsgemein brannte. Tripper? Hatten ihn die Gonokokken doch noch erwischt? Er nahm sein Teil wie einen Fremdkörper in die Hand und examinierte es gründlich. Abgesehen von einem haarfeinen Riss in der Vorhaut, den er unter Materialermüdung verbuchte, konnte er nichts Ungewöhnliches entdecken. Trotzdem schluckte er eine Antibiotik-Bombe, denn die Schwarze hatte ein paarmal komisch gehustet.

Er zog sich ein frisches Hemd an, es duftete nach chemischem Frühling, aber es juckte ihn auf der Brust, da, wo ihn die Sonne mit unsichtbaren Zungen angeleckt hatte. Dass er sich stellenweise wie eine Pellkartoffel schälte, rief sein Selbstmitleid auf den Plan, fast wähnte er sich als Leprakranken im fortgeschrittenen Stadium: Ein scharfer Blick und schon hat man irgendwas von sich selbst in der Hand. Leicht angewidert zog er sich einen losen Hautstreifen ab und hielt ihn gegen das Licht: Zwanzig Fetzen von diesem Format und du kannst dir einen Lampenschirm machen. Mehr dachte er nicht.

In der Halle stand ein weißer, auf Hochglanz polierter Flügel. Wie jeden Morgen erinnerte ihn der Kasten an Liberace. Ob die Bude der Glitzerschwulette gehörte? Alle anderen Möbel erschienen wie Anbauten oder Umbauten des Instruments, ein Irrwitz, den eigentlich nur ein Pianist ausgeheckt haben konnte. Selbst die kubistisch angehauchten Farbklecksereien an den Wänden schienen das Thema Tasten aufzugreifen.

Andererseits gab es im Erdgeschoss auch Akzente schwülstig-orientalischer Pracht. Auf den Teppichen lagen Räkelkissen, farbenprächtige Puffs und Polster; den Aktivitäten der *honeymooners* waren offensichtlich keine Grenzen gesetzt.

In den Ecken prunkten geschmacklose Stehlampen – bronzene Schlangen und Tänzerinnen, die farbige Glaskugeln balancierten. Barocke Wagenräder mit echten Kerzen schwebten unter der Decke, Kuhl staunte jeden Morgen aufs Neue.

Vor den Flügeltüren stand ein Esstisch mit zierlichen Stühlen, an dem die Hochzeiter ein kräftigendes, nährstoffreiches Frühstück einnehmen konnten. Selbst einen Kamin gab es, allerdings mit elektrischen Flammen.

Die Küche, klinisch weiß, erinnerte an das ausgeuferte Einbau-Labor eines Riesen: Dermaßen groß kann der Hunger sein, wenn er in Amerika kommt. Allein die Dimensionen des Kühlschranks waren erschreckend, und Kuhl hatte es noch nicht einmal gewagt, einen Blick in die Tiefkühltruhe zu werfen.

Natürlich frühstückte er noch mit den Damen, eine Wolke aus billigem Parfüm und Haarspray kündigte sie an.

»*The sea is hula.*« So herzig begrüßte er sie am Tisch, den er übrigens zum ersten Mal eigenhändig gedeckt hatte.

»*You like toast, Br... Br... Brenda?*« Er hielt ihr den Brotkorb hin, doch sie sah einfach darüber hinweg.

»*Brejelle*«, sagte sie.

»*You like toast?*«

Sie gab keine Antwort, nippte stattdessen an ihrem Kaffee.

»*What about you, Carrie? No toast?*«

»*Karen*«, sagte die Blonde, »*my name's Karen.*« Sie fixierte ihn plötzlich – mit bebenden Nasenflügeln – und um die Augen bekam sie Kurzsichtigkeitsfältchen.

»*Why do you have a gun?*«

»*Well, well, well, this is a very good question.*« Lächelnd stand er auf, reckte sich und legte die Hand an die Stirn, als versuche er, sich des Vorfalls zu erinnern. Dann rief er ihnen betont kleinlaut ein Taxi.

»*See you, ladies ... and thanks for the service.*«

An der frischen Luft fühlte er sich gleich besser. Nach einem kurzen Dauerlauf über den Rasen beschloss er heroisch, zehn Runden zu schwimmen, und landete wie jeden Morgen auf einer der zehn weißen Liegen am Rande des Pools. Ihre Aufstellung erinnerte an eine missglückte Fluxus-Installation. Der *pool boy*, ein karibischer Perfektionist, hatte die Angewohnheit, jede Liege genau im rechten Winkel zur Wand aufzustellen. Bei Sonnenschein warfen sie alle den gleichen tiefblauen Schatten auf den Boden und der Anblick, so surreal er auch war, half Kuhl immer, aus seiner chronischen Unruhe in eine Art von Gleichgewicht zu gelangen, die einem äußerst angenehmen Wachkoma glich.

Hinter einem Barbecue-Pavillon mit Hollywood-Schaukel erschloss sich ein weitläufiger tropischer Garten – Kamelien, Akazien, die um diese Jahreszeit ihre lebenden Farben versprühten.

Nachdem er ein paar Liegen ausprobiert hatte, setzte er sich genau in die Mitte und diktierte das, was er beschlossen hatte, seinen Nachlass zu nennen: »Die Theorie des biologischen Films«.

Das silberne Diktaphon hatte er am Flughafen in Nassau gekauft. Drei streichholzschachtelgroße Kassetten hatte er in den letzten Wochen besprochen, um sich – wie er meinte – selbst Rechenschaft abzulegen.

»Es ist der 31. Dezember 1979. Ich ... äh, bei bester Gesundheit und im Vollbesitz meiner ... meiner geistigen und körperlichen Kräfte, versichere hiermit eidesstattlich, dass ich ... weder unter Zwang handele ... noch unter dem Einfluss von Drogen ... und erkläre hiermit, dass dies, äh dies ... mein allerletzter Wille ist. Alle meine früheren testamentarischen Bekundungen erkläre ich hiermit für nichtig.«

Er drückte PAUSE. Eigentlich konnte er sich an keine früheren Bekundungen erinnern, aber es klang nicht schlecht.

»Ich lebte zu einer Zeit«, fuhr er fort, »einer merkwürdigen Übergangszeit, in der das Kommende schon absehbar war. Wir verehrten Währungssymbole wie Götter, erwarteten unser Heil von Formeln und seltsamen Spielautomaten wie der Börse. Wir verachteten ehrliche Arbeit und heiligten den Betrug. Unsere Politiker gingen mit gutem Beispiel voran. Sie waren in der Regel gewitzte Gauner des Abgrunds, Physiker ohne Phantasie, dreiste Zinswirte und Juristen ohne Moral. Sie überließen die Menschen sich selbst und nannten diesen Zustand großkotzig ›Freiheit‹. Mit perfiden Mitteln versuchten diese Gangster, unseren Willen zu brechen, so gründlich, dass uns selbst die natürlichste Regung als schlecht und amoralisch erschien. Ahnen diese Schweine nicht, was ihren Nachkommen blüht? Glauben sie wirklich, Mauern und bezahlte Lakaien würden die schäumenden Massen eines Tages aufhalten können?«

Er hielt kurz inne und fuhr dann fort: »Sagen wir es in aller Kürze: Wer ihre Regeln akzeptiert, hat verloren.

Ein Mann, der nicht kämpft, ist einer, der nicht existiert. Unsere Körper sind dazu da, um für unsere Gedanken zu kämpfen. Das Gehirn muss realisieren, das ist seine wahre Funktion. Vor ein paar Monaten, als ich die Welt von ein paar Schweinen erlöste, habe ich nichts weiter getan, als mich zu realisieren. Die meisten von euch wissen, dass ihr benachteiligt werdet, und doch vergeudet ihr euer Leben mit den schalen Träumen von Rache. Zumindest diesen Fehler habe ich nicht gemacht.«

Am frühen Nachmittag tauchte Earl B. Holsten auf, ein braun gebrannter Mittsechziger, der sich bei Kuhl auf dem Golfplatz angedient hatte. Er fuhr einen cremefarbenen Talbot, den einzigen auf der Insel, und in dieser Luxus-Kalesche hatte er Kuhl zum Einstand die besten Strände der Insel gezeigt, nicht ganz ohne Hintergedanken.

»Was ist passiert?« Kuhl hatte Earl zwar oft in Abendgarderobe, aber noch nie hinken gesehen.

»Der Schleimbeutel in meinem linken Knie ist geplatzt!«, rief Earl von Weitem. »Ein Sportunfall! Ich sage Ihnen, so hula habe ich mich seit Ewigkeiten nicht mehr gefühlt!«

Kein Zweifel, Earl war der Grund, warum sich der Hula-Virus auf den Bahamas noch immer ausbreiten konnte. Der Legende zufolge pilgerte Earl im Auftrag von Club Med zwischen Buenos Aires, Waikiki-Hawaii und New Providence hin und her. Er habe ausgesorgt, hieß es im Klub, und da er in einer Villa in Lyford Cay wohnte und außer dem Talbot noch ein Rolls-Royce-Kabrio fuhr, konnte man davon ausgehen, dass es im Ansatz der Wahrheit entsprach.

»Was? Haben Sie noch nie einen Mann gesehen, der von einer Maschine verkrüppelt wurde? Defektes Wurfgetriebe! Ha, dafür kann ich mir was kaufen!« Soweit Kuhl in der Lage war, dem monotonen Gejammer zu folgen, war Earl am frühen Morgen von einer Ballwurfmaschine vom Platz gefegt worden. Irgendjemand hatte den Kasten falsch programmiert: Siebzig Bälle pro Minute – Topspin wohlgemerkt – hätten wahrscheinlich auch Spielern von Weltrang das Fürchten gelehrt.

»Ein Slice in die Kniekehle«, brummelte Earl, »nur ein einziger mieser Slice.« Der Mopp auf seinem Schädel war verrutscht und entblößte eine Art Klebeband auf der Kopfhaut. Schwere Tränensäcke hingen unter seinen blutunterlaufenen Augen und verliehen ihm einen täuschend echten Basset-Hound-Blick.

»Wenn Mary mich nicht gefunden hätte, ich wäre wahrscheinlich krepiert. *Say ›Howdy‹ to* Kuhl, *you know my German friend, don't you, Babe?*«

»*Howdy.*« Das Mini-Mädchen, an dessen Hüfte sich Earl festklammerte, war höchstens siebzehn und nach den Vorstellungen amerikanischer Moralapostel »gerade legal«, was exakt Earls Beuteschema entsprach. Nie traf man ihn ohne charmante, blutjunge Begleitung. Es waren keine Professionellen, eher verklemmte Backfische, die einen Grund suchten, sich von der kurzen Leine der Eltern zu trennen. Im Golfklub wurde Earls Lebenswandel so gut es ging ignoriert. Nur der 1. Vorsitzende, eine leguanartige Erscheinung, schien gelegentlich lautstark Parallelen zwischen »dem sittlichen Verfall Amerikas und Earls pickligen Interessen« zu ziehen.

Kein schöner Anblick, so ein alter Mensch, dachte Kuhl, noch immer in einer unerklärlichen Quo-vadis-Stimmung gefangen. Das Abtakeln ist bestimmt nicht jedermanns Sache.

Sie saßen inzwischen auf der Terrasse, im Schatten eines von zehn Sonnenschirmen, denn die Sonne knallte wie mit einem Heißluftgebläse vom Himmel.

»*Nice place*«, meinte das Mädchen. Sie war ein Landei aus dem Hinterland von Ohio und fasste sich deshalb kurz: Ihre Eltern machten Urlaub auf den Bahamas und sie sei mitgefahren, um die Trennung von ihrem Freund, einem Tackle der Bobcats, zu verarbeiten.

»*Earl is so helpful*«, schwärmte sie.

»*Helpful and friendly*«, merkte Kuhl süffisant an.

»*Yes, indeed. And very charming.*« Der gepuderte Streuselkuchen kicherte sichtlich verlegen. Wie alle Landpomeranzen strahlte sie – bei aller Hässlichkeit – die Sorte Lebenslust aus, die es einem Mädchen erlaubte, in Oralverkehr ein unverbindliches Entspannungsritual unter erwachsenen Menschen zu sehen: Sie wollte, wollte mit Haut und Haar und dem Ding zwischen ihren Beinen, und Earls *Gentleman*-Tour und die Ansage, dass er sie »zum Film bringen« könne, hatten ihr genügt, dem alten Schlawiner in die Falle zu gehen.

»Na immerhin, einen Schleimbeutel haben Sie noch«, sinnierte Kuhl, während er allen Kaffee einschenkte. Die Gewissheit, dass sich Earl noch mieser fühlte als er, trug augenblicklich zu einer Besserung seiner Gemütslage bei.

Earl nickte wehleidig über dem Rand seiner Tasse. Der Kaffee hatte einen bitteren Geschmack und erinnerte ihn an die Brühe, die er sich nach dem Krieg in muffigen

Redaktionsräumen eingeflößt hatte.

»Ein schwacher Trost«, säuselte er, »nein, glauben Sie mir, Sie wollen nicht mit mir tauschen.«

Obwohl Earl die amerikanische Staatsbürgerschaft hatte, sprach er akzentfreies Deutsch. Wer genau hinhörte, merkte sogar, dass er schwäbelte, denn Earl stammte aus Schwäbisch Gmünd und hatte Kameratechnik in München studiert, zumindest ein paar Semester. Nach der Einberufung war er kurzerhand desertiert und hatte den Krieg im deutschen Hinterland ausgesessen, um sich '45 »möglichst vorteilhaft« befreien zu lassen. Er hatte Glück: Die Amis suchten damals Kameraleute ohne »Nazi-Geruch« und der fahnenflüchtige Earl – oder Aurel B. Holsten, wie er damals noch hieß – kam ihnen gerade gelegen. In einem Durchgangslager, wo es darum ging, Earls Angaben zu seiner Person aufzunehmen (sein Ausweis war ja verbrannt), unterlief dem Beamten ein kleiner Fehler: Aus Aurel wurde Earl und aus dem obdachlosen Flüchtling ein Graf.

Die Besatzer hielten Earl tatsächlich für »ächter deutscher Nobless« und der frisch Geadelte sollte schnell lernen, diesen Trumpf in allen Lebenslagen zu spielen. 1946, als die Entnazifizierungswelle über Deutschland hereinschwappte, moderierte er in der US-Zone Billy Wilders KZ-Filme an. Nach Feierabend recherchierte er noch für eine Lizenzzeitung der Militärs, doch seine objektive Reportage über die Unsitten im Colonels and Generals Club, wo sich die Befreier wie Schweine aufführten, beendete seine vielversprechende Karriere abrupt. Über Nacht wurde der »Graf« für die Amis zur Persona non grata und Earl stieg bei der neu gegründeten »Revue« als Chefredakteur ein. Drei Dekaden lang wusch er hier die schmutzige Wäsche anderer Leute. Erst vor einem Dreivierteljahr, als der Schah mit Kind und Kegel auf den Bahamas aufgekreuzt war, hatte sich Earl zur Ruhe gesetzt. Seitdem widmete er sich wieder ganz seinem Hobby, dem Film.

»Gibt es einen Anlass für diesen hohen Besuch?«, fragte Kuhl unvermittelt.

»Muss es den geben?«, seufzte Earl. »Wir sind doch – wie soll ich sagen ... «

»Gute Bekannte.« Kuhl blinzelte in die Sonne. »Sonst noch was?«

Earl setzte seine Tasse ab und griff in die Brusttasche seines Blazers. »Sie haben es eigentlich nicht verdient, aber ich will ja nicht so sein. Voilà.« Mit einer ruckartigen Geste, so wie Zauberkünstler ihre Tauben und Karnickel aus dem Ärmel ziehen, präsentierte er Kuhl zwei Freikarten für die Silvester-Gala im feudalsten Hotel auf der Insel.

»Ihre Güte beschämt mich«, sagte Kuhl.

»Ich halte meine Versprechen.« Earl begann, ziemlich ungeniert an den Fingerspitzen der Kleinen zu knabbern. »Der Deh-Jeh«, er sagte wirklich Deh-Jeh, »ist einer von der Shunshine Band, Sie wissen schon, ›I'm your Boogie Man‹ ... «

»*You definitely are*«, sagte Mary.

»*Take a walk, Darling.*«

»*A walk?*«

»*Yes, a walk. A long walk.* Vertritt dir ein bisschen die Beine.«

Mary seufzte. Sie ließ ein paar Sekunden verstreichen, dann stand sie auf und marschierte hinunter zum Strand.

»Wirklich ein Gedicht, dieses Obst.« Earl winkte ihr

scheinheilig nach. »In meinem Alter gibt es kein besseres Lebenselexier, das können Sie mir glauben.«

Leider kam er im nächsten Atemzug schon auf den »episch angehauchten und etwas härteren Nudistenstreifen« zu sprechen, den er schon längere Zeit plante: »Es ist ein Kammerspiel, was soll da schiefgehen können? Kuhl, Sie lassen mich doch nicht hängen?« Earl machte ein Gesicht, als würde ihn sein geplatzter Schleimbeutel schmerzen. »Ich weiß, es ist kein gutes Zeichen, dass uns Farah Fawcett-Majors abgesagt hat, aber ich suche noch immer nach einem aufgeschlossenen, unorthodoxen Finanzier. Sie haben meiner Meinung nach genau die Einstellung, die es braucht.«

Kuhl schüttelte den Kopf.

»Wollen Sie wissen, was ich gerade denke?«

Earl nickte begierig. »Ja, was denken Sie denn?«

»Warum gerate ich immer an abgefuckte Typen wie Sie? Ich meine, hört das nie auf? Nicht mal im teuersten Golfklub der Insel? Unter Millionären? Gibt es wirklich nichts, was die sogenannten ehrbaren Bürger von Asozialen wie mir unterscheidet?«

»Also, für einen Asozialen wohnen Sie ganz komfortabel.«

»Ach ja?« Kuhl musste grinsen. »Was wissen Sie schon über mich – dass ich die jährliche Green Fee des Klubs in bar bezahlt habe? Glauben Sie mir, ich habe die meiste Zeit meines Lebens in einer zwanzig Quadratmeter großen Zelle verbracht und von Hundefutter gelebt.«

»Dann haben Sie sich aber deutlich verbessert.« Earl versuchte, seine Verwirrung zu überspielen. »Ich kann mir schon vorstellen, was Sie meinen. Schließlich habe ich auch einiges mitmachen müssen.«

»Earl, was ich meine, ist, ein Mann in Ihrem Alter sollte sich für die Löcher auf dem Golfplatz interessieren und nichts weiter.«

»Jetzt legen Sie aber ganz harte Maßstäbe an.« Earl lächelte bissig. »Denken Sie doch mal nach. Ich biete Ihnen die Chance, eine Summe im Zeitraum von einem Jahr zu verdoppeln. Steuerfrei.«

»Wie gesagt, Ihre Güte beschämt mich zutiefst.« Kuhl lauschte eine Zeitlang auf das ferne Rollen der Brandung. Er war fast versucht, Earl zu sagen, dass er seit Tagen ans Auschecken dachte. »Tut mir leid«, sagt er endlich, »aber ich werde mein Geld in kein Nudistenepos stecken. Das Risiko ist mir einfach zu hoch.«

»Risiko? Als ob Sie das nicht einschätzen könnten!« Earl schien sichtlich gekränkt »Wer von uns beiden war denn im Versicherungsgeschäft tätig? Das haben Sie mir erzählt, oder nicht?«

Schitt, dachte Kuhl. Warum hatte er sich auch nur als Präsident einer auf Schutzgelderpressung spezialisierten Assekuranz ausgeben müssen? Statt Earl abzuschrecken, hatte er noch dessen Interesse geweckt. Die wenigsten Geschäftsleute haben Berührungsängste mit Kriminellen.

»Bevor Sie ablehnen«, Earl zog eine Kladde aus Marys Umhängetasche, »sollten Sie zumindest wissen, worum es geht.« Er machte eine bittende Geste. »Lesen Sie einfach mal rein.«

»Geisha das Todes: Die 1002. Nacht«, so der vielversprechende Titel, doch Kuhl war zu geschafft, um einen Blick auf die eng getippten Seiten zu werfen: »*Low, low, low*«, nuschelte er und blätterte einmal vor und zurück. »Fängt ja gut an, eine Nackte reitet – auf zwei Delphinen stehend – durch das Hafenbecken von Tokio. Sind Flipper-Filme wieder in?«

»Flipper-Filme?« Earl brachte einen heimeligen Augenaufschlag zustande.

»Es handelt sich um die Fieberphantasie eines Yakuza.«

»Eines was?«

»Eines japanischen Gangsters. Jetzt sagen Sie bloß, Sie haben noch nie von den Yakuza gehört?« Er machte eine Faust und spreizte den kleinen Finger ab, als wäre damit alles gesagt. »Es sind keine gewöhnlichen Gauner, sondern Ehrenmänner, ja, das sind sie. Ihr Sittenkodex ist ebenso berühmt wie berüchtigt. Soweit wir wissen, haben sie eine höchst angenehme Art gefunden, Hand an sich zu legen.« Er studierte Kuhls versteinerte Miene und holte dann einmal tief Luft. »Eingeweihte nennen es Daburo Shuuto. Das heißt: Mit beiden Kanonen gleichzeitig schießen.«

»Welche Kanonen, Earl?«

»Du liebes bisschen, haben Sie wirklich keine Ahnung?« Der Alte lehnte sich zurück, vorsichtig nach jedem Wort tastend, sagte er: »*This is my rifle, this is my gun, one is for killing and one is for fun.* Nie gehört? Dann waren Sie wirklich nie im Leben Rekrut und haben niemals eine Kaserne von innen gesehen.« In Earls maskenhaften Zügen schimmerte ein Lächeln. »Der Yakuza, der den Tod rechtzeitig als Ausweg gewählt hat, lässt sich von einer Geisha zum Orgasmus reiten: Auf dem Höhepunkt schießt er sich in den Kopf.« Earl schob sich zwei Finger in den Mund und warf dann den Kopf theatralisch zurück. »Ganz ohne Schmerz, verstehen Sie? Entwickelt wurde die Technik vom Schiffsarzt der ›Yamato‹. Es heißt, ein *comfort girl* habe ihm bei seinem letzten Schuss assistiert. Tja, ein sauberer schmerzloser Abgang war schon immer ein Vorrecht der Intelligenz. Um ehrlich zu sein, ich habe mir auch schon mal darüber Gedanken gemacht.«

»Earl ... «

»Was?«

»Ich frage mich, ob ich Sie nicht doch zu einem Arzt fahren sollte.«

»Zum Arzt? Wieso?«

»Weil Sie gerade eine Menge dummes Zeug reden. Bei Ihrem Gefecht mit dem Tennisroboter haben Sie wahrscheinlich auch einen Ball an den Schädel bekommen.«

»Ich rede von einer sehr raffinierten Art aus dem Leben zu scheiden – das nennen Sie dumm?«

»Aber das ist doch absurd.«

Earl lächelte nachsichtig. »Es ist genauso absurd wie die Wiederbelebung erstarrter Körper noch Lebender durch den Beischlaf. Auch solche Versuche hat es in den Vierzigerjahren gegeben. Die verantwortlichen Ärzte wurden zwar in Nürnberg verurteilt, doch gewisse Erkenntnisse lassen sich dadurch nicht rückgängig machen. Und ohne Verbrecher wäre der Forstschritt nicht denkbar.«

»Sie wissen ja nicht, was Sie sagen«, murmelte Kuhl. Er bemerkte Mary, die im Schatten einer Fächerpalme stand und Nägel zu kauen schien. »Kümmern Sie sich lieber um Ihre Kleine. Daburo Shuuto, was für eine hirnrissige, kranke Idee.« Es war ihm in diesem Moment, als ob er im Nachdenken an etwas stieße, eine unsichtbare Tür in seinem Inneren, die bis dahin verschlossen gewesen war und die sich jetzt öffnete und ihm eine neue Aussicht erschloss. War das der Ausweg, nach dem er suchte?

»Hören Sie, Kuhl«, Earl wirkte von seinem eigenen Vortrag wie elektrisiert, »dieser Film wird alles, was in letzter Zeit lief, in den Schatten stellen ... ›Im Reich der Sinne‹, ›Caligula‹, ›Der Nachtportier‹, ja, selbst ›Salo – «

»Respekt, Earl.« Kuhl hielt es nicht länger aus. »Sie sind der härteste Superjock, den ich kenne. Mit Abstand. Und jetzt sollten Sie langsam gehen, ich habe noch eine Menge zu tun.«

»Oh, wie freundlich, Sie schmeißen mich raus.« Earl schüttelte mit gespielter Empörung den Kopf. »Na schön, ich gehe, aber erst sagen Sie mir noch, was ein Superjock ist.«

»Eine Mischung aus Sexmaschine und apokalyptischem Reiter.«

Earl machte ein verdutztes Gesicht. »Und das bin ich? Hm. Hast du das gehört, Mary?«

»*What, honey*?«, rief sie aus Richtung der Fächerpalme.

»*I'm a superjock, baby*!«

Kuhl hatte plötzlich mit einem unerklärlichen Anflug von Brechreiz zu kämpfen.

»Entschuldigen Sie mich«, sagte er knapp. Er sprang auf, schusselte durch die Terrassentür zurück ins Haus und wetzte dann, eine Hand vor dem Mund, in das nächstgelegene Bad. Dort übergab er sich, als ob er die ganze Welt auskotzen wollte.

Als er zurückkam, schaukelte Earl sein Mädchen wie ein kleines Kind auf dem Schoß. Sie schien selig zu schlafen.

»Und ... haben Sie mit Ihrem Anwalt telefoniert?«, flüsterte Earl. Wenn er grinste, traten die Konturen seines Schädels makaber zum Vorschein. »Es ist ein todsicheres Geschäft, Sie können nur gewinnen.«

Kuhl lehnte sich an eine der frei stehenden Säulen, die den Eingang zum Garten markierten. »Tut mir leid, Earl, aber ich sagte Ihnen bereits, Sie sind bei mir an der verkehrten Adresse. Das Spielgeld, das Sie brauchen, habe ich nicht.«

»Dann nichts für ungut.« Earl kniff der schlafenden Mary in den Arm und ergötzte sich an ihrem in einem Aufschrei geäußerten unsanften Erwachen.

»*We gotta go, sweetie, gotta go.*« Und während er sich von ihr auf die Beine helfen ließ: »Bis heute Abend, mein Freund, und überlegen Sie sich die Sache noch einmal in Ruhe. Ich meine, Sie würden einen alten Mann doch nicht veräppeln, oder?«

»Wie könnte ich?«, erwiderte Kuhl. »Ich habe Respekt vor dem Alter.«

Verfallsobjekt Nr. 1
(Frankfurt am Main, Mai 1978)

Jede Gesellschaft hat die Verbrecher, die sie verdient.
– Lacassagne

Die Schule des Lebens ist im Kamerun manchmal eine derbe, zuweilen auch eintönige Kost, doch Kuhl glaubte mit Bestimmtheit zu wissen, dass es sich auszahlen konnte, Rentner konsequent zu bespitzeln.

In Gedanken hatte er sie alle zu lebenden Sparbüchern abstrahiert – arthritische Tresore, lukrative Liegenschaften, wenn sie denn mal unter der Erde lagen, und Knacker, die »geknackt« werden wollten. Kuhl hatte viele hässliche Worte für die graue Masse in seinem Block.

Und jedes Mal, wenn der amtliche Leichenbeschauer

mit einem Schlosser in der Siedlung auftauchte, fühlte er sich bestätigt: »Da ist wohl wieder einer vergammelt.« So lapidar kommentierte er vor Freunden den an und für sich traurigen Tatbestand. Die Tücke des sozialen Wohnungsbaus brachte es mit sich, dass Verstorbene sehr spät, oft auch im Zustand der fortgeschrittenen Verwesung entdeckt wurden. Von Opa Grothke hatten sie nur noch einen modrigen Flecken auf dem Teppich gefunden. Manche lagen eben etwas länger. Doch war die Leiche erst mal entsorgt und der letzte Stand des Strom- und Wasserzählers abgelesen, kam die Entrümpelung einer Schatzsuche gleich. Nachts ging der Sperrmüll durch die Hände von Frauen und Kindern, Taschenlampen und Feuerzeuge blitzten gelegentlich auf und es wurde nicht selten im Flüsterton um den Plunder gezankt, doch Kuhl hatte eh nur Verwendung für Geld. Es bestimmte sein Leben: Alles in seinem Leben schien sich immer nur um Zaster zu drehen.

Jeden Ersten des Monats lungerte Kuhl vor der Stadtsparkasse herum. Er war ja arbeitslos und Herr seiner überflüssigen Zeit. Auf einem Fahrrad sitzend, beobachtete er den endlosen Strom der Rentenempfänger, Figuren, die *relaxed* antrabten, am Schalter anstanden, ihr Sprüchlein aufsagten, kassierten, nachzählten und dann mit dem wohl scheinheiligsten Gesichtsausdruck, den man sich vorstellen kann, eilig davonzottelten. Wobei besonders rüstige Exemplare sogar noch einen Zahn zulegten und ihre Umgebung argwöhnisch beäugten, als ob ihnen nachgestellt würde. Manche von ihnen hatten durchaus Grund zur Besorgnis, denn Kuhl folgte ihnen mit mürrisch-amphibischem Blick. Besonders wacklige Kandidaten, sogenannte Hinkefüße, Buckelwale und rotgesichtige Bluthochdruck-Witwen erregten sein spezielles Interesse. Er folgte ihnen in der Hoffnung, der Schlag könne sie unterwegs treffen und er wäre sozusagen automatisch der Erbe oder anders gesagt, ein Günstling der Straße. Nur einmal wollte auch er persönlich vom Tod profitieren. Unter dem Deckmäntelchen, Erste Hilfe zu leisten, würde er niederknien – auf offener Straße und unter freiem Himmel – und dann, mit einem wohlgezielten Griff nach der Brieftasche, eine Erbschaft des Zufalls einsacken.

So perfekt der Plan zunächst auch erschien, es war frustrierend, denn die mutmaßlich leichte Beute schaffte es immer wieder nach Hause. Kuhl ging leer aus, im wahrsten Sinne des Wortes, und es dämmerte ihm, dass er entweder nachhelfen oder sich die Sache aus dem Kopf schlagen musste.

Was das Nachhelfen betraf, hatte er eine krude Idee: Wie jeder in seinem Viertel so kannte auch er die legendäre Geschichte von Flatsch, dem irren Krankenpfleger, der vor Jahren zig Rentner mit einem hölzernen Clog narkotisiert und beraubt hatte. Ein auf Unterarmlänge gestutztes und mit Kreppband umwickeltes Auspuffrohr hatte sicher eine ähnliche Wirkung. »Gong« nannte sich dieses in Schlägerkreisen beliebte Gerät, und Kuhl besorgte sich ein solches von AC Knirsch, dem Kassenwart von der Tanke am Opel-Rondell.

»Hast du ihn schon mal benutzt, AC?«

»Ja, klar. So ein Kanake ist mir mal dumm gekommen. Hab ihn nur angetickt.«

Nur angetickt, was? Kuhl stellte sich vor, wie er einen Rentner nur »anticken« würde, ganz sanft von hinten auf die mit Altersflecken gesprenkelte Platte: GONG! Der

Kalk würde rieseln, aber es wäre nicht tödlich. Zwei, drei örtliche Betäubungen die Woche und er hätte seinen Lebensstandard um eine halbe Wohlstandsklasse verbessert.

Ein paar Tage lang juckte es ihm hundsgemein in den Fingern, dann verwarf er den Plan. Obwohl er nie unter Gewissensbissen gelitten hatte, fehlten ihm schlichtweg die Nerven. Es war eine versalzene Erkenntnis, nur sein manisches Gehirn lenkte noch immer nicht ein.

Die neueste Strategie war jetzt drei Wochen alt und Kuhl glaubte, diesmal richtigzuliegen: Fiel ihm ein besonders wackliger *oldtimer* auf, folgte er ihm nach Hause und spionierte dann so lange herum, bis er wusste, in welchem viereckigen Loch des Betonrasters der Betreffende wohnte. Das Fenster – jede Wohnzelle hatte ja eines – erschien ihm wie der Lebensmesser einer biologischen Batterie. Das Aufziehen und Schließen der Vorhänge zeugte davon, dass der Rentner noch lebte. Noch. Genau das war der springende Punkt, denn eines schönen Tages würden sich die Vorhänge nicht mehr öffnen. Es wäre das Ablebenszeichen.

Wie ein höllischer Spekulant, der auf ein Warentermingeschäft mit dem Sensenmann hofft, machte er täglich, soweit das Wetter mitspielte, seine Runde. Sieben Verfallsobjekte hatte er inzwischen gelistet und Otto Schortz – an den Trinkhallen des Viertels auch als Schortie bekannt – galt als die unangefochtene Nummer Eins. Er war Frührentner, ein ehemaliger Hoteldiener, der seinen vorzeitigen Ruhestand einem Großbrand verdankte. Sein Anblick war selbst für Kuhls Verhältnisse gewöhnungsbedürftig. Begegnete man Schortie auf der

Straße oder im Supermarkt, trug er stets eine Maske aus chirurgischem Silikon. Sie bedeckte den ganzen Schädel bis zum Halsansatz. Seine Linke steckte in einem ewig nässenden Fäustling, rechts lugte eine schicke Prothese aus dem Ärmel.

Dass er hinkte und röchelte, wenn er sprach, war Kuhl auch nicht entgangen. Schon mehrmals hatte er Schorties Einkaufskorb heimlich aus dem Augenwinkel taxiert: Henninger Pils, vollfetter Schmierkäse, drei Stangen HB, Kaffee und kiloweise Zucker schürten in Kuhl die Hoffnung, der Maskenträger habe seinen Freitod geplant.

Inzwischen kannte er dessen Tagesablauf genau: Um halb acht zog der Rentner die Vorhänge auf. Zwischen zehn und elf steckte er dann zum ersten Mal den Kopf aus dem Fenster. Es folgte der Rückzug zum Mittagessen. Bis halber fünfe hielt er scheinbar Siesta. Danach erledigte Schortie kleinere Besorgungen oder hielt wieder am Fenster Maulaffen feil. Um halb sieben zeigte sich dann das erste Licht hinter den zugezogenen giftgrünen Gardinen.

Es erlosch pünktlich um zehn, Kuhl konnte seine Uhr danach stellen. Licht an, Licht aus, die Spiele des Staubs, ein bisschen Stoffwechsel, ein bisschen Ärger und der Tag war gelaufen. Ein Tag im Leben einer Mikrobe, ein Tag auf der Erde.

Manche Nacht stand er minutenlang unter Schorties Fenster und starrte hinauf.

Und was für ein böses Starren das war.

Was willst du noch hier?, dachte er. Warum machst du es mir nur so schwer? Einmal musst du doch sowieso gehen. Was ist schon der Tod? Das Ende einer molekularen Sequenz, deren Energieträger, Elektronen, Pionen sich erst verflüchtigen und dann wieder binden. Sei doch froh, dass es weitergeht. Was willst du noch in dieser maroden Hülle? Sind dritte Zähne wirklich so schön?

An einem Donnerstag Mitte Mai, einem selten trostlosen Abschnitt im Verlauf folgenloser Ereignisse, bemerkte Kuhl die erste ernst zunehmende Abweichung: Schorties Vorhänge blieben tagsüber geschlossen. Abwarten, dachte er, freu dich nur nicht zu früh. Aber auch abends brannte kein Licht.

Am nächsten Tag war es nicht anders. Alles blieb, wie es war. Nur die Sonne knallte dermaßen auf die Dächer, dass sich die Fernsehantennen in Geflimmer auflösten. Für einen thermonuklearen Zwerg der G2-Klasse war der Strahlenbeschuss gar nicht übel. Kuhl hielt es in seiner Bude nur noch in Unterhosen aus.

Was jetzt, Schortie? Das geschlossene Fenster im zweiten Stock wirkte seltsam verdächtig.

Aller Tage Abend, tippte er schließlich. Wurde auch langsam Zeit. Während Kuhl grimmig lauernd eine Frikadelle verdrückte, spazierte er bereits in Gedanken durch die Grabkammer im gegenüberliegenden Block. Er spekulierte nicht nur auf Schorties Rente, auch Wertgegenstände wie Uhren und Schmuck zog er in Betracht, denn sie ließen sich im Bahnhofs-Pfandhaus in bare Münze umsetzen. Der Besitzer, ein halbblinder Koreaner, drückte gern mal das Auge zu, das er angeblich nicht hatte, und Kuhl war fest entschlossen, vor nichts zurückzuschrecken, weder vor silbernen Kaffeelöffeln noch vor vorsintflutlichen Rasierern, er würde abräumen, alles einsacken und der Leichenbeschauer, dieser Aasgeier, würde seinen großporigen, nach Suff riechenden Schnabel in eine leere Nuss-Schale stecken.

In derselben Nacht stand er zum ersten Mal mit Schraubenzieher und Haarnadel bewaffnet vor Schorties Wohnung und untersuchte das Schloss: ABUS-Zylinderkopf. Das sah nicht gut aus. Doch Glück im Unglück, soweit er sehen konnte, steckte von innen kein Schlüssel. Unverzüglich machte er sich an die Arbeit. Es war sein erster Bruch. Dass er sich nie mit Schlössern und Entriegelungsarten beschäftigt hatte, gereichte ihm jetzt zum Nachteil. Obwohl er Hunderte von Einbrüchen am Fernseher mitverfolgt hatte und einen Pumpfix auf Anhieb von einem Brecheisen unterscheiden konnte, kam es ihm ziemlich abwegig vor, dass er hier mit einer heillos verbogenen Haarnadel nach unsichtbaren, im Zylinder verborgenen Kernstiften harkte, um einen Schlosskern zu drehen, dessen Bewegung von einem tausendstel Zoll abhängen konnte.

Fast zehn Minuten mühte er sich so ab, bis ihn ein heimkehrender und krakeelender Schluckspecht zur Aufgabe zwang.

Wieder zu Hause, trommelte er kurzerhand seine Freunde zusammen.

Es war nicht schwer, denn sie wohnten um die Ecke, in Rufweite sozusagen, und Sonny, der einen unverdienten Ruf als Automarder genoss, hatte sogar ein Picking-Set organisiert. Die sonderbar geformten Metallgegenstände waren Profiwerkzeug und Sonny, ganz in schwarzes Leder gekleidet, hüllte sich über die Herkunft in Schweigen. Warum er Handschuhe trug, war schwer zu sagen, aber er hatte scheinbar an alles gedacht.

»Ich sag dir doch, ich hab da meine *connection*«, sagte Sonny.

»AC Knirsch«, tippte Kuhl, aber Sonny winkte nur ab.

»AC hat keine Ahnung von Einbrecherwerkzeug. Weißt du, was so ein Dings kostet? Das hier ist 'ne Halbdiamantspitze, nur zu deiner Information.«

»Hm! Verstehe«, lenkte Kuhl ein. »Meinetwegen machen wir halbe-halbe.«

Worunter sie das gerechte Teilen von Diebesbeute verstanden. »He, Rio, bist du dabei? Rio?«

Der Langhaarige in dem T-Shirt mit der Aufschrift »Miskatonic-University« zuckte beiläufig die Achseln. LSD-Astronaut aus Passion, stand er immer irgendwie über den Dingen, vielleicht hatte er deshalb sein Teleskop mitgebracht. Seine eigenen Beine waren kaum dicker als die Schenkel des Stativs, und wie er vornübergebeugt am Okular schraubte, erinnerte er Kuhl an einen Mann auf Stelzen. Im Grunde war er ein geborener Fremder, mit einem angeborenen Ekel vor der eigenen Spezies. Doch war er durchaus normal – wenn man die Umstände, unter denen sie lebten, normal nennen will. Rio sprach gelegentlich vom »obskuren Mutanten-Milieu«, er wollte nur weg, weit weg, und in diesem Moment peilte er andauernd hin und her zwischen Schorties Fenster und einem Lichtpunkt, den er als Deneb identifiziert hatte.

»Wenn das mal gutgeht«, murmelte er.

»Kannst du irgendwas sehen?«, quengelte Sonny. Unter seinem Pony blinzelte er unschuldig in die Gegend. »Was Auffälliges, meine ich?«

»Er hat grüne Gardinen«, sagte Rio nach längerem Schweigen.

»Na und?«

»Ich weiß nicht, wie ihr das seht, aber ich finde, der Anblick verströmt ein namenloses Grauen.«

Namenloses Grauen? Wie Rio an H.P. Lovecraft geraten war? Kuhl wusste es nicht und sein Interesse an Gruselromanen und Weltraum-Klamotten hielt sich eher in Grenzen. Insgeheim mutmaßte er, Rios neue Show, diese dauernden Anspielungen auf böse, verborgene Mächte, hing mit einer üblen Fischvergiftung zusammen. Rio hatte vor ein paar Wochen blutige Frutti del Mare gekotzt, Auswurf, den er später als »Fungi von Yuggoth« verklärte. Seit dieser Zeit betrieb er jedenfalls einen Kult um den Meister des kosmischen Grauens und munkelte von einer bevorstehenden Ablösung der menschlichen Rasse durch fiese Kopffüßler.

Ein kalter Hauch aus verbotenen Äonen habe ihn in einem öffentlichen Waschsalon berührt. Zitat: »ES kam aus einem Toplader und führte mich an Orte blasphemischer Yog-Sothoterie.«

Damit war das blühende Bankwesen der Stadt Frankfurt gemeint, die krebsartig wuchernde Maschinenkultur und die ungute, zu Recht gemiedene B-Ebene. Eines Morgens habe er dort an einer verlassenen U-Bahn-Station ein »Ding« im Tunnel gesehen, ein Ding, das – nach eigenen Angaben – »eigentlich nicht sein konnte«. Erst hatte er es als »stampfendes Erz mit doppelt gelappten Augen« beschrieben, dann als U-Bahn. Beides erschien ihm gleichermaßen entsetzlich. Nebenbei spekulierte er über geheime Schwellen und »fensterlose Körper in Frankfurts nicht euklidischer Geometrie« und berief sich dabei auf einen gewissen Abdul Alhazred, den Kuhl lange Zeit für einen marokkanischen Dealer aus Preungesheim hielt. »Was immer er dir gibt, setz es ab.« Aber Rio hatte sich scheinbar schon zu tief in diese Sache verrannt. Im Ali Baba's, der Diskothek, wo er einmal wöchentlich auflegte, terrorisierte er die Gäste mit wabernden Mixturen aus Klaus »Bodylove« Schulze und Tangerine Dream.

»Was, bitte, ist so grauenvoll an grünen Gardinen?«, fragte Sonny.
»Wenn du das nicht weißt, tust du mir leid.«

Sonny machte ein verschnupftes Geräusch. »Vielleicht ist er farbenblind.«

»Schon möglich.« Rio strich sich das Haar aus der Stirn. »*Sie* sehen die Farben anders als wir.« Und nach wohlbemessener Pause: »Weißt du, was mir an der Sache missfällt? Schortie trägt eine Maske.«

»Und weiter?«, fragte Sonny mit dem wachsam-nervösen Gesichtsausdruck einer Spitzmaus.

»Nun, wenn Leute Masken tragen, sollte man vorsichtig sein.«

»Wir alle tragen Masken«, sagte Kuhl.

»Ich meine eine richtige Maske«, sagte Rio.

»Siehst du das?« Kuhl petzte seine Wange zusammen. »Das hier ist eine richtige Maske. Meine Maske. Schorties Maske ist dagegen aus Kunststoff.«

»Super-*low*, Mann.« Rios Immunität gegen Kuhls Sprüche war geradezu legendär. »Hast du dich jemals gefragt, was unter der Maske sein könnte?«

»Nein. Und warum sollte ich?« Kuhl hasste Andeutungen, die mit seinem Wirklichkeitssinn kollidierten. »Schortie hat den Löffel abgegeben, er hat den Arsch zugekniffen, und wie es aussieht, sind wir die einzigen Erben.« Er versuchte, diabolisch zu grinsen. »Wir müssen nur rübergehen. Vorausgesetzt ihr Flachpfeifen habt die Nerven dazu.«

»Und wenn er nur krank ist?«, gab Rio zu bedenken.

»Krank?« Kuhls gespieltes Grinsen fiel zusammen. Er stand auf und zupfte etwas umständlich seine Manschetten zurecht. »Sieh mich an, so sieht einer aus, der krank ist. Mit Schortie ist es was anderes. Er ist Kompost, wir sind die Zersetzung. Und jetzt lass mich einmal einen Blick durch dein Sternenrohr werfen.« Beiläufig beugte er sich über Rios Teleskop. »Ah, ja. *WOW. BIG TIME.*«

In Wirklichkeit hatte er keine Empfindung für das, was er sah. Leuchtende Partikel jeder Größenordnung und Gewichtsklasse schwebten wie Glühwürmchen durch den Raum oder flimmerten in den Parallaxen der Leere. Darunter, nur ein 90-Grad-Schwenk mit dem Refraktor, lag der Block: aufgereihte, hell erleuchtete Fenster, die Wohnhöhlen einer Rasse von technisierten Primaten, nach sechsundvierzigtausend Generationen noch immer gefangen am Gestade der Zeit.

Er schwenkte ein paarmal hin und her, vom Flachdach gegenüber in Richtung Andromedanebel, vom Eckhaus, wo sich gerade eine Silhouette im ersten Stock zeigte, war es nicht weit zum Sternbild des Schwans. Links sah er noch einen weiteren Block. Wie quadrierte Korallenstöcke schwammen die Siedlungshäuser im Dunkel, ihre Antennen tauchten in das Lichtermeer jenseits der Exosphäre, berührten die faserigen Ausläufer der Magellan'schen Wolke.

Ein Schwenk nach unten: Auf der Straße entdeckte er ein Paar Jungverliebter, Hand in Hand, auf dem Weg nach Hause, ins Ungewisse, wohin auch immer, und er konnte ihren Gesichtern ansehen, dass es ihnen gleich war, ob die Erde rund war oder eine Scheibe und ob das Universum nun krumm war oder nicht, ewig oder nur eine ephemere Erscheinung, ein Raum-Zeit-Kontinuum oder eine Blähung im Wanst einer kosmischen Leiche. Sie wussten, sie würden die Erde niemals verlassen und Kuhl wusste es auch. Rio sah das natürlich ganz anders.

Von der Erde zur Großen Mauer, jener Ballung von Galaxien, die sich über fünfhundert Millionen Lichtjahre erstreckt und hinter der die Eierköpfe das Ende des Universums vermuten, braucht ein Astralreisender knappe dreißig Minuten, ein erfahrener Mescalero etwa die Hälfte der Zeit. Hatte er jedenfalls mal gehört. Nicht schlecht, wenn es stimmte. Doch selbst wenn – letztlich erwachten sie alle wieder mit knurrendem Magen im Vaudeville-Theater des Lebens, auf den billigen Plätzen, das Bewusstsein gefangen in einer oxidierenden Maschine. Verdammter Stoffwechsel.

In fünf Millionen Jahren wäre der Ofen dann ohnehin aus, der Planet würde in der Sonne verglühen. Der Zirkus wäre gelaufen, die Metastase der Phänomene verschwunden. Von diesem Viertel, den Blöcken und den Menschen, die hier gelebt hatten, würde nichts bleiben. Wäre das Universum vor fünfzehn Milliarden Jahren erst gar nicht entstanden, was hätte man den Ärmsten alles erspart?

Leider ticken die biologischen Uhren erbarmungslos weiter, die Schwerkraft treibt ihr Spiel mit den Tränensäcken und die Milchstraße reduziert sich auf schlichtes Milchpulver, das nach Stillgeburten riecht.

Wem es zu dumm wird oder zu bunt, der kann übrigens jederzeit gehen.

Die Erde hält keinen.

»He, Kuhl, du Spanner, hast du noch nicht genug?«
»Schnauze.« Kuhl machte ein Gesicht, als ob er den ganz großen Coup ausgeheckt hätte. »Für mich ist der Fall klar wie Kloßbrühe. Ich wette, Schortie liegt da drüben und fault auf einem Batzen Kies vor sich hin. Vor fünf Tagen war er das letzte Mal auf der Bank. Er hat sein Ruhegeld nicht mehr ausgeben können.«

»Super-abnorm-ultra-*low*«, japste Sonny. »So eine dicke, fette Rente. Das wäre wie Weihnachten mitten im Sommer.«

»Kannst du haben. Wir müssen nur durch die Tür.«

»He, vielleicht hat er noch mehr.« Sonny bekam ganz glänzende Augen.

»Wie – mehr?«

»Na, wie ich es sage. Meine Oma hatte immer eine Notreserve in ihrem Nachttopf gebunkert. Ich weiß noch, nach ihrem Tod hat mein alter Herr all die Wertsachen einkassiert, das Tafelsilber und so. Nur den Nachttopf hat er verschmäht.« Er kicherte gehässig. »Von dem Geld bin ich mit Ilse an die Costa Brava gefahren.«

»*That's my boy.*« Kuhl tätschelte Sonnys Hinterkopf. »*Hello, Mister* Astronaut, was ist los? Hast du deinen Moralischen oder was? Überleg doch mal: Wenn wir es nicht tun, reißt sich dieser Leichenheini die Knete unter den Nagel.«

»Er heißt Vogel«, sagte Rio.

»Ist doch egal, wie der heißt. Warum, glaubst du, fährt der einen Benz? Der greift doch alles ab, was nicht niet- und nagelfest ist. So was nennt sich in seinem Gewerbe seitliche Einnahmen.«

Rio zögerte noch immer. Obwohl er Zeit seines Lebens – zumindest seitdem sie sich kannten – in einer chronischen Finanzmisere verkehrte, hielt ihn etwas zurück.

»Könnte es sein, dass er verreist ist?«

»Kommt drauf an, was du darunter verstehst. Schortie ist über den Jordan. Man könnte das ›für immer verreist nennen‹.«

»Oder mal kurz über die Wupper«, frotzelte Sonny. »*Sorry*, war nur 'n Witz.«

»Gut, dass du das sagst«, knurrte Kuhl.

»Hm!« Rio schüttelte lange den Kopf. »Warum rufst du ihn nicht an?«, fragte er und wies mit spitzem Zeigefinger auf den gegenüberliegenden Block.

»Ruf ihn an und du weißt es ganz sicher.«

»Du meinst aus Gründen der Pietät?« Kuhl schnappte sich das Telefonbuch und wählte nach kurzem Suchen die Nummer.

»Soll ich ihm dein herzliches Beileid bestellen?«

»Ich sage doch nur ... «

»Er wird nicht abnehmen.«

»Warum nicht?«, erkundigte sich Sonny, dessen Leitung in undurchsichtigen Situationen immer länger wurde.

»Weil Tote nie ans Telefon gehen.«

»Das halte ich für ein Gerücht«, sagte Rio.

»Halt mal die Klappe.« Kuhl drehte den Hörer so, dass alle mithören konnten.

Minutenlang ließ er es klingeln.

»Vielleicht hast du dich verwählt«, sagte Rio.

»Schluss mit dem Affentheater!« Kuhl knallte den Hörer auf. »Glaubst du, ich weiß nicht, was hier los ist? Dir geht die Muffe, das ist alles.«

Hektisch zog er seine Windjacke an. »Ich mach jetzt kurzen Prozess, nur dass das klar ist. Da drüben, hinter diesen beschissenen grünen Gardinen, liegt Geld, für das Schortie keine Verwendung mehr hat. Ich werde hier nicht abwarten und zusehen, bis der Aasvogel mit seinem Nachschlüssel kommt und einsackt, was mir zusteht.«

Er stolperte in die Diele, rempelte einen Wäschekorb über den Haufen und warf einen kurzen Blick in den halben Garderobenspiegel.

»Und warum steht dir das zu?«, setzte Rio nach. »Nur wenn man fragen darf ... «

»Warum?« Kuhl war schon fast aus der Tür. »Weil ich den Mann observiert habe, seit Wochen! Ich habe das Fossil ausgegraben, verstehst du?«

»Aber – «

»Nein, kein Aber! Es war harte Arbeit, Knochenarbeit!« Und fast ärgerlich: »Von mir aus kannst du mich für einen Erbschleicher halten, aber ich brauche das Geld. Kommst du mit, Sonny?«

Der winkte nur mit dem Vorspanner aus seinem Set. »Bin schon unterwegs.«

Schweigend und mit weit ausgreifenden Schritten, wie Männer, die von einem großen Plan beseelt waren, marschierten sie aus dem Haus. Rio folgte ihnen in einem Abstand, der seiner inneren Skepsis entsprach.

»He, Kuhl – «

»Was, Rio? WAS?«

»Erinnerst du dich noch an die Pappfigur-Nummer?«

Natürlich erinnerte sich Kuhl, der Geniestreich lag ja kaum anderthalb Monate zurück. Damals hatten sie ein geklautes Battida-de-Coco-Display (die mandeläugige Pinda mit dem weißen Bikini) am Autostrich aufgestellt und gehofft, ein halbblinder Freier würde anhalten. Aus dem Hinterhalt, mit Pfefferspray und einer halbwegs echt aussehenden Schreckschusspistole bewaffnet, hatten sie für Stunden den Straßenverkehr beobachtet. Sonny hatte dem Köder sogar noch eine Perücke verpasst, wegen dem »dreidimensionalen Effekt«, wie er gemeint hatte, aber statt einer betuchten Blindschleiche hatte nur die Streife gehalten und sie hatten sich missmutig verdrückt.

»Es kann nicht immer hinhauen«, erwiderte Kuhl.

»Dann lass mich mal so fragen: Hat es jemals hingehauen? Irgendwas, meine ich?«

Kuhl hatte allmählich genug. Er blieb unvermittelt stehen und zog etwas aus seiner Tasche. »Weißt du, was das hier ist?«

»Eine Taschenlampe.«

»Nein, Spatzenhirn, in der anderen Hand!«

»Es ist ein Gong«, sagte Rio.

»Genau, ein Gong. Sollte Schortie noch leben, werde ich ihn betäuben. Noch weitere Fragen?«

Fünf Minuten später standen sie bereits im dunklen Treppenhaus vor Schorties Tür und Sonny fummelte mit seiner Picking-Nadel am Schloss herum. Kuhl leuchtete ihm dabei auf die Finger.

»*Low, low, low.*« Rio, der eine halbe Treppe tiefer Wache schob, erging sich wieder in Anspielungen. »Ich will euch nicht beunruhigen, wirklich nicht. Aber ich glaube, er ist einer von denen.«

»Bestimmt.« Kuhl wusste aus Erfahrung, dass es das Beste war, sich mit Rios Bewusstseinstrübung zu arrangieren. »He, Sonny, wird das heute noch was?«

»Hm, hm! Ich hab ein gutes Stiftgefühl.«

»Ihr müsst mir ja nicht glauben, aber es gibt diese seltsamen Überlebenden.«

»Seltsame Überlebende?«, echote Sonny. »Du meinst Asylanten?«

»Nein, Mann, ich meine das grüne, schleimige Gezücht von den Sternen, die alten Wesen.« Rio lächelte in sich hinein. »Abdul Alhazred«, fügte er erklärend hinzu, »hat sie sogar beschrieben. Sie hatten Tintenfischköpfe und Tentakel. Andere erinnerten eher an Kegel.«

»Kegel?« Kuhl spürte einen Lachanfall kommen. »Junge, Junge, du hast ja einen Riesensprung in der Schüssel.«

»Es ändert nichts an der Tatsache, dass es sie gibt. Und dass sie mitten unter uns leben und nicht entdeckt werden wollen. Unsere Städte wurden über ihren Städten erbaut. Es gibt immer noch Türen, durch die man nicht gehen sollte.«

Sonnys Hand, die Hand, die die Picking-Nadel hielt, begann verdächtig zu zittern. Sehnsüchtig starrte er auf den roten Punkt des Lichtschalters.

»Äh, Kuhl – «

»Los, weitermachen! Das sind doch nur Ammenmärchen.« Und an Rios Adresse: »Wenn du noch einmal mit diesem Abdul Alhundsfott anfängst, dann bist du draußen, dann hat sich's mit halbe-halbe. Kapiske?«

»Was kann ich denn dafür?« Diesmal klang es, als spräche er mit sich selbst. »Die Gegend hier war noch nie geheuer, das weißt du genau. An der Staustufe sind letztens wieder zwei Kinder verschwunden.«

»Halt endlich den Rand!«

»Du meinst den gewölbten?« In der Dunkelheit raschelte Rios Anorak wie trockenes Laub. »Man sollte niemals so leichtfertig über den gewölbten Rand sprechen.«

»Was bitte?« Sonny setzte die Nadel ab. »Ich ... ich kann unter diesen Umständen nicht arbeiten«, meldete er.

»Ach nein?« Kuhl verpasste ihm eine Kopfnuss. »Und jetzt?«

»Das hat wehgetan«, maunzte Sonny. »Ich denke doch nur, wenn Schortie nun so ein altes Wesen ist, dann – «

»Erstens kannst du gar nicht denken und zweitens: Was heißt hier wenn?« Kuhl bekam Sonny am Schlafittchen zu fassen. »Natürlich ist Schortie ein altes Wesen! Alle Rentner sind alte Wesen und eines Tages wirst du auch eines sein!« Er stieß seinen Komplizen zurück und lächelte freundlich.

»Doch hier die gute Nachricht, mein Freund: Schortie war ein altes Wesen, verstehst du? Also machst du jetzt die Tür auf oder machst du dir lieber ins Hemd?«

Der Einbruch gelang Sonny im zweiten Anlauf, wobei er fast zu Tode erschrak, als sich die grau gestrichene Tür plötzlich in ihren Angeln bewegte. Es roch weder muffig noch nach ranzigem Fett, Griesbrei oder Arzneimitteln wie in anderen Rentnerbuden, auch nicht nach Hundefutter oder Blasenschwäche, es roch nach gar nichts.

»Wenn er tot wäre, müsste es eigentlich stinken«, spekulierte Sonny.

»Wie denn? Nach Veilchen und Narzissen vielleicht?«

Kuhl stand bereits im Flur. Alle Siedlungshäuser hatten denselben Grundriss und Kuhl kannte sich aus. Zumindest dachte er das.

»*Deep space*«, murmelte Rio. »Hätte ich mich bloß nicht darauf eingelassen.«

»Hast du aber. Und jetzt zieh endlich deinen inneren Raumanzug aus und hilf mir suchen. Nur deshalb bist du hier. Ist das klar?«

Kuhl war ebenso mulmig zumute, er war alles andere als ein Held, aber er öffnete leise die Wohnzimmertür. Schnurstracks steuerte er auf einen Einbauschrank zu und wäre beinahe über einen mitten im Raum geparkten Hackenporsche, so einen zweirädrigen Einkaufswagen, gestolpert.

»Schiskofrenko!« Der Lichtschein erfasste auch einen Damenschlüpfer aus Chintz.

»Was gibt's da zu glotzen, ihr Tontauben? Nimm dir die Küche vor, Sonny. Und du, Rio, worauf wartest du? Da geht's ins Schlafzimmer.«

»Aber – «

»Kein Aber! Ich weiß, was du denkst, aber die meisten erwischt es in der Küche vor dem Kühlschrank oder beim Scheißen. Die wenigsten sterben im Bett. Los, los ... «

Widerwillig öffnete Rio die Schlafzimmertür. In der Dunkelheit erkannte er einen klobigen Schrank, eine Menge aufgestapelter Kartons und ein Bett.

Über dem Nachttisch schwebte ein bleiches Gesicht – Schorties Maske. Auf einem fast unsichtbaren Plexiglashalter befestigt, schien sie die Einbrecher zu beobachten.

»Ich ... bin nicht ... hier«, flüsterte Rio. Zwischen Unmengen von Arzneimitteln und gebrauchtem Geschirr bemerkte er auch das leuchtende Zifferblatt einer Uhr – und dann die Armprothese. Er machte gerade einen Schritt darauf zu, als er den Körper in den Laken bemerkte.

»Kuhl! He, Kuhl ... « Wie benommen taumelte er zurück.

»Was?«

»Da liegt ein Mensch.«

»Was hast du denn erwartet? Einen Kegel vielleicht? Der organische Überrest geht dich nichts an! Irgendwo muss er ja liegen. Wir suchen Geld und Wertgegenstände. Hast du das endlich kapiert?«

Er öffnete einen weiteren Schrank, drückte Rio seine Lampe fest in die Hand und schubste ihn dem Geruch von Mottenkugeln entgegen. »Los jetzt! Und präg dir ein, was du siehst.«

»Wieso?«

»Ganz einfach, wenn du es nicht schaffst, hier rauszukommen, aus dem Block, meine ich, dann wirst du eines Tages genauso enden wie Schortie. Und jetzt such!«

Wie ein gehetztes Etwas sauste der Lichtfleck über die Schultern fadenscheiniger Anzüge und verschlissener Hemden. Rios Finger wanderten synchron durch sämtliche Taschen – ein paar lose Knöpfe, zwei Straßenbahnkarten, eine Serviette aus dem Wienerwald und eine uralte Spalt-Tablette, das war alles, was er Kuhl präsentierte.

»Was soll ich damit? Such weiter.«

Während Kuhl eine Kommode durchwühlte, warf er zufällig einen Blick auf das Bett.

»Na das glaub ich doch nicht!« Er schnippte einmal mit den Fingern. »He, Rio, die Lampe. Und zwar *pronto*!«

»Warum? Ich meine, muss das sein?«

»Jetzt mach hier keinen auf zart besaitet. Hast du nicht selbst gesagt, dass hier etwas nicht stimmt?«

Der Lichtschein wanderte über die zerwühlten Laken und erfasste den Kopf einer Puppe, vergissmeinnichtblaue Augen, blonde Gretchenzöpfe, Synthetik. In der

Öffnung, die eine Mundhöhle simulierte, schwappte ein Schatten wie Pech hin und her.

»Verstehe einer die Natur«, sagte Kuhl, »ganz gleich, wie kaputt jemand ist, der Trieb geht immer zuletzt.«

»Was geht immer zuletzt?«, meldete sich Sonny zurück. »Abnorm-super-ultra-*low*«, kommentierte er den Fund. »He, die Dinger gibt's bei Dr. Müller im Sonderangebot.«

»Quatsch nicht.« Kuhl begann an seiner Unterlippe zu nagen. »Hast du Schortie gesehen?«

»Nein, in der Küche ist er jedenfalls nicht.«

»Hier auch nicht.« Rio schluckte. »Wenn er hier nicht ist und nicht in der Küche, wo ist er dann?«

Die Tür des angrenzenden Badezimmers öffnete sich in diesem Moment, und als Rio sich umdrehte, stand Schortie direkt vor ihm.

»Hallo, Jungs«, sagte er in die Stille. Und was für eine Stille das war; Kuhl glaubte, die Moleküle der Luft knistern zu hören.

Zwei lidlose Augen starrten ihn unverwandt an. Sie wanderten zu Sonny, dann zu Kuhl und wieder zurück, das heißt, sie rollten hin und her, und Rio fürchtete fast, sie könnten jeden Moment aus ihren Höhlen fallen. Viel Halt hatten sie jedenfalls nicht.

»Is was?« Schorties Kopf erinnerte an eine verschorfte Fleischmasse. Von Nase und Ohren hatten die Flammen nur Höcker übrig gelassen.

»Mir war doch so, als hätte ich Stimmen gehört.« Die Hand, die nach dem Lichtschalter tastete, hatte noch ganze zweieinhalb Finger.

»Bitte nicht erschrecken. Hatte mal schlimmen Sonnenbrand, wisst ihr.«

Im grellen Licht der nackten 100-Watt-Birne bot der Alte einen unbeschreiblichen Anblick. Es waren nicht allein die krebsroten, verstümmelten Arme, Schorties ganzer Oberkörper war bis zum Rand der gestreiften Schlafanzughose mit ledrig-braunen Runzeln bedeckt. Dünne Haarsträhnen ohne Richtungssinn sprossen aus seinem Schädel, wildes Fleisch zeigte sich fiederlappig an den mageren Schultern.

»Kein schöner Anblick, was?« Ob er grinste oder nicht, war schwer zu sagen, denn dem Mund fehlten Lippen. Zahnfleisch und Gebiss waren dagegen deutlich zu sehen. Ohne sich weiter um seine nächtlichen Besucher zu kümmern, schlurfte er zum Bett. Er schraubte ein Fläschchen auf, bestäubte das Innere seiner Maske mit Puder und stülpte sich die Form schwerfällig über den Kopf.

»Meine zweite Haut«, sagte er. »Sitzt wie angegossen.« Und dann, aus heiterem Himmel: »Ihr seid Einbrecher, stimmt's?«

»Wir sind ... vom Schlüsseldienst.« Kuhl hatte sich als Erster wieder halbwegs gefasst. »Vom Not-Schlüsseldienst.«

»Wir wurden alarmiert«, plapperte Sonny dazwischen, »mussten Folge leisten.«

»Folge?«

»Dem Notarzt ... Folge ... leisten«, fügte Rio hinzu und zog ein Gesicht, als ob er sich selbst überführt hätte.

»Notarzt?«, fragte Schortie. »Eben wart ihr doch noch vom Schlüsseldienst, oder?«

»Ich bin vom Schlüsseldienst«, bestätigte Kuhl. »Er – «, dabei wies er auf Rio, »ist der Notarzt. So ist es doch, Doktor?

Rio nickte verdattert.

»Und der Kleine?«

»Welcher Kleine?«, zischte Sonny.

»Er ist der Fahrer«, antwortete Kuhl. »Der Fahrer vom Notarzt. Jeder Notarzt braucht einen Fahrer.«

»Hab keinen Notarzt bestellt«, sagte Schortie, während er seine Armprothese montierte. »Ihr Jungs habt euch wahrscheinlich im Stockwerk geirrt.«

Es klang wie eine Finte, vielleicht war es das auch, aber Kuhl schaltete einfach auf nett.

»Aber nein, jemand hier im Haus hat sich große Sorgen um Sie gemacht.«

»Sorgen – um mich?« Entweder hatte sich Schortie verschluckt oder es klang nun mal so, wenn er lachte. »Warum sollte sich jemand um mich sorgen? Hm?«

»Weil Sie – «, Kuhl konnte seine Enttäuschung nur noch mit Mühe verbergen, »weil Sie ein falsches Signal an Ihre Umgebung aussenden. Wieso ziehen Sie Ihre Vorhänge nicht auf? Gehört sich das etwa für ein ... ein altes Wesen wie Sie? Haben Sie sich schon einmal überlegt, wie das für Ihre Nachbarn aussehen könnte?«

»Ach, die waren das.« Die Augen hinter den Schlitzen wanderten hin und her. »Denen kann es nicht schnell genug gehen, bis ich verrecke. Sagt mal, Sportsfreunde, mein Schloss ist doch noch in Ordnung, oder?«

»Oh ja«, sagte Sonny, »ich war sehr vorsichtig.«

»So? Dachte, du wärst der Fahrer. Der Fahrer vom Notarzt.«

»Äh, ich ... ich kenne mich auch mit Schlössern aus«, stotterte Sonny.

»Das glaub ich dir gerne.« Schortie schlurfte zu einer Kühlbox neben der Tür. Auch sein Rücken war ein einziges Geschwür und hie und da sprossen große, tropfenförmige Warzen. Rio hielt sich die Hand vor den Mund.

»Also dann, Herr Schortz, war wohl falscher Alarm. Bitte entschuldigen Sie die Störung.«

»Vielmals sogar«, sagte Rio.

»He, wartet mal, Jungs, ich geb einen aus.« Schortie drehte sich um und warf jedem eine Bierdose zu. »Damit ihr nicht ganz umsonst gekommen seid.«

»Job ist Job und Schnaps ist Schnaps! War uns eine Ehre, *sir*! Prost!« Auch Sonny schien restlos am Ende. Während er trank, schielte er immer wieder nach dem Ding in den Laken.

»Was guckst du denn so belämmert, mein Junge?« Schortie hatte den Blick längst bemerkt. »So ist das nun mal, wenn man alt ist.« Der Strohhalm, durch den er sein Bier schlürfte, wirkte wie der Rüssel eines Insekts. »Der eine hat Gartenzwerge auf dem Balkon und der andere ... «

»Ja, der andere«, setzte Kuhl nach, aber Rio verpasste ihm einen Rippenstoß.

»Hab sie letzte Woche gekauft«, sagte Schortie. »Kann nur sagen, nicht schlecht, ein robustes Geschöpf, gar nicht zimperlich. Wollt ihr mal die Gebrauchsanleitung sehen? Man wärmt sie vorher mit einer Wärmflasche an. So ist das.«

»Verstehe.« Kuhl wischte sich den Schweiß von der Stirn. »Manche Wärmephase dauert wohl etwas länger.«

»Wieso?«, fragte Schortie. »Wieso länger?«

»Na ja«, ächzte Kuhl. »Sie haben sich Zeit gelassen, dieses Ding aufzuwärmen, oder?«

»Sie ist kein Ding«, sagte Schortie, »sie heißt Senta.« Die Blechdose knackte in seiner künstlichen Hand. »Was soll ich machen? Mir kann man durch die Nase in die Gehörgänge gucken, verstehst du? Mit so einer Schnauze«, er schluckte ein paarmal, »also mit so einem Gesicht ist es nicht einfach. Ich meine, nicht mal die barmherzigen Schwestern vom Mosel-Eck geben sich mit so einem ab. Die denken, man hätte die Blattern, die Lepra oder sonst was.«

»Wer könnte es ihnen verübeln?«, fragte Kuhl. »Den Schwestern, meine ich.« Und mit einem feindseligen Grinsen: »Wie ist das eigentlich? Ist es ein Unterschied?«

Die Maske nickte. »Klar ist es das. Ich hatte mal eine ganz normale Familie. Kinder. Sind alle aus dem Haus. Die haben jetzt ihr eigenes Leben. Meine Frau ist vor ein paar Jahren gestorben. Krebs. Ging schnell. Jetzt warte ich hier. Mehr ist für mich nicht mehr drin, aber immer schön fröhlich sein. Senta hier ist das Beste, was mir seit langem passiert ist. Sie stellt keine Ansprüche und ist ehrlich. So ist das.«

Kuhl zog ein Mitleidsgesicht, aber im Innersten war er eigentlich nur mit Schorties Rente beschäftigt. Irgendwo hatte der Alte die Kohle gebunkert, und letztendlich hatten sie diesen Einbruch nur riskiert, um an genau diese Kohle zu kommen. Etwas wie Wut und Enttäuschung keimte in ihm auf.

»Ja, wenn man ausgesorgt hat, wenn jeden Ersten der Geldsegen kommt, dann ist das so, da haben Sie Recht.«

Seine Hand tastete nach dem Totschläger in seiner Tasche. Er würde den Alten nur leicht anticken, federleicht sogar, er war ja Fallobst, ein sanfter Schlag und schon wäre er narkotisiert. Die Maske würde verhindern, dass es eine Platzwunde gäbe. Humane Betäubung. Kuhl machte einen unauffälligen Schritt zur Seite.

»Tu's nicht«, flüsterte Rio.

»Was soll er nicht tun?«, fragte Schortie. Und als ob er Gedanken lesen könnte: »Willst du wissen, wie das ist mit der Rente? Hm? Bis sie das erste Mal kommt, versucht man zu überleben. Danach versucht man, nicht zu sterben. Dir wird es nicht anders gehen, Freundchen. Zeit ist das Feuer, in dem du brennen wirst. Ihr alle werdet es.«

»Wieder was gelernt«, sagte Kuhl. Seine Wut war noch nicht ganz verflogen. »Eine Frage hätte ich noch, warum sperren diese Dinger eigentlich immer das Maul auf? Sieht doch komisch aus, finden Sie nicht? Müssen Sie da nicht immer lachen?«

Schortie sammelte die halbvollen Bierdosen ein. Er versuchte, seinen Besuchern nicht ins Gesicht zu sehen, sondern hielt den Blick gesenkt.

»Du hältst dich wohl für hartgesotten?«, fragte er endlich. »Jungchen, ich kenn so Typen wie dich. Jetzt hab ich auch mal eine Frage, hast du schon mal eine Frau gesehen, die im Koma vor sich hin vegetiert? Den meisten stecken sie einen Plastikschlauch in den Hals und lassen sie erst mal so liegen. Mit offenem Mund. Ist schon praktisch.«

»Praktisch?«, japste Sonny. »Das meinen Sie nicht im Ernst, oder?«

Die Maske nickte. »Nach meinem Unfall war ich ein Jahr in der Reha, ein ganzes Jahr, musst du wissen, so war das. Da lag noch einer, ein junger Kerl in deinem Alter. Frontalzusammenstoß, sagten die Ärzte. Beide Beine haben sie dem amputiert. Aber ansonsten war der völlig normal – unversehrt, meine ich. Der wollte immer nur in diese eine Abteilung. Na ja, mit der Zeit gewöhnt man sich an alles. An die Zustände – «

»Ich muss nach Hause«, fiel ihm Rio ins Wort. »Wirklich, es ist schon spät.«

»Wie, nach Hause?« Schortie kicherte böse. »Und ich dachte, ihr Jungs von der Ambulanz wärt noch ganz andere Sachen gewöhnt. Du bist doch der Notarzt, oder?«

Er machte ein Geräusch, als ob er ausspucken wollte. »Na also. Jeder weiß, was in Krankenhäusern so läuft. Es gibt da bestimmte Abteilungen, da hängen sie alle an Schläuchen und werden künstlich beatmet. Wenn die Pfleger weg waren, sind wir rübergegangen zu den ›Pflanzen‹. So heißen die Koma-Patientinnen. Da war viel junges Gemüse dabei. Ich erinnere mich an eine, die hatte es auf dem Weg nach Hause erwischt. Radfahrerin. Eine Matschbirne. War schon fast hinüber, aber das Gesicht ... Junge, Junge, sie sah aus wie ein schlafender Engel.«

Rio entfuhr in diesem Moment ein erstickter Schrei und alle drehten den Kopf.

»Das Leben ist ein scheußlich Ding«, sagte er, ein mehr als eindeutiges H.P.-Lovecraft-Zitat. Und schluchzend: »Hör'n Sie, es tut mir leid ... «

»Dir braucht nichts leid zu tun«, sagte Schortie, »denn es nützt nichts.«

Wie erschöpft ließ er sich auf die Bettkante sinken. »So. Worauf wartet ihr noch? Verschwindet. Und zieht die Tür fest zu, wenn ihr geht.«

Die kühle Nachtluft trug nicht zu ihrer Ernüchterung bei. Wie Menschen, die unter Schock standen, Überlebende einer Flugzeugkatastrophe oder eines Desasters, torkelten sie ziellos durch die Gegend und landeten schließlich auf einem versandeten Spielplatz. Hier hatten sie schon als Kinder gespielt und irgendwie fühlten sie sich immer noch heimisch.

Die Ecke grenzte an einen aufgeschütteten Bahndamm; Klettensträucher, Schafgarbe und Disteln gediehen prächtig zwischen dem Schotter, wo sich sommers die Eidechsen sonnten. Darüber ragten die Hochspannungsmasten schwarz und kahl wie abgebrannte Streichhölzer in den Himmel.

Jede Viertelstunde raste ein Schnellzug vorbei und löschte die Tonspur des Seins. So war es immer, würde es immer sein und es beruhigte die Nerven.

Ein paar Minuten saßen sie auf einer Bank und starrten auf ein hölzernes Klettergerüst, das in der Dämmerung wie ein mittelalterlicher Hinrichtungsplatz wirkte.

»Ich glaub das einfach nicht«, sagte Sonny, »dieser *freak* hat uns wie kleine Wichser behandelt. Was sagst du dazu, Kuhl?«

»Tja, so ist das mit den alten Wesen. Man weiß halt nie.«

Kuhl zog den Gong aus der Tasche, holte aus und schleuderte ihn in hohem Bogen in die Büsche.

»Verfallsobjekte, die nicht verfallen! Maskenträger, die mit Abartigkeiten auftrumpfen wollen! Das kann doch alles nicht wahr sein!«

Rio sagte erst nichts. Irgendwann sprang er auf und verschwand hinter dem Klettergestänge. Dort kniete er nieder, würgte lange, ohne sich zu erbrechen, und brabbelte zwischendurch von »grünen Gardinen, die man besser nicht aufziehen sollte« und »Pflanzen, die eigentlich nicht sein durften«. Auch ein »leichtes Ding, das man kaufen konnte« wurde öfters erwähnt.

Als er wieder auftauchte, wirkte er um Jahre gealtert.

»Kuhl ... «

»Was?«

»Ich möchte, dass diese Geschichte unter uns bleibt«, sagte er in einem matten Tonfall, der keinen Widerspruch duldete. »Der Ausflug hat, was mich betrifft, nie stattgefunden. Kein Wort über Schortie und das, was wir gesehen haben, zu niemandem – habt ihr das verstanden?«

»Warum?«, ächzte Kuhl. »War doch lustig.«

»Nein, war es nicht«, sagte Rio. »Ich hatte vergessen, wie kalt diese Welt wirklich ist. Da wir sowieso nichts daran ändern können, sollten wir die Sache einfach vergessen.«

»Du klingst, als wärst du plötzlich erwachsen geworden.«

»Ich bin nur müde. Hundemüde. Einmal muss Schluss sein – «

Ein Schnellzug raste vorbei und schnitt ihm das Wort ab. Für ein paar Sekunden löschte das Rauschen jeden Laut in der Umgebung und Kuhl erschien es in diesem Moment wie ein Tonausfall in seinem biologischen Film, eine kleine, unangenehme technische Störung. Und dennoch hatte er den Eindruck, dass er Rio verstehe. Er verstand alles. Alles, was es über diese Nacht zu sagen gab, lag in diesem aberwitzigen Rauschen, es überrollte sie wie eine Welle, tauchte sie unter und ließ sie fröstelnd zurück.

»Sonst noch was?«, fragte Kuhl. Die Stille lastete schon wieder über dem Platz.

»Ich wüsste nicht, was«, sagte Rio.

Er drehte sich einfach um und wankte wie angeschlagen davon.

»Abdul Alhazred«, murmelte er noch. »Ha, du hast ja keinen Schimmer! Gutes altes, namenloses Grauen ... «

Sonny und Kuhl sahen ihm nach. Sie verloren ihn schnell aus den Augen.

Das Leben, wie es sein sollte II

Wenn ich erst einmal anfange einen Narren
aus mir zu machen, dann gibt es nur wenig, was
mich aufhalten kann.
– »DIE LADY VON SHANGHAI«

Der gefährliche Teil einer Flucht beginnt erst dann, wenn man sich selbst aus den Augen verliert, wenn man nicht mehr weiß, warum man irgendwo ist. Kuhl hatte vorgehabt, einmal richtig Urlaub zu machen, deshalb war er hier und nicht, um Trübsal zu blasen. Nachdem er Earl und die Kleine verabschiedet hatte, beschloss er, noch einmal nach Nassau zu fahren.

Das Wetter war hula, sogar hula extrem, und der Motor des Wagens schnurrte wie geölt vor sich hin. Kuhl trug ein Seidenhemd, extravagante Golfhosen und weiße Bootsschuhe. Die Beretta steckte locker in seinem Gürtel, er rechnete nicht mit Kontrollen. Obwohl er Vollgas fuhr, kühlte ihn der Fahrtwind nicht ab. Erst auf der Brücke zwischen Paradise Island und New Providence wurde es besser. Er fühlte sich raum- und zeitlos, wie sich Pensionäre an Bord von Kreuzfahrtschiffen oft fühlen, letzte Ausfahrt, letztes Licht unter südlichem Himmel.

Was sind wir schon?, dachte er noch. Schaum auf dem Ozean der Zeit.

Der Gedanke erschien ihm wie ein letzter Anflug von Verklärung seiner sonst so prosaischen Existenz.

Als er den Yachthafen passierte, kam ihm ein Bus aus heiterem Himmel entgegen: Johlende, kostümierte Bacchanten, ihre Tröten und Rasselinstrumente waren schon von Weitem zu hören.

»*Yeah, this will be the day.*« Warum noch warten? Warum nicht gleich? Er verspürte eine unerklärliche Lust, auf die Gegenfahrbahn zu wechseln, den Frohsinn auf Rädern zu torpedieren. Der linke Vorderreifen des Dodge leckte schon am Mittelstreifen der Straße. Aber dann brachte er es einfach nicht fertig; der Bus hupte kurz und höhnisch, rauschte im Abstand von einem halben Meter vorbei.

In der Nähe von Over-the-Hill, im Schatten einer schmucken Methodisten-Kirche, fand er genau die Ausrede, die er suchte: eine Tankstelle. Jede Tanke auf der Welt bietet Aufschub, und wenn die Tankuhr wirklich schon Reserve anzeigt, dann sollte man dem Wink des Schicksals folgen.

Während Kuhl den Tank voll laufen ließ, bemerkte er ein paar Einheimische, die zwischen den Tanksäulen hin und her schlichen und den Kindern der Fahrer Tüten mit frischem Meeresschneckensalat reichten: »*Fresh seafood for your kids, sir. Only ten dollars.*« Sie lächelten harmlos, während sie die Touristen nach Strich und Faden beschissen.

Nur die Art zu betrügen wechselt mit den Breitengraden, dachte Kuhl. Normalerweise waren es junge, amöbenhafte Amis, die hier die Opferlämmer abgaben –

honeymooners im Rausch der Hormone: ER, immer Bermudas, SIE, in einer Art Sari, einen dummen, kleinen Strohhut auf der Hirnschale. Die Insulaner dachten sich ihren Teil, aber waren in der Regel ausgemachte Arschspaltenkriecher. Für ein paar Dollar mehr hätten sie ihre Nase auch in weiße Scheiße gesteckt, doch das war gar nicht nötig, denn die *cowboys* hatten Spendierhosen an.

Der Paarungsritus amerikanischer Primaten verlief überall gleich: Einer kurzen, heftigen Brunft folgt eine gemeinsame Reise über eine Dauer von – laut Statistik – zwei bis sechs Wochen, in einem Radius bis zu eintausend Kilometern vom Hauptwohnsitz der Hochzeitsaffen entfernt. Im Idealfall befruchtet der Durchschnittsamerikaner sein Weibchen im seichten, warmen Gewässer des Pazifiks, mit Vorliebe in der Karibik oder dem Inselstaat Hawaii. Euphorisiert von einer leichten bis mittelschweren Alkoholvergiftung, haben die meisten beim Orgasmus den Superball vor Augen oder einen – ha! – alpinweißen Dogde Challenger R/T mit halboffener Motorhaube und schnurrender Maschine. Es ist viel Liebe im Spiel, sehr viel sogar. Auf dem Flug zurück in die Staaten sind die meisten Weibchen an Bord daher erfolgreich befruchtet.

Wie es weitergeht, ist dem Leben egal.

»*Hey, cool white, how ya doing?*« Chocolate Brown, der alte Tankstellenpächter, ließ es sich nicht nehmen, Kuhl persönlich abzukassieren. Seit einem Bandscheibenvorfall hatte sein federnder Gang etwas an Schwung eingebüßt, aber er schaffte es noch immer, lässig mit seinen guten Kunden zu fäusteln. An Kuhl hatte er aus verschiedenen Gründen einen Narren gefressen; vielleicht war es die

Tatsache, dass Kuhl Chocolates Traumwagen fuhr, oder die absurde, aber weit verbreitete Vorstellung, dass alle Deutschen geborene Mechaniker seien, und Chocolate, der nebenbei mit Gebrauchtwagen handelte, hatte Kuhl schon mehrmals einen Job angeboten. Überhaupt kehrte er jedes Mal eine Menge aberwitziger Gemeinsamkeiten heraus, ein *kraut* und ein *nigger* wären eine unschlagbare Kombination – wie Waffen-SS und Voodoo –, doch Kuhl schaffte es auch diesmal, das großzügige Angebot auszuschlagen.

»*I'm gonna think about it, my man.*« Aber das war nur so gesagt.

Der *low*ste *lowrider*, den er bis dahin gesehen hatte, ein hellblauer Caddie mit Haifisch-Flossen, kam ihm Ecke East Street entgegen. Zwei Muskelberge mit Goofy- und Mickey-Mouse-Masken saßen am Steuer; Kuhl musste unwillkürlich an zwei Bankräuber denken – auf dem Hinweg, versteht sich. Kurz darauf sah er eine ganze Kinderschar mit Disney-inspirierter Junkanoo-Verkleidung und es dämmerte ihm, dass der traditionelle Karnevalswahnsinn der Insulaner noch immer nicht abgeflaut war. Der eingebaute Filter in seinem Bewusstsein, die Späßchen und erlaubten Exzesse seiner Mitmenschen zu ignorieren, hatte ihn offenbar in die Scheiße geritten.

Aus dem Verdacht wurde schnell böse Gewissheit. Die Straßen von Nassau waren verstopft, nichts ging mehr. »Schisskofrenko!«, maulte Kuhl vor sich hin, »sie sind immer noch am Feiern!« Oder war ein Staatsstreich geschehen? Es wimmelte plötzlich von Polizei, ganze Straßen wurden gesperrt, Schaulustige drängten sich an den Seiten.

Ein Verkehrsbulle, der plötzlich aufgetaucht war, klopfte mit der flachen Hand auf das Dach des Challengers und Kuhl hielt an und lächelte so lammfromm wie möglich. Eine Rhythmus-Schwadron von fünfzig, sechzig Mann marschierte vorbei. Die Besessenheit, mit der sie ihre Stahlfässer und Bongos bearbeiteten, war erschreckend. Auch der Fahrer vor Kuhl begann wie irre zu hupen, ob es sich um eine Verzweiflungstat handelte oder um Beifallsbekundung, war aus Kuhls Sicht schwer zu sagen. Die Nähe des Polizisten machte ihn zunehmend nervös und er beschloss, sich schleunigst einen Parkplatz zu suchen und den Wahnsinn weiterziehen zu lassen. Langsam, unendlich langsam ging es weiter. Endlich – Ecke Bay Street, ungefähr auf der Höhe der Hauptpost von New Providence, schaffte er es in eine Parklücke.

Trifft sich gut, dachte Kuhl. Schon längere Zeit hatte er mit dem Gedanken gespielt, sich bei Rio zu melden, doch immer war ihm irgendein Vergnügen dazwischengekommen.

Das Postamt war leer. Hinter einem vergitterten Schalter hockte ein älterer Mann und spielte Schach mit einem Mädchen, das vielleicht seine Enkelin war.

»*Yes, sir?*«

Kuhl stand in diesem Moment neben sich und hörte zu, wie dieser Typ, der aussah wie er, ein Auslandsgespräch von dem Beamten verlangte. Eine welke Holzhand deutete auf eine hölzerne Falttür. »*Make your call, sir.*«

Die muffige Luft im Inneren der Kabine war wohl das Resultat von Zigarren und schlimmen Parfüms; Kuhl blieb draußen, während dieser andere Kuhl, einen Fuß in die Falttür geklemmt, den Hörer abhob. Sein Finger fand die Löcher der alten Drehscheibe und mit jeder ratternden Drehung verschlimmerte sich das flaue Gefühl in seinem Magen. Kuhl fragte sich, ob die Polizei Rios Telefon angezapft habe, ob sie den Anruf zurückverfolgen könnten, über den Atlantik, hierher.

Etwa zehntausend Kilometer Luftlinie würde in diesem Moment ein moccafarbenes, in ein Strickjäckchen gezwängtes Telefon klingeln. Kuhl sah es genau vor sich. Es stand auf einer verkratzten Nussbaum-Kommode, an einem Fenster, durch das er seinen Block sehen konnte.

Nun mach schon, Rio ... Rasiermesserscharfe Engramme irrlichterten durch sein Gehirn, grelle, überbelichtete Ausschnitte, die sich ihm eingebrannt hatten: Betonwände in einer Tiefgarage, pulsierende Strahler, Trockeneisnebel, Schwarzlicht, Staubmilben, ein pockennarbiger Mond. Er glaubte Stimmen zu hören, auch seine eigene: »*Do you wanna bump*?« Das unscharfe Gesicht eines Mannes, nur das Loch in seiner Stirn war rasiermesserscharf.

»Hallo?« Die Stimme klang so ungehalten, als hätte sie sich schon ein paarmal wiederholt. »Wer ist denn da? Bitte melden Sie sich.«

Er hatte gleich gehört, dass es Rios Muttertier war, und legte auf. Wie benommen wankte er aus der Kabine, warf ein paar Scheine über die Schulter und taumelte hinaus auf die Straße.

An seinem Wagen angekommen, bemerkte er etwas Weißes auf dem Rücksitz, und als er es näher inspizierte, erkannte er Earls verdammte Kladde.

Daburo Shuuto, gibt er denn nie auf, der Knacker? Er wollte das Heftchen gerade zum nächsten Papierkorb tragen, als er den ersten Satz las: »Im Grunde ist es unwesentlich, wie ein Mann an die Schwelle des Todes gerät.«

Kuhl fühlte sich seltsam berührt und gleichzeitig hinterfragt. Seit dem frühen Morgen spielte er mit einem bestimmten Gedanken, doch es war nur eine hypothetische Frage, eine Art Was-wäre-wenn-es-schlagartig-aufhören-würde? Das Ende der Siebzigerjahre schien ihm kein schlechter Anlass zu sein. Vielleicht würde mit seinem Freitod ein neuer Mythos geboren, so wie es James Dean geschah oder den anderen, die es geschafft hatten, sich rechtzeitig um die Kurve zu bringen. Was hatte er schon zu erwarten? Seine Geldquelle würde versiegen, von der Villa würde er in eine bescheidene Bleibe umziehen müssen und von der Hand in den Mund leben. Er wäre *down'n'out in paradise*, vom Regen in die Traufe geraten, ein weißer Sklave an der Tanke eines hinkenden, negroiden Hephaistos, der sich sein mickriges Gehalt mit Trinkgeldern aufbessern müsste.

Seine erste Begegnung mit der Schwelle des Todes ereignete sich dann wie die meisten halbherzigen Suizidversuche – am späten Nachmittag und eher zufällig.

Kuhl suchte Saunders Beach, einen ruhigen Strand im Westen der Insel. Dort wollte er noch einmal schwimmen gehen und sich die Sache gut überlegen.

Schon bald waren die letzten Straßenschilder verschwunden und hinter der Stadtgrenze erinnerte die karibische Landschaft bereits an eine wild wuchernde Mülldeponie. Zwischen verdreckten Wellblechhütten, Betonverschlägen und alten Kähnen qualmten offene Feuer. Das Aquamarin des Meeres wirkte wie eine Verhöhnung des schwarzen Elends am Strand.

Nicht hinsehen, dachte Kuhl. Zu allem Überfluss fühlte er sich auch noch verfolgt. Schon Karl Menninger, der große US-Psychologe, hatte die Formen des Selbstmords auf Raten beschrieben und dabei konstatiert, dass die unablässige, nach innen gerichtete Aggression häufig durch den Abwehrmechanismus der Projektion »paranoid verarbeitet« werde.

Du hättest vorhin nicht anrufen sollen, dachte Kuhl, jetzt wissen sie, wo du steckst. Andererseits, selbst wenn sie es wussten: Er war nicht Ronnie Biggs oder Jacques Mesrine, sie würden kein Kommando einfliegen und ihn ausräuchern lassen.

Vor lauter Grübelei erwischte er eine falsche Abfahrt. Aus der allmählichen Steigung der Straße schloss er, dass er sich auf dem einzigen Höhenzug der Insel befand; der lag im Norden, nicht im Westen der Insel. Er verkniff es sich, mitten in der Kurve zu wenden, und fuhr weiter geradeaus bis zum gemauerten Rund einer uralten Festung. Die Navy hatte das Fort zur Zeit des kalten Krieges von der britischen Krone übernommen und – aus welchen Gründen auch immer – vergessen. Die bröckligen Mauern waren von Schlingpflanzen überwuchert und es hing ein ziemlich merkwürdiger Geruch in der Luft. Angeblich hatte die Navy hier mal Gift eingelagert, Nervengas, in Flüssigform wohlgemerkt, und gute sechzig Tonnen davon hatte sie so mir nichts, dir nichts in den Atlantik gekippt. Den alten Zeitungen zufolge waren verrostete Fässer vor Rock Sound angeschwemmt worden, einem Touristenstrand, keine zweihundert Kilometer von Nassau entfernt. Das war kaum zehn Jahre her. Kuhl lenkte den Dodge in den Wendehammer, an einem Fernrohr und einem verrosteten Cola-Automaten vorbei.

Die Aussicht war gar nicht so übel. Auch Love Beach war zu sehen mit seinen viktorianischen Villen. Hier saßen die, die es nach landläufiger Meinung geschafft hatten, Menschen, die nicht mehr arbeiten mussten und die höhere Lebensform des Parasitismus erreicht hatten – Millionäre. Earl hatte ihm einmal von dieser Enklave erzählt. Steuerflüchtlinge, Casinobesitzer, Exil-Kubaner, entthronte Diktatoren, jeder hatte hier Dreck am Stecken und alle ließen sie es sich gut gehen, richtig gut. Sie ließen sich Champagner einfliegen und entlohnten die Nuttenrudel an ihren Pools mit Geld, für das sie nicht gearbeitet hatten. Wahrlich, ich sage euch, die Welt gehört den Verbrechern. Noch gehörte er dazu. Anscheinend hatte er was richtig gemacht.

Gib dem Zufall eine Chance und was passiert? Du fährst dieselbe Straße zurück und da ist plötzlich dieser verdammte Saunders Beach.

Es war noch weniger los als sonst, was wohl daran lag, dass Karneval war, und Kuhl hatte den Strand sozusagen für sich. Die Sonne röstete seinen Bauch und über ihm schwankten die Wedel einer Palme, die so unecht aussah, als hätten sie die Paramount Studios hier in den Fünfzigerjahren aufgestellt und vergessen.

Big time, dachte Kuhl. Nicht weit entfernt entdeckte er ein paar *chicas*, die auf das Bi des Bikinis verzichtet hatten: Äpfel, Quitten, Birnen, was immer sich die sekundären Geschlechtsmerkmale zum Vorbild genommen hatten, schmorten bewegungslos in der Sonne.

Wenn er früher sofort an eine Orgie gedacht hätte, musste er jetzt feststellen, dass ihn der ganze Zirkus der

Reproduktion nicht mehr interessierte.

Er fühlte sich wie ein altes Tier, das zum Rande des Meeres gekrochen war, um zu verenden. Seine Augen begannen zu tränen, vielleicht war es der Wind. Weißliche Schaumkronen, die sich wie Ausschlag auf den träge heranrollenden Wellen bildeten, blitzten, von der Sonne getroffen, auf:

Warum warten? Warum nicht gleich?

Ein paar der -kini-Hühner beobachteten, wie er ruhig und gelassen in die Brandung watete und zu schwimmen begann.

Da die Sonne ihre Strahlen lotrecht ins Wasser schickte, wanden sich Lichtschlangen um seinen Körper. Sie schienen ihn hinauszuziehen, weit hinaus ins offene Meer. Während er sich treiben ließ und auf eine Eingebung hoffte, hielt er die Augen geschlossen: Was er sah, erinnerte ihn an die hauchdünne Scheibe einer Blutorange, vielleicht sah so eine kosmische Gebärmutter aus. Brauchte das Licht nicht acht Minuten von der Sonne zur Erde? Er wünschte sich acht Minuten in die andere Richtung.

Als er die Riffkante endlich erreicht hatte, konnte er ein paar Fische unter sich sehen. Das Wasser war tief, so tief, dass er nicht mehr den Grund erkennen konnte. Er schätzte, dass es sich um nichts handelte verglichen mit dem Weltall oder den Augen eines anderen Menschen, aber es würde ausreichen, um zu ertrinken.

Was für ein absurder Gedanke, dachte er noch, atmete aus und überließ sich dem Sinken. Es ging schnell abwärts, doch noch spielte er nur, tastete sich heran an das letzte Geheimnis, so wie manche Kinder es tun, die den Kopf in eine Plastiktüte stecken und dann so lange atmen, bis ihnen der Kunststoff die Nase verschließt.

Immerhin, über einhunderttausend Amerikaner hatten 1979 das Handtuch geworfen, es konnte nicht so schwer sein. Was war der Tod schon anderes als die Kehrseite der Geburt, es war eine Heimkehr, nichts weiter.

Etwas Scharfkantiges schrammte über seine Wade und er schrie. Er erkannte noch einen Korallenstock, groß wie eine Baumkrone, unter sich, doch es änderte nichts mehr an dem brennenden Schmerz, der jetzt in seiner Luftröhre saß. Aus dem Spiel war Ernst geworden, er hatte Wasser geschluckt.

Absurd, aber während er losstrampelte, dachte er nur an das Plankton in seinem Mund. Wahrscheinlich schluckte er in diesem Moment Millionen von Organismen, Lebewesen mit kleinen, pochenden Herzen, Fühlern und Flimmerhärchen, die nicht ahnten, dass sie in seiner Magensäure verenden würden.

Auf dem Weg zum Strand spuckte und würgte er einen guten Liter aus sich heraus. Die –kini-Hühner nahm er nur unterbewusst wahr, sie aalten sich im knietiefen Wasser oder kauerten breitbeinig in der Hocke. Die Flut leckte ihnen den Schritt, es schien sie nicht weiter zu stören und ihn auch nicht. Ein Arsch fiel ihm auf, ein Monster-Arsch, um genau zu sein, der – von der Brandung umspült – auf- und abtauchte, als führe er ein eigenes Leben.

Nein, ins Wasser zu gehen ist ein beschissener Tod, dachte Kuhl. Doch was war Daburo Shuuto? Man musste verdammt ausgekocht sein, um so die Kurve zu kratzen. Und verdammt konsequent. Unschlüssig griff er nach der Kladde:

»Im Grunde ist es unwesentlich, wie ein Mann an die Schwelle des Todes gerät. Im Falle des Verurteilten — wir wollen ihn einmal so nennen, weil er nur ein namenloser *gaijin* und Herumtreiber ist — genügt eine zerbrochene Vase, um ihn in eine ausweglose Situation zu befördern, eine Lage, aus der ihn nur der Tod retten kann. Dabei hat alles so gut begonnen: Als rechte Hand des ›Großen Onkels‹ von Tokio, eines abgeklärten und gerechten Unterwelt-Patriarchen, kontrolliert er seit Jahren die Flohmärkte im Shinjuku-Viertel, das heißt, er kassiert Schutzgelder und regelt kleine Querelen. Das Malheur mit der Vase passiert in einem Antiquitätengeschäft: Bei dem Versuch, einen Händler etwas einzuschüchtern, streift der Ellenbogen des Verurteilten eine bauchige Vase, die daraufhin am Boden zerschellt. Dass es sich um die Leihgabe eines geistig umnachteten Yakuza-Fürsten handelt, der als Wiedergutmachung für die japanischen Kriegsverbrechen ausgerechnet chinesische Vasen sammelt, erfährt der Verurteilte erst, als dieser Shimpei, so heißt er mit Namen, kurz entschlossen Hirn und Hoden des *dasai* – des stillosen Tölpels — fordert, wohlgemerkt in einer Sushi-Lunch-Box serviert, einen Anspruch, den der radikale Ästhet dadurch bekräftigt, dass er zwei Leibwächter des Großen Onkels über Nacht häuten und ausweiden lässt. Sämtliche Entschuldigungen weist er auf süffisante Weise zurück: Er sei bereit zu vergeben, wenn der *gaijin* in der Lage sei, eine Vase der Vanli-Dynastie von einer der Yongsheng-Dynastie zu unterscheiden.

Der Verurteilte kauert seit Stunden im Windschatten eines Lagerhauses an einem abgelegenen Pier im Hafen von Tokio. Ein schwerer Wolkenbruch taucht die Bucht in ein silbergraues Tuch, das sich in der Ferne verliert. Eine aufgescheuchte Ratte huscht dicht an seinen Füßen vorbei, doch der Verurteilte kann nichts tun, er muss warten, denn die Tür hinter ihm ist verschlossen.

Endstation, denkt er sich, und verflucht seine sogenannten *yojimbos*. Als der Onkel ihn zum Vogelfreien erklärte, ließen sie ihn ohne mit der Wimper zu zucken im Stich. Auch von den drei besten und unentbehrlichen Freunden eines Mannes — Rechtsanwalt, Buchhalter und Arzt — hat er bereits zwei einbüßen müssen: Dem Anwalt wurde eine rote Gurgel mit der philippinischen Schmetterlingsklinge gezogen, der Buchhalter wurde mit Zementklötzen an den Füßen aus dem Hafenbecken gefischt. Nur Doktor Hirashi, der unter einer echten japanischen Kriegsflagge im Minato-Distrikt residiert, ist ihm geblieben, und dort hatte der Verurteilte Zuflucht gesucht..

›Nein, ich denke, es wird nichts bringen, wenn ich Ihnen zwei Finger amputiere.‹ Die Worte des Doktors schallen noch immer wie ein Hinterband-Echo in seinem Kopf. ›Shimpei ist ein Starrkopf, er würde Ihre Kleinodien nicht zu würdigen wissen. Ich an Ihrer Stelle würde die Sache wie ein Ehrenmann regeln.‹

›Und das wäre? Seppuku?‹

›Es gibt einen besseren Weg.‹ In den maskenhaften Zügen des Doktors glimmte ein wölfisches Lächeln.

›Wir nennen es Daburo Shuuto — Doppelschuss. Ja, ich weiß, ein etwas irreführender Name, weil jeder sofort an eine Schrotflinte denkt. Dabei ist es eine Erfindung des großasiatischen Krieges, der biomechanische Euthanatos schlechthin, ein berauschender, schmerzloser Tod.‹

›Schmerzlos?‹ Das waren genau die Worte, die den Verurteilten noch elektrisierten, zumindest verdrängten sie die Bilder von Blutfontänen und aufgeschlitzten Gedärmen aus seinem Bewusstsein.

›Wie muss ich mir das vorstellen? Etwa Gift?‹

›Aber nein.‹ Hirashi zog eine Miene, als wundere er sich über die Naivität seines Gegenübers. ›Die Suizid-Technik, die ich Ihnen empfehle, geht auf den legendären Schiffsarzt der *Yamato* zurück, den werten Doktor Kobayashi. Als der Stolz der japanischen Kriegsmarine bereits Schlagseite hatte, bat er sein belgisches *comfort girl*, ihn mit abgewandtem Gesicht in der sogenannten Kamakira-Stellung zu reiten. Auf dem Höhepunkt verpasste er sich eine Kugel, Sie verstehen?‹ Hirashi hielt inne, denn die Gesichtszüge des Verurteilten drohten zu entgleisen. ›Kobayashis Freitod wurde von einem verwundeten Kamikaze-Piloten beobachtet, der den gesamten Vorgang als Daburo Shuuto schilderte. Die Yakuza erfuhren von der genialen Methode erst Mitte der Sechzigerjahre. Seitdem gibt es in Japan geheime Bordelle, wo besonders begabte *yuuyos* dazu ausgebildet werden, den letzten Beistand zu leisten.‹

›Aber das ist doch absurd!‹

›Vielleicht. Doch bedenken Sie, die Frage ist nicht, ob, sondern wie man stirbt. Ich an Ihrer Stelle würde es jedenfalls nicht darauf ankommen lassen, den Häschern von Shimpei in die Hände zu fallen.‹ Wieder dieses wölfische Glimmen unter den buschigen Brauen. ›Sie ziehen sich dadurch wie ein *kyokaka* aus der Affäre und beschämen Ihre falschen Freunde. Ich könnte alles diskret arrangieren, dann haben Sie's hinter sich. Morgen schon, wenn Sie wollen.‹

Die Zuversicht, die der Arzt ausstrahlte, dass dies die Lösung sein könne, und die Tatsache, dass der Verurteilte gerade einen opiumgetränkten Weißfisch verdrückt hatte, verleiteten ihn einzuwilligen. Vielleicht war es auch die erschreckende Einsicht in die Notwendigkeit des Ablebens zum eigenen Besten. Es wird kurz und schmerzlos sein.

Der Verurteilte schreckt erst auf, als eine schwarze Limousine neben ihm hält. Es ist der Doktor in Begleitung eines zierlichen Mädchens.

Sansho wa kotsubu demo piriri to karai, denkt der Verurteilte. Ein Pfefferkorn ist klein, aber scharf.

Sie trägt eine Noh-Maske, ein weißes Oval mit einem roten Fleck anstelle des Mundes. Das Rot harmoniert mit dem volkstümlichen Mingei-Muster ihres winzigen BHs, der unter einem durchsichtigen Plastikmantel sichtbar ist.

Ihr Name ist Onse — heiße Quelle, jedenfalls kann er sie so nennen, wenn er will.

›Sie ist mit der Zeremonie bestens vertraut‹, sagt Hirashi schon zur Begrüßung. Er zögert kurz, dann, mit einer angedeuteten Verbeugung, überreicht er dem Verurteilten ein schwarzes Köfferchen, kaum größer als eine Damenhandtasche.

›Ich habe die Waffe persönlich geladen. Kaliber .44. Wenn Sie es richtig anstellen, werden Sie nur einen einzigen Schuss brauchen.‹ Seine Augen wandern über die Bucht zu den Lichtern der Stadt. ›Ich würde vorschlagen, Sie entrichten Onse ihr *obanadai* — das Blumengeld — vor dem Ende des Beistands. Und verlieren Sie keine Zeit. Ihre Feinde werden versuchen, Ihnen die Tour zu vermasseln. Ein, zwei Stunden, mehr Zeit bleibt Ihnen nicht. Ich werde hier warten.‹

›Na schön.‹ Der Verurteilte überreicht dem Mädchen eine stattliche Summe, die sie gründlich nachzählt und dann in einem silbernen Beutel verschwinden lässt.

›*Hi tohoy yoa.*‹ Der Verurteilte hält das für eine Aufforderung, ihr zu folgen. Schweigend betreten sie das Lagerhaus, das Klappern ihrer hölzernen Schuhe klingt grausam profan.

Es ist ein kahler Raum, in den sie ihn führt: Ein stummer Diener aus Bambus, ein Kübel mit Wasser und ein ausrangierter OP-Tisch. Vor dem staubigen Fenster ist noch eine Kommode zu sehen, darauf ein Telefon. Der Verurteilte nimmt ab, lauscht in den Hörer. Er hört ein Freizeichen, der Anschluss scheint zu funktionieren.

›Wer wohnt hier?‹, will der Verurteilte wissen, doch sie zuckt nur die Achseln.

›Kommst du oft hierher, du Geisha des Todes?‹

Wortlos schlägt sie die aufgestellte Kapuze zurück, schält sich aus der Plastikhaut — ein Geschenk, das sich selbst auspackt. Sie hat lange, blond gefärbte Zöpfe, die wegen der Flechtart an Zaumzeug erinnern. Groß ist sie nicht. Selbst auf den dreispaltigen Plateausohlen, die ein blutroter Kordelriemen an ihren Zehen hält, reicht sie ihm gerade zum Kinn.

Er zieht sich ebenfalls aus. Die Ruhe und Gelassenheit des Mädchens ist ansteckend, fein säuberlich faltet er seine Hosen zusammen.

›Du hast den Kojoten begleitet, richtig?‹ Er sagt es im Tonfall eines Patienten, dem eine Wurzelkanalbehandlung bevorsteht.

›Hat er schnell ... geschossen?‹

›Sehr schnell.‹

›Wie schnell?‹

Sie hebt die Finger der rechten Hand.

›Fünf Minuten, verstehe.‹ Der Verurteilte ist fast erleichtert, als sie die Maske abnimmt. ›Und es macht dir nichts aus?‹

Kopfschütteln: Nicht das Geringste. Sie kann verstehen, warum Männer eine positive Todesart wählen. In der Natur fallen Akt und Tod oft zusammen. Die Eintagsfliege paart sich und stirbt, das Spinnenmännchen wird häufig von dem befruchteten Weibchen verzehrt, von vielen Meerestieren wird das Gleiche erzählt, sie laichen und sterben.

›Geht es immer so schnell?‹

›Nein. Nicht immer. Der Salamander brauchte einen halben Tag und eine halbe Nacht, aber es war seine Schuld. Er wollte einfach nicht schießen, brauchte drei Anläufe, bis es klappte.‹

Der Verurteilte nickt. ›Ist sicher nicht einfach, wenn man immer das Gegenteil praktiziert hat.‹ Die Prinzipien der Energieerhaltung beim Beischlaf sind einem Mann in seinem Alter vertraut, ebenso fast wissenschaftliche Methoden, die schnell zerfließende Lust immer wieder zu zügeln. Es muss schwer sein, gegen die Gewohnheit zu bumsen, der Salamander hatte es sicher nicht leicht.

›Hast du schon mal einem weißen Mann das letzte Geleit gegeben?‹

Ihr Blick wirkt misstrauisch, bevor sie antwortet. ›Noch nie. Aber es ist doch dasselbe, oder?‹

›Das denkst du.‹ Der Verurteilte lässt sie sehen. ›Unsere Kanonen sind größer‹, sagt er und lacht und das Mädchen lacht auch, selbst wenn es irgendwie angestrengt klingt.

›*Big gun, ho ho ho* … ‹

Sie sitzen inzwischen auf dem OP-Tisch und essen. Seine Henkersmahlzeit besteht aus O-Tose, Neujahrssake und Soleiern, getrocknetem Fisch und Soba. Es schmeckt fade, doch die Geisha des Todes hat Tuben-Wasabi dabei und einen Yakitori-Gewürzstreuer in Form eines Analstöpsels.

›*On ze rooksu*!‹ Der Verurteilte prostet ihr zu. Sie schlürft Matcha au Lait, eine kulinarische Perversion aus Cappuccino und grünem Tee, und beobachtet ihn über den Rand ihres winzigen Bechers hinweg. Irgendwann zieht sie sich aus. Hübsche Quitten hat sie, Mandelmilchfleisch und pflaumenfarbene Aureolen, die wie aufgemalt wirken, ihre Lenden leuchten wie frisch gefallener Schnee, ihre Schenkel wie zarte weiße Flammen in einem merkwürdig gedämpften, traumhaften Licht.

Der Japaner kennt zweiunddreißig Schönheiten, denkt der Verurteilte. Wie viele von ihnen mag das Mädchen vereinen?

Sie bindet sich eine Schürze aus hellem Leder um, keine Schlachterschürze, eher eine Art Fensterleder mit dunklen Flecken.

›Ich werde für dich tanzen.‹

›Ja, warum nicht?‹ Der Verurteilte zittert. Mit den Knöcheln klopft er einen Takt aufs Tablett und lässt sich Zeit, ihren Po zu studieren, die Spannung der Kreuzgrübchen und den Flug der Quarktaschen, die ihr über den Rippen hin und her springen.

›*Beppin-san ya naa*!‹, ruft er einmal. ›Was für ein hübsches Mädchen!‹

Sie scheint es nicht zu hören, öffnet den Kasten der Waffe. Sie beginnt den Lauf zu bezüngeln, streichelt die Trommel und die elfenbeinernen Griffschalen. Dann sinkt sie vor ihm auf die Knie.

›Erst *hashi arai*‹, flüstert sie. ›Das Stäbchen waschen. Dann *long tong shakuhachi*! *You relax*.‹ Der Verurteilte ist wie betäubt, irgendwie kommt die Waffe in seine Hand, sie wiegt schwer, der Griff ist noch feucht von Speichel, aber das stört ihn nicht, überhaupt nicht, denn es ist eine .357 Magnum, ein wirklich zuverlässiges Gerät, das jeder ›Dirty-Harry‹-Fan kennt: *Go ahead, punk, and make my day.*

Sie zwingt ihn in ihre Kehle, mampft, schlingt sein

geschwollenes Fleisch, als hätte sie das Säbelschlucken im Zirkus gelernt. Ihre Augen sind auf die Knarre gerichtet, vielleicht hat sie Angst vor der Ladung, nicht aus der Knarre, aus dem anderen Ding; vielleicht hat sie sich früher einmal bei einem Schreckschuss in die Backentasche verschluckt.

Als sein Schwanz endlich einem anorganischen Fremdkörper gleicht, als man damit Schnitzel weich klopfen oder Holzplatten durchstoßen könnte, befiehlt er dem Mädchen, ihre Position einzunehmen. Sie gehorcht sofort und ihre Hüften beginnen willenlos und arhythmisch zu schaukeln. Der Verurteilte ahnt, warum der Kojote nicht einmal fünf Minuten bis zum Doppelschuss brauchte.

Die Reiterin beobachtet ihn mit forschendem Blick. Es ist ihre Aufgabe, kühlen Kopf zu bewahren, doch seine schwellende Glut hat auch ihren Körper erfasst.

›*Iku-iku*!‹, schreit sie, reicht ihm ein weißes Kopftuch. ›*Kamikaze Okinawa zero*!‹

›Ha, von mir aus kann's losgehen, du Biest.‹

Er legt das Stirnband an, das Blut hämmert in seinen Schläfen, zitternd spannt er den Hahn, schiebt sich die Mündung des Laufs in den Mund, lauscht dem Schnalzen und Schmatzen der Organe, und dabei wartet er, wartet auf die Springflut von Neurotransmittern, das Brutzeln der Synapsen in der Hirnrinde, die prickelnde Starre, die Vereisung des ZNS, das Über-den-Rand-Kippen, das Verlöschen des Bewusstseins im Spasmus. Sein Zeigefinger krümmt sich, er sieht die Wolkenkratzer der Stadt, in der er einst lebte, er sieht tiefe Straßenschluchten, bevölkert von Schemen, er sieht Dinge, die die flüssige, vergängliche Welt repräsentieren, er sieht das rußgeschwärzte Silber des Himmels, wo gerade eine Sternschnuppe aufblitzt und für immer verschwindet.«

Kuhl schlug die Kladde zu. Ihm war kalt.

Eins steht fest, dachte er. In deinem Zustand solltest du so was nicht lesen. Das ist doch Wahnsinn. Euthanatos, der Orgasmus als Analgetikum. Man muss schon verdammt abgewichst sein, um auf so eine Nummer zu kommen.

Während er sich vornahm, Earl von nun an konsequent aus dem Weg zu gehen, musste er zugeben, dass ihm ein Gedanke nicht fremd war: Ein Herz im Dunkel, das friert, entzündet sich einen Traum oder zwei. Jedes Hirn hat einen großen Vorrat an bunten biochemischen Träumen. Den besten sollte man sich für die Abschiedsvorstellung bewahren und das, was er da eben gelesen hatte, war besser, als ins Wasser zu gehen.

FLUCHTPUNKT
(Frankfurt am Main, Mai/Juni 1979)

Die Einsamkeit ist ein dichter Mantel,
und doch friert das Herz darunter.
– ERWIN G. KOLBENHEYER

Der Mai rückte an, die Tage wurden wieder länger, das Leben nahm einen neuen Anlauf. Kuhl ließ sich jetzt schon vor dem Frühstück mit Wodka eintrüben und telefonierte oft »aus Notwehr gegen alles« mit Rio, der geduldig zuhörte und stets im richtigen Moment auflegte.

Daran erkennt man den wahren Freund, dachte Kuhl. Er hätte sich selbst nicht zuhören wollen, nicht in der Problemfindungsphase. Seine Gedanken zu bestimmten menschlichen Aspekten erschienen ihm selbst wie das psychotische Kondensat einer geistigen Störung; vielleicht war er auch einfach nur ein besonders hartnäckiger Wiederkäuer, der seine Galle bis zum Gehtnichtmehr fermentierte, in der Hoffnung, es würde sich der Stein der Weisen in seinem Inneren finden.

Was er so weit gefunden hatte, trug selten dazu bei, seine Miseren – chronischen Geldmangel und unfreiwilliges Zölibat – auch nur halbwegs zu lindern. Und ließ sich das Leben überhaupt lindern? Es endete ohnehin tödlich und alles war nur eine Frage der Zeit.

Doch das war noch das kleinste Problem. Kuhl fühlte sich aufgezogen und abgespielt von einer Uhrwerk-Natur, die dafür sorgte, dass ihm plötzlich Brusthaare wuchsen und dass er allzu oft Hand an sich legte, als ob er eine Pusteblume im Unterleib hätte. Er musste sich plötzlich für Frauen interessieren, musste mit anderen Männchen um irgendwelche Gunst, die ihm im Grunde gleichgültig war, wetteifern. Und als ob seine soziale Lage nicht schon die Spitze der Entwürdigung war, ahnte er seine hoffnungslose Verstrickung in die Botenstoffe der Biochemie. Alles lief wie vorprogrammiert, es lief vor ihm ab wie ein saublöder Film, er sah eine Menge Bezüge, doch keinen zu seiner Person. Die Idee »vom biologischen Film des Lebens« war geboren. Schon in der Berufsschule, als er sich noch mit Lochblenden und Weißabgleichsreihen herumschlagen musste, hatte er sich in den Pausen Gedanken gemacht, die sich allmählich konkretisierten: Er sah Analogien zwischen Granulaten und Genen, die er beide als Energieträger definierte. Mehr und mehr ähnelte sein Kosmos einer physikalischen Maschine, einem Gemisch aus physikalischen und physiologischen Wirkungen, mehr konnte er auch in seinem eigenen Dasein nicht sehen. Als angehender Fernsehtechniker musste er sich eine Menge über den Aufbau von Farben anlesen, Farben, die Goethe »Abglanz des Lebens« genannt hatte. Überhaupt hatte dessen umstrittene Farbenlehre, in der Menschen nicht mehr als »farbige Schatten« waren, Kuhl mehr beeinflusst, als er zugeben wollte.

»Pigmente in jedem Staubkorn«, hatte er einmal geschrieben, »Kolorite in jedem Atom. Unterscheidbare Färbungen selbst im Schwarz, sogar dort, wo keine Farbstoffe festzustellen sind, sondern nur Luft und Licht. Selbst die Monochromie wird noch als Farbe begriffen. Mir würde Schwarz-Weiß reichen.«

Er fühlte sich aber nicht als farbiger Schatten, sondern eher als trüber Gast.

Dabei ermangelte es ihm auch »am gutem Willen des abendländischen Philosophen, aus Gottes offensichtlicher Katzenmusik eine Harmonie zu erdichten«. Rio gegenüber hatte er schon öfter erklärt, er könne damit leben, dass die Welt nur ein Ziel sei, erdacht, um verfehlt zu werden. Diese Sichtweise würde zumindest erklären, was er tagtäglich erlebte: »Nehmen wir einmal an, einem Film wäre es möglich zu wissen, dass er schlecht ausgehen wird, warum sollte er sich dann nicht zu einem noch halbwegs erträglichen Zeitpunkt ausblenden dürfen?«

Doch was war an seinem Leben erträglich? Abgesehen von einer plausiblen Handlung fehlte es diesem Film auch an Geld. Die Ausstattung war hundsmiserabel, von einem leidlich anständigen Dekor keine Spur. Was wäre aus »Vanishing Point« geworden, hätte dieser Typ einen *fuckin'* Fiat und keinen Dodge Challenger gefahren? Und wäre seine Partnerin nicht diese sommersprossige Spitztittenjule, sondern eine moppelige Olle aus Hessisch Uganda gewesen?

Das Film-Gleichnis setzte sich jedenfalls in Kuhls Gehirnwindungen fest. Karl Fußmann, seines Zeichens Psychopharmaka-Panscher, mit dem sich Kuhl gelegentlich traf, um ins Kino zu gehen, nannte es »völlig abwegig«, aber auch nicht irrer als das Tibetanische Totenbuch, in dem die Welt als geistige Projektion und das Leben als Film definiert werde. Auch unter wissenschaftlichen Aspekten betrachtet habe das künstlich in Monate und Jahre aufgeteilte Leben etwas von einer Filmspule an sich: »Nur zurückspulen lässt es sich nicht.« Trotzdem – oder gerade deswegen – erschien ihm Kuhls Theorie nobelpreisverdächtig (»Einstein, der olle Wirrkopp, hat ja auch Glück gehabt.«) Er empfahl, ein furztrockenes Pamphlet an eine Wissenschaftspostille zu schicken, und machte sogar einen Titelvorschlag: ›Die psychosomatische Rückkoppelung filmischer Wirklichkeit auf die Unwirklichkeit des Lebens.‹ Das wird die Bande stutzig machen, ganz sicher.«

Merkwürdig, die meisten Jungs aus Kuhls Block begriffen im Handumdrehen, was dem hochgelehrten Fußmann nicht einleuchten wollte. »Mein Leben und dieser ›Earthquake‹-Quark, in den du mich heute geschleppt hast – was glaubst du, ist der Unterschied, Alter?«

»Du bist nicht Charlton Heston«, meinte Fußmann nach einiger Zeit und bekam sofort einen Ellenbogen zu spüren.

»Das Budget, Tropf, das Budget! Wenn jemand zehn Millionen in mein Leben gesteckt hätte, dann säße ich jetzt nicht neben einem *acid pusher* wie dir, sondern neben einer erstklassigen Schlampe!«

»Scheinst mal wieder knapp bei Kasse zu sein«, stichelte Fußmann.

»Welche Kasse?«, schallte es zurück. »Auf diesem Planeten ist Geld an die Stelle der natürlichen Ordnung getreten und in meinem Leben glänzt es bisher vor allem durch Abwesenheit.«

Das war wirklich eine moderate Umschreibung seiner heiklen Situation. Er hatte Mietrückstand und das Arbeitsamt drohte ihm mit Umschulungs- oder Umerziehungsmaßnahmen. Der Ernst des Lebens legte seinen Würgegriff an, eine Erfahrung, die Rio auch schon gemacht hatte.

»Sieh es mal so: Wir sind erwachsen und so behandeln sie uns.« Es war morgens um drei, und wären er und Rio nicht Geistesverwandte gewesen, Kuhl hätte sofort aufgelegt.

»Stimmt, wir sind erwachsen, Rio, da hast du Recht. Wenn aus Kindern Erwachsene werden, kommt plötzlich eine unangenehme Note ins Spiel. Sie beginnen, ernsthaft um ihren Platz in der Gesellschaft zu kämpfen. Und dann entpuppen sie sich. Wer stößt wem zuerst das Messer in den Rücken, wer ist der geschickteste Lügner, wem wird es gelingen, seine Gene am schnellsten weiterzugeben? Der Erwachsene hat ja nur eine Aufgabe von der Evolution: Den Sprung in die nächste Generation. Um das Überleben der eigenen Brut zu schützen, gehen normale Familienväter über Leichen. Ist das normal?«

»Ich kann jetzt nicht reden«, antwortete Rio, »außerdem ist es schon spät.«

»Zu spät«, höhnte Kuhl. »Zumindest für einen LSD-Schlucker, der lieber am Teleskop hängt, anstatt sich um ein sicheres Plätzchen auf dem Affenfelsen zu kümmern. Wenn du auch nur für einen Funken Verstand hättest, dann würdest du wenigstens spannen, ich meine, die gute alte Rosie wohnt schräg gegenüber. Wenn bei ihr die rote Ampel angeht, dann gibt's da sicher 'ne Menge zu sehen, ich meine, da kannst du noch was lernen.«

»Interessiert mich nicht.«

»Typisch.« Kuhl wollte erst die Flasche ansetzen, aber sie war so leer wie sein Kühlschrank. »Ist dir eigentlich klar, dass es auch nicht stimmen könnte?«

»Was?«

»Na das verfickte Weltbild von Newton und Kopernikus. Das waren Spinner, mein Lieber, wer weiß, auf was für Drogen die waren. Ich meine, die wenigsten Leute, die ich kenne, sind überzeugt, die Erde ist eine Kugel. Wer hat schon die Erde aus dem Weltall gesehen, mit eigenen Augen? Was mich betrifft, ich denke, die Amis waren nie auf dem Mond und die Erde ist nur eine Scheibe, wie die *flat-earthers* meinen.«

»Das sagst du nur, um mich zu ärgern«, sagte Rio.

Kuhl seufzte. »Nein, ich sag's dir nur aus einem Grund: Ob diese verkorkste Welt rund oder flach ist, ob es einen Stern namens Sirius gibt oder Andromeda, da scheißt der Hund drauf.«

»Du meinst Laika?«

»Nein, ich meine nicht Laika. Ich meine den großen Hund, den Schweinehund, der auf alles scheißt, was es gibt!«

»Darf ich jetzt auch mal was sagen?«, erkundigte sich Rio.

»Wenn du nicht wieder von den alten Wesen anfängst...«

»Es gibt Schlimmeres.«

»Ha – « Kuhl wollte auflachen, aber da war ein merkwürdiger, hoffnungsloser Klang in Rios Stimme. »Wieso? Was ist passiert?«

»Nichts«, sagte Rio. Und dann: »Ich habe Besuch.«

»Besuch?« Kuhl schnaubte. Er war lange genug mit Rio befreundet, um zu wissen, wann es ratsam war, keine unangenehmen Fragen zu stellen. Alle Leute, die über längere Zeit mit Drogen experimentieren, pflegen sich in der Regel mit Freunden zu umgeben, die man für blind, taub und stumm halten könnte. Während sie einerseits den Eindruck der Normalität aufrechterhalten, erweisen sie sich als Weltmeister im Tolerieren von unsichtbaren Besuchern, sprechenden Gegenständen oder Bemerkungen über synästhetische Phänomene, die ein Trip mit sich bringt. Diesmal tanzte Kuhl aus der Reihe.

»Um diese Uhrzeit?«, fragte er nach.

»Ja, um diese Uhrzeit.«

»Wie heißt sie denn?«

»Es ist keine Frau.«

»Sag bloß.« Kuhl kicherte irre. »He, ich weiß, es ist der große Unsichtbare, richtig? Das Ding – ha! – aus einer anderen Welt.«

Und als Rio nicht antwortete: »Du solltest dieses Zeug endlich absetzen, Alter, ich meine, was willst du beweisen? Dass es noch etwas anderes gibt als diese unzumutbare Realität? Und ja, natürlich gibt es noch andere intelligente Lebewesen im All, und weil sie so intelligent sind, haben sie unseren Planeten bisher erfolgreich gemieden!«

Mit klopfendem Herzen legte er auf.

Es ist sein Problem, dachte er noch, ich habe nichts mit dieser Psycho-Kacke zu tun. Ich brauche Geld.

Die Bandschleife seines Lebens wurde jetzt enger, die Tage schleppten an seinen Füßen, ein Entkommen aus den Zwangslagen gab es nicht. Am schlimmsten empfand er die drückenden Kosten für die so wörtlich »Lebenshaltung meines menschenunwürdigen Lebens«. Kuhl spuckte morgens schon Galle, im Umgang wurde er grantig bis grob.

Mal ohrfeigte er den Briefträger (»Werfen Sie hier nie wieder was ein, es sei denn, es sind Schecks!«), mal stauchte er im Supermarkt eine Mutter, deren Kinder ihn nervten, mit perfiden Sprüchen zusammen (»Pass auf, wo deine Plasmahaufen rumspringen, Alte, sonst fahr ich sie platt!«).

Am schlimmsten schlug eine vermasselte Führerscheinprüfung zu Buche. Der Prüfer meinte, es lege an Kuhls Konzentration, und genau das war das Problem: Kuhl war ja immer und überall auf einen einzigen Punkt konzentriert – nicht den Verstand zu verlieren.

Auch an der Fortpflanzungsfront sah er kaum noch Chancen für sich. Einer Frau den Hof zu machen, dafür reichte es nicht. Selbst ein Hurengeld war nicht drin.

Trotzdem versuchte er es immer wieder auf die schäbige Tour. Er lungerte nachts vor dem Ali Baba's herum und merkte sich angeschickerte Frauen, die den Türsteher nach dem nächsten Taxistand fragten.

Ihr Name war Alena, Alana oder Linea, jedenfalls sagte sie das, normalerweise stand sie bei der Deutschen Bank hinter dem Schalter. Was er sah, war schon leicht abgehangen und billig aufgetakelt, genau das richtige Material für einen harten Fick ohne seelischen Ballast. Auch Stompie, der Türsteher, hätte sie nicht von der Bettkante gestoßen, aber Kuhl war sich sicher, er hatte die besseren Karten: »Taxis sind um diese Uhrzeit eher selten, aber ich muss eh in die Richtung. Wenn du willst, kannst du mitfahren.«

Netter Zug, oder? Kavalier der alten Schule, so hatte ihn Stompie genannt.

In welche Richtung sie musste, hatte sie noch gar nicht gesagt, aber sie war dermaßen dicht, dass sie einfach nur nickte und hickste und nickte und hickste, und ihre Füße in den vanillefarbenen Mules folgten ihm wie von selbst.

»Wo stehst du denn?«, fragte sie immer wieder.

»Wart's ab, gleich sind wir da.« Am Affentor fand er genau das, was er suchte, einen aufgemotzten Porsche Carrera, tief, breit, peinlich, mit allen Extras und in Silber-Metallic.

Zielstrebig steuerte er darauf zu.

»Wie – der silberne Porsche?« Der leichte Argwohn in ihrer Stimme war bereits mit Gräten der Geilheit durchsetzt. Er spürte, wie sie ihn musterte, ganz heimlich natürlich, von oben bis unten. »Hätte ich echt nicht gedacht.«

»Wieso? Als Zahnmediziner braucht man einen ordentlichen Untersatz, oder?«

»Du bist Zahnarzt?«

»Ich studiere noch, aber das krieg ich hin.«

Wieder spürte er diesen nach innen und außen forschenden Blick: Sie überlegte, dachte nach, intuitiv und rational, ob sie mit ihm könne, ob sie es fertig bringe, seinen Schwanz in den Mund zu nehmen und sein Sperma zu schlucken.

Was jetzt folgte, war die vielfach erprobte Aufschneider-Nummer, ein Bubenstück, wie es sich nur ein Kameruner Schlosser hatte ausdenken können: Man brauchte dazu einen angefrästen Zündschlüssel und einen kleinen, miesen Porsche-Schlüsselanhänger. Die natürliche Bereitschaft der Frau, in jedem x-beliebigen, aber betuchten Mann den Versorger ihrer Kinder zu sehen, sorgte für den zwanglosen und gleitenden Übergang in die Horizontale.

»Ein Traum, was?« Kuhl stützte sich auf die Haube. »In fünf Komma fünf Sekunden auf einhundert Kah-Emm-Hah. Turbolader, verstehst du?«

»Sind das Schottenkaros?«

»Was? Ich meine, wo?«

»Na auf den Sitzen.«

»Denke schon.«

»Wie, du denkst? Wieso weißt du das nicht?«

»Weil es nicht Schottenkaros heißt, sondern Tartanmuster.«

»Häh? Ist das nicht so was wie Hackfleisch?«

Bevor sie noch weitere Fragen abfeuern konnte, rammte er den Schlüssel ins Schloss. Es knirschte wie auf Bestellung, der gute, alte AC, Kameruns Fräser vom Dienst, hatte ganze Arbeit geleistet.

»Auch das noch«, sagte Kuhl. Mit gespielter Fassungslosigkeit zeigte er ihr den abgebrochenen Schlüssel. »So was ist mir im Leben noch nicht passiert. Das glaub ich einfach nicht.« Es war eine unterkühlte schauspielerische Leistung, gutes *method acting* à la Robert De Niro, aber irgendwie hatte sie Lunte gerochen.

»Ich auch nicht«, sagte sie. »Ist das wirklich dein Wagen?«

Er vermutete, sie wolle ihm zeigen, dass sie Grips habe, und entschied sich, so zu tun, als hätte er die Frage gar nicht gehört.

»Hast du mal ’ne Haarnadel oder so was?«

Er bückte sich, inspizierte das Schloss aus der Nähe, wobei er ständig die Umgebung im Auge behielt. Sollte der Schlitten einem ortsansässigen Luden gehören, würde ihn die Scharade womöglich nicht in ihr Bett, sondern ins Krankenhaus bringen.

»Ohne den Wagen bin ich aufgeschmissen. Und zwar richtig.«

»Wieso?«

»Weil ich in Königstein wohne. Ein Taxi kostet mich ein Vermögen.«

»Wer in – icks – Königstein wohnt, kann sich’s leisten«, meinte sie mit einem spöttischen Grinsen. »Bubi, das ist nie im Leben dein Porsche.«

Kuhl schluckte. Der Satz hatte ihn für einen Moment aus der Fassung gebracht, aber dann vergegenwärtigte er sich, dass sich jede falsche Aussage durch Beharrlichkeit und richtige Dosierung wahr lügen lässt.

»Eins zu null für dich«, sagte er und sah ihr direkt in die Augen. »Der Wagen gehört meinem alten Herrn. Jetzt zufrieden?« Mit gespielter Verzweiflung rüttelte er an der Beifahrertür.

»He, ich hab’s«, sagte er dann. »Morgen früh fahre ich mit dem Zug nach Königstein, hole meinen Ersatzschlüssel und werde den abgebrochenen Bart mit ’ner Pinzette rausfummeln.« Mit der Linken tätschelte er den Kühler wie einen treuen, aber etwas schwierigen Hund. »Sag mal, ich will ja nicht aufdringlich sein, aber könnte ich vielleicht heute Nacht bei dir pennen ... auf der Couch, meine ich? Ich verspreche dir, ich werde keine Dummheiten machen. Du würdest mir wirklich einen Riesengefallen tun.«

Sie sah ihn nur an, rührte sich nicht von der Stelle.

»Du lügst«, sagte sie endlich.

»Ich lüge?« Kuhl schlug die Hände über dem Kopf zusammen. »Hab ich nicht schon genug Ärger am Hals? Warum sollte ich dir einen Bären aufbinden?« Wo du doch schon einen hast, fügte er als Verbalerotiker in Gedanken hinzu. Und den werd ich dir erst mal rasieren, und zwar mit Heißwachs, du Aas ...

Sie machte ein paar tapsige Schritte, ging an ihm vorbei, blieb wieder stehen und fixierte das Heck.

»Wie lautet dein Kennzeichen?«

Da hatte sie ihn natürlich am Kanthaken, und zwar richtig. Er stand zu seitlich, zu dicht an der Tür, um eines der Schilder sehen zu können.

»Bist du ’ne Psycho-Lady oder so was?«

»Bitte?«

»Na ja, du redest ’ne Menge komisches Zeugs.«

»Komisches Zeugs? Weil ich dich nach deinem Kennzeichen gefragt habe?«

»Genau das meine ich. Für mich klingt das gaga – oder hast du irgendwelche Hintergedanken?«

»Was für Hintergedanken?«

»Nun«, fast unmerklich öffnete er seinen Reißverschluss, »ich habe vorhin schon ein ausgeprägtes Stressmuster in deiner Stimme bemerkt und frage mich, ob du vielleicht hier an Ort und Stelle flachgelegt werden willst. Manche Frauen wollen es auf die Ultrabrutale.« Er trat an sie heran, ließ sie sein erigiertes Glied sehen und versuchte, es linkisch bei ihr abzuklatschen.

»Was ... was ist das?« Wahrscheinlich konnte sie es nicht richtig sehen.

»Nur ein Geständnis des Fleisches.«

»Bastard!« Ihre Handtasche landete mit Schmackes auf seinem Schädel und er ging wie ein angeschlagener Boxer taumelnd zu Boden.

»Fick dich selbst!« Er hörte, wie sie davonstöckelte, und lachte gehässig, als es so schepperte, als wäre sie gerade kopfüber über eine Mülltonne geflogen.

»Ja, verpiss dich!«, brüllte er los. »Da hast du dein Becken halt für nichts rausgestreckt!«

»Ich hab gar nichts rausgestreckt!«, brüllte sie wenigstens doppelt so laut zurück. »Ich scheiß auf Typen wie dich!«

»Ach ja?« Kuhl betastete die schmerzende Stelle an seinem Kopf. »Und ich scheiß auf den Austausch von Körperflüssigkeiten mit dir, du olle, ranzige Schlampe! Und ich wollte dir den Gnadenfick geben! Ja, so bin ich! Aber bitte, jetzt kannst du dir deinen Saft sonst wohin schmieren!«

»Fick dich!«, kreischte sie vor sich hin. »FICK DICH, DU GOTTVERDAMMTER DRECKSACK!«

Es dauerte noch lange, bis sie aus seinem Gehörkreis verschwunden war.

Nachdem er sich aufgerappelt hatte, hinterließ er dem Porsche-Besitzer eine kurze, aber ehrliche Nachricht: »Es trifft meistens die Unschuldigen.«

Wie in Trance folgte er dem Mainufer zum Westhafen und von dort wanderte er durch den Schotterpark weiter. Obwohl er nicht darauf achtete, überhaupt auf nichts achtete, wurde er von keinem der Züge erfasst.

Selbst die machten einen Bogen um ihn. So schien es zumindest.

Seine fatalistische Sicht wurde noch schlimmer: Am 12. Mai 1979, als Patrick Hernandez mit »Born to be alive« zum ersten Mal die Hitparade anführte, wusste sich Kuhl keinen anderen Rat, als nachts aus dem Fenster zu pinkeln. Gib dem Zufall 'ne Chance, dachte er. Lustig prasselte es auf die Fensterbretter darunter, sein Wasser fiel aus dem zweiten Stock und durch Schlenkern gelang es ihm auch, die Scheiben der Nachbarn zu waschen.

»Ich bin der größte Breitstrahlpisser der Siedlung!«, kicherte er und ergötzte sich an der Vorstellung, dass die Mieter – falls sie wach wurden – an einen Platzregen glaubten.

Ich muss hier weg, dachte er dann und glaubte für einen Moment, die Gnade der Auflösung zu erkennen. Alles war besser als diese Monotonie: Die Sonne machte jeden Tag ihre Runde über dem gegenüberliegenden Block. Klappe auf, Klappe zu, Fernseher an, Fernseher aus, Kühlschrank auf, Kühlschrank zu, Licht an, Licht aus, Fenster auf, Fenster zu, Tür auf, Tür zu. Und dann die Monotonie der Körperfunktionen. Der verfluchte Körper gab ja keine Ruhe und er saß fast immer am längeren Hebel.

Kuhl glaubte, wahnsinnig werden zu müssen. Vielleicht war er es schon.

Er stellte fest, dass es Nacht war oder frühmorgens. Unter dem aschfahlen Himmel duckten sich die schlafenden Blöcke zu Boden.

Ende Mai war auch diese kleine Realitätskrise vorbei und er meinte, durch Nachdenken einen Ausweg finden zu können: »Als lebendes Partikel dieses fragwürdigen dreidimensionalen Films habe ich die Möglichkeit, mich

räumlich zu verändern. Frage: Warum wird mir diese Möglichkeit so selten bewusst und warum mache ich nicht öfter von meinen Füßen Gebrauch?«
Es folgten ausgedehnte Spaziergänge am Bahndamm entlang, zum Niedwald und durch die Niddawiesen, wo ihm zuletzt von einem schwulen Stadtstreicher nachgestellt wurde. Seitdem begleitete Rio Kuhls Eskapaden mit der besorgten Miene eines vereidigten Sekundanten.

»Es ist nicht leicht, mit dir befreundet zu sein«, ließ er einmal verlauten. »Man könnte sogar sagen, es tut manchmal weh.«

»Weh? Wenn es so wehtut, warum kommst du dann mit?«

»Weil ich sehen will, wohin es führt.«

Er zögerte daher auch nur zum Schein, als Kuhl eines Tages neben ihm hielt und ihn aufforderte, sofort und ohne Widerspruch einzusteigen. Es war ein schwarzer Opel Manta und Rio klopfte einmal mit der Hand auf das Dach.

»Was hast du vor, Mann? Die große Flatter?«

»Rio, ich bewundere deinen Instinkt, genau das habe ich vor.«

»Danke für die Einladung, aber es ist nicht so, dass ich nicht auch was vorgehabt hätte.«

Rio deutete auf die orange Frisbeescheibe in seiner Hand.

»Ich treffe Eddie im Grüneburgpark.«

»*Right on*«, sagte Kuhl mit einem höhnischen Unterton in der Stimme. »Es mag sein, dass die Frisbeescheibe über alle sozialen, kulturellen und religiösen Unterschiede hinwegschwirrt, aber dich persönlich bringt sie nicht weiter.«

»Kann schon sein«, sagte Rio. »Außerdem wollte ich noch mal zum HL.«

»Und was wolltest du da? Hundefutter kaufen oder was?« Kuhl flippte sich eine Zigarette in den Mund. »Jetzt steig endlich ein.«

»Netter Wagen«, sagte Rio, während er sich anschnallte. »Deiner?«

»Nein, AC hat mir die Gurke geliehen, bis ich wieder einen fahrbaren Untersatz habe. Krasse Farbe.«

»Da sieht man die Roststellen nicht«, sagte Rio.

»He, nicht so vorwitzig, Alter, die Kutsche ist nicht gerade ein scheckheftgepflegtes Playboy-Mobil, aber der Motor ist auf 220 getunt.«

Er ließ den Motor einmal aufjaulen und musterte Rio schräg von der Seite. »Ist das Männerschmuck, Alter?«

»Was?«

Kuhl deutete auf ein weißes Plastikband an Rios Handgelenk; auch eine Art Barcode-Plakette war deutlich zu sehen. »Ist das jetzt Mode bei den Schwulen oder spielst du wieder Pharmastricher für die Farbwerke Hoechst?«

»He, diese Ärzte behandeln einen gar nicht so schlecht.«

»Um das behaupten zu können, fehlt dir meines Erachtens der Vergleich«, sagte Kuhl.

»Nun, immerhin sind sie höflich. Und sie reden mit mir.«

»Ach wirklich? Sie reden mit dir?«

»Ja, wirklich.«

Auch die Unterbringung war besser als bei Rio zu Hause. Ein paar Kabel an der Brust und eine Kanüle im Arm hinderten die Meerschweinchen nicht daran, Canasta zu spielen, fernzusehen oder mit den Schwestern zu schäkern. Manche von ihnen standen sogar auf Disco und kannten das Ali Baba's, wo Rio die Plattenteller bediente.

»Und jetzt?«, fragte Rio nach den ersten zehn Kilometern.

»Wir ziehen die Sache einfach durch.« Kuhl trug sein braunes Trans-Am-T-Shirt, was ihn noch aggressiver machte als sonst, und dementsprechend stampfte er ins Pedal.

»Heißt das, wir fahren nach Kelsterbach?«, fragte Rio.

»Nach Kelsterbach?«

»Na, auf den Campingplatz, wo wir letztes Jahr – «

»Du hast sie ja nicht mehr alle!«, kam es in einem ziemlich schnoddrigen Tonfall zurück. »Zum *fucking* Camping-Platz!« Kuhls Augen blieben an einem Großflächenplakat von Neckermann Traumreisen hängen: Sonne, Meer, ein endloser Strand. »Wir werden so richtig verreisen, mein Alter, weit weg, verstehst du, was ich meine?«

»Du meinst, ans Meer?« Rio hatte das Plakat auch gesehen.

»Ja, genau.« Kuhl zuckte mehrmals wie wild mit den Achseln. »Und da werden wir bleiben. Irgendwann wird es Zeit, die Fliege zu machen.«

»An welches Meer fahren wir denn?«, hakte Rio nach. Schließlich gab es auch auf dem Mond Meere in rauen Mengen.

»Wie wär's mit der Nordsee?«, fragte Kuhl.

»Ist das Mittelmeer nicht wärmer?«

»Man kann nicht alles haben, mein Freund. Außerdem ist die Mittelmeerküste überlaufen und ich habe keinen Bock, zwischen den Touris zu hocken.«

»Und was sind wir?«

»Hessische Immigranten. Wir sind doch aus Kamerun, oder nicht?«

Er glaubte plötzlich, seinen sozialen Status erstmals genau definiert zu haben. »Wenn wir gut durchkommen sollten, sitzen wir heute Abend am Strand und schauen aufs Meer hinaus. Wie alte Kapitäne. Kannst du dir das vorstellen?«

»Wie romantisch«, sagte Rio.

»Wohl bescheuert?« Kuhl schoss das Blut ins Gesicht. »Hab ich was von 'ner Homo-Ehe gesagt?«

»Nein.«

»Und nur weil Eddie uns neulich ein Katastrophenpaar nannte, heißt das nicht, dass wir in so was wie einer destruktiven Paarbeziehung stecken, hast du das kapiert?«

»Denke schon.«

»Na also, man wird doch noch mal mit einem Freund ans Meer fahren dürfen! Morgen werden wir uns dann einen Job suchen. Du, die Fischköppe sind gar nicht so stur, wie man sagt. Wenn ich denen klarmache, wie beschissen es uns geht ... «

»Als was willst du denn arbeiten?«

Kuhl zuckte wieder die Achseln. »Keine Ahnung, da wird sich schon was finden. Und wenn ich Strandkörbe aufstellen muss.«

»Verstehe«, sagte Rio. Erst jetzt bemerkte er, dass sie bereits auf der Autobahn fuhren.

»He, das sind mehr als vierhundert Kilometer, ist dir das klar?«

»Soll das heißen, du hast die Hosen schon voll?«

»Nein, aber ich hab nicht mal 'ne Zahnbürste einstecken können.«

»Was soll der Quatsch? Sonst putzt du dir doch auch nicht die Zähne.«

Rio wusste, es hatte keinen Sinn, das zu leugnen. Wie

benommen starrte er aus dem Fenster.

Er fühlte sich ansatzweise entführt.

»Hast du eigentlich eine warme Jacke dabei?«, fragte er so nebenbei.

»Wieso? Wir haben traumhaftes Wetter.«

»An der Nordsee herrscht ein anderes Klima.«

»Woher willst du das wissen? Warst du schon mal da?«

»Nein.«

»Na siehst du.« Kuhl ließ seinen Arm aus dem Seitenfenster baumeln. »Du hast von der Welt doch noch gar nichts gesehen, also halt schön die Schnauze. Wir fahren jetzt einfach Richtung Norden, so lange, bis das Land aufhört.«

Rio nickte bemüht. Hatte er das nicht schon öfters in amerikanischen Filmen gesehen? Die Helden fuhren einfach los, an irgendeine Küste, um da am Rande des Ozeans mit sich selbst und der Welt ins Reine zu kommen. Angesichts der großen Freiheit betrieben Heldenpaare auch mal ein bisschen FKK-Liebe, als Halbschatten vor der Sonne, versteht sich, um die Sittenwächter nicht unnötig zu reizen.

Wahrscheinlich um Kuhls sentimentale Stimmung zu kippen, machte sich Rio am Radio zu schaffen, aber alle Stationen hatten das große Rauschen. Nur auf AFN, dem großen Ami-Sender, lief eine lauwarme Schnulze.

»Ist das nicht Harry Bella Fondue?«, fragte er und erntete einen warnenden Blick.

»Lass es, Rio. Ich hasse es, wenn du versuchst, witzig zu sein.«

Es passierte aus heiterem Himmel: Kuhl wollte gerade einen Bus überholen, als der Typ vor ihm bremste. Was folgte, war eine Kettenreaktion, der Verkehr kam augenblicklich zum Stillstand. »Warum bremst du eigentlich nicht?«, erkundigte sich Rio.

»Was glaubst du Arsch, was ich mache?« Kuhl stand mit beiden Füßen auf dem Bremspedal, ohne dass sich die Tachonadel auch nur einen Millimeter bewegte. Das Heck eines Daimlers kam bedrohlich schnell auf sie zu.

»Schade.« Rio hielt die Frisbeescheibe vor sein Gesicht. »Es hätte mich auch gewundert, wenn Typen wie wir irgendwo ankommen würden.«

Kuhl, der sich plötzlich in der Lage eines Crash-Test-Dummys befand, stampfte immer wieder auf das leicht quietschende Pedal; vielleicht war es diese organische Simulation einer Stotterbremse, die sie vor dem Schlimmsten bewahrte. Jedenfalls kam der Manta keine Sekunde zu früh auf der Standspur zum Stehen.

»He, wir leben noch«, sagte Kuhl.

»Stimmt«, sagte Rio. »He, Mann, ich will ja nichts sagen, aber du solltest mal die Bremsbacken von diesem Unfallwagen nachsehen lassen.«

»Könnte nicht schaden«, sagte Kuhl. »Sag mal, hast du eigentlich Kohle dabei?«

»Fünfzig Mäuse«, sagte Rio. »Und du?«

»Ach, auch so um den Dreh«, antwortete Kuhl und zwinkerte sich im Rückspiegel zu. Die beschämende Leere in seinem Geldbeutel ging keinen was an, im Gegenteil: Eine Bankrotterklärung unter diesen Umständen hätte womöglich Rios Argwohn geweckt; er hätte eins und eins zusammengezählt und verstanden, dass er hier nur saß, um Kuhls Spesen zu bezahlen.

Im Kleckertempo erreichten sie die nächste Tankstelle. Außer einem Restaurant mit großzügig angelegter Bedürfnisanstalt gab es auch eine Autobahnmeisterei mit angeschlossener Werkstatt. »Abgenudelt«, sagte der unrasierte Monteur, der die Bremsscheiben untersuchte. »So können Sie nicht weiterfahren, es sei denn, Sie sind lebensmüde.«

»Das sind wir nicht«, antwortete Kuhl mit fester Stimme. »Ganz im Gegenteil, wir lieben das Leben. Also, ran ans Werk, guter Mann, worauf warten Sie noch?«

»Und ihr seid sicher, ihr habt genug Knete dabei?«, fragte der Blaumann.

»Ganz sicher«, sagte Kuhl. »Machen Sie sich nur keine Sorgen.«

Er hatte zu diesem Zeitpunkt bereits den Entschluss gefasst, die Kohle vor Ort zu organisieren. In dem Selbstbedienungsrestaurant nebenan wurden ununterbrochen Portemonnaies und Brieftaschen gezückt, und wenn er sich nicht allzu dumm anstellte, würde sich eine günstige Gelegenheit bieten. Manche Fahrer kamen mit ausgebeulten Gesäßtaschen herein, andere legten ihre Börse nonchalant aufs Tablett. Ein kleines Ablenkungsmanöver, ein schneller Griff und die Sache wäre geritzt. Kuhl hatte auch schon eine Vorstellung, wie sein Opfer aussehen sollte: Ein Typ in kurzen Hosen, mit durchgesackter Figur, Mitte vierzig, Brillenträger und heillos gestresst, mit einer nervenden Familie im Schlepptau – genau so eine arme Sau war aber nirgends zu sehen.

Abwarten, dachte Kuhl. Während er beiläufig Süßigkeiten und zwei Sandwichs mitgehen ließ, stand Rio vor einem Kühlregal und betrachtete ein blockförmiges Stück

Gouda wie den heiligen Gral. Wenn er schon immer eine Vorliebe für Scheibletten und andere viereckig geformte Nahrungsmittel gehabt hatte, dann grenzte es neuerdings an Manie, und schuld daran war so ein Fernsehbericht über Astronautenfutter und darüber, was es in der Bordküche der Raumstation Skylab alles gab, und das meiste davon sah tatsächlich so wie dieser Industriekäse aus.

»Wunderschön«, sagte Rio, »einfach perfekt, Mann.«

»Lass dir ruhig Zeit«, sagte Kuhl. Die Art, wie Rio den eingeschweißten Block vor seinem Gesicht hin und her schwenkte, zog die Aufmerksamkeit der Verkäuferin auf sich, und unterdessen stopfte sich Kuhl drei Bierdosen in die Hose und noch drei unters T-Shirt. Unter dem Vorwand, diesem frechen Blaumann mal auf die Finger zu sehen, watschelte er nach draußen. Die eiskalten Dosen klebten auf seiner Haut, sie drückten auf seine Blase, es war bestimmt nicht gesund, und Kuhl war froh, dass die Monteure den Manta nur aufgebockt hatten, denn so konnte er seine Besorgungen schnell im Kofferraum des Wagens verstauen.

Zurück im Restaurant, musste er feststellen, dass Rio mit einem Rucksacktouristen am Palavern war. Beide saßen vor einem Miniatur-Monolithen aus Käse und das Ganze wirkte aus einer gewissen Entfernung wie ein ziemlich bescheuertes fernöstliches Ritual.

Nachdem er sich vorgestellt hatte, schob sich Kuhl auf die Sitzbank.

»Ihr fahrt zufällig Richtung Nordsee?«, fragte der Langhaarige lässig zurück. Er war braun gebrannt, trug ein ärmelloses Holzfällerhemd und sah so aus, als hätte er zwei Wochen lang mit einer Hantel hantiert. Kuhl hielt ihn für einen Edelgammler, so ein Söhnchen aus gutem Hause, das den Duft der großen, weiten Welt schnappen wollte, natürlich mit zehn Kreditkarten im Gepäck.

»Dein Kumpel hier hat so was gesagt.«

»So, hat er das?« Kuhl beobachtete Rio, der an seinem Käse rumschnitzte. »Und weiter?«

»Dein Schlitten ist mir gleich aufgefallen. Der schwarze Manta, richtig? Ober*cool*, Mann.«

Kuhl zuckte die Achseln. »Eigentlich fahr ich lieber Trans AM.«

»Ich steh schon Stunden an der Ausfahrt«, fuhr der Langhaarige fort. »Glaubst du, dass mich einer mitnehmen würde?« Traurig schüttelte er seine fettigen Locken. »Dabei bin ich der König der Tramper.«

»Genau so siehst du aus«, sagte Kuhl.

»Wo willst du denn hin?«, fragte Rio. Seine Matte war mit Abstand die längste am Tisch und er glaubte, das Problem gut zu kennen.

»Sylt.« Der Tramper fletschte sein makelloses Gebiss. »Meine Ma hat da ein Haus, gleich am Wattenmeer. Ich heiße übrigens Arndt.«

»Hast du zufällig 'ne Zahnbürste dabei?«, fragte Rio.

Sein Gegenüber nickte leicht irritiert. »Sogar zwei. Wieso?«

»Würdest du mir eine verkaufen?«

»Ich schenk dir eine.« Arndt machte einen auf Kumpel. »Hier. Der Stiel ist zwar schon etwas krumm, aber die Borsten sind noch in Ordnung. Sag mal, Bruder, wäre es möglich, dass ihr mich mitnehmen könnt?«

»Wir fahren auf jeden Fall Richtung Norden«, sagte Rio. Er kniff die Augen zusammen, als ob er sich nicht ganz sicher wäre.

»Heißt das, ihr würdet mich mitnehmen?«

»Das könnte es heißen«, sagte Kuhl. »He, Bruder, wie soll ich sagen ... Wir sind ein bisschen knapp bei Kasse, eine unerwartete Reparatur, du verstehst? Die Mechaniker bauen uns gerade neue Bremsscheiben ein.«

»Alter, das geht sicher ins Geld«, sagte Arndt.

»Du hast's erfasst«, sagte Kuhl.

»Es ist trotzdem ein klasse Wagen«, sagte Arndt.

»Sag mal, hast du was an den Ohren?« Kuhl beugte sich vor. »Zwei ganz wichtige Dinge: Ich bin nicht dein Alter. Außerdem bin ich kein netter Prol, den du ausnutzen kannst. Ich hab dir deutlich erklärt, es gibt ein Problem. Ein Autoproblem. Bei uns im Kamerun sagt man, eine Hand wäscht die andere.«

»Wie Südafrikaner seht ihr mir gar nicht aus«, sagte Arndt.

»Sind wir auch nicht«, sagte Rio. »Wir sind hessische Immigranten.«

»Mittellose hessische Immigranten«, ergänzte Kuhl.

Arndt lachte erst, dann ging ihm ein Riesenkronleuchter auf: »Vergiss es, Mann, ich hab keine Knete. Warum, glaubst du, fahr ich wohl per Anhalter?«

Kuhl erhob sich.

»Vielleicht wirst du heute gar nicht mehr fahren.« Er hängte sich weit über den Tisch. »Sieh mal, Bruder, es liegt nur an dir: Wir sind bereit, dich zu fahren, dafür solltest du dich aber ein bisschen erkenntlich zeigen.«

Arndts Blick wanderte von Kuhl zu Rio und wieder zurück. Sichtlich verstimmt kramte er in seiner Hose. »Es ist zwar Erpressung, aber hier sind zwanzig Kröten und – lass mal sehen – fünfundsechzig Pfennige. Das ist alles, was ich bei mir habe, Ehrenwort.«

»Was ist mit Kreditkarten?«, fragte Kuhl, während er das Geld einstrich.

»Wie? Du nimmst auch Kreditkarten?«

»Ich nicht, aber der Typ in der Werkstatt. Könntest du die Reparatur übernehmen?«

Arndt schüttelte den Kopf. »Du bist auf dem falschen Dampfer, Bruder. Ich habe dir meine ganze Knete gegeben. Jetzt bin ich pleite.«

»Wo kommst du eigentlich her?«, fragte Rio.

Arndt gab erst keine Antwort. Entweder hatte er an der dreisten Abzocke zu knabbern oder ihn verstörte, wie Rio seinen Gouda-Quader anleckte.

»Saint Tropez«, sagte er dann. »Hab mir die Riviera reingezogen. Aber nicht, wie du vielleicht denkst, sondern auf die existenzialistische Tour. Bei den Temperaturen pennst du nachts am Strand, gibst nur das Nötigste aus und lebst davon was *la playa* dir gibt. Der Strand ernährt seine Leute.«

»Interessant«, sagte Kuhl, der ja Ähnliches plante. »Soll das heißen, du hast geangelt?«

»So in etwa.« Arndt grinste, vielleicht war es seine feinsinnige Art, Rache zu nehmen. »Ich habe einen auf *body painter* gemacht. Die Frauen von Saint Tropez stehen auf Kriegsbemalung. Alles, was du brauchst, ist etwas Fingerfarbe und ein nettes Gesicht, und schon hast du deine ersten fünfzig Mäuse verdient. Tja, *life is easy*, Freunde, zumindest wenn man so aussieht wie ich.« Arndts Grinsen war inzwischen so penetrant, dass selbst Sonnys *winner-smile* dagegen verblasst wäre.

»Vor Saint Tropez habe ich eine Zeitlang in Monte Carlo abgehangen und mich um eine ältere Nymphomanin gekümmert. Ich sage euch, es gibt nichts Schärferes unter der Sonne als eine Porsche-Targa–Fahrerin Anfang fünfzig.« Er reckte sich ungeniert und gähnte wie ein schläfriger Löwe.

»Soll das heißen, dass du so was wie ein Gigolo bist?«, fragte Kuhl.

Arndt winkte ab. »Ich bin Schauspieler. Meine Ma leitet eine Fotomodell-Agentur. Kennt ihr den letzten C&A-Katalog? Da bin ich fast auf jeder Seite zu sehen.«

»Du siehst aus wie 'n Fotomodell«, bestätigte Rio.

»*Dressman*«, korrigierte Kuhl giftig.

»Kann sein, bin aber Schauspieler.«

»Was muss man eigentlich können, um Schauspieler zu werden?«, erkundigte sich Rio.

Arndt wurde noch eine Spur ernster. »Alles«, sagte er dann. »Einfach alles. Man muss viel erlebt haben. Es klingt vielleicht verrückt, aber nach der Scheidung meiner Eltern habe ich einiges mitmachen müssen. Meine Ma ist nach Mallorca gezogen und ich musste natürlich mit. Sie war damals völlig fertig – und ich erst. Jede Woche ein anderer Vati. Ich meine, sie wollte, dass ich zu allen Vati sage, zu jedem Touri und jedem hergelaufenen Strolch. Das ging so, bis ich sechzehn war. Glaubt mir, ich hab die allerletzten Jobs gemacht, nur um nicht zu Hause zu sein: Animateur bei Club-Med ... Golflehrer ... Masseur. Ich kann sogar reiten und fechten. Ob ich mich deswegen als was Besonderes fühle? Überhaupt nicht.« Er machte eine kleine Kunstpause. »Ich habe zu viel von der Welt gesehen, um nicht zu wissen, wie unbedeutend das alles ist. Verglichen mit dem Universum bin ich nichts, wenn ihr wisst, was ich meine.«

Rio nickte andächtig. »Warst du auch schon mal unter 28° 28′ nördlicher Breite und 80° 33′ westlicher Länge?«

Arndt schüttelte langsam den Kopf.

»Hätte ja sein können«, sagte Rio.

»Wieso?«, fragte Arndt ärgerlich. »Was liegt denn da?«

»Kap Canaveral«, sagte Rio.

»Das Tor zum Weltall«, fügte Kuhl gehässig hinzu. »So viel hast du scheinbar doch nicht gesehen.«

»Wenn du meinst.« Arndt schien entschlossen, sich nicht um die Mitfahrgelegenheit zu reden, für die er bereits gezahlt hatte. »Was treibt ihr eigentlich so?«

»Na ja, ich habe mich gerade mal wieder bei der NASA beworben«, sagte Rio. »Sie haben mir schon mehrfach abgesagt, aber ich denke, dass es irgendwann hinhauen wird. So viele Leute gibt es bestimmt nicht, die bereit sind, für lau im Orbit rund um die Uhr zu malochen.«

Eine gewisse Fassungslosigkeit sprach aus Arndts Gesicht. Es hatte sich nicht so angehört, als ob er verarscht werden sollte, und genau das machte ihn stutzig.

»Respekt«, platzte es ihm von den Lippen. »Hätte nicht gedacht, dass man sich da bewerben kann. Bei der NASA. Echt dufte, Alter. Hoffe, dein Traum geht in Erfüllung.« Sein Blick wanderte zu Kuhl. »Und du?«

Kuhl räusperte sich ein paarmal, als hätte er sich verschluckt.

»Ich habe mich früher hauptsächlich mit ... mit dem Farbaufbau in Bildröhren beschäftigt.«

»He, du machst einen auf Kunst.« Arndt schien schnell begriffen zu haben. »Ober*cool*, Mann. Mein bester Freund studiert in New York. Sein Praktikum hat er bei Warhol gemacht. In der Factory. Wer ist dein Guru?«

»Kuhl wollte mal Fernsehtechniker werden«, kürzte Rio die Sache ungefragt ab.

»Wollte ich das?«, schnappte Kuhl giftig zurück. »Für

einen Ex-Chemie-Heinzel, der an Chlorakne leidet, weißt du über meine Lebensplanung ja bestens Bescheid!«

Es entstand eine kurze, aber peinliche Stille.

»He, so genau wollte ich es gar nicht wissen«, sagte Arndt. Es klang so, als ob sie sich gegenseitig demaskiert hätten und er nach einer Pointe suchte. »Chemie und Fernsehen sind die Branchen mit Zukunft. Ich denke, ihr seid auf der sicheren Seite.«

Wie Kuhl den Autobahnmeister beschwatzte, sie ziehen zu lassen? Nur so viel, es lief tatsächlich auf einen Schwur mit Kniefall hinaus. Zum Glück hatte er seinen Ausweis und die Telefonnummer seiner Bankfiliale dabei.

Nachdem er Rios Fünfziger als Anzahlung geleistet und glaubhaft versichert hatte, er brauche das restliche Geld – Arndts Geld –, um zu tanken, unterzeichnete er einen Schuldschein und der Blaumann händigte ihm den Zündschlüssel aus. »Eigentlich gehört die Kiste verschrottet«, meinte er noch.

Während der Weiterfahrt ließen sie Arndt einfach erzählen, er war eh nicht zu bremsen. Angeblich hatte er schon mit Mario Adorf und Hanna Schygulla zu Abend gegessen. Dank der *connections* seiner Ma würde er es einmal weit bringen.

»Selbst Kli-ent Eastwood war mal bei uns zu Besuch.« Er sagte tatsächlich Kli-ent, als ob es zwei Silben wären, und Kuhl schaltete wie im Reflex das Radio ein und fand diesmal auf Anhieb Disco.

»Nicht mein Fall«, kam es von der Rückbank. »Ich höre nur Velvet.«

»Was bitte?«, fragte Rio.

»Sagt bloß, ihr habt noch nie von den Velvets gehört?«

Obwohl ihn niemand gefragt hatte, geriet er über ›Pale Blue Eyes‹, wohlgemerkt in der Hilltop Festival Version vom 8. Februar 1969, einer Mono-Aufnahme mit einem unglaublichem Feeling« für zehn Minuten ins Schwärmen. Selbst die »legendäre End-of-Cole-Avenue-Version, die Lou Reeds Combo am 27. Oktober 1969 in Dallas eingespielt hatte«, hielt der Experte dagegen für schwach. In seinem monströsen Rucksack, der fast den ganzen Rücksitz ausfüllte, suchte er geschlagene zehn Minuten lang erfolglos nach einer Kassette.

»Schade«, sagte er, »das hätte euren Horizont ganz sicher erweitert.«

Er begegnete Kuhls starrem Blick im Rückspiegel und hob vorsorglich die Hand. »He, ich wollte euch nicht beleidigen.«

»Das kannst du auch gar nicht«, sagte Kuhl.

Rio nickte. »Wir würden es eh nicht verstehen.«

»Das ist die richtige Einstellung«, meinte Arndt, »he, ober*cool*!«

Hinter Buxtehude musste er dringend für kleine Jungs.

»Kein Problem«, sagte Kuhl. Er nahm die nächste Ausfahrt und gelangte zu einer Tankstelle. Dort hielt er direkt vor dem Toilettenhäuschen.

»Heutzutage muss man auch für alles bezahlen.« Arndt kramte in einem mit aztekischen Mustern geprägten Brustbeutel, den er um den Hals trug.

»He, jetzt fällt's mir ein«, sagte er dann, »ich hab dir vorhin mein letztes Kleingeld vermacht.«

Er zog ein hilfloses Gesicht.

»Na ja, ich bin ja kein Unmensch.« Kuhl schnitt eine fröhliche Grimasse und warf eine Münze über die Schulter. »Hier, fang! Ich habe immer was an Hartgeld parat.«

Arndt lächelte irritiert. »Vielen Dank.«

»Keine Ursache.« Kuhl stieg aus, klappte seinen Sitz vor und Arndt kletterte über sein monströses Gepäckteil ins Freie.

»He, Bruder – «

»Äh, ja?« Arndt drehte sich um.

»Das Geschäft wird rau und hart, wenn man an der Rolle spart. Lass 'ne Rolle mitgehen, für die Hutablage, na, du weißt schon.«

»Klar«, hüstelte Arndt, »für die Hutablage. Bin gleich zurück, Freunde.«

»Ober*cool*!«, rief Kuhl. Und als Arndt im Eingang verschwunden war, fügte er grinsend hinzu: »Reiten und fechten, was, Rio?«

Genüsslich gab er Gas.

Rio sagte lange Zeit nichts, was hätte es auch gebracht? Der Himmel über der Autobahn wurde allmählich dunkel, aber am Horizont hielt sich ein bläulich silbern schimmernder Streifen wie ein Zeichen der Hoffnung.

»Das ist das Meer«, tippte Kuhl. »He, Alter, wir werden heute Abend in einem guten Restaurant essen. Seezunge oder Krabben-Rührei, du kannst dir's aussuchen. Und dann werden wir uns ein gemütliches Strandhotel suchen.«

»Und wer zahlt?«, fragte Rio.

»Arndt natürlich.« Dabei schielte Kuhl im Seitenspiegel nach dem Riesenrucksack.

»Ich wette, unser Schauspieltalent hat unter seiner schmutzigen Wäsche noch eine kleine Notreserve gebunkert. Diese Typen sind doch alle gleich. Keiner von denen hätte den Nerv, ohne Knete loszumarschieren.«

An einem verlassenen Rastplatz hielt er an und weidete den Rucksack des Edel-Trampers regelrecht aus. Doch nichts – keine Wertgegenstände, keine Kreditkarten, keine verborgenen Depots, schlicht und ergreifend nichts. Nur Plastiktüten mit klammen, übel riechenden Socken, wertloser Ethno-Plunder und ein angekokeltes Campingbesteck.

»So ein hinterhältiges Dreckschwein!«, brüllte Kuhl. Er beförderte alles mit Fußtritten in die Büsche. Vom *bonheur dans le crime* – dem viel gepriesenen Glücksmoment der Verbrecher – spürte er nichts.

»Echte Globetrotter tragen nun mal ihre Kohle am Körper«, kommentierte Rio die große Enttäuschung vom Beifahrersitz aus. »Hätte ich dir gleich sagen können.«

»Ja, ja, hättest, Arschloch«, knirschte Kuhl. Er stieg ein und fuhr versehentlich im dritten Gang an, was ihn noch wütender machte.

Der letzte Teil der Fahrt verlief in einvernehmlichem Schweigen. Vielleicht hatten sie sich nichts mehr zu sagen oder sie dachten an den Fluchtpunkt am Horizont und die nächste Enttäuschung, die sich dahinter verbarg.

Während der Sommernachtshimmel zusuppte, während es dunkler wurde und kälter, hörten sie »Thank God It's Friday«, das irgendein norddeutscher Sender in der Langfassung spielte.

Wenig später erreichten sie endlich die Küste, nicht da, wo sie es geplant hatten, sondern in der Nähe von einem Kaff namens Niebüll. Die See war schwarz, schwappte gemächlich auf den Strand und weit draußen glitzerten die Lichter von Sylt.

»Da wohnen sie also«, sagte Rio. Er stieg als Erster aus, reckte sich und schlenderte dann eine bis auf die Moniereisen verwitterte Betonrampe hinunter Richtung Strand.

»Wer?«, rief Kuhl aus dem Windschatten des Kofferraumdeckels. Hastig stopfte er zwei Bier und die Sandwichs in seine Tasche. »Wer, hab ich gefragt.«

»Die Reichen.«

»Und ich dachte schon die alten Wesen.«

Er versuchte, Rio den Weg abzuschneiden, indem er über das Geländer der Rampe kletterte und sprang. Vielleicht hatte er die Höhe nicht richtig eingeschätzt oder der Strand war an dieser Stelle steinhart, jedenfalls verstauchte er sich den Fuß und jammerte eine gute halbe Minute vor sich hin, während Rio mit sich selbst Frisbee spielte, was nicht schwer ist, wenn man im Gegenwind spielt.

Endlich setzte er sich neben Kuhl.

»Was gebrochen?«

»Blödmann.«

»Kannst du gehen?«

»Warum?«

»Weil ich Hunger habe.«

»Und weiter?«

»Da hinten ist so ein Heringswagen.«

»Hab ich auch schon gesehen«, sagte Kuhl, »nur leider sind die Luken geschlossen. Es ist gleich zwölf.«

»Verdammt«, sagte Rio. »Und jetzt?«

Statt eine Antwort zu geben, packte Kuhl aus, was er die ganze Zeit unter seiner Jacke verborgen hatte. »Große Bescherung«, sagte er. »Bier und Sandwichs. Und zum

Nachtisch für jeden ein geschmolzenes Bounty. Lass es dir schmecken.«

Rio war sichtlich gerührt. »Ich weiß nicht, was ich sagen soll ... «

»Wie wär's mit ›danke‹?« Kuhl betastete seinen Knöchel. »Ich würde sagen, wir übernachten am Strand. Was dieser Arndt-Fatzke kann, können wir auch.«

Obwohl es Rio fröstelte, verkniff er es sich, aus dem klimatischen Unterschied zwischen Saint Tropez und Niebüll eine Staatsaffäre zu machen.

»Wie zwei alte Kapitäne«, sagte er.

»Ja, genau so«, sagte Kuhl. »Na, tut es immer noch weh, mit mir befreundet zu sein?«

»Was nicht tötet, härtet ab«, sagte Rio.

»Du sagst es«, pflichtete Kuhl ihm bei. »Und jetzt Prost!«

Er hatte vergessen, dass man den Nippel einer von langer Fahrt durchgeschüttelten Bierdose ebenso vorsichtig abziehen sollte wie den Ring einer Granate, und kaum hatte es geknackt, da spritzte ihm der fauchende Schaum um die Ohren.

Obwohl es sein Bier war, das im Sand versickerte, musste er lachen.

»Es haut einfach nichts hin«, sagte er dann. »Es haut nie was hin. Nicht mit uns jedenfalls.«

»Halb so schlimm«, sagte Rio ohne mit der Wimper zu zucken, »ich habe eh nicht damit gerechnet. He, Hauptsache, wir haben noch Geld für die Rückfahrt.« Und als Kuhl nichts erwiderte: »Weißt du, was ich denke? Vielleicht sind wir nur hierhergekommen, um das einmal zu sehen, das Meer und so, bevor wir ... na, bevor wir ... ich meine, wer weiß, ob dieser Unfallwagen noch andere

Macken hat und vielleicht landen wir ja an einem Baum.«

»Der fromme Wunsch eines Lemmings«, sagte Kuhl. »Bevor man ans Sterben denkt, sollte man erst mal gelebt haben, Freund!«

»Sollte man das? Wieso eigentlich?« Rio legte den Kopf in den Nacken. »Wenn wir nächstes Jahr um diese Zeit tot wären – ich meine, nur wenn –, dann sollten wir uns einmal überlegen, warum wir in der Lage sind, das Meer und das Weltall zu sehen.«

»Warum? Weil wir Augen haben, du Trottel.«

»Nun, was ich meine, ist: Die Schöpfung wollte, dass wir es sehen.«

»Das hast du großartig gesagt«, knurrte Kuhl. »Na schön, wir sehen das Meer und die Sterne und damit hat sich's auch schon! Wir können damit genauso viel anfangen wie die Amöbe oder irgendeine verschissene Milbe.«

»Da bin ich mir nicht so sicher.« Rios Stimme mischte sich in das Rauschen der See. »Ich glaube, es kann nur einen Grund geben, warum wir in der Lage sind, diese Dinge zu sehen – unser Geist soll sich ausweiten, zum Ganzen der physikalischen Welt. Das Meer war die erste Prüfung der Menschheit, das All wird die zweite sein. Ganz sicher.«

»Hm, wer hat dir das denn geflüstert?« Kuhl hatte selten etwas auf Rios Besinnungsanfälle zu sagen gewusst. »Keiner von uns wird nächstes Jahr sterben«, fügte er vorsichtshalber hinzu, denn so genau wollte er es gar nicht wissen. »Und eines Tages werden wir hierher zurückkommen und bleiben.«

»Klar«, Rio nickte ohne die geringste Überzeugung, »klar werden wir das. Gute Nacht.«

Er segnete das glitzernde Eiland in der Ferne mit einem

doppelten V-Zeichen, nahm sein Frisbee und schlurfte zurück zum Wagen. Dort rollte er sich auf der Rückbank zusammen.

Gute Nacht, grausame Welt, die meisten Träume verbluten an der Schärfe der Realität. Kuhl hinkte noch eine Viertelstunde die Gezeitenlinie entlang und hoffte, es werde etwas geschehen, etwas Wunderbares, etwas, was ihn und seinen Wirklichkeitssinn in die Schranken verwies, etwas wie eine Marien-Erscheinung vielleicht, nur ohne Maria, versteht sich: Ein alter Krabbenfischer würde plötzlich auftauchen und ihn fragen, ob er vielleicht auf seinem Boot anheuern wolle. (»Sicher Brot, meen Jong, und eene goldene Zukunft. Komm, schlag ein!«) Oder es wäre der kinderlose Besitzer eines aparten Hotels, der es gut mit ihm meinte und ihn kurzerhand adoptierte. Auch die einsame, aber stolze Lehrerin einer Segelschule hätte er als Wunder durchaus akzeptiert, überhaupt jede Windsbraut aus Niebüll, die ihn wie ein Stück Treibgut – aus dem Mahlstrom des Lebens gefischt – mitnehmen würde.

Er blieb irgendwann stehen, seufzte laut und legte den Kopf in den Nacken: Die blitzenden Nadelköpfe am Firmament wirkten plötzlich verschwommen.

Er weinte nicht, es hatte zu regnen begonnen.

Halbzeit oder: Zum bisherigen Stand der Ermittlungen

Auch Eddie Logwood alias Black Elvis ging im fahlen Licht des Frühjahrs 1980 seiner eigenen Wege. Es waren vor allem Schleichwege, denn die Polizei war noch immer hinter ihm her. Jede Woche kamen sie mit etwas anderem an, vor allem Kommissar Herbricht ging ihm schwer auf die Nerven. »Die Mordkommision hat schon wieder um deinen Rückruf gebeten.« Wenn der Major ihn so empfing, dann zogen sich Eddies Innereien zusammen. Irgendetwas lief gegen ihn, es ließ sich gar nicht anders umschreiben. Sein Abschiedsgesuch schmorte noch immer bei der zuständigen Stelle; das war ungewöhnlich und Eddie vermutete, der lange Arm des CID, des Criminal Investigation Departments, hinderte ihn daran, das Land zu verlassen, um drüben, in den Staaten, ein neues Leben mit seiner Braut zu beginnen. Ilona wollte eh nach New York, und im Grunde seines sanftmütigen Herzens hatte er schon immer vorgehabt, eines Tages nachzugeben und ihr den Gefallen zu tun. *Sweet thing, I miss you.* Und je länger er in der Kaserne festsaß, umso mehr vermisste er sie. Seine einzige Verbindung zu ihr war ein Münzfernsprecher an der Einfahrt von Camp King, und fast jeden Abend pilgerte er einmal zu vorgerückter Stunde nach draußen und jammerte ihr etwas vor. Auch diesmal war er am Jammern, doch die Person am anderen Ende der Leitung war nicht Ilona.

»Aber ich verheimliche Ihnen doch gar nichts, *Inspector.* Sie wollten zurückgerufen werden und genau das habe ich hiermit getan! Also nochmals: Ich kann mir nicht erklären, warum Danny plötzlich ausgerastet ist ... Er hat einfach drauflosgeballert ... Ich kann von Glück reden, dass ich noch lebe. *I beg your pardon*? Nein, ich kenne weder einen Perser namens Aijamani noch weiß ich, wer der Typ mit dem Glockenhelm war! Es war die *Space-the-Bass-Party*, *sir*, da waren alle möglichen Kreaturen unterwegs, Sie können sich nicht vorstellen, was manche Leute für einen Aufwand betreiben.«

»Ihr Freund Rio starb mit einem Apollo-2000-Helm auf dem Kopf. Ist das richtig?«

»Das ist es, *sir*.«

»Und dieser große Typ mit dem Glockenhelm – Sie wissen nicht zufällig ...? «

»*Sir*, bitte!« Eddie konnte die innere Spannung nicht länger unterdrücken. »Finden Sie es nicht absurd, einem erwachsenen Menschen solche Fragen zu stellen?«

Die Stimme am anderen Ende der Leitung hüstelte, als müsse sie sich ein Lachen verkneifen. »Eddie, ich glaube, Sie haben da was durcheinandergebracht.«

»Und das wäre, *sir?*«

»Es geht nicht darum, ob Sie erwachsen sind oder nicht, sondern ob Sie Waffen aus dem Bestand der US-Army entwendet und verkauft haben.«

Eddie ballte die Faust, holte aus und – da er bemerkt hatte, dass die Wachsoldaten am Tor ihn beobachteten – fälschte die Bewegung zu einem scheinheiligen Winken ab, das die Soldaten ihrerseits mit einem simultanen *Fuck-you*-Zeichen quittierten.

»Bei allem Respekt, aber wäre das nicht Sache der Militärpolizei?«

»Nicht, wenn eine Diskothek mit einer gestohlenen M-16 zerlegt wird, wenn es einen Toten gibt und wenn plötzlich Zeugen verschwinden.«

»Verstehe.« Eddie stand der Schweiß auf der Stirn und doch begann er zu frieren. Der dichte Tannenwald erschien ihm wie ein lauerndes Tier, das ihn aus der Dunkelheit anspringen würde – eine Vorstellung, die von den meisten Paranoikern seiner Division geteilt wurde. (*»There's something out there, Eddie, we know.«*) Sie liebten die Stacheldraht-Partitur vor ihren Fenstern, denn der Zaun hielt das uralte Böse ab, das sich ihrer Meinung nach in den Wäldern verbarg. Überhaupt, seit der Schießerei im Ali Baba's machte sich ein allgemeiner seelischer Belagerungszustand breit und vorn, am Haupttor, standen doppelte Wachen.

»Sie haben Ihren Abschied eingereicht, ist das richtig?«

»Das ist es«, zischte Eddie. »Den Grund können Sie sich vielleicht denken: Wenn die Army in den Iran einmarschiert, habe ich nicht vor, einer der ersten Nachschubfahrer zu sein. Ganz sicher nicht.«

»Ist das wirklich der Grund?«

»Nennen Sie mir einen besseren!«

»Nur einen?« Herbrichts Stimme klang unangenehm leise und Eddie spitzte seine von langen Disco-Nächten geschädigten Lauscher. »Harry Griggs hat ausgepackt, Eddie. Er meinte, Sie hätten die Ware spazieren gefahren.«

»Welche Ware?«

»Schnellfeuergewehre.«

»Verleumdung.« Eddies Eingeweide zogen sich wieder zusammen. »Das ist glatte Verleumdung.«

»Wieso? Ihr Laster wurde öfters in der Friedrich-Ebert-Siedlung gesehen. Im Kamerun. Ich habe hier die Aussage eines gewissen Otto Schortz vorliegen. Er hat sich Ihren Wagen ein paarmal notiert.«

»Der Masken-*freak*? Der ist doch nicht ganz richtig im Kopf.«

»Weil er uns jeden rücksichtslosen Wildparker meldet? Auch einen olivgrünen Laster der US-Army? Hat er Sie nicht des Öfteren höflich angesprochen und Sie haben geantwortet, er solle sich um seinen eigenen Dreck scheren?«

»Ha, manchen von diesen Knackern sollte man wirklich den Gnadenschuss geben.«

»Genau, Eddie. Im Dienst sind Sie ein Vieh und Sie sind immer im Dienst. So ist es doch, oder?

»*Sir* ... «

»Warum haben Sie's nicht getan? Sie hatten doch jede Menge Kanonen dabei.«

»*Sir*, ich verbitte mir wirklich diesen ... diesen Ton – «

Eddie brach ab und kniff die Augen so fest zusammen, dass es fast schmerzte. Seine Glückssträhne war offensichtlich zu Ende. Und dabei hatte der Tag auf einer positiven Note begonnen: Ein *staff meeting* in Großauheim hatte verhindert, dass man ihn zum obligatorischen Frühjahrsmanöver abkommandierte. Seine *buddies* hockten jetzt irgendwo in einer modrigen Kuhle hinter Steinfischbach und hatten nach der Pfeife vom schwulen Schleifer McGregor zu tanzen. Wie mussten sie Eddie beneiden, doch in diesem Moment bestand dazu nun wirklich kein Grund.

»Schön«, sagte er endlich. »Ich hatte privat in der Gegend zu tun. Manchmal, wenn ich eine Fuhre hatte, bin ich einen kleinen Umweg gefahren.«

»Sie haben Kuhlmann besucht.«

»Wenn die Maske das gesagt hat, wird es wohl stimmen.«

»Heißt das, Sie waren befreundet?«

»Mit der Maske, *sir*?«

»Nein, mit Kuhlmann.«

»Das könnte man so sehen, *sir*, zumindest waren wir die Wochenenden oft unterwegs.«

»Na, das freut mich für Sie, denn Griggs nannte Sie in seinem Brief ›einen mürrischen Einzelgänger mit Napoleon-Komplex‹. Ihre Stubenkameraden übrigens auch.«

Stubenkameraden? Eddie schmorte in einer *bay* mit fünf anderen Kerlen: Zwei Republikaner irischer Abstammung, ein Mormone aus Kentucky, ein Hippie aus Seattle, der täglich Grateful Dead hörte, und ein Typ mit chinesischem Einschlag, der sich Bruce nannte und abends stundenlang an einer hölzernen Puppe trainierte. Sie gingen sich geschickt aus dem Weg, doch schwärzten sich hemmungslos an, wenn einer mal den *bedcheck* verpasste. Manchmal war es wie zu Hause in Chicago, im Stadtteil Ida B.Wells: Alle gegen alle, Stamm gegen Stamm, ein Riesenzuchthaus der Rassen, nur fehlten eben die bewährten knastologischen Regeln.

»Können Sie mir Namen nennen, *sir*? Mit diesen Stubenkameraden würde ich mich gerne einmal näher befassen. Für mich sind das nämlich gar keine Stubenkameraden, sondern Wichsbären, und ich werde jedem Einzelnen von denen den Arsch aufreißen! Darauf können Sie sich verlassen!«

»Heißt das, Sie neigen zu Gewalttätigkeit?«

»*What the fuck*?« Eddie war dabei, den letzten Rest seiner legendären Contenance zu verlieren. »*I like* Gemütlichkeit, sir, Gemütlichkeit! Ich könnte keiner Fliege was zuleide tun, *if you know what I mean!*«

»Einer Fliege vielleicht nicht, aber einem Disco-

Besitzer namens Richter.«

»Also, *sir* ... Ich muss Ihnen sagen, das geht jetzt zu weit.«

»Was meinen Sie? Dass gewalttätige Ausschreitungen in Camp King zum Alltag gehören? Dass es normal ist, einen Menschen mit vorgehaltener Waffe zu zwingen, den Satz ›Born to be alive‹ zu erklären‹?«

Eddie zuckte die Achseln. Es herrschten raue Sitten in Camp King, das ließ sich nicht leugnen. Erst vor kurzem war es wieder zu einer Messerstecherei auf dem Exerzierplatz gekommen. Ein *redneck* hatte ein »Foxy-Brown«-Poster – das offizielle Kulturgut einer farbigen Division – mit Ferkeleien verunziert und dafür mit einer aufgeschlitzten Backe bezahlt. Ansonsten funktionierte das Miteinander der Rassen nicht anders als '45: überhaupt nicht. Es gab nur Cliquen und ethnisch geprägte Klüngel, die sich gegenseitig einen Dreck gönnten. Der Gun Club, Eddies Bande, war in dieser Hinsicht eine rühmliche Ausnahme gewesen. Die Angst vor dem Arm des Gesetzes hatte sie zusammengeschweißt.

»Die Sache mit Richter kann ich Ihnen erklären«, sagte Eddie schnell. »Das war nur ein Bewerbungsgespräch.«

»Und als was haben Sie sich bei Herrn Richter beworben?«

Eddie schnaubte. »Als Laien-Stripper, *sir*, denken Sie sich jetzt bitte nichts Falsches. Es war nichts Schmutziges, sondern eine saubere ästhetische Show, fragen Sie unseren ehemaligen Agenten.«

»Das haben wir schon«, sagte Herbricht. »Er war nicht gerade gut auf Sie und Ihre Superjock-Combo zu sprechen. Wissen Sie, wie er Ihren kleinen *act* nannte? Schmuckform krimineller Energie, ein bemerkenswerter

Ausdruck, finden Sie nicht?« Herbricht machte eine unangenehme Pause. »Richter wollte Sie rauswerfen und da haben Sie dem Mann eine kleine Kostprobe Ihres wahren Könnens gegeben, so war es doch, oder?«

»Sie können mich mal«, sagte Eddie.

»Das kann ich, und zwar kräftig, da haben Sie Recht.« Der Kommissar raschelte mit irgendwelchen Papieren. »Jetzt hören Sie mir einmal gut zu, Eddie: Wir wissen, Sie waren in die Sache verwickelt, und Sie werden mir helfen. Reicht es nicht, dass Ihr Freund Rio abgeknallt wurde? Ich möchte, dass Sie jetzt endlich mit der Wahrheit rausrücken – «

»Welche Wahrheit, *sir*?«, fiel ihm Eddie ins Wort. »Wovon reden Sie überhaupt?«

Er knallte den Hörer auf die Gabel und begegnete dem Blick der Wachposten.

»Denkt, was ihr wollt, ihr Arschgeigen.« Mit einer unwirschen Bewegung stieß er die Kabinentür auf und trat ins Freie. Was jetzt, Eddie-Boy? Ilona anrufen? Jammern? Dazu war er zu müde.

Was zum Teufel war aus ihm geworden? Hatte er nur Pech oder war das, was er gerade erlebte, ein Vorgeschmack auf die elende Erwachsenenwelt?

Er liebäugelte mit dem Gedanken, auf seine Pritsche zu kriechen, einen Joint zu rauchen und sich langsam eintrüben zu lassen. Aber selbst das war momentan zu gefährlich, weil der neue Staff Sergeant andauernd Stichproben machte.

Bleibt nur noch Fahnenflucht, dachte Eddie. Ein Mann muss rechtzeitig handeln oder er geht wie ein Wichser zugrunde. Seine Augen starrten ins Dunkel, dorthin, wo der Wald einen Katzenbuckel machte.

2
Schweres Wasser

E = MC^2 Energy equals MC squared.
– GIORGIO MORODER
(not ALBERT EINSTEIN)

Ich hatte ein großartiges Leben, ich bereue nichts.
– RONNIE BIGGS, Zugräuber

Das Leben, wie es sein sollte III

Ein Tag ist jedem gleich. Es heißt, Heraklit sei auf diesen Trichter gekommen, und vom Standpunkt des Philosophen aus gibt es tatsächlich nur eine einzige, in sich geschlossene Dimension – die Zeit eben.

Heraklit wäre daher wohl kaum auf einer Neujahrsparty erschienen, dachte Kuhl. Nein, wahrscheinlich nicht. Ein Jahr ist jedem gleich, ein Jahrhundert, Jahrtausend. Die Unterschiede waren eher marginal. Es war wie mit einem schönen Abend, man konnte ihn sich machen, man konnte es aber auch sein lassen. Immerhin, die glorreichen Siebziger waren in ein paar Stunden vorbei und Kuhl hatte sich den Abschied irgendwie denkwürdiger vorgestellt. Keine Götzendämmerung – selbst der Sonnenuntergang hatte nur mit Durchschnitt geglänzt. Wie üblich wurde es schlagartig Nacht.

Kuhl hatte gerade eine Stunde an seiner Kanone gelutscht und festgestellt, es war unmöglich den Zeigefinger zu krümmen.

Blieb also nur noch die Sause im Britannia Beach Hotel. Schon der exzentrische Howie Hughes hatte dort eine Zeitlang logiert, ganz oben, unter dem Dach – ein lebendes Skelett mit hüftlangen Haaren, versorgt und bewacht von Mormonen. Das war noch gar nicht so lange her, sechs, sieben Jahre vielleicht; hartnäckige Steuerfahnder und Atombombenversuche hatten Hughes in die Karibik vertrieben. Inzwischen galt er als tot. Kuhl bedauerte fast, dass sie sich nie kennengelernt hatten, denn Hughes' fabelhafter Ruf, Vater aller Hypochonder zu sein, hatte sich gehalten.

Das Hotel kam ihm vor wie eine deutsche Kolonie. Im

noch immer weihnachtlich geschmückten Foyer sah er vereinzelte Trachten-Smokings und Frauen in Dirndl-Gala. Die bayrische Mundart überwog, wahrscheinlich gehörten sie alle zur selben Reisegruppe.

Kuhl, extrem hula und im weißen Dreiteiler, musste zwangsläufig auffallen. Auch die Tatsache, dass er mit Sonnenbrille aufkreuzte, gereichte ihm wenig zum Vorteil. Zweimal wurde er von Hoteldetektiven überprüft und jedes Mal entging er der Leibesvisitation nur durch einen sauber gefalteten Schein.

Das Hotel war wirklich groß, gigantomanisch, konnte man sagen, mit einer Schönheitsfarm, einem Fitness-Klub und einer *Shopping-Mal*, die sich über zwei unterirdische Etagen erstreckte. Ein Schaufenster mit Fernsehgeräte-Aufbau erregte kurz Kuhls Aufmerksamkeit: Schick frisierte Schnallen in Fischschuppen-Kostümen demonstrierten ihre kulturelle Überlegenheit, indem sie mit einer Video-Kamera hantierten. Erst jetzt bemerkte Kuhl sein eigenes Bild auf den Bildschirmen und eine echte Kamera auf einem Stativ. Er konnte es sich nicht verkneifen, ein paar Grimassen zu schneiden.

Strahlemann, dachte er. Er machte eine schnelle Bewegung, als ob er ziehen würde, und sagte dann wie zu sich selbst: »Du bist tot, Kumpel, und du weißt es noch nicht.«

Oben, im festlich geschmückten Foyer, klimperte jemand »Concert from the Stars«, die alte Bebu-Silvetti-Sentimentale, zumindest hörte es sich aus der Entfernung so an; Rio hatte diese Scheibe oft im Ali Baba's gespielt, um die Gäste an »die Sterne da oben« zu erinnern. Diese Ansagen wurden ihm schon bald von dem Besitzer des

Ladens verboten, doch die Nummer durfte er weiterhin spielen. Tja, Rio, wir hatten es wirklich nicht leicht. Der peinliche Ausflug an die Nordsee fiel ihm ein, der Reinfall mit seinem Verfallsobjekt Nummer Eins ...

Alles, was schiefgehen konnte, war schiefgegangen. Punkt. Ob es das Gesetz der Serie war, das ihr Leben beherrschte? Dann würde sich auch diese Nacht wieder nichts ändern, sondern das, was er vorhatte, würde schiefgehen oder – was auch eine Möglichkeit war – im Sande verlaufen.

Mit gedämpfter Erwartung pflanzte er sich daher an die Bar, gegenüber von einem Fernsehgerät. Komische Vorstellung, was? Während alle hoffen, dass es so weitergeht wie bisher, wartest du auf einen Anlass, dich auszublenden.

Unschlüssig begann er in einem zerflederten Taschenbuch zu blättern. Es war der »Home Bartender's Guide: 1001 Cocktails in a shake«, hing am Tresen an einer Kette und auf jeder zweiten Seite hatte sich irgendein anderer Hotelgast in epischer Breite verewigt.

Kuhl entschied sich für einen Tropical Zombie, den »Zahnerweicher des Hauses«, wie Franzl, der Barmann im goldbetressten Jäckchen, befand. Er war ansonsten gekonnt auf Travolta gestylt und hatte ein ebenso schmieriges Grinsen. Routiniert zückte er einen Messbecher und verpanschte dann grünen Likör, Slibowitz, Limonensirup und Zuckerrohrschnaps zu einem trüben, schleimartigen Gemisch.

»Wie Smegma vom Alien«, sagte er noch, »so stell ich mir das jedenfalls vor.«

»Sieh an, ein Discojote.« Kuhl zog blitzschnell eine aus Daumen und Zeigefinger geformte Pistole. »Ein Bruder vom *boogie planet* ... Superjock!«

»*Yip*!«, schallte es fröhlich zurück.

»Schon lange dabei?«

»Seit ›Shake Your Booty‹.«

»Wie? Du stehst auf KC und die verfickte Sonnenscheinbande?«

»Das will ich meinen«, sagte Franzl. Trotz der beengten Verhältnisse hinter dem Tresen begann er wie wild mit den Hüften zu kreisen, vielleicht gehörte es zur Show, hier den Cocktailschüttler zu spielen.

»Na so was, und ich hätte dich glatt für 'ne Village-People-Schwuchtel gehalten!«

Franzl wollte etwas erwidern, aber der Neujahrsappell des Präsidenten kam ihm dazwischen. Das Fernsehen zeigte einen alt gewordenen Carter, die Auftritte seines Debil-Bruders und die zweite Ölkrise hatten ihn schwer gezeichnet. Kein lauwarmer Sermon konnte über die Spritpreise hinwegtrösten und die Wähler würden Carter die Quittung erteilen.

»Ultra-*low*«, meinte Franzl, als Carter verkündete, sein Land werde den Rüstungsetat um sechzehn Milliarden aufstocken.

»Was ist daran ultra-*low*?«, erkundigte sich Kuhl.

»Na ja. Klingt, als würde es einen neuen Weltkrieg geben.«

»Das wäre hula, aber nicht ultra-*low*.«

»Hula?«, fragte Franzl. »Das Wort hör ich in letzter Zeit häufig.«

»Glaub ich dir gern.« Noch bevor Carter vom Bildschirm verschwand, hatte Kuhl einen weiteren Zombie intus und alles um ihn herum begann zu verschwimmen.

»Ich will mich ja nicht einmischen« – der Barmann

hielt scheinbar ein Auge auf ihn –, »aber der Abend ist noch lang und die Sorte Kummerwasser, die Sie trinken, haut dem Fass den Boden schneller aus, als man denkt.«

»Unsinn! Du wirst doch keinen Mann davon abbringen wollen, sich sinnvoll zu besaufen.«

»Wie wär's dann mit Mojito?« Kuhls Gegenüber griff bedächtig nach einer Flasche Rum. »Schon der olle Hemingway hat drauf geschworen.«

»Und ich schwör auf die heilende Wirkung des Zombies! Noch einen, du Assel!«

»Is schon recht.« Franzl gehorchte, aber ließ sich Zeit. Die milde Verzögerungstaktik eines umsichtigen Barmannes hatte schon manchem Gast das Leben gerettet.

Unterdessen drehte sich Kuhl auf seinem Barhocker, spielte Krücken-Karussell. Was er sah, war nicht gerade erbaulich: An einem Tisch saßen ein paar ältere Semester und spielten Skat. Eine korpulente Dame mit einem tief ausgeschnittenen Dekolleté mischte die Karten.

»Ja, jede bessere Hälfte besteht zur Hälfte aus Fett«, verkündete Kuhl, »ja, auch Ihre bessere Hälfte, mein Herr, und Ihre!«

Jemand in seiner Nähe raunzte »dreckiger Psychopath«, aber das änderte nichts an den Fakten. Es war ja auch nicht böse gemeint, die Kerle taten Kuhl sogar leid, abgenagte Gerippe, denen ein Fünfjähriger die Zähne hätte einschlagen können. Wenig später zerfloss er vor Mitleid, diesmal ging es ihm um die armen Frauen, weil er die lebenslustigen Knacker mit ihren wachsigen Präputien und Pigmentflecken noch weniger ausstehen konnte.

Als der dritte Zombie vor ihm landete, beschloss er, die Stellung zu räumen: »*I'm checking out, boogie boy.*«

Mit der Absicht, dem Schicksal eine zweite Chance zu geben, trug Kuhl den Schierlingstrank vor sich her.

Durch die Lobby gelangte er auf eine Terrasse. Hungrige Gäste schnüffelten bereits am Buffet, andere genossen die nächtliche Aussicht. Kuhl klemmte sich einen zusammengefalteten Liegestuhl unter die Achsel und nahm Kurs auf den Strand. Der Weg – von umsichtigen Lakaien mit Fackeln abgesteckt – wirkte wie eine Landebahn für gefallene Engel. Dahinter war die See nur wie ein milchiger Streifen zu sehen, eine Restlicht-Zone, an deren äußersten Rändern sich die Finsternis wie feiner Sprühregen zeigte. Darüber glitzerten wahre Sternenkorallen.

»*Wow, BIG TIME*«, murmelte Kuhl. Er versuchte, Rio nachzuäffen. »Sieh dir nur die Galaxien an, Junge! Die unendliche Weite! Führt sie uns nicht immer wieder vor Augen, wie weit sich der menschliche Geist noch ausdehnen muss, um eins mit der Schöpfung zu werden?«

Muss es sein?, dachte Kuhl. Die Mär vom Urknall wurde zwar inzwischen offiziell an den Schulen gelehrt, es gefiel den langhaarigen Studenten und ihren Professoren, weil der Vorstellung vom *big bang* – dem großen Bums – eine orgiastische Dimension innewohnte. Der Vorgang an sich war physikalisch gesehen unmöglich.

Kuhl hatte seine eigene Theorie: Die Ausdehnung des Universums war irreversibel und würde auf eine gleichmäßige Verteilung der Atome hinauslaufen. Ein Atom pro Lichtjahr, das wäre das Ende. Auch von Romeo und Julia und allen anderen, die sich jemals geliebt hatten. Ein Atom pro Lichtjahr, vergesst das nicht, so unendlich wird die Einsamkeit sein. Zu diesem Zeitpunkt würde es keine Sonnen mehr geben, kein Leben, nichts. Es wäre so, als hätte es nie etwas gegeben, weder Disco Stomp noch Beethovens Neunte, noch sonst irgendwas.

Es war Ebbe. Die Nahtstelle zwischen Strand und Meer war deshalb knochentrocken. Und hier, genau hier, wollte er sein letztes Lager aufschlagen. Die alten Indianer hatten es nicht anders gemacht; schön, manche waren auf Bäume gestiegen, doch was zählte, war die Absicht zu gehen.

Er klappte den Liegestuhl auf – was tatsächlich auf Anhieb gelang –, machte es sich bequem und lauschte eine Weile dem fernen Donner der Brandung. Es gab nichts mehr zu sagen. Alles gehabt, dachte er noch. *Yip. Top of the world. Big time.* Das Licht eines fernen Leuchtturms strich fast unmerklich über die See, und dieser Schimmer war es, der ihn hoffen ließ, der Abschied von der Welt werde sich so am Rande ergeben. Jimi Hendrix und der große Bon Scott waren im Zustand der Bewusstlosigkeit an ihrer eigenen Kotze erstickt, es war also möglich, und so trank er den Cocktail auf ex.

Es dauerte nicht lange und er hörte verstohlene Schritte.

»Ah, Kuhl, hier haben Sie sich versteckt.« Earls Gesicht erschien über ihm wie ein Halloween-Kürbis, zumindest hatte er ebenso flackernde Augen.

»Land unter«, meinte Kuhl. »Wo haben Sie denn Ihr kleines Spielzeug gelassen?«

»Mary feiert mit ihren Eltern. Da muss sie nun mal durch, immerhin haben die ihr den Urlaub bezahlt.« Earl trat nach einer vermeintlichen Muschel im Sand. »Alles in Ordnung? Sie machen so ein Gesicht.«

»Man macht immer ein Gesicht, Earl, ob man will

oder nicht. Leben Sie wohl.«

»Wie darf ich das denn verstehen?«

Kuhl legte den Kopf in den Nacken. »Wir leben auf einem Planeten, Earl. Vielleicht haben Sie das im Laufe Ihres langen Lebens vergessen, aber so ist es. Nichts hier hat einen Ewigkeitswert.«

»Hm! Und weiter?«

»Tja, ich dachte, Sie würden von selbst darauf kommen.« Kuhl suchte in seinem Sakko nach Zigaretten. »Keiner von uns wird diesen Ort lebend verlassen. Und wenn man am Ende eh draufgehen muss ... «

»Ich hab's nicht eilig«, sagte Earl. »Sind Sie religiös?«

»Nein.«

»Niemals die kleinste Anwandlung gehabt?«

»Nicht dass ich wüsste.«

»Ich schon.« Earl erhob seine Stimme – wie zahllose reiche Deutsche in Übersee, die zu glauben scheinen, der Kellner verstehe sie nur, wenn sie brüllten. Im Übrigen setzte er einen treuherzigen Hundeblick auf. »Soll ich Ihnen ein kleines Geheimnis verraten, mein Freund? Sehen Sie, wenn man so denkt wie wir beide, wenn man die Dinge im Grasnabenlicht der Insekten betrachtet, wenn man von den gierig saugenden Wurzeln unter dem grünen Teppich weiß und von den Würmern dazwischen, wenn man erkannt hat, dass der Mensch nur ein Staubgewächs ist, das für kurze Zeit in der Feuchte aufgeht und wieder verschwindet, dann liegt der Gedanke nahe, dass der Film eines Tages an Stelle der verlorenen Transzendenz treten könnte. In der Licht- und Schattenschmelze des Filmprojektors werden wir wiedergeboren. Ich denke, jeder echte Cineast ist ein heimlicher Spiritist.«

Kuhl kicherte müde-resigniert vor sich hin. »War das Ihr kleines großes Geheimnis?«

»Ja, das war's.« Earl lachte kurz auf. »Hören Sie, Kuhl, also nur für den Fall, dass Sie noch etwas anderes vorhaben, ich sitze mit dem Vorstand des Bahama-Golfklubs draußen an einem Tisch im Palmen-Rondell. Gerade haben wir eine Methode entdeckt, das nächste Jahr um acht Tage zu verlängern.«

»Wie das?«

»Überschall. Wenn Sie achtmal die Concorde nehmen, hat das Jahr am Ende dreihundertdreiundsiebzig Tage. Stellen Sie sich das vor, eine ganze Woche mehr! Auf vier Jahre gerechnet, wäre es schon ein Monat. In meinem Alter ist das beachtlich.« Er sah sich um. »Aber lassen Sie uns das Thema wechseln. Die Nacht ist noch jung, wir haben den besten Platz im Großen Palmen-Rondell und«, er machte eine kleine Pause, » – wir haben einen Filmstar zu Gast.«

Trotz beträchtlicher Promille wurde Kuhl hellhörig. »Wen, bitte?«

»Ich rede von der göttlichen Pola Popova!« Die Eindringlichkeit, mit der Earl das sagte, hatte schon bizarr-komische Züge. »Sie könnte die Hauptrolle spielen.«

»Earl, ich sage es Ihnen zum letzten Mal: Lassen Sie mich endlich mit dieser Geisha des Todes zufrieden!« Kuhl starrte hinaus auf die nächtliche See, die sich nur noch als schwarzes Rauschen manifestierte. »Ich habe Ihre *story* zur Hälfte gelesen und ich muss sagen, Sie sollten sich einweisen lassen. Selbst wenn sich diese Bonsai-Gangster so das letzte Geleit geben, heißt das noch lange nicht, dass ein normaler Mensch – ein normaler Mensch, Earl! – mit dieser Geschichte etwas anfangen kann, es sei denn, er hätte vor, sich selbst um die Ecke zu bringen. Und dann wäre er nicht mehr normal, sondern ziemlich gestört.«

»Schade, ich habe Sie für einen Cineasten gehalten.« Earl lachte ein von unerschütterlicher Zuversicht gesättigtes Lachen. »Vielleicht ändern Sie ja noch Ihre Meinung, wenn Sie sie sehen. Selbst der alte Russ Meyer war mal hinter ihr her, das will was heißen. Vor Wochen habe ich ihrem Agenten mein Skript zugeschickt und wissen Sie was? Sie ruft zurück. Höchstpersönlich. Aus dem Britannia, wo sie zufälligerweise ihren Urlaub verbringt. Sie ist hier! Die Geschichte gefällt ihr, selbst wenn sie noch nie eine Geisha gespielt hat. Wir können sie buchen.«

»Ich will nichts und niemanden buchen«, murmelte Kuhl. Der Plural in Earls Rede verärgerte ihn. »Scheren Sie sich endlich zum Teufel, Ihre Lebenslust ödet mich an.«

Neben Earls Fuß wühlte sich plötzlich eine Krabbe aus dem Sand. Sie sah sich um und zwackte mit ihrer Schere in seinen Segeltuchschuh.

»Das nenne ich auch einen Wink«, sagte Earl. »Na schön, ich überlasse Sie Ihrem Schicksal.«

Das Rauschen nahm zu und die Finsternis schob sich wie ein Kontinent weiter landeinwärts.

Die Begegnung mit Earl bestärkte Kuhl in seinem Vorsatz, wirklich die Entscheidung zu suchen. Eine Abendgesellschaft hätte nur neuen Aufschub bedeutet, und außerdem hielt er Earl – um mit Sid Weinberg zu sprechen – für »einen unangenehmen Gegner an den letzten drei Löchern, wenn es wirklich drauf ankommt.«

Eine Stunde oder so lungerte er am Rande des Nichts,

döste vor sich hin und hoffte, die Schöpfung würde endlich ein Einsehen haben. Was hätte er nicht alles in Kauf genommen: Hirnschlag im Schlaf, Herzstillstand, einen Blutpfropfen in der Aorta, irgendeine kleine, verschleppte Misere, einen latenten Defekt.

Das Warten wurde langweilig, Kuhl räkelte sich hin und her. Zufällig warf er auch mal einen Blick über die Schulter und erschrak: Da war er doch Teil einer einzigartigen Sitzgruppe geworden, ohne es zu bemerken. Es waren keine Krabben gemeint, wenngleich man ihnen die Ähnlichkeit mit Krustentieren nicht absprechen konnte. Ein Dutzend Greise war Kuhls Beispiel gefolgt und hatte es sich in Liegestühlen am Rand der Abbys gemütlich gemacht.

Manche waren sogar in Decken gehüllt und hatten sich ihres Schuhwerks entledigt.

»*Low, low, low*«, murmelte Kuhl. Es mag stimmen, dass Todgeweihte einander erkennen und dass sich dort, wo der Schnitter sein Zelt aufschlägt, immer die Richtigen finden. Die Sterbegemeinschaft, die er versehentlich ins Leben gerufen hatte, war zudem überaus zahlreich. Von rechts und links blinzelte man ihm verschwörerisch zu: Sie wollten es ebenso hinter sich bringen und warteten auf die Flut.

Kuhl schluckte; das Ganze war ihm nicht mehr geheuer. Leise pfeifend stand er auf und streckte sich mit einer hampeligen Bewegung.

»Muss eben mal austreten, Leute, bin gleich wieder da.«

Schon das Bibbern in seiner Stimme hatte genügt, dass sie ihn wie einen Verräter anstarrten.

»Geh mit Gott«, sagte jemand.

Der Weg zurück zum Hotel erschien ihm entsetzlich lang. Immer wieder drehte er sich um, doch niemand war ihm gefolgt, sie hielten offensichtlich die Stellung.

Die Nacht der lebenden Leichen, dachte er und pflanzte sich an die Bar.

»Noch einen?«, fragte Franzl.

»Ein großes Mineralwasser bitte.«

Der Barkeeper schüttelte den Kopf, aber er stellte ein 0,7-Liter-Glas auf die Theke und ließ es voll laufen. »So betrunken war hier noch keiner, dass er Mineralwasser wollte.«

Kuhl nahm einen Schluck und fragte sich, woran es liege, dass die groß angekündigte Silvester-Gala nicht in die Gänge kam. Vielleicht lag es am Durchschnittsalter der Gäste, die eher gut gekleidet herumsaßen, Karten spielten und nebenbei ihre Hirne in Alk einweichten. Andere sahen ganz offen fern. Kuhl fühlte sich hoffnungslos blockiert und es wurde auch nicht besser, als im Vestibül der DJ die erste Platte auflegte: *Stayin' Alive* ...

Auch das noch, dachte Kuhl. Die Zirkuspferde der Sentimentalität trabten fröhlich im Kreis.

Um zum Ende zu kommen, muss man manchmal zurückgehen, weit zurück, zum Anfang, dem Anfang von allem. Man sieht das Leben wie eine Bandschleife vor sich. Erst dann erkennt man, wie viele Logiklöcher es gibt, die Anschlussfehler springen einem deutlich ins Auge, die Dialoge mit Exgeliebten erscheinen einem so falsch, dass man ausspucken könnte.

Kuhls Siebzigerjahre gingen in dieser Nacht de facto zu Ende und alle, die fröhlich jede Geschmacklosigkeit mitgemacht hatten, wussten Bescheid: Paul Getty hatte sein Haus in Marrakesch unlängst verkauft und der Martini-Set war von der südfranzösischen Küste verschwunden. Jackie Onassis kehrte sogar ihrem geliebten Acapulco den Rücken. Und Omar Sharif verließ sichtlich ernüchtert seine Bumsbude in Deauville an der normannischen Küste, jedenfalls war es so in der Zeitung zu lesen. Vorbei die Zeiten des marokkanischen Kaftans, der indischen Seidenhemden und Navajo-Indianer-Zierrate. Selbst die Ski fahrenden Briten in Sauze d'Ouex waren wieder auf dem unbequemen Boden der Tatsachen gelandet. Die Welt war reif für eine Veränderung oder die Mehrzahl wollte wie eine Horde ungeduldiger Zeitreisender einfach weiter.

Ein paar *oldtimer*, der Mundart nach Schwaben, bequakkelten an einem Nebentisch das »Ende einer Epoche«. Als ob ihnen der Jahresrückblick nicht ausreichte, kamen sie auf alle möglichen Ereignisse zu sprechen: »Ich habe für Biafra gespendet...«, »Während der Fußball-Weltmeisterschaft...«, »...als Nixon Vietnam bombardierte –«, »Also die Olympiade in München, das werd ich echt nicht vergessen.« Sie brachten eine Menge Jahreszahlen durcheinander und verloren zuletzt völlig den Faden, denn jeder hatte offenbar seine eigene Chronik im Kopf. Für die Superjocks würde Disco der Schrittmacher sein, alles andere – Politik, Wirtschaftskrisen, Kriege –, all die verbürgten historischen Ereignisse, würden die Größe von Polypen annehmen.

Es war einmal, dachte Kuhl.

Nur, wie war es gewesen?

Für Kuhl hatte alles mit dem Kauf einer Single namens »Kung Fu Fighting« begonnen. Herbst '74, wenn er sich nicht täuschte. Carl Douglas hatte sich damals dem Volk mit geballten Fäusten präsentiert und mit rotem Stirnband. Er hatte ausgesehen, als habe er der ganzen Welt die Fresse polieren wollen. So ungefähr hatte Rio den Auftritt gedeutet und Kuhl war schon überzeugt gewesen: Immerhin hatte er in diesem Jahr seine erste Tüte geraucht, einem leichsinnigen Kontrolleur in die Zähne getreten und seinen ersten Pornofilm im Bahnhofskino gesehen. Es erschien ihm wie eine Lebenstauglichkeitsprüfung und er hatte bestanden.

»He, *boogie man* ... «
»Zu Diensten, der Herr?«

»Erinnerst du dich noch an '74, als sie Nixon endlich am Arsch kriegten?«

Franzl machte ein erstauntes Gesicht. »Weltmeister sind wir geworden, das ist alles, was ich weiß.«

»Und danach wurden die Schlaghosen breiter«, seufzte Kuhl.

Sehr schlimme Bilder erschienen vor seinem geistigen Auge. Zumindest sein Alter hatte damals einer Witzfigur geglichen, wenn er in gesäßbetonten Flares und einem lila Cordwestchen an der Straßenbahn-Haltestelle gestanden hatte. Wenig später hatte ihn Kuhls Mutter verlassen, unter ästhetischen Aspekten betrachtet durchaus die Quittung, die der Alte verdient hatte. Ansonsten erinnerte sich Kuhl noch einer UFO-Entführung in England und der beunruhigenden Meldung, die internationale Produktion von Vampirfilmen habe nur noch ein Sechstel des Vorjahres erreicht. Völlig unverständlich aus seiner Sicht, denn Vampirfilme waren nach Bruce-Lee-Filmen einfach das Beste.

»He, Franzl ... «

»Bittschön, der Herr?« Jeder gute Barmann ist auch ein geborener Beichtvater, Franzl konnte nicht widerstehen. »Was haben Sie auf dem Herzen?«

»Franzl, diese Knacker da drüben haben ganz Recht. Heute Nacht geht eine Epoche zu Ende. Mal ehrlich, was soll jetzt noch kommen? Ich meine, nimm nur mal an, der Schlag würde dich heute Nacht treffen, hättest du dann nicht alles vom Leben gehabt?«

»Der Schlag?« Franzl betrachtete das Mineralwasser auf der Theke. »Ja, das waren schon verdammt wilde Jahre.«

Zum Beispiel das Jahr mit der Nummer Eintausendneunhundertfünfundsiebzig: Das von der UNO proklamierte Jahr der Frau begann mit einem Tiefschlag ins Gemächte des Kraftfahrers: Nach dem Bankrott der Burma Oil wurde der Sprit um zehn Prozent teurer. Auch die Weltlage war keineswegs rosig, denn der Krieg in Vietnam war voll in die Hosen gegangen. In der Rede von Marshall McLuhan zur Lage der Nation hieß es: »*Television brought the brutality of war into the comfort of the living room. Vietnam was lost in the living rooms of America, not on the battlefields in Vietnam.*« Aha, ein Aufguss der alten Dolchstoßlegende. Charlie war inzwischen in Saigon einmarschiert, Pol Pot – der sich Bruder Nummer Eins nannte – besetzte Phnom Penh. Während die Gruppe Crown Heights Affair mit »Dreaming a Dream« Disco und Soul endlich versöhnte, wanderten in Kambodscha Millionen in die Umerziehungslager der Roten Khmer. Nur sporadisch sickerten Nachrichten durch, doch Kuhl interessierte sich sowieso nur für Idi Amin Dada oder für die

Vorgänge auf der Raumstation Skylab, zumindest tat er so, um Rio nicht zu vergraulen. Ansonsten tauschten sie sich über PS-Stärken und Hubräume ihrer Traumschlitten aus. (Die Preise blendeten sie aus, damit die aus Testosteron gebauten Kartenhäuser nicht vorzeitig einstürzen konnten.) Um die deutsche Automobilindustrie stand es ohnehin mau: Bei VW wurde die Hälfte der Belegschaft entlassen. Auch zwei Familienväter aus Kuhls Block waren betroffen, in der Lotto-Toto-Annahmestelle wetteiferten sie um düstere Zukunftsprognosen. »Bald brauchen die gar keinen mehr! Nicht mal Ausländer. Dann sind die Roboter dran und wir sind im Eimer!«

Rio stand der Automation skeptisch gegenüber. Er hatte sich einen vollautomatischen Plattenspieler andrehen lassen und jetzt ärgerte er sich, wie lahmarschig sich der Tonarm bewegte. Dabei hatte er noch ganz andere Sorgen: Isaac Hayes vermasselte mit »Disco Connection« sein letztes *comeback* und Van McCoy stürmte in die *charts*. Das Jahr ging klar an Van, der mit einem Moog-Synthesizer echte Pionierarbeit leistete. Auch in den Musicland Studios gingen jetzt öfter die erprobten Elektro-Bastler ans Werk. »Love to Love You, Baby« avancierte zur Hymne des Frankfurter Rotlichtmilieus. Sie habe alles gegeben, von dem man ihr seit ihrer Kindheit eingebläut habe, »dass man es besser verschweigt«, so Donna Summer im Fachblatt Cashbox. Selbst prominente Musikkritiker wie Vincent Aletti feierten Disco als musikalische Umsetzung des Orgasmus. Rio behauptete zwar, Giorgio hätte sich die *bassline* von den O'Jays geborgt, nur wen störte das, solange die Summer stöhnte wie eine kalbende Kuh.

Ausgerechnet Sonny überraschte Rio mit einer noch

schlimmeren Scheibe: »Fly, Robin, Fly«. Der nannte es »Dumpfmeisterei« und »Retortenmusik«.

»So genau wollte ich das gar nicht wissen«, sagte Franzl.

»Und jetzt bist du dran«, sagte Kuhl. »Was hast du '76 gemacht? Sag nur, du hast zu Hause gesessen und Däumchen gedreht?«

Der Barmann wischte mit seinem Spültuch kurz über die Theke. »Was werd ich schon gemacht haben?«, sagte er mit einem Quasi-Frohlocken in der Stimme. »In dem Jahr ging's doch richtig los.«

Kuhl lachte. »Du meinst, ein neues Zeitalter hatte begonnen?«

»Ja, so könnte man sagen.«

Meinte er etwa die Ära des Boogies? Was konnte er anderes meinen? »Boogie Nights« dominierte die Tanzböden der westlichen Welt und der alte KC ließ den *boogie man* so richtig raushängen. Über G.I.-Eddie war Rio an die begehrte 12"–Supersound–Single gekommen, die damals in Frankfurt für einen Blauen gehandelt wurde. Andererseits, dieser Franzl sah nicht wirklich wie ein *boogie man* aus.

»Jetzt hab ich's: Du meinst natürlich den Bump«, sagte Kuhl.

»Den was?« Franzl, der leicht schwerhörig war, tunkte ein Glas manisch in irgendeine Brühe hinter dem Tresen. »Soll das ein Quiz werden oder was?«

Und so, als wäre ihm plötzlich ein Licht aufgegangen: »Oh, Sie meinen die rothaarige Zicke.«

»Ihr Name war Lady Bump!«, rief Kuhl so laut, dass einer der Skatbrüder sein Blatt fallen ließ.

»Stimmt«, pflichtete Franzl ihm bei. »Die gute Lady Bump! Hatte eine mordsmäßige Kiste, die Frau. Und wenn sie dann so hin und her machte ... «

In Ilja Richters Disco hatte sie allen gezeigt, wie es ging. Der Tanz erlebte dann auf dem Münchner Faschingsball »Schabernackt« seine Uraufführung am Weißwurstäquator. Auch Franzl hatte sich unter die Gäste im Löwenbräukeller gemischt und sein Hinterteil am Podex einer grünen Witwe gescheuert.

»Kurz darauf bumpte es überall«, murmelte Kuhl, »zumindest in geologischer Hinsicht.«

Ein Erdbeben in Norditalien war mit rund zweitausend Toten zu Buche geschlagen, auch daran konnte er sich noch absurderweise erinnern.

»Zur selben Zeit lief ›Car Wash‹ im Kino.«

»Nicht mein Fall«, meinte Franzl. »Steh nicht auf Transen.«

»Hätte ich nicht gedacht«, sagte Kuhl, »so, wie du aussiehst.«

Auch Rio fand den Streifen damals zum Kotzen. Sein Geschmack tendierte zu Filmen mit hohem Niveau. (»Hast du ›Lipstick‹ gesehen? Ein Elektronik-Tüftler stellt der Hemingway nach! Ultra-*low*, Alter, super-abnorm-ultra-*low*!«)

Kuhl hing zu diesem Zeitpunkt im Würgegriff der Berufsschule und verbrachte eine elende Zeit. Nur eine Flugzeugentführung heiterte ihn zeitweilig auf: Nach einer Zwischenlandung im libyschen Banghazi stand der Airbus tagelang auf dem Rollfeld von Entebbe. Idi Amin, der sich für die Freilassung der nicht jüdischen Passagiere einsetzte, verfütterte eine Amerikanerin an sein Pool-Krokodil.

»Ja, Idi-Dada hatte schon immer Sinn für Humor«, nuschelte Kuhl vor sich hin. Er hielt die Nachricht nach wie vor für das größte Ereignis des Jahres. »Ja, ja, Entebbe.«

»Ent ... was?« Franzls Nerven lagen allmählich blank. »Wovon reden Sie überhaupt?«

»Ent-Ebbe, Entebbe, keine Ahnung, wie man das ausspricht.«

Erst am 4. Juli machten Kommandos der Entführung ein Ende. Während der ganzen blutigen Befreiungsaktion habe man über die Bordlautsprecher »Shake Your Booty« gehört, so stand es zumindest in der Boulevardpresse und es war gut möglich, denn KC hatte damals überall seine Finger im Spiel.

Selbst zum zweihundertjährigen Bestehen der USA – also ein Jahr später – spielte der *boogie man* auf. Jimmy Carter ließ im Anschluss verlauten, die Schlagkraft seiner Atomwaffen reiche aus »die Menschheit zwölfmal zu vernichten« und über eine Million Patrioten jubelten ihm in Washington zu. Auch in Las Vegas wurde ein Fass aufgemacht und wieder war KC zur Stelle.

Fast zeitgleich erreichte die Bumpwelle China: Die Stadt Tangshan wurde von Erdstößen buchstäblich pulverisiert, über eine halbe Million Menschen ins Jenseits befördert.

Auch in Seveso, einer anderen Ecke der Welt, war die Kacke im wahrsten Sinne des Wortes am Dampfen. Zum ersten Mal fiel das Wort Dioxin, doch der Giftmüll-Skandal wurde heruntergespielt, um die heimische Großindustrie nicht zu kränken. In der gleichen Woche eröffnete die Olympiade und Kuhl und Rio flüchteten ins Europa-Palast-Kino, um ihren sportbegeisterten Mitmenschen zu entgehen.

Im November erwischte es noch die Russen und damit hatte es sich erst mal ausgebumpt auf der Welt.

»Tja, etwas bleibt immer hängen.«
Dümmlich grinsend starrte Kuhl vor sich hin, auf die Theke, die Aschespuren von Zigaretten, auf Ränder von Gläsern.

»Fragt sich nur, was«, schnappte Franzl. Er polierte hektisch die Gläser. »Ich hatte ’77 eine Vaterschaftsklage am Bein. Bitter, bitter.«

»Aber nicht so bitter wie ›Saturday Night Fever‹, was, Franzl? Kannst du dich an diese Stimmen erinnern?«

»Das war Körperverletzung.« Franzl rieb sich die Schläfen. Er konnte und wollte sich nicht an diesen Drecksfilm erinnern, schon gar nicht an die Kastratenstimmen der Brüder Hüh-hott.

»Ich muss sagen, ich bin froh, dass der Zirkus vorbei ist. Jetzt singen die Leute endlich wieder halbwegs normal.«

»Und trotzdem war es ein Schicksalsjahr«, sinnierte Kuhl. »Manche gingen in die Disco und kamen nie mehr zurück.«

Die Skatbrüder, die gezwungenermaßen mithörten, bedachten ihn mit einem mitleidigen Blick.

Hoppla: In den Staaten hatte der Film jenes Phänomen ausgelöst, das Soziologen später einmal die »erste industriell gelenkte Wirklichkeitsflucht« nannten. Travolta spielte einen Saubermann, der nur samstagnachts in der Disco wollte und konnte. Zwischen Doppelleben und Schizophrenie balancierend, verkörperte er das Rollenmodell, ohne das die westliche Zivilisation nicht mehr auskommen kann. Die Premiere des Films fiel mit der Bankrotterklärung von New York City zusammen; da die Müllabfuhr wochenlang streikte, stank die Sache buchstäblich zum Himmel. In dieser von Miasmen geschwängerten Atmosphäre wussten sich nur die Superreichen mit einem neuen Spielchen zu trösten: *slumming*. Während sich die US-Regierung zur Entwicklung einer Neutronenbombe bekannte, wurden Jackie O. und Lee Radziwill an der Lower East Side in einem Fäustel-Klub für kesse Tanten erwischt. Jedenfalls behauptete das Eddie, die neue G.I.-*connection* von Rio.

In Frankfurt gewann Wally Wallmann die Kommunalwahlen und setzte den Ausbau der umstrittenen Startbahn West mit Staatsgewalt fort. Auch Giorgio Moroder, der alte Bastler, trat noch mal an: Mit »I feel Love« verstopfte er wochenlang sämtliche *charts*. Cerrone, Monsieur Malligator, der die Nachtklubs von Montparnasse schon geraume Zeit mit seinen Rhythmen terrorisierte, zog mit »Supernature« knapp hinterher. Es war kein Kampf der Giganten, wie Rio meinte, »eher ein unschönes Scharmützel von mit Rassellanzen bewaffneten Grillen.« Die Luft war irgendwie raus. HOT R.S., die südafrikanische Combo, die gerade »House Of The Rising Sun« mit einem Korg 8000 vergeigt hatte, gehörten bereits zu denen, die Moroder, den Kopisten, kopierten. Am Rande dieses aus Rios Sicht wichtigen Geschehens wurde der Generalbundesanwalt von linksextremen Terroristen ermordet und ein holländischer Intercity von Molukken entführt. Sehr, sehr happige Verhandlungen waren das. Das Jubiläum der englischen Königin lief aus dem Ruder, als ganze Horden von Punkrockern »God save the Queen« grölend den Piccadilly Circus besetzten und die Scheiben vom Nobel-Kaufhaus Harrod's einwarfen. Vor dem Buckingham Palast wurden die Wachen verdoppelt, so schockiert waren Ihre Majestät über die Rattenkinder der Stadt. Der erste Space-Shuttle-Flug verlief dagegen nach Plan. Überhaupt war einiges los in der Luft: Nach dem Zusammenstoß zweier Jumbos auf Teneriffa war das Rollfeld mit annähernd sechshundert Leichen bedeckt, darunter auch der Korpus von Ex-Playmate Eve Meyer, der Frau des gleichnamigen Tittenfilmers. Auch Eves Brüste bräunten vermutlich noch stundenlang vor sich hin.

»Eine gesunde Farbe ist die halbe Erholung«, bemerkte Kuhl damals.

In Wirklichkeit war er nur neidisch, selbst wenn ein bedeutender Eckpfeiler seines Weltbildes einen neuen Anstrich erhielt: Jean-Bédel Bokassa krönte sich eigenhändig zum *pimp imperator* und verjuxte dabei ein Viertel des Bruttosozialproduktes seines Landes. »So vergessen die Untergebenen wenigstens nicht, dass sie Untergebene sind«, meinte selbst Eddie seinerzeit.

Musikalisch ging es weiter bergab, vielleicht war es ja bereits der Anfang vom Ende. Disco war tot, so tot, dass sogar eine Stampfversion von »Aquarius« ging. Auch aus München kamen nur noch Mix-Kondensate und im Aufguss produziertes Gedöns. Die Automatisierung der Welt zeichnete sich überall ab: Wenn es '74 weltweit gerade mal dreitausendfünfhundert Fließbandroboter gegeben hatte, waren es vier Jahre später bereits achttausend und '81 stünde, neuesten Prognosen zufolge, ein ganzes Heer einarmiger Banditen bereit, um die Arbeiter zu eliminieren. Der Freundschaftspakt – falls es ihn jemals gegeben hatte –, er existierte nicht mehr.

»Schade, dass entlassene Arbeiter nicht auf der Stelle verrecken«, sagte Kuhl zu sich selbst, »dann könnte man die Schichttorten der Gebeine, die der Fortschritt hinterlässt, viel leichter sehen.« Er bemerkte Franzls irritierten, ja, fast verängstigten Blick. »He, was soll's? Dann kam Baccara und die Neutronenbombe ging in Serie. Was meinst du, ob es da einen Zusammenhang gab?«

Der Barkeeper, der schon geraume Zeit mit den Skatbrüdern tuschelte, wischte einmal vor Kuhl über die Theke.

»Ich wüsste nicht, welchen. Es sei denn, Sie meinen, man hätte alle Baccara-Fans umbringen müssen, und so schlimm waren die nun auch wieder nicht. Ansonsten würde ich Ihnen raten, weniger Mineralwasser zu trinken. Das Zeug scheint Ihnen nicht zu bekommen.«

»Schon gut, *boogie man.*« Kuhl fühlte sich unendlich alt. »Hier zieht mein Leben an dir vorbei und du machst dich über mich lustig. Kannst du dir vorstellen, warum ich dir das alles erzähle?«

»Keine Ahnung.« Franzl zuckte die Achseln. »Und ehrlich gesagt, ich hab das meiste schon wieder vergessen.« Er schenkte Kuhl ungefragt Mineralwasser nach. »Sagen Sie mal, es geht mich ja nichts an, aber Sie haben doch nicht vor, sich was anzutun, oder?«

»Und wenn?« Kuhl grinste hämisch. »Wie kommst du eigentlich darauf?«

»Weil wir hier letzten Silvester schon mal einen hatten, einen netten älteren Herrn, der erzählte erst allen seine Lebensgeschichte und sprang dann vom Dach des Hotels. Mitten unter die Gäste. Ich meine, er hat 'ne richtige Bauchlandung hingelegt, ist zerplatzt wie 'ne Melone, und das genau am Buffet, wo die Leute mit ihren Tellern anstanden. Der Abend war damit natürlich gelaufen.« Er musterte Kuhl noch immer mit diesem abschätzenden Blick. »Verstehen Sie, was ich meine? Selbst wenn man persönlich mit dem Leben nichts mehr anfangen kann, sollte man seinen Mitmenschen nicht zur Last fallen. Nicht in der Neujahrsnacht. Ist nur meine Meinung, *sir*. Das Wasser geht natürlich aufs Haus.«

Kuhl hatte den Vortrag schweigend über sich ergehen lassen. Hinter der Bar war ein Spiegel und Kuhl sah ungefähr, was Franzl sah, und das war nicht schön.

»Du bist wirklich ein mitleidsloser Dreckskerl, Franzl, ein hundsgemeines Arschloch.«

»Ich tue nur meine Pflicht.«

Seine Erinnerung an Eins – neun – sieben – acht behielt er für sich. Rio hatte in diesem Jahr seine Lehre als Chemiearbeiter angetreten und Sonny durchlebte eine Phase der Depression. Nach der Schmach von Cordoba – die Helmut-Schön-Elf verlor im Viertelfinale gegen die Ösis – konnte ihn nicht mal mehr »Copacabana« von Barry Manilow aufheitern.

Ansonsten hatte er nur Bagatellen behalten. In Rhodesien wurde die Frau eines Missionars von einer Horde Buschmänner missioniert und das erste Retortenbaby kam im Oldham District General Hospital, 30 Kilometer nördlich von London, zur Welt. »Die Briten sind doch die besseren Nazis«, so hatte er den Fall kommentiert. »Superman« lief im Kino. Und natürlich »Capricorn One«, ein Konspirationsmärchen, das die erste Mondladung als PR-Stunt entlarvte. Rio war noch aus anderen Gründen entsetzt. Auf einer Aufnahme des Wettersatclliten Nimbus 7 glaubte er ein Loch in der Erdatmosphäre zu sehen. In einem dramatischen Brief forderte er die NASA auf »unverzüglich etwas zu tun« und erhielt postwendend einen schmucken Kap-Canaveral-Wimpel, den dritten an seiner Wand.

Der November präsentierte der Öffentlichkeit einen Berg Leichen. In Guyana, mitten im Dschungel, hatte sich eine Sekte mit zyankalihaltiger Limonade vergiftet. G.I.-Eddie verlor seine Lieblingsnichte Lorraine und flog zur Beerdigung zurück in die Staaten. Als er Anfang Januar wieder auftauchte, hatte sich im Jock-Universum noch ein Drama ereignet. Nach einer Razzia der Steuerfahnder war Steve »Rubber« Rubell, der Besitzer von Studio 54, für unbestimmte Zeit hinter Gittern verschwunden. Erst ein Jahr später machten sie ihm den Prozess und er kam wegen seiner doppelten Buchführung dran.

»Sie kommen alle dran, Franzl, wart's nur ab.«

Die Siebzigerjahre schwebten in diesem Moment vor ihm wie ein Haufen Maxis aus Glitzervinyl, zehn Scheiben unterschiedlicher Farbe.

Die letzte triefte von Blut.

Neunzehnhundertneunundsiebzig war in ein paar Stunden vorbei und das war gut, denn damit könnte man die Dekade endlich einsargen. Nach »He's the Greatest Dancer« konnte eh nichts Besseres kommen, und Isaac Hayes, der wahre Pate der Jocks, hatte sich mit »Don't let go« auf den letzten Metern ein wohlverdientes Denkmal gesetzt. Die langen, nächtlichen Tage waren vorbei. Was verpasst worden war, würde nie mehr passieren, und was passiert war, würde sich nicht mehr rückgängig machen lassen. Die Zeit würde zum Sediment werden, und was immer vor ein paar Wochen passiert war, wäre in dieser Schicht nur ein Ereignis unter vielen und hätte keinen anderen Stellenwert als eine flüchtige Mahlzeit oder ein Fick im Halbschlaf, es wäre einfach nur passiert, sein Auftauchen und Verschwinden nur eine Millionstelsekunde auf der kosmischen Uhr. Von seinem Leben würde ebenso wenig bleiben wie von den stofflichen Überresten der Männer, die er umgelegt hatte. Mit ihrem Geld ließ er den Abend ruhig ausklingen, dabei versuchte er ihrer auch zu gedenken, zu sehen, wofür sie gekämpft und gelitten hatten; er verbeugte sich an ihrem Grab, ganz tief sogar, dann trug er seine persönlichen Siebzigerjahre zu Grabe.

Sein Leben war keine Maxi aus Glitzervinyl

(Frankfurt am Main, April 1979)

Who made this world for us to play in?
It's all in the bible.
– SNOOPY (DISCO-DUO)

Die erste Zeit nach seinem Rausschmiss aus der Berufsschule fühlte sich Kuhl wie ein glücklich entlaufener Sklave. Die Freiheit kam ihm fast unheimlich vor. Er stand um die Mittagszeit auf, frühstückte am Bahnhofs-Stehimbiss in Gegenwart junger, übernächtigter Nutten und schlenderte dann von Kino zu Kino, gelegentlich auch wieder zurück. Manche Filme musste man zweimal sehen, um zu begreifen, wie *low* das Leben einem mitspielen konnte, »Li Feng – Die einarmige Schwertkämpferin« zum Beispiel. Es wurmte ihn, dass es Frauen wie Ching Ching Chang nicht in Wirklichkeit gab. Auch das Koma-

Epos »Patrick«, »Die Nacht der reitenden Leichen« oder der Kinski-Schocker »Sartana – Töten war sein täglich Brot« verdienten es, mehrmals unter die Lupe genommen zu werden. Wochen gingen so ins Land, der Treibsand der Zeit rauschte unter ihm weg, er bildete sich ein, Fett anzusetzen, und spürte dunkel, dass er in irgendeinem Elend versank.

Eines Morgens, vor dem Spiegel, glaubte er, durch sich hindurchsehen zu können. Ob er gestorben war? Selbst sein Telefon wirkte irgendwie tot, es hatte schon Ewigkeiten nicht mehr geklingelt. Rio war mit seinen Eltern in die Ferien nach *bella Italia* gefahren und Sonny hatte mit Ilse zu tun, was immer das heißen wollte. In der Siedlung ging es so zu, als schlichen sich die Bewohner morgens zur Arbeit. Noch lautloser schlichen sie sich abends zurück, Lichter gingen an, von Menschen war nie was zu sehen. Mehrmals täglich nahm er den Hörer ab und lauschte so vor sich hin. Auch ein Freizeichen verstummt, wenn man lange genug wartet.

Nur das Arbeitsamt war noch hinter ihm her. In der Post fand Kuhl eine Art Vorladung und die Anmahnung, pünktlich zu erscheinen.

Es ist die Sozialschnecke, dachte Kuhl. Warum es seine Sachbearbeiterin ausgerechnet auf ihn abgesehen hatte, war schwer zu sagen. Vielleicht mochte sie ihn. Nach ihrer ersten Begegnung an einem grauen Februartag hatte sie ihn mit Dumpfbackenstellen bombadiert, so kam es ihm jedenfalls vor. Eine Stelle als Pflasterer für »sechsfünfzisch die Stunde« war scheinbar das Maß an Stupidität, das sie ihm zutraute. Kuhl hatte ihr vorsichtshalber eine Liste mit Berufen geschickt, die er aus ethischen Gründen ablehnen müsse. Auch seine unehrenhafte Entlassung als Legionär der Strahlenmaschine (seine Umschreibung für Fernsehtechniker) schob er auf die »Unvereinbarkeit seiner Moral mit dem staatlich sanktionierten Vorsatz, Menschen durch permanente Berieselung am Denken zu hindern«. Insgeheim hatte er gehofft, sein Psychogebabbel würde die Beamtin von nun an auf Distanz halten. Jetzt ließ sie ihn nach einer kurzen Sendepause befremdlicherweise antanzen.

»Lesen Sie selbst, Herr Kuhlmann!«, rief sie ihm freudig entgegen. Sie hatte hennarote Haare, einen ausrasierten Nacken und den IQ einer Fruchtfliege. Kaum dass er sich gesetzt hatte, hielt sie ihm auch schon ein graues Umweltschutzpapier unter die Nase: »Es ist der Job, auf den Sie so lange gewartet haben. Ich freue mich riesig für Sie!«

Kuhl sah den Fall in einem anderen Licht: Man suchte einen ordinären Stift für eine drittklassige Schlosserei in der unzugänglichsten Ecke von Nied. Der Laden gehörte einem Neffen von AC Knirsch und hielt sich mit dem Abschleifen rostiger Lkw-Achsen über Wasser. Die Mechaniker standen knietief im Ölgrubenschlamm. Auch der Spitzname der noch aus Nachkriegszeiten stammenden Hebebühne war Kuhl durchaus geläufig: Die Guillotine vom Kamerun.

»Na, was sagen Sie? Ist das nicht toll?«

Toll wie Tollhaus, Alte. Kuhl hätte ihr gern eine gewischt, aber so zum Schein überlegte er einmal hin, einmal her.

»Es geht nicht«, sagte er dann.

»Warum nicht?«

»Ich habe Prinzipien, Melissa, ethische Prinzipien, das

wissen Sie doch. Autos verpesten die Luft. Es erscheint mir fragwürdig, an der Instandhaltung von Maschinen mitzuwirken, die maßgeblich zum ökologischen Untergang des Planeten beitragen werden.«

»Oh, verstehe.« Sie hatte scheinbar ihre zynischen fünf Minuten, denn sie blinzelte ihm wie ein durchgeknalltes Leuchtfeuer zu. »Gibt es sonst noch ethische Bedenken, die Sie vorbringen möchten?«

»Nun, Autos töten Menschen. Ich denke dabei auch an Sie, Melissa, und Ihre Kinder. Wenn ich mir vorstelle, dass Sie eines Tages an einer Bushaltstelle stehen und dass da ein Schussel reinfährt, nein, dafür möchte ich keine Verantwortung übernehmen.«

»Das müssen Sie auch nicht, die übernimmt schon der Hersteller.«

»Ich lehne es trotzdem ab.« »Kategorisch«, fügte er lammfromm hinzu.

»Herr Kuhlmann, wollen Sie es denn gar nicht zu etwas bringen?«

Er sah sie lange an. Die Wahrheit lag ihm auf den Lippen, aber er hielt sie zurück. Alles, wozu er es bringen konnte, interessierte ihn nicht.

Seufzend: »Melissa, bitte. Wollen Sie wieder eine Parameter-Debatte anzetteln? Es ist das gute Recht jedes Menschen, Arbeit aus ethischen Gründen zu verweigern.«

»Schön, wie Sie wollen.« Sie hatte einen Berg Papier auf dem Schreibtisch und begann in einer schleichenden Art und Weise darin zu blättern. Scheinbar gab sie sich noch nicht geschlagen. »Hier hätte ich noch was für Sie: Eine Feuerverzinkerei sucht einen, den sie ausbilden können.«

»Kein Wunder«, sagte Kuhl, »die werden da nämlich

nicht alt. Von allen beschissenen Jobs auf der Welt gibt es nur noch einen, der schlimmer ist: Autoinnenraumteile-Beflocker bei Opel. Wegen der mikroskopisch kleinen Kunstfasern sterben die meisten innerhalb kürzester Zeit an vereiterten Augen.«

»Was soll denn das wieder heißen?«

»Aber, Melissa, Sie kommen mir manchmal vor wie eine Waffenhändlerin, die gar nicht weiß, was sie alles an schlimmen Sachen vertickt! Bei der Verzinkung entstehen giftige Dämpfe. Ich rede von Quecksilber. Das lagert sich in den Knochen ab und später bekommt man so krumm gebogene Finger, na, Sie wissen schon.«

»Davon steht hier nichts.«

»Natürlich nicht, sonst würde sich ja auch kein Aas melden!« Kuhl strich sich das Haar aus der Stirn. »Hinzu kommt, dass das Einatmen dieser Dämpfe auch zu Haarausfall führt. Das kann in meinem Alter die Chancen, erfolgreich zu balzen, empfindlich einschränken. Können Sie mir folgen?«

»Ja, ja, schon gut.« Sie erinnerte sich an Kuhls nervige Art, die Dinge beim Namen zu nennen, und blätterte weiter. »Wissen Sie, ich denke noch immer, dieser Job als Zigaretten-Promoter, das wäre Ihre Berufung gewesen.«

»Meine Berufung? Sie meinen doch nicht etwa den beschissenen Job in Gummiverkleidung?«

»Sie sind ungerecht«, sagte Melissa, »nicht mal die Strumpfhose haben Sie anprobiert.«

»Kein echter Mann würde eine rote Strumpfhose anziehen und so auf die Straße gehen.« Kuhl grinste verächtlich. »Jetzt bin ich aber richtig gespannt, was werden Sie mir als Nächstes anbieten – Herings-Einpökler, Einbalsamierer oder Promo-Huhn bei Kentucky Fried

Chicken, Kloakenausputzer bei der städtischen Kanalisation? Können Sie mich nicht gleich an eine *freak show* vermitteln?«

»Ja, was erwarten Sie denn, Herr Kuhlmann, mit Ihrer abgebrochenen Lehre?« Sie fischte ein neues Blatt Papier aus dem Haufen. »Oh, das hatte ich ja auch noch für Sie reserviert. Fernmeldetechniker.«

»Sind Sie verrückt?« Kuhl beugte sich vor. Die Sache war ernst, denn er fühlte sich halbwegs qualifiziert. »Die Fernmeldetechnik ist Teil eines Überwachungssystems, das immer engmaschiger wird. Ich werde an diesem Netz nicht mitstricken, ich nicht, Melissa! Eines Tages wird es hier so zugehen wie in diesem Roman von George Orwell. Das sind noch mal lausige fünf Jahre – «

»Jetzt machen Sie mal halblang, Herr Kuhlmann.« So begann sie jedes Mal, wenn sie an die Vernunft eines schwierigen Klienten appellierte. »Bei irgendwas auf Gottes großer, weiter Welt müssen Sie mitmachen! Als Sie mir sagten, Sie wollten keine Lehrstelle als Chemielaborant, weil es in Ihrer Bekanntschaft – ich zitiere Sie wörtlich – Fälle von Chlorakne gebe, also, da habe ich beide Augen zugedrückt.« Sie hielt kurz inne und demonstrierte sich mit geschlossenen Augen. »Danach wollte ich Sie an die Coca-Cola-Werke vermitteln. Sie lehnten mit der Begründung ab, die Formel, nach der die Milch der freien Welt gepanscht werde, sei Ihnen suspekt.«

»Zutiefst.« Kuhl faltete die Hände wie zum Gebet. »Melissa, jetzt seien Sie mal vernünftig. Solange dieser Konzern den Bürgern verheimlicht, aus was der braune Sirup besteht, solange müssen Sie mir eine gewisse Reserviertheit gestatten. Die Volksgesundheit ist wichtiger als jeder geldwerte Vorteil.«

»Wollen Sie mich verschaukeln?«

»Ich bitte Sie, Schwester – und wenn es nun Gift wäre?«

»Lieber Herr Kuhlmann«, sagte sie sanft, »müssen Sie nicht auch von irgendwas leben? Müssen Sie keine Miete bezahlen? Haben Sie vielleicht selbst einen Vorschlag, was ich Ihnen anbieten könnte?«

Kuhl – des Geplänkels längst überdrüssig – verfiel in eine kindische Pose.

»Also wenn es denn sein muss ... «

»Es muss, Herr Kuhlmann«, bekräftigte sie, »Sie müssen was werden, und zwar schnell.«

Bunsenbrennertechnik, dachte Kuhl. Er musste die Flamme unter seinem Hintern nicht sehen, er konnte sie spüren und sie wurde immer größer gestellt.

»Wie wär's mit Zahnmediziner?«, fragte er, das Kinn aufgestützt und mit ehrlichem Blick. »Menschen quälen und dabei stinkereich werden. Können Sie mir da was vermitteln?«

»Aber wie stellen Sie sich das vor?« Melissa spielte die große Enttäuschung. »Nur des Geldes wegen arbeiten macht nicht glücklich.«

»Da wäre ich nicht ganz so sicher, Melissa. Schön, es soll Menschen geben, die brauchen Millionen zu ihrem Glück, ich wäre schon mit fünf Riesen netto zufrieden. Nein, um ehrlich zu sein, ich wäre zutiefst glücklich.«

»Ich glaube, Sie machen sich das zu einfach.«

»Nein, so einfach ist es.« Kuhl hoffte, er habe der Humanspinnerin eine Lehre erteilt. »Jetzt machen Sie nicht so ein Gesicht, als hätte ich Ihnen gesagt, dass ich Astronaut werden will. Ich stehe mitten im Leben und bin kein – «, das Wort *junkie* lag ihm bereits auf den Lippen, aber der Gedanke an Rio knickte ihm die Stimmritze ein.

»Also, wenn Sie mich nicht in der Zahnmedizin unterbringen können, dann vielleicht im öffentlichen Dienst oder in einer Gewerkschaft, wo man die Hand aufhalten kann. Die langen ja ganz schön hin, hab ich mir sagen lassen. Ich bin wirklich nicht wählerisch, Melissa, aber ich bestehe darauf, dass wir nicht nur ein Viertel meiner Haut zu Markte tragen, sondern alles.« Und als er merkte, dass sie sich langsam zurücklehnte: »Sehen Sie, Melissa, es ist doch immer wieder dasselbe: Wir reden jetzt schon eine gute Stunde aneinander vorbei.«

»Finde ich nicht«, sagte sie. »Wir suchen gemeinsam nach einer Lösung. Vielleicht ist das, was ich Ihnen angeboten habe, nicht gerade das Gelbe vom Ei, aber Ihre Erwartungen sind – wie soll ich sagen – vermessen.«

»Ich weiß, ich weiß ... « Er spielte den Beschämten und suchte Augenkontakt. »Bitte, Melissa ... Lassen Sie uns einmal offen miteinander reden. Sie kennen doch all die Gesetzbücher und Paragrafen, die sonst nur professionelle Sozialschnorrer kennen. Ich meine, welche Register könnte ich ziehen, um uns beiden diese entwürdigenden Gespräche in Zukunft zu ersparen? Geben Sie mir einfach das Existenzminimum, und Sie sind mich los.«

»Wer will Sie denn loswerden?«, sagte sie, von einer fast echt wirkenden Anteilnahme bewegt. »Ich glaube an Sie.«

»Oh, das ist lobenswert, liebe Melisse, wirklich lobenswert, aber nicht realistisch. Ich habe dieser Gesellschaft offenbar nichts zu bieten, und umgekehrt sehe ich nicht ein, dass ich hier nur die Scheiße auslöffeln soll. Das, was Sie mir anbieten, ist doch nur für ganz trübe Tassen, verstehen Sie? Für Halbmongoloide, Spastomaten und Typen mit ganz weichen Keksen.« Er lachte dreckig. »Geben Sie mir das Existenzminimum und Sie werden mich hier nie wieder sehen. Bitte, Melissa, ich meine es ernst.«

»Ich versuche ja, Sie ernst zu nehmen«, sagte sie traurig, »ich gebe mir wirklich alle Mühe, selbst wenn Sie es mir nicht leicht machen wollen.«

»Sie geben sich Mühe?«

»Ich höre Ihnen zu und versuche, mich in Sie hineinzuversetzen.«

»Sie versuchen *was*?« Die Hände in den Nacken gelegt, lehnte sich Kuhl ganz weit zurück. »Ich gebe Ihnen jetzt mal einen guten Rat, Melissa. Versuchen Sie nie wieder, sich in mich hineinzuversetzen. Das wäre ungefähr so, als ob jemand eine Fuge von Bach auf einer Triangel nachspielen wollte. Können Sie sich vorstellen, was ich meine?«

»Was ist Ihr Problem?«, fragte sie betont scheißfreundlich.

»Es kotzt mich an, das ist mein Problem, und Sie, Melissa, werden das nie verstehen, morgens aufzuwachen und schon kotzt einem die ganze Welt ins Gesicht. Sehen Sie, ich wollte nie ein großes und kein kleines Stück vom Kuchen, keinen beschissenen Job, keine persönliche Möse, keine Kinder und keinen Bausparvertrag und keinen Mercedes und keinen Alibert-Schrank und keine neue Bundfaltenhose, all das kotzt mich nur an.«

»Das meinen Sie sinnbildlich, richtig?«

»Ganz recht, Melissa. Es ist wie ein permanentes Jucken unter der Hirnhaut, das sofort besser wird, wenn ich mir vorstelle, mit einer Maschinenpistole in eine Menge zu halten.«

»Sie klingen wirklich frustriert.«

»Frustriert? Dann will ich es Ihnen einmal in aller Deutlichkeit sagen.« Kuhl hatte das Katz-und-Maus-Spiel allmählich satt. »Hören Sie auf, die Amateur-Psychoschnalle zu spielen und machen Sie endlich Ihren beschissenen Job! Es ist doch ein Witz, dass Sie mich hier für nix antanzen lassen!«

»Amateur-Psychoschnalle?« Diesmal war es Melissa, die sich ganz weit zurücklehnte. Der Kugelschreiber in ihrer Hand zuckte wie die Zunge einer Schlange. »Wissen Sie, was ich jetzt tun werde? Ich werde Ihre Stütze kürzen, das werde ich tun, und dann – « Sie brach ab, denn selbst ihr fiel auf, dass sich sein Gesicht zu einem Zwischending aus Tumor und Eisbeule verformte.

»Dazu haben Sie kein Recht!«, krähte Kuhl. »Sie können meine Bezüge nicht grundlos kürzen, Sie saudummes Flittchen – «

»Aber genau das werde ich tun!«, fiel sie ihm mit einer unerträglich keifenden Stimme ins Wort. »Ich habe es satt, mir von kranken Tieren auf der Nase herumtanzen zu lassen! Und noch was ... «, sie angelte sich seine Akte aus dem Hängeschrank an der Wand, »ich halte Ihnen diese Klausel nun seit Monaten vom Leib. Haben Sie vergessen, dass unser Amt in der Lage ist, Sie zu einer Lehrstelle zu verdonnern? Wollen Sie bei Herta angelernt werden? An einer Wurstabfüllmaschine?«

»Dann lieber die Bleiminen!« Kuhl wand sich kichernd auf seinem Stuhl. »Wollen Sie damit sagen, es gibt auf diesem Planeten – also ich meine auf dieser schönen Welt – Menschen, die ihr Leben lang an so einer Maschine stehen um – «, seine Hände vollführten knetende Bewegungen, » – Brät in bleiche, glibberige Kaliberdärme zu füllen?«

»Ja, und andere landen auf diesem Planeten sogar in

der Gosse!« Diesmal war es Melissa, die brüllte. »Noch sind Sie kein Sozialfall und ich werde alles daransetzen, um zu verhindern, dass Sie einer werden!«

Sie meint es gut, dachte Kuhl, aber dadurch wird alles noch schlimmer.

»Hören Sie, Melissa, warum lassen Sie mich nicht einfach laufen?«

»Laufen?« Sie schüttelte den Kopf. »Ich kann Sie nicht laufen lassen. Wenn Sie leben wollen, müssen Sie arbeiten. So ist unser System. Es sei denn, Sie können ein körperliches oder geistiges Gebrechen vorweisen.«

»Haben Sie keine Augen im Kopf?«, fragte Kuhl. »Und von ›leben wollen‹ war in meinem Fall nie die Rede. Ich bin ein Unfall, verstehen Sie? Wenn mein Alter noch leben würde, ich denke, er würde es Ihnen schriftlich, mit Brief und Siegel, geben.« Er stand unvermittelt auf. »Geben Sie mir noch etwas Zeit, ein paar Wochen, und ich werde selbst eine Lösung finden.«

»Und Sie meinen, Sie schaffen das?«

»Oh ja, Melisschen, oh ja! Das Außerkraftsetzen der geordneten Zeitabläufe und Tätigkeitsstrukturen des Alltags bietet jedem Penner die Möglichkeit der gründlichen Revision der eigenen Lebensstrategie. Und genau das werde ich tun!«

Sie legte ihren Stift vor sich auf den Tisch und sah ihn nachdenklich an.

»Ich weiß, dass Sie mich verarschen, aber ich glaube, alle Menschen haben das Recht auf ein glückliches Leben. Dazu gehört auch Arbeit, die zu ihnen passt. Schieben Sie es nicht auf die lange Bank.«

»Wie könnte ich, nach diesem Gespräch.« Kuhl machte an der Tür eine galante Verbeugung. »Ich bin noch jung, das Leben liegt vor mir! Hurra! Ich will was leisten, Schwester, ran an die Kandare, tagsüber Mäuse machen und nachts den Muschis nachstellen. Ja, ja, Melissa, ich weiß das Leben dank Ihrer Hilfe wieder zu schätzen.« Er hielt inne, denn sie konnte den Ausdruck von Abscheu nicht länger verhehlen.

»Vergessen Sie's«, sagte er noch. »Betrachten Sie mich einfach als eine etwas unangenehme, aber vorübergehende Erscheinung.«

Nach diesem Abgang war der Tag im Grunde gelaufen. Kuhl verschanzte sich mit einem Quartett Moskovskaja und wartete, bis sich der alte Feuerball am Himmel allmählich verkroch.

Glück, dachte er immer wieder. Glück, Glück, Glück. Wollte sie ihn verarschen? Gab es wirklich Menschen, die glaubten, sie hätten ein Recht darauf, in diesem Dunghaufen einer abgründigen Schöpfung glücklich zu werden?

Er hatte nie wirklich etwas vom Leben gewollt und deshalb war es kein Wunder, dass das Leben ihm die kalte Schulter zeigte, doch das hatte nichts mit Glück zu tun, sondern mit materiellen Abhängigkeiten. Glück begann mit einem anderen Menschen, einer Frau, Kindern, einem Ort, an dem man sich zu Hause fühlen und ausbreiten konnte. Er wohnte in einem Kaninchenstall und die Frauen, die sich das Glück mit ihm geteilt hätten, erfüllten ihn in der Regel mit Grausen: Die zahnlose Alk-Schlampe aus dem Dritten vielleicht – fehlte die ihm zu seinem Glück? Oder Rosie, die Nutte vom Block? Dann vielleicht Yvonne, die alleinerziehende Mutter von drei Bälgern? Oder Jana, das traurige Hängebauchschwein – immerhin arbeitete sie Akkord. Glück, Liebe, Lebenssinn, das waren doch alles nur Phrasen. Die Welt, in der er lebte, hatte damit nicht das Geringste zu tun.

Spät nachts stand er noch einmal auf, trat ans Fenster und starrte ins Nichts über dem gegenüberliegenden Block: Minus 273° da oben, ein ziemlich ungastlicher Wartesaal des Todes, in dem fauchende Glutöfen wie Herzen pulsierten. Gelegentlich fraßen sie ihre Kinder oder wurden ihrerseits von einem schwarzen Loch absorbiert, von Harmonie keine Spur, nur fressen und gefressen werden, wie in der wirklichen Welt.

Da draußen ist es nicht anders, dachte er. Warum sagen sie den Leuten nicht endlich, dass es so ist?

Seit dem 17. Jahrhundert war das Universum unter dem Blick der Wissenschaft in immer winzigere Fragmente zerfallen. Bauernschlaue Systematiker und ruchlose Methodisten hatten zwar immer wieder versucht, Ordnung in die Metastasen kosmischer Phänomene zu bringen, doch bislang ohne nennenswerten Erfolg. Alle, die sich im Laufe von Jahrhunderten an Erklärungen versucht hatten, waren an der Aporie zwischen bloßem Wissen und Erkenntnis gescheitert. Die Fackel des Prometheus, die einst so stolz vom Aufbruch des Homo sapiens gekündet hatte, sie hatte sich als Strohfeuer entpuppt – eine weitere Anmaßung einer Rasse motorisierter Primaten, die sich jetzt, Ende der Siebzigerjahre, wieder nach den Niederungen des Trieblebens sehnte. Die Weltesche, der alte Baum der Erkenntnis, blieb skurrilen Kleinkrämern überlassen, die auf ihren selbst gebastelten Leitern hantierten und längst vergessen hatten, worum es ging.

»Es ist die Hölle ... und es gibt keinen Ausweg.«
Er fand sich plötzlich trudelnd im luftleeren Raum.
Wie zum Teufel bist du hierhergeraten? Und wo zum Teufel ist deine Sauerstoffpulle? Erst langsam, dann immer schneller drehte er sich um seine eigene Achse. In weiter Ferne sah er ein milchiges Licht, wahrscheinlich Halleys Kometen oder sonst irgendwas Wichtiges aus den Tiefen des Alls.

Er betrachtete ohne besonderes Interesse Galaxien, Spiralnebel und ganz flache glühende Scheiben aus Myriaden von Sternen.

Wie Maxis aus Glitzervinyl, dachte er. Hatte er Gottes Plattensammlung gesehen?

Eine Bewegung am Rande seines Gesichtsfeldes machte ihn stutzig und erst jetzt bemerkte er neun bemalte Styroporkugeln an einer frei schwebenden Trapez-Konstruktion, die wohl das Sonnensystem symbolisierte. Kuhl erkannte auch das straff gespannte, leicht vibrierende Stahlseil zwischen der Sonnenkugel und ihrem fernsten Trabanten; das Beunruhigendste jedoch war der unförmige Körper, der sich, einen dreigliedrigen Greifer in das Seil eingehakt und um die eigene Achse rotierend, auf ihn zubewegte. Nicht hinsehen, dachte Kuhl. Doch er konnte nicht anders. Abgesehen von den Greifarmen, die mit ihren Zangen eher zu einem Gall'schen Tauchpanzer gepasst hätten, erinnerte die Gestalt an die zusammengesteckten Kugeln eines Atom-Lehrmodells aus der Penne. Ob es sich um Atome und Moleküle handelte, war allerdings fraglich. Die Bausteine der Materie waren ja immer kleiner geworden und gingen den Physikern inzwischen buchstäblich durch den Lappen (der vordere Stirnlappen ist hier gemeint.) Kuhl wunderte sich, dass er in dieser prekären Lage überhaupt noch fähig war, über solche Kleinigkeiten zu grübeln, wahrscheinlich war es nicht mehr als ein paranoider Reflex. Schon verdeckte die Gestalt die ferne, eidottergelbe Scheibe und Kuhl tauchte in den Schatten des fremdartigen Körpers, das heißt, der Rand seines Gesichtsfelds trübte ein und er spürte in sich eine Schwingung, als habe jemand die tiefste Note seiner Lebensmelodie angeschlagen.

Als er erwachte, lag er bäuchlings hingestreckt auf dem Küchenboden. Der Kühlschrank stand einen Spalt offen und bestrahlte eine große, glibberige Pfütze. Geschmolzenes Eis, drei leere Flaschen.

Lange Zeit war da nichts als das Rauschen des Fernsehers im Dunkel. Er öffnete ein Auge und betrachtete das bläulich weiße Rechteck, wie es da in der Zimmerecke vor sich hin flimmerte, und fragte sich, was passieren würde, sollte er beschließen, einfach liegen zu bleiben. In dem Bewusssein, dass es nichts, aber auch gar nichts ändern würde, dämmerte er erneut in den Schlaf.

Das war jetzt drei Wochen her, und das Wasser stand Kuhl inzwischen so hoch, dass er sich genötigt sah, vom Ladendiebstahl zu leben. Ziemlich grobe Mahnungen der Stadtwerke schreckten ihn schließlich auf, und so meldete er sich, da er es nicht fertigbrachte, vor Melissa zu Kreuze zu kriechen, bei einem Vermittlungsdienst für Studenten.

Das Spektrum der Jobangebote ließ sich in drei Kategorien unterteilen: Erbärmlich, beleidigend, entwürdigend. Kuhl fühlte sich noch schlimmer gemangelt als von der guten, alten Melisse.

»Halten Sie mich für einen Emigranten?«, platzte er

einmal heraus. »Sehen Sie mich an, ich bin ein weißer Mitteleuropäer und kein Analphabet.«

Niemand hörte ihm zu.

Zuletzt entschied er sich für ein Raumpflege-Unternehmen, weil es ihm gleich war, womit er die paar lumpigen Kröten verdiente.

Gegen fünf Uhr nachmittags kreuzte er also missmutig in einem Neubau am Rande der Mainzer Landstraße auf. Eine aufgedonnerte Liliputanerin regelte die Formalitäten mit ihm. Sie trug einen makellos sitzenden Jeans-Anzug und Kuhl fragte sich, ob Levi's vielleicht eine Midget-Freizeit-Kollektion herausgebracht habe. Ihr Haar erinnerte ihn an gelbe Zuckerwatte und war auf »Charlie's Angels« getrimmt. Es verlieh ihrem Auftritt den Hauch gespenstischen Glamours.

»Irre«, sagte er zur Begrüßung, »Tod Browning dreht einen neuen Film – ›Freaks Zwo‹, stimmt's oder hab ich Recht?«

Entweder wusste sie, dass er diesen Film mit den Nadelköpfen meinte, oder junge, picklige Typen hatten eh bei ihr verschissen, jedenfalls antwortete sie mit einem Furcht erregenden Grinsen.

»Sie kommen in die Putzkolonne von Herrn Dobro. Ihre Personalnummer ist Zwo-Zwo-Sieben.«

»Null-Null-Sieben wär mir lieber. 'tschuldigung, war nur 'n Witz.«

Ohne Vorwarnung warf sie ihm ein Paket mit vorschriftsmäßiger Dienstkleidung zu und ließ sich den Empfang doppelt und dreifach quittieren.

»Haben Sie eben Dobro gesagt?« Kuhl musste grinsen. »Ist das nicht so 'ne Art Klampfe?«

»Eine *was*?« Sie legte den Kopf in die Schräge.

»Eine Dobro ist eine Gitarre.«

»Nein, er heißt so.«

»Ich weiß, dass er so heißt, aber es gibt auch eine Gitarrenart.«

»Ham Sie was mit den Ohr'n?« Sie machte ein paar Kringel in seinen Personalbogen und er betrachtete ihre spitz gefeilten, lila lackierten Nägel.

»Ziehen Sie jetzt den Overall an.«

»Äh ... warum?«

»Ich will sehen, ob er passt.«

Kuhl lächelte schüchtern. »Wo ist die Umkleidekabine?«

»Gibt es nicht.« Die Zwergin reckte ihre Arme und verschränkte sie dann vor der Brust. »Nun stellen Sie sich nicht so an. Ich hab schon ganz andere Kerle in Unterhosen gesehen.«

Kuhl bezweifelte das, zumindest was Männer normaler Größe betraf, aber er biss wacker die Zähne zusammen.

So ist die Welt, dachte er. Wer kein Geld hat, muss sich alles gefallen lassen. Selbst eine tyrannische Zwergin tanzt dir auf der Nase herum.

Während er sich betont langsam entkleidete, bemerkte er ein Plakat an der Wand: Vor einer riesigen Kontonummer posierte eine Gruppe behinderter Menschen. Sie alle grinsten fröhlich und wirkten wesentlich wohlgenährter und besser gekleidet als Kuhl.

»He, nicht einschlafen«, sagte die Zwergin. Scheinbar ging es ihr nicht schnell genug, denn sie schüttelte Kuhls Overall aus der Verpackung. »Der müsste passen.«

Kuhl warf einen Blick auf das Etikett. »Da steht *small*.«

»Sind weit geschnitten, machen Sie hin.«

»He, he ... *small* ist was für Sie, gnädige Frau, ich brauche *medium*.«

»Wollen Sie mit diesem Vortrag irgendwas sagen?«

»Allerdings!« Kuhl hatte nicht vor einzulenken. »Vielleicht stellen Sie hier sonst nur Pygmäen oder Hobbits ein, ich bestehe jedenfalls darauf, dass man mich wie einen Menschen durchschnittlicher Größe behandelt.«

»Maul halten.« Es funkelte giftig aus der Froschperspektive. »Für wen halten Sie sich, Zwo-Zwo-Sieben? King Kong? Ziehen Sie den Overall erst mal an, bevor Sie hier rumtönen!«

»Ich habe nicht rumgetönt, ich habe Sie höflichst um eine passende Konfektionsgröße gebeten.«

»Spar dir die Sprüche und komm endlich in die Hufe!«

»Hufe?« Kuhl sah an sich herunter. »Ja, das könnte stimmen, man muss ein Esel sein, um sich hier zu bewerben. Und wie Sie mir gerade das Du angeboten haben, also, ich muss sagen, das hatte wirklich Stil.«

Da sie nichts mehr entgegnete, beschloss Kuhl, einmal klüger zu sein. Er dachte an das Geld und strampelte sich in die Kluft. Der Overall fühlte sich an wie gummiertes Papier, kalt und steif. Zwo-Zwo-Sieben hatte den Eindruck, er würde in einer gelben Zellstoffmasse versinken. Er fühlte sich so weit unten, dass er selbst mit einem Mongoloiden getauscht hätte.

Eine kleine Deformation und du wärst raus aus dem Schneider, dachte er. Ein nettes, kleines Behindertenheim, Holzspielzeug schnitzen und mit einer herzensguten Betreuerin anbändeln, einen Mitleidsfick rausschinden ... Warum zum Teufel haben dir deine Eltern nicht einmal einen sauberen, sichtbaren Defekt mitgeben können?

»Und – passt er?«
»Natürlich passt er.« Kuhl wühlte seine Hände aus den Ärmeln. »Kennen Sie jemanden, dem ein Fesselballon nicht passen würde?«

»Willst du damit sagen, er ist dir zu groß?«

»Sagen wir mal, einem Elefanten wäre dieses Dings wahrscheinlich zu klein.«

»Bück dich mal.«

»Bitte?«

»Bücken.«

»Wieso?«

Sie seufzte. »Ob der Overall passt, merkst du erst, wenn du dich bückst. Und dass du dich heute noch oft bücken wirst, ist doch klar, oder wie stellst du dir deine neue Tätigkeit vor?«

»Na schön, aber nicht anfassen.« Kuhl machte einen krummen Rücken.

»Tiefer!«

Er biss die Zähne zusammen, aber hielt durch.

»Siehst du, wenn du dich richtig bückst, dann spannt er sogar leicht über dem Kreuz.«

»Aber an den Beinen – «

»Zu den Beinen kommen wir noch. Schuhgröße?«

»Einundvierzig.«

»Hier, probier die mal.« Zwei gelbe Gummihalbstiefel landeten vor seiner Nase.

»Sie werden es wahrscheinlich nicht glauben, aber draußen vor Ihrem Fenster herrschen tropische Temperaturen.«

»Na und?« Sie wusste, sie hatte ihn in der Hand, jedenfalls klang ihre Stimme furchtbar von oben herab, was ihre ganze Erscheinung noch unerträglicher machte.

»Verzeihung, Gnädigste, aber ich werde diese knallgelben Fußpilzbrutkammern nicht anziehen.«

»Gehört zur Uniform«, sagte die Liliput-Chefin. »Entweder – oder.«

Kuhl wusste, wie sie das meinte, und entschied sich, erneut zu gehorchen.

»Sehr gut. Und jetzt knie dich hin.«

»Wieso denn das?«

»Das wirst du schon sehen.«

»Warten Sie, warten Sie.« Kuhl knetete sich eine tiefe Sorgenfalte aus dem Gesicht. »Sie haben doch nicht vor, mich von hinten zu nehmen?«

»WAS?«

»Nun, vielleicht habe ich Sie völlig falsch eingeschätzt, vielleicht sind Sie ja gar keine Frau, sondern nur ein etwas zu klein geratener Mann. Ich meine, man hat schon Pferde kotzen gesehen.« Er hielt inne, denn er glaubte, die Hasswellen, die von ihr ausgingen, förmlich zu spüren. »Okay, fair ist fair, das war eine ziemlich abwegige Vermutung und ich entschuldige mich. Ich bitte Sie trotzdem, mir zu sagen, warum ich mich hinknien soll.«

»Weil ein Putzer manche Arbeit auf den Knien verrichtet«, sagte sie kalt. »Herr Dobro wird dich schon einweisen.«

»Aber – «

»Nicht immer widersprechen! Mach einfach, was dir gesagt wird.«

Auf allen Vieren ertrug Kuhl die Musterung durch die Kinderhände der Personalchefin. Auch die Hosenbeine krempelte sie ihm hoch.

»Passt wie angegossen«, lautete ihr abschließendes Urteil.

Kuhl brauchte keinen Spiegel, um zu wissen, dass er wie ein Michelin-Männchen aussah. Er fühlte sich bis auf die Knochen entstellt.

»Zufrieden?«, fragte er.

Sie nickte. »Ein Overall, der nicht bequem sitzt, behindert beim Putz. Du wirst mir noch dankbar sein, Junge. Und jetzt ab durch die Mitte!«

Beim Rausgehen heftete sie ihm noch ein Nummernschild an die Brust.

»Was soll das sein? Ein Orden der Arbeit?«

»Nicht quatschen! Los, los! Herr Dobro wartet unten auf dich.«

Na soll er mal, dachte Kuhl. Während er lässig auf den Aufzug wartete, las er die Einsatzbeschreibung: Eine große Versicherungsgesellschaft in der Nordweststadt, zehn Stockwerke, neuntausend Quadratmeter Bürofläche, Hunderte von Papierkörben.

Und ebenso viele Schreibtische, dachte Kuhl. Er nahm die Nachricht von seinem ersten Einsatz daher mit einer gewissen Genugtuung auf. In Gedanken sah er sich bereits in einem unbewachten Moment auf Klautour gehen. Er konnte ja alles gebrauchen, selbst Zigaretten und angebrochenes Knäcke hätte er nicht verschmäht, in jeder Kalorie lag ein geldwerter Vorteil.

Schon als er aus dem Aufzug rollte (er fühlte sich wirklich wie ein elendes Ei), drehte die Rezeptionsschnecke den Kopf. Ihr hochgestecktes Haar und das elegante Kostüm kontrastierten mit den in Glasvitrinen ausgestellten Putzutensilien. Da sie rappeldürr war und kerzengerade saß, erinnerte sie ihn an eine Gestalt aus einem ägyptischen Fries.

»Ah, der Aushilfsputzer«, sagte sie zur Begrüßung. »Nummer?«

Aus den Deckenlautsprechern sickerte irgendein Remix von Walter Murphy, etwas Disco-Symphonisches; vielleicht hatte Bokassas Krönungsmusik so ähnlich geklungen, jedenfalls war Kuhl einen Moment ganz perplex.

»Na, das lob ich mir, wenn Schneckchen mal die Initiative ergreift! Meine Telefonnummer ist sieben, drei, eins, vier – «

»Ihre Putznummer!« Kleopatra hatte keinen Sinn für Humor.

»Na von mir aus. Aber du weißt nicht, was dir entgeht!« Er hielt ihr sein Nummernschild unter die Nase.

Sie blickte auf eine Liste neben der Frauenzeitschrift, mit der sie sich wohl die Leerlaufphasen vertrieb.

»Zwo-Zwo-Sieben«, sagte sie dann. Die Kajal-Schwalbenschwänze um ihre Augen blinzelten fast versöhnlich. »Herr Dobro wird jeden Moment hier sein.«

»Heißt das, er hat sich verspätet?«

»Kann schon sein.« Sie musterte ihn wieder etwas feindseliger. »Hier können Sie nicht rumstehen. Da drüben ist eine Sitzecke für die Putzetten.«

»Gibt es eine Alternative?«, fragte Kuhl.

»Die gibt es.« Sie deutete freundlich zum Ausgang. »Wenn Sie sich den Arsch abfrieren wollen, dann können Sie auch draußen vor der Tür warten. An der Bushaltestelle. Herr Dobro müsste mit dem nächsten Bus kommen. Dann kann er Sie gleich in Empfang nehmen. Husch, husch, worauf warten Sie noch?«

Es war Anfang April und noch bitterkalt. Hätte er Kleopatra den Triumph nicht missgönnt, ein Kehrt-Marsch wäre wohl die richtige Entscheidung gewesen, aber so schlenderte er zähneklappernd zur Bushaltestelle. Dass hier niemand stand, war kein gutes Zeichen.

Es hieß also Warten und die luftige Zellstoffmasse, in der er steckte, kühlte schnell aus.

Vorübergehende Passanten würdigten ihn keines Blickes, entweder waren sie an knallgelbe, menschliche Fesselballons gewöhnt oder sie gewährten einem geknechteten Tier ihrer Art das kreatürliche Recht auf Unsichtbarkeit. Auch die Autofahrer verhöhnten ihn nicht. Zwar drehte mal einer den Kopf, doch niemand johlte oder bedachte ihn mit Namen, was er als Schonung empfand.

Es hupte in diesem Moment hinter Kuhl.

»Na wer sagt's denn? Auf so einen Arsch hab ich seit drei Wochen gewartet.«

Noch im Flaggen des Stinkefingers erkannte er »Eddie's *machine*«. Der Buick war auf Hochglanz poliert und wirkte vor dem Hintergrund der vergammelten Häuser wie ein Fingerzeig Gottes: Gute, starke Körper aus Metall sollt ihr haben.

»Schiskofrenko.« Schon bevor sich die elektrisch gesteuerte Scheibe senkte, bemerkte Kuhl den verblüfften Ausdruck in Eddies Augen.

»He, Superjock.« Eddies Miene schwankte noch zwischen Argwohn und stillem Entsetzen. »Was für 'n sonniger Aufzug. Ist mit dir alles in Ordnung?«

»Wie man's nimmst, Ede!« Kuhl versuchte, den gelben Zellstoffballen um seine Hüften zu raffen. »Ich hatte am Westkreuz 'ne kleine Panne, grad eben. Der Typ vom ADAC hat mich hier abgesetzt. Das Teil ist ein sogenannter Rettungsanzug. Jeder, der in Deutschland eine Panne hat, ist neuerdings verpflichtet, so einen Fetzen zu tragen. Ist schon abartig, oder?« Er bemerkte den Ausdruck tiefster Fassungslosigkeit. »Was machst du eigentlich hier?«

»Ich habe dich gesucht«, sagte Eddie, »wir haben ein ernstes Problem. Rio ist oben auf dem Dach. Glaub mir, ich hab ihn abhalten wollen, aber er redet wieder von seinem unsichtbaren *buddy*, na du weißt schon, und wie schön es sein muss zu fliegen, ja, und irgendwie hab ich ein verdammt schlechtes Gefühl. Ich meine, von unten sieht es so aus, als wolle er springen.«

»Schitt. Warum hast du ihn nicht runtergeholt?«

»Wie denn? Ich muss zurück zur Kaserne.«

Eddie warf einen Blick auf die Uhr. »Ich denke, du solltest mal mit ihm reden, bevor seine Mutter oder irgendein übervorsichtiger Mieter die Polizei alarmiert. Wenn die Rios Bude durchsuchen, dann gute Nacht.«

Kuhl fühlte sich schlagartig ernüchtert. Noch immer hoffte er, Eddie würde einfach Gas geben und verschwinden und er könne den Rest des Tages friedlich putzend unter einem Schreibtisch verbringen.

»Mal langsam, ich habe gedacht, Rio ist in Italien.«

»War er nicht«, sagte Eddie. »Seine Eltern waren in Italien. Er hat für die Farbwerke Medikamente getestet.« Er beugte sich zur Seite und stieß die Wagentür auf. »Hast du das nicht gewusst?«

»Wir sind nicht verheiratet, weißt du.«

»Du bist sein Freund.«

»Und du?«

»Aber du wohnst um die Ecke.«

»Nein, ich wohne im gegenüberliegenden Block. Das ist was anderes, Mann.«

»Wie ist es denn?«

»Na, wie wenn du ... wenn du ... Südpol und Nordpol vergleichst.«

»Ah, Zwo-zwo-sieben!« Ein fremde Stimme mischte sich ungefragt ein. »Hast wohl Schmalz in den Ohren?«

Eine flapsige Hand wischte aus heiterem Himmel über Kuhls Hinterkopf. Leicht verdutzt drehte er sich um. Vor ihm stand ein drahtiges Männlein. In dem gelben Overall war zunächst nur eine braune, getigerte Stirnglatze und ein graumelierter Schnauzbart zu sehen.

»Dobro?«

»Herr Dobro für dich! Wo du gewesen, hä?« Der Mann drückte ihm unaufgefordert einen Schrubber in die Hand. »Los jetzt! Wir spät dran.«

Eddie lächelte irritiert. »*He, man, what the fuck does he want?*«

»Das ist der Typ vom ADAC!«, log Kuhl. »Er war schon vorhin so komisch. Scheint was getrunken zu haben.«

»Eh, nix getrunken! Schon am ersten Tag Ärger mit dir! *Pronto, pronto.* Wir müssen!«

Kuhl ließ den Schrubber fallen.

»Ich muss gar nichts«, knurrte er, »und jetzt verpiss dich, du Kakerlaken-Antreiber!«

»*Merda.*« In seinen sechsundzwanzig Berufsjahren hatte sich Arturo Santíago Dobro noch niemals in einer auch nur annähernd so undurchsichtigen Situation befunden. »Wie hast du mich eben genannt?«

»Aha, auch noch Schmalz in den Ohren«, konterte Kuhl. Und lauter, so dass Eddie ihn hören konnte: »Von mir aus kannst du deinen beschissenen ADAC-Sicherheits-Aufzug zurückhaben – null *problemos, muchacho*!«

Er öffnete den Reißverschluss des Fesselballons und versuchte, sich ins Freie zu strampeln.

»Wohl bescheuert, eh?« Dobro verstand nichts mehr. Wild den Eimer schwingend, gelang es ihm, Kuhl wieder in die Zellstoffmasse zu zwängen. »Du da rein ... Du rein!«

»Nein, ich raus! RAUS!!!«

»Ich sagen – du rein! Du unterschrieben: nix Overall, nix Arbeit in meiner Kolonne, *capito*?«

»He, Sie da, lassen Sie meinen Kumpel zufrieden.« Eddie war schon halb aus dem Wagen. »Was ist denn in den gefahren? Ist die ganze Stadt plötzlich auf LSD?«

»Mal den Teufel nicht an die Wand.« Kuhl lag noch immer im Clinch mit dem Putzteufel. Erst ein Ellenbogenstoß in die Magengegend schickte den Alten zu Boden.

»Du ... gefeuert«, würgte der noch, während er sich in seinen Eimer erbrach.

»Um Gottes willen, Herr Dobro!« Die Zwergin kam in diesem Moment aus der Glastür geschossen. »Wo sind die Bullen, wenn man sie braucht?«

»Sieh an, die große Schwester!« Der Aufzug war Kuhl jetzt egal und er hechtete auf den Beifahrersitz. »Fahr los, Ede!«

»Nicht so schnell!« Sie musste wahrlich über Bärenkräfte verfügen, denn sie half dem Vorputzer mit einem Ruck auf die Beine. »Du kannst hier nicht einfach einen Mann niederschlagen und dann so tun, als sei nichts geschehen, du Aushilfsputzer!«

»Wie hat die dich eben genannt?«, fragte Eddie.

»Dieses Wichtelhirn.« Kuhl winkte ab, er wusste, er hatte gewonnen. »Bei mir ist nichts zu holen, Putzel. Nur jede Menge Ärger. Also, troll dich!«

»Ich zeig dich trotzdem an! Mach dich auf was gefasst.«

»Tu, was du nicht lassen kannst, du genetisch gestutzte Megäre!« Kuhl hatte vor, die Maske ganz fallen zu lassen. »Doch merk dir eins: Sollten die Bullen bei mir aufkreuzen, werde ich dich besuchen und einen Gartenzwerg aus dir schnitzen! Schönen Tag noch, Schätzchen!«

Schon als der Buick anfuhr, machte sich Kuhl Luft, um Eddie erst gar nicht Zeit zu geben, über das Erlebnis nachzudenken und womöglich dumme Fragen zu stellen.

»Kannst du mir eins verraten, Ede? Warum steht uns die Scheiße immer bis zum Hals? Warum geht bei uns alles schief? Ich meine, wir blicken doch durch, oder?«

»*Sure thing*«, schnurrte Eddie in das lauter werdende Schnurren des Motors.

»Dachte ich auch«, sagte Kuhl. »*Sure motherfuckin' thing.* Wir wissen, was gespielt wird, wir haben die richtige Peilung und trotzdem sitzen wir permanent in der Scheiße!«

»Wir sind nicht skrupellos, das wird es wohl sein.« Eddie witterte seine Chance, einmal den Philosophen zu spielen. »Oder hast du es schon mal geschafft, eine Frau auf den Strich zu schicken?«

»Du meinst eine ... eine ... äh, durchschnittlich große Frau?« Kuhl fand Eddies Maßstäbe nicht immer leicht zu verstehen. »Oder meinst du das sinnbildlich?«

Eddie sah ihn nachdenklich an.

»Ich wollte damit nur sagen, wir sind nicht schäbig genug.«

Kuhl schüttelte den Kopf. »Oh, Mann, bin ich denn nur von geistig Verwirrten umgeben?«

»Ach ja? Und du bist ein Weichei, Kuhlmann.« Trotz des Disputs nickte Eddie entspannt vor sich hin. »Du hast in deinem Inneren noch so etwas wie Mitleid. Du willst keinem wehtun und das ist leider unmöglich.«

»Meinst du?« Auch Kuhl überließ seinen Kopf für eine gute halbe Minute dem Geschaukel des Wagens. Er hatte da gerade was im Fernsehen gesehen, eine Reportage über umstrittene Tierversuche der NASA, die am Fall von Schimpansen nachweisen konnte, dass es nicht die größten, stärksten und schnellsten Männchen sind, die eine Horde dominieren, sondern die aggressivsten.

»Wenn das stimmt, was du sagst, dann ist es um diese Welt schlimmer bestellt, als ich dachte«, sagte er.

»Von mir aus«, sagte Eddie, »aber es ist leider die Wahrheit. Die Welt wird von hundsgemeinen, ultrabrutalen Wichsern regiert. Öl, Scheiße und Lügen schwimmen nur deshalb immer oben, weil sie *coole* Schwimmwesten haben: Angst, Neid und Gier. Nenn es die unverbrüchlichen Gebote der Welt.«

»*Wow.*« Kuhl drückte seinen Kopf in diesem Moment auf die Knie, als würde er eine Bruchlandung erwarten.

»Danke, Eddie«, sagte er dann. »Endlich sehe ich wieder klar. Es ist ein wunderbares Gefühl. Danke.«

»*No thanks*«, sagte Eddie. »Wir Amerikaner nennen das *reality check*. Solltest du einmal wöchentlich machen, dann bist du wieder auf Kurs.«

Kamerun, dritter Block von der Sonne: Eddie hielt nicht weit von dem Menschenauflauf. Die meisten Schaulustigen waren Mütter mit ihren Kindern.

»Sieh mal, da oben ... «

Über den Rand des Flachdaches baumelten zwei dünne Beine herab.

Vielleicht lag es an Kuhls knallgelbem *outfit*, dass sich

die Menge in einer Art und Weise vor ihm teilte, wie er es einmal in »Die 10 Gebote« gesehen hatte. Nur schrille Kinderstimmen verhinderten, dass er in einen Zustand religiöser Verklärung abdriftete.

»Da kommt ein gelbes Zelt, Mama.«

»Das muss der Katastrophenschutz sein.«

»Sieht eher aus wie die gelbe Gefahr.«

Kuhl merkte zum ersten Mal, dass er noch immer in dem Putzaufzug steckte.

»Sind Sie von der Feuerwehr?«, fragte jemand.

»Ist er!«, brüllte Eddie, »Platz da für das Sonderkommando!« Er schaffte es, Rios heulende Mutter abzufangen, und stieß Kuhl mit dem Hintern durch die offene Tür.

»Sei vorsichtig«, sagte er noch.

Kuhl wetzte die Treppe hoch, er kannte die Strecke im Schlaf, denn früher hatte er Rio oft auf dem Dach Gesellschaft geleistet.

»Wie siehst du denn aus?«, fragte Rio. Er hatte sich nicht mal umdrehen müssen. »Ist das ein Quarantäne-Anzug?«

»Schlimmer«, sagte Kuhl. Während er sich aus dem Zellstoffknäuel wand, überlegte er, wie er weiter vorgehen sollte. Rio saß wirklich verdammt nah am Abgrund. Dass er sich umdrehte und ein Bein anwinkelte, kam noch hinzu.

»Schlimmer? Was soll das denn heißen?«

»Na ja, es ist ein Das-Leben-hat-mich-so-richtig-am-Arsch-Anzug.«

»Ah, so einer.« Rio rieb sich die Augen. »Für einen Moment dachte ich, du wärst – wie soll ich sagen – nur eine Erscheinung.«

»Du meinst so wie dein unsichtbarer Freund?« Kuhl winkte einmal sinnlos ins Leere.

»He, soll das heißen, du kannst ihn sehen?«

»Nicht nur ihn.« Kuhl rollte den Putzanzug zusammen und schleuderte ihn über die Dachkante. Der Stoff entfaltete sich in der Luft, nahm fast menschenähnliche Umrisse an und flatterte auf die Schaulustigen zu, die erst freudig, dann enttäuscht aufjaulten.

»Alle können ihn sehen, sie wollen es nur nicht wahrhaben.« Er setzte sich neben Rio und ließ die Beine ebenfalls baumeln. »Wie heißt er noch mal?«

»Gestaltwerther. Fußmann nennt es auch das Nihil-Molekül, aber ich glaube, das hat eher persönliche Gründe.«

»Ultra-*low*.« Kuhl linste an Rio vorbei auf die Dachpappe. Es sah aus, als teilten sie sich denselben Schatten, der ihre so unterschiedlichen Charaktere miteinander verschmolz. »Ja, ich glaube, ich kann ihn sehen.«

Rio folgte Kuhls Blick. »Er sitzt nicht neben dir, sondern schwebt vor dir. Wie es aussieht, begutachtet er deine Stinker.«

»Was?« Kuhl zog die Beine ruckartig an, verlor dabei die Balance und hätte Rio ihn nicht an der Schulter erwischt, er wäre dem Overall nachgeflattert und – angesichts seines Pechs – wahrscheinlich in einer Eisernen Lunge wieder zu sich gekommen.

»Da hat nicht viel gefehlt, Alter«, japste Kuhl.

»Hab ich einen Fehler gemacht?« Rios Augen schienen ihn zu durchdringen. »Was machst du eigentlich hier?«

»Da fragst du noch?« Kuhl zog sich vom Rand des Flachdaches zurück. »Die haben Angst, dass du springst.«

»Haben die das?«

»Ja.«

»Wer sind *die*?«

»Deine Eltern«, sagte Kuhl.

»Du meinst, meine Mutter«, sagte Rio. Er beugte sich einmal vor und reckte den Hals. »Mein Alter ist nirgends zu sehen.«

»Er ist sicher arbeiten.« Kuhl kauerte in Rios Rücken. Er war wie gelähmt, denn die Angst, er könne den einzigen Freund, den er hatte, verlieren, trieb ihm den Schweiß auf die Stirn. »He, Rio, nur damit es mal einer deutlich ausspricht: Wenn du springst, bist du tot.«

»Gilt das auch für Stillgeburten?«

»He«, Kuhl legte Rio eine Hand auf die Schulter, »du lebst, verstehst du, noch bist du hier.«

Rio nickte.

»Aber ich bin müde. Wenn ich könnte, würde ich ein Hologramm von mir in die Welt schicken. Da könnten sie dann alle an mir rumfummeln ... und sich die Teile rausschneiden, die sie brauchen. Und alles andere, was ich bin, könnten sie wegschmeißen. Wie nach Proben an Leichen, weißt du, wie nach Proben an Leichen.« Er lachte kurz auf. »Und ich könnte endlich einen Quantenschlaf schlafen.«

Wenn Rio *high* war, auf Psyklon oder einem anderen LSD-Derivat, dann konnte es vorkommen, dass er Worte sagte, die es nicht gab.

»He«, Kuhl hasste es, den Positivisten zu spielen, aber es blieb ihm nichts anderes übrig. »Wir haben das ganze Leben noch vor uns.«

»Glaubst du das wirklich?«

»Hundertprozentig.« Kuhl hatte den Eindruck, dass Rio allmählich nach vorn sank, aber der lehnte sich in letzter Sekunde zurück. Von unten hörte man ein enttäuschtes Aufheulen.

»Hast du das eben gehört? Sie sind sauer, dass ich nicht gesprungen bin.«

»Ach, die Leute, sie sind immer wegen irgendwas sauer.« Da Rio zwar lang, aber ein Fliegengewicht war, gelang es Kuhl, ihn in die Mitte des Flachdaches zu ziehen.

»Das war das letzte Mal«, sagte er. »Manchmal denke ich, du spekulierst auf meine Gutmütigkeit. Weißt du, was Eddie vorhin gesagt hat?«

Rio schüttelte den Kopf.

»Uns allen fehlt die nötige Brutalität.«

Rios Augenbrauen kräuselten sich nur ganz kurz.

»Eddie weiß manchmal nicht, was er sagt.«

»Aber du weißt es, ja?« Kuhl zerrte Rio an die offene Dachluke und zwang ihn die Leiter hinab.

»Was ist mit ihm?«, fragte er noch, einen spöttischen Unterton in der Stimme.

Rio sah nicht einmal zurück.

»Er ist schon unten, die Dachluke ist ihm entschieden zu klein.«

»Aha«, sagte Kuhl. Er ging noch einmal zurück zum Rand des Daches und signalisierte den Gaffern, die Show sei gelaufen. Die Menge zerstreute sich schnell. Nur ein paar Racker kamen noch einmal zurück und zerrten so lange an den Ärmeln des gelben Overalls, bis er in zwei Hälften zerriss.

Das Leben, wie es sein sollte IV

Dalle stalle alle stelle. (Aus der Gosse zu den Sternen.)
– VERDREHUNG EINER ITALIENISCHEN REDENSART

Niemand kann dem Schicksal entrinnen, nur darum geht es in den meisten antiken Dramen. Die Tatsache, dass man sie heute vergessen hat, ändert nichts oder nur wenig daran, dass das Leben, das wir planlos und voller Zuversicht führen, nur die Vorstufe eines Schicksalsschlages ist. Kleinigkeiten geben letztendlich den Ausschlag, Nebensächlichkeiten brechen uns das Genick, das Ende kommt überraschend und doch meistens gelegen: Dass Enden grausam ist, stimmt nur bedingt.

In Kuhls Fall begann alles mit dem »Jodel-Ding«, der wirklich einzigartigen musikalischen Dumpfmeisterei eines Belgiers. Kuhl sah sich gerade nach dem Notausgang um, als jemand dicht hinter ihn trat.

»Feuer?«, fragte sie, und als er sich umdrehte, geschahen zwei Dinge: a.) Er glaubte, das sphärische Harfen-Intro von »Boogie Nights« zu hören und b.) Der Gedanke, sterben zu wollen, rückte in weite Ferne.

Ihre weißblonden, auf décoiffé frisierten Haare umrahmten ein faltenloses, stupsnasiges Puppengesicht. Sie ließ die Augenlider sinken und lächelte träumerisch vor sich hin. Nur die weiße Filterzigarette, die sie zwischen Zeige- und Ringfinger balancierte, wirkte wie eine exakt dosierte Obszönität.

»Sss ... Sss ... SUPERNUTTE, wo kommst du denn her?« Der alte Jock-Terminus fiel ihm gerade noch rechtzeitig ein. Sie trug ein elegant geschlitztes, grünes Empirekleid mit Schleppe und Vorhangdekolleté aus

Marabufedern. Darunter lagen diese gotteslästerlichen, monströsen Saugapparate. Kuhl hatte den Verdacht, sehr ausgefallene Produkte der plastischen Chirurgie zu bestaunen.

»Feuer?«, fragte sie wieder. Er antwortete nicht, noch nicht, studierte stattdessen ihre weißen Lackpantoletten, die schon etwas aus der Mode waren, aber ihre zierlichen Fesseln betonten. Ein Hauch von Jock-*reality* wehte durch den Raum und er fragte sich, ob die Klappe endlich fallen und jemand *CUT*! rufen würde: All die B-, C- und D-*movie-actors* würden in den Kulissen verschwinden und Platz machen für seine ganz große Szene, die fünf Minuten und eine Ewigkeit, auf die es ankam.

»Sicher«, sagte er und machte die Art Bewegung, die vortäuscht, dass man nach einem Feuerzeug oder etwas Ähnlichem sucht – einem Flammenwerfer zum Beispiel, wenn der nötig gewesen wäre, ihr diesen kleinen Gefallen zu tun.

»Aber Sie rauchen doch gar nicht.« Earl – breit grinsend und rotgesichtig – tauchte aus ihrem Windschatten auf.

»Das ... das Fegefeuer hat mich um Feuer gebeten.« Kuhl deutete mit dem Finger auf die prächtig modellierte Figur. »Sie ... «

»Sie hat einen Namen«, sagte Earl. »Pola Popova.«

»*Wow*, ich meine, also wenn das so ist ... « Kuhl sah sich um, pflückte einem der Gäste seinen schmauchenden Stumpen von den Lippen und entzündete damit Polas Glimmstängel.

»*Hey, wait a minute*«, sagte der Mann.

»*Shut the fuck up.*« Die Knarre unter dem Hemd verlieh Kuhl eine ungewohnte Selbstsicherheit. »Meine Freunde nennen mich Kuhl«, sagte er dann – der klassische Einzeiler aus seinem Film, der Frauen zumindest im Ansatz nachdenklich machte.

»Wie ›Kool & The Gang‹?«, hakte sie nach. Noch immer hatte sie diesen wie mit Schleiern verhangenen Blick.

Kuhls fragte sich, ob er infolge der Tropical-Zombie-Promille vielleicht schwarz angelaufen sein könnte. Der Gradzug des Alkohols in seiner Kortex hatte die limbischen Sümpfe endlich erreicht. »So ... so ähnlich.«

Sie nickte, nickte lange, und dieses Nicken schien sich in ihren Hüften fortzusetzen, der schillernde, straff über den Schenkeln gespannte Seidenstoff schien leicht zu vibrieren.

»Wie ham Sie mich vorhin g'nannt?« Ihre Stimme hatte den heiser-gebrochenen Klang der echten Münchnerin. »Fegefeuer?«

Kuhl begegnete ihren forschenden Augen mit seinem antrainierten Null*checker*-Blick. »Dann hab ich mich wohl versprochen.«

»Schade.« Sie tanzte im Stehen, bewegte kaum die Beine, nur ihre Hüfte schwang sanft hin und her. »Und ich dachte, es wäre ein Kompliment.«

»Das war es auch«, sagte Kuhl hastig, »ich meine, wenn Sie wollen, können Sie es so sehen.«

»Wirklich? Und das soll ich Ihnen jetzt glauben?«

»Wenn er es doch sagt.« Earl mischte sich ungefragt ein. »Unser Freund hier hat eine ausgeprägte philosophische Ader.«

»Na dann.«

Sie lachte grundlos und zog ein paarmal kräftig an der Zigarette. »Es war Earls Idee. Ich bin viel zu schüchtern, um einfach so einen Mann anzusprechen. Obwohl ich schwören könnte, wir sind uns schon mal begegnet.«

»Unmöglich«, sagte Kuhl. »In einem anderen Leben vielleicht.«

Und plötzlich wusste er, wo er sie das erste Mal gesehen hatte, genauer gesagt eine lebensgroße Pappfigur in schmatzenden Farbe: Im Schaufenster eines *sexshops*. Wegen ihres Vorbaus, der angeblichen Maße und so, hatte er sich noch mit Eddie gestritten. Jetzt stand sie vor ihm, dreidimensional: Höhe, Breite und Tiefe.

»Vielleicht haben wir uns doch schon mal gesehen«, sagte er endlich. »Oft genug manifestiert sich die Zukunft in der Vergangenheit, die die Gegenwart ist. Der Spruch ist, ehrlich gesagt, nicht von mir, sondern von einem Fernseh-Computer namens TED, aber das sagt Ihnen sicher nichts, denn wie Sie aussehen, sitzen Sie wohl nicht allzu oft vor der Glotze.«

»Sie meinen, was nicht ist, kann noch werden«, sagte sie.

»Wäre schön«, sagte Kuhl.

Unglücklicherweise war sie in Begleitung eines Schwarzen, einer Art Stinktier, auf Johnny Guitar Watson gestylt. Wie Schuppen fiel es Kuhl von den Augen, dass es derselbe Mann war, dessen Zigarre er gerade als Anzünder missbraucht hatte. Jetzt bot er Kuhl eine »Kubanische« an, eine echte Havanna, damit er sich nicht wieder an den Rauchwaren anderer Leute vergreifen müsse, um einer Dame Feuer zu geben. Wahrscheinlich war er in seinem vorigen Leben eine Winker-Krabbe gewesen, denn wenn er quatschte, schien er immer mit dem Arm auszuholen. Dabei lachte er so dreckig wie Roberto Blanco und stellte sich nassforsch als Polas PR-Agent vor, Bosco Deauville sei der Name, so stand es jedenfalls auf seiner Karte. Dem Anschein nach hatte er gelernt, den seriösen Geschäftsmann zu mimen, aber irgendwie war klar, dass er bis zum Hals in ihrer Goldgrube steckte. Sein Anblick – vor allem sein Gehabe – trug wesentlich dazu bei, Kuhls Hochstimmung in Nichts aufzulösen. Die Besitzansprüche anderer Männer hatte er immer als Zumutung, bisweilen auch als Bedrohung empfunden, und die Vorstellung, dass sich ausgerechnet ein Kaffer an diesem Fleischtopf bediente, erweckte in ihm nur Hass und Verachtung. Trotzdem akzeptierte er die Zigarre, wobei es ihm leicht fiel, wie eine hinterfotzige Rachegottheit zu grienen.

Earl hatte einen Tisch reserviert, einen Promenadenplatz mit phantastischer Aussicht. Bosco, der scheinbar jeden erdenklichen Winkel der Erde bereist hatte, fühlte sich an Carelli´s on the Beach erinnert. Sagte er zumindest. Vielleicht gab es da ebenfalls nichts zu sehen.

Pola war freundlich zu Kuhl. »Sie brauchen eine Tischdame, die sich um Sie kümmert«, gurrte sie einmal. Sie fütterte ihn mit Krabben in Mayonnaise und wischte ihm mit kalten Fingern um den Mund. Irgendwie schaffte sie es auch, dass ihm ihre Beine immer wieder in die Quere kamen.

Am Tisch saßen mehrere betagte Golfer, die bei Polas Anblick nach ihren Betablockern griffen und dann anfingen, amerikanische und europäische Konfektionsgrößen hin und her zu rechnen.

Hört das nie auf, dachte Kuhl. Müssen die auch noch Eierstöcke belagern.

Einer von ihnen, angeblich Präsident der neu gegründeten Video Software Dealers Association, faselte pausenlos etwas von Abigail Clayton and Kay Parker, zwei *gorgeous gals*, mit denen er kürzlich in Las Vegas diniert habe. Die Frau des Vorsitzenden des Golfklubs, die Kuhl als Mrs. Roosevelt vorgestellt wurde, konnte das halbwegs bezeugen. Sie hatte ein dickes und ein dünnes Bein und verbarg ihr Gesicht hinter einer überdimensionalen Brille. Gelegentlich flirtete sie mit einem Ober oder flüsterte Kuhl, den sie offenbar mit einem Club-Med-Animateur verwechselte, ihr Leid.

»Mein Mann, dieser Geizkragen, hat mir nur ein Bein bezahlt. Nächstes Jahr zu Weihnachten gibt's das zweite. Können Sie sich so eine Gemeinheit vorstellen?«

Kuhl konnte.

Er kannte Mr. Roosevelt, den Vorsitzenden des Klubs, einen krummbeinigen, schiefkieferigen Macho mit dem Gang eines Erpels. Während er Pola ganz offen ins Dekolleté starrte, trat ihm der Schweiß auf die Stirn.

»*Oh dear*«, sabberte er, »*oh dear* ... «

Pola spielte Sphinx, Torpedo-Titten statt Pranken, und zwinkerte Kuhl zu, als ob er wüsste, und er wusste, ja, aber das behielt er für sich.

»Kuhl, hören Sie mir überhaupt zu?« Ein pedantischer Earl brillierte gerade im Errechnen von Körbchengrößen.

»Es ist kinderleicht: Man misst erst unterhalb der Brust. Ist es eine ungerade Zahl, zählt man 5 dazu, bei einer geraden nur 4. Dann misst man so ... «, er versuchte, bei Pola Hand anzulegen, »an der breitesten Stelle. Sind die Messungen gleich oder beträgt der Unterschied etwa *one inch*, also 2,7 Zentimeter, dann haben wir ein A-Körbchen vor uns, bei zwei Inch ein B, drei ein C und so weiter.«

Die *old boys* vom Klub sahen so aus, als wollten sie ihre Messlatten holen, aber die Getränke kamen ihnen dazwischen und Earl ließ seinen Star hochleben.

»Auf den neuen Film – ›Die tausendundzweite Nacht‹! Pola, Sie werden eine bezaubernde Geisha abgeben. Hula, hey!«

Pola hielt sich bedeckt. Die Wahrheit war, dass sie ihre besten Jahre schon hinter sich hatte. Sie war »ausgebumst«, wie es im Fachjargon hieß, ihr Nuditätsruhm hatte an Zugkraft verloren. Die Industrie lebt bekanntlich von frischem Material, das noch hoffnungsvoll auf dem Sunset Strip tippelt. Pola – die mit bürgerlichem Namen Pauline Meilensenkel hieß – war mit fünfunddreißig nicht mehr die Jüngste und hatte schon mehr als zweihundert Filme gedreht. Jeder Spanner, jeder Durchschnitts-Perverse kannte ihren Körper bis ins kleinste Detail. Selbst endoskopische Aufnahmen ihrer Gebärmutterzyste waren einmal abgedruckt worden, im unerhörten Maßstab eins zu eintausend.

Nach der Operation war es still um sie geworden. Die Studiobosse hatten ihr nur noch Mist angeboten, sogar *Snuff*-Produktionen, bei denen es leicht war, auf einer Krankenbahre zu landen. Pola hatte Besseres verdient, zumindest glaubte sie das. Und da sie recht aufgeweckt war, wusste sie auch, dass sie sich selbst helfen musste. Deshalb war sie mit einem Billig-Charter von München auf die Bahamas geflogen. Das Angebot des senilen Knackers und seiner golfenden Freunde war für sie ein gefundenes Fressen. Nur Kuhl passte nicht ganz in den Plan.

Vielleicht wäre alles anders gekommen, wenn sie ihn nicht von Anfang an wie einen Jungen behandelt hätte. Sie verwechselte seine verschlossene Miene mit gutem Benehmen. Wie ein reicher Bengel kam er ihr vor, ein

Internatsschüler, frisch von zu Hause getürmt. Dass er Geld hatte, stand für sie außer Frage. Doch das hatten andere auch. Insgeheim fragte sie sich, ob er vielleicht zu den naiven Schnöseln gehörte, die sich nicht nur in eine Hure verliebten, sondern glaubten, ihre Triebhaftigkeit durch den heiligen Bund der Ehe besiegeln zu müssen. Sie hatte schon von solchen Fällen gehört, selbst hartgesottene Produzenten verhielten sich manchmal wie hormonal benebelte Esel. In diesem Fall würde sie ihn richtig ausnehmen können. Andererseits empfand sie eine unerklärliche, fast zärtliche Zuneigung; vielleicht war es der Altersunterschied, der sie reizte, und ihr mütterlicher Instinkt spielte ihr einen Streich. Und je länger er schwieg, umso mehr ging sie aus sich heraus, selbst Bosco, der die meisten ihrer Geschichten schon kannte, hörte ihr fasziniert zu.

»Auf gute Partnerschaft!«, jubelte Earl, während er einerseits mit dem Korken des Dom Perignons kämpfte, andererseits nach einem möglichen Co-Produzenten namens Papa Dok Ausschau hielt.

Wenig später hatten alle angestoßen, diesmal mit vollen Gläsern, und Earl verwickelte Bosco im Handumdrehen in ein Gespräch über legale Steuerhinterziehung. Er kannte da so allerlei Tricks, aber Bosco hatte noch nie in seinem Leben Steuern gezahlt, ein Geständnis, das den Mumien des Golfklubs geradezu hymnische Ovationen entlockte.

Pola nippte an ihrem Glas, schlug die Beine übereinander und schielte immer wieder nach Kuhl. Der schaffte es mühelos, die nächste halbe Stunde neben ihr zu sitzen und blasiert zu grinsen.

»In dem Hemd siehst du aus wie Dean Martin«, sagte

sie einmal. »Ich darf doch *du* sagen?«

»Du schon, aber nicht Dean.« Seines Wissens nach hatte der Saufbruder niemals dem Geist des Hula gehuldigt.

Wieder Schweigen.

Während sie sich das Lippenrot nachzog, sagte sie: »Geht's dir gut? Du siehst so geschafft aus.«

»So hab ich immer ausgesehen.«

»Ach, wirklich?«

»Ja. Manche Leute sehen immer so aus.«

»Du bist kein Nachtmensch, was?«

»Ich war mal Nachtwächter«, antwortete er. »Da kommt man verdammt spät in die Heia, aber du hast Recht, ein Nachtmensch bin ich nicht.«

»Na siehst du.«

Der synthetische Geruch ihrer metallisch glänzenden Locken stieg ihm in die Nase und er schnappte einmal nach Luft. Wenn sie so zwischen den Beinen roch, konnten sie Freunde werden – Freunde für ein kurzes, glückliches Leben. Vielleicht würde sie mitkommen wollen? Vielleicht war sie sogar der ersehnte Todesengel der endokrinen Sekrete. Dass ihre Lippen Abdrücke an einem Glas hinterließen, wollte nichts heißen.

Der Griff der Knarre drückte in seinen Bauchnabel, erinnerte ihn daran, dass auch er die Macht über Leben und Tod hatte: Er hätte einfach aufstehen und alle abknallen können.

»Lieber junger Freund«, Earl tätschelte ihm plötzlich die Schulter, »ich habe durchblicken lassen, dass Sie mit im Boot sind. Sagen Sie's Pola, mir glaubt sie ja nicht.«

Kuhl nickte. Mit ihr war er im Boot, mit ihr, nicht mit Earl. Das Leben hatte ihn ungefragt eingeladen und ebenso ungefragt würde er wieder von Bord gehen. Aber so lange war er im Boot.

»Was machst du beruflich?«, fragte Bosco.

»Urlaub«, antwortete Kuhl.

Earl übersetzte diese Antwort für seine Freunde vom Golfklub und erntete mordsmäßiges Gelächter. »Kuhl arbeitet für eine freischaffende Versicherungsgesellschaft.«

»Kann man damit Geld verdienen?«

»Wenn man die Reihenfolge von Ursache und Wirkung vertauscht, ja.«

Eine Pfanne mit Weinbergschnecken landete auf dem Tisch. Pola reichte Kuhl eine eigenartige Zange und einen winzigen Dreizack.

»A guden«, sagte sie.

Kuhl fragte sich, ob sie bereits einen Versorgungsvertrag mit ihm hatte. Etwas argwöhnisch hebelte er die knorpelige, nach Knoblauch riechende Masse aus der Schale. Zumindest die Kräuterbutter schmeckte nicht schlecht.

»*So, so, a tough guy from Frankfurt.*« Bosco grinste spöttisch. »He, dann kennst du auch Supermax, hm?« Er meinte den langhaarigen k.-und-k.-Rocker, der seit seinem Hit »Lovemachine« Nacht für Nacht vor dem legendären Cookie's posierte.

»A hooka«, murmelte Kuhl. Eingeweihte behaupteten damals, der geschmeidige Ausruf wäre dem Sänger beim Anblick einer Wasserpfeife entfahren und durch irgendeinen dummen Zufall auf die Tonspur gelangt.

»Verstehe«, meinte Bosco. Er grunzte ein paarmal, was sich vielleicht als Räuspern deuten ließ, und erhob sich, als wolle er eine Tischrede halten: »*Out of Mother Africa, via the ghettos! Primitive rhythms, fused by the electronic music of a turned-on generation. Superdudes that can sock it to black and white mamas.*« Er gab Pola einen Handkuss und setzte sich wieder hin.

»Ich war mal DJ im Hamburger Trinity und eines sag ich dir, ich hatte mein Publikum aus Eimsbüttel und Blankenese im Griff.«

»Was du nicht sagst«, meinte Kuhl.

»Aber ich schwör's dir!«, rief Bosco. »Ich habe nicht nur aufgelegt, Alter, sondern auch produziert. Kennst du Munich Disco Machine? Die waren eh besser als Supermax und die Boneys zusammen!«

Rio wäre bei dieser Behauptung aus den Latschen gekippt, aber Kuhl entschied sich, nur vornehm zu lächeln.

»Wir haben mal in München gewohnt«, warf Pola ein und machte ein Gesicht, als würden alte Zeiten wieder fröhliche Urständ feiern.

»Ist 'ne Weltstadt«, röstete Bosco vor sich hin, »Frankfurt dagegen ... «

Kuhl war kein Lokalpatriot, aber er dachte in diesem Moment daran, den Maulhelden einfach am Tisch umzulegen: Zwei und zwei ist vier und eins ist fünf. In der Todesmühle macht es keinen Unterschied, aber vor Zeugen. Also würde er es nicht am Tisch durchziehen können.

Scheinheilig grinsend schmiedete er allerlei Pläne. Er würde Pola und ihren Agenten einladen. In seiner schmucken Villa würde er beide fesseln. Den Watson-Verschnitt würde er draußen im Garten ersäufen, der Pool war nachts beleuchtet. Vielleicht würde er zusehen, es wäre sicherlich amüsant. Dann wäre sie an der Reihe. Wie Raphael, der Wüstling in De Sades »Justine«, würde er sich auf »Kosten der guten Sitten, der Religion und der

Natur« an der elastischen Materie zu befriedigen wissen.

Dazu war sie schließlich gemacht, von ihrem Schöpfer oder sonst wem, und sie konnte noch froh sein, dass sie keine Schlammpfütze war, obwohl sie mit der Zeit ebenso austrocknen würde und auch Schlammpfützen als Ursprung des Lebens galten, so wie Frauen, und diese Ähnlichkeit würden Frauen nie loswerden – warum sollten sie auch? –, denn es entsprach dem tellurischen Wesen des Menschen, dem feuchten Lehm, dem der biblische Gott seinen Geist eingehaucht hatte, und was dabei herausgekommen war, glich einem Foltergarten mit verwesenden Kreaturen, die sich vampirisch aneinander vergingen, so lange, bis sie wieder zu Schlammpfützen wurden, die bekanntlich in der Friedhofserde versickern und wieder eins werden mit dem anorganischen Reich, aus dem sie einst kamen.

SZENE

Palmen-Rondell, der Tisch des Golfklubs. KUHL, EARL, BOSCO *und* der VORSTAND *lauschen* POLA, *die aus ihrem bewegten Leben erzählt.*

POLA: » ... und schließlich kamen noch Sylvie und Beate mit einer Methusalem-Pulle und ließen den Schampus so richtig spritzen! Mir war das eigentlich gleich, denn ich hatte nicht mehr allzu viel an, aber dieser Typ, der Regisseur, der auch den Kapitän spielte – er nannte sich, glaube ich, Dicky Klopfholz, ein Zahnarzt aus Stuttgart war der, mit richtig viel Knete –, also dieser Dicky hatte einen sauteuren Anzug an und geriet völlig in Panik und wollte nur runter vom Set. Und da ist er dann irgendwo draufgetreten und hat einen Schlag bekommen, einen elektrischen Schlag, meine ich. Er war auf der Stelle tot. Und dabei war er so kuschlig ... «

Aus der Tischgesellschaft klingen Seufzer.

EARL: »Nun, meine Liebe, Hauptsache, er hat was vom Leben gehabt.«

POLA: »Ich denke schon, er war ja ein Lebensgenießer. Uns Mädels hat er immer mit Kaviar und Austern gefüttert.«

EARL: »Na bitte.« *Er hebt feierlich sein Glas.* »Auf Dicky Dingsda! Und jeder, der es wissen will, kann es hören: IT'S CREATURE TIME! Es lebe das leibliche Wohl! Creature comforts, isn't that what it's all about? Bisher hatte niemand den Mut gehabt, diese Frage ein für alle Mal mit ›ja‹ zu beantworten.«

Sie trinken.

»He, Kuhl.« Während der Vorstand Pola noch nach Einzelheiten der Tragödie befragte, schien Bosco Kuhl auf den Zahn fühlen zu wollen.

»Was hast du früher gemacht, vor dem Versicherungsgeschäft, meine ich?«

Kuhl brauchte einen Moment, denn er hatte noch immer diesen mit Knoblauchbutter gewürzten Schneckenknorpel im Mund.

»Ich habe meine Zeit abgesessen.«

»Hm, hm!« Bosco nickte, als hätte er den Sinn dieser Worte verstanden. »Wie viel Jahre?«

Kuhl machte eine unbestimmte Handbewegung.

»Und jetzt willst du ins Filmgeschäft?«

»Wer lebt, ist im Geschäft«, sagte Kuhl.

»Stimmt.« Bosco hielt das für eine valide Aussage, mit der er etwas anfangen konnte. »Ich hatte es nie leicht«, sagte er, »ich meine, die weißen *motherfucker* haben mir nie was geschenkt.«

Schon Klasse, wenn man alles auf seine Haut schieben kann, dachte Kuhl. »Vielleicht liegt es an deiner Frisiercreme«, sagte er leise. »Du riechst nach Kokosfett, hat dir das schon mal jemand gesagt?«

Bosco erstarrte eine Sekunde. »Das sind die Zigarren«, sagte er.

»Bist du sicher?«

Earl erhob sich in diesem Moment.

»Damenwahl – mit der gütigen Erlaubnis Ihres äh ... Managers.«

Bosco wirkte zunächst überrumpelt, aber dann zog er Pola am Arm auf die Beine. »*Do him a favour.*«

Sie holte einmal tief Luft, stellte ihr Glas ab und zupfte ihm einen Fussel vom Hemd.

SZENE

Zum Auftakt der Nummer »Funky Nassau« *von* BEGINNING OF THE END *zieht die Kamera auf. Am Strand, vor brennenden Fackeln, wird getanzt.*

KUHL *und* BOSCO *im Kerzenschein auf der Veranda.* POLA *und* EARL, *unscharf im Hintergrund, tanzen.*

BOSCO (*anbiedernde Jive-Betonung*): »She surely means business.«

KUHL *stößt auf:* »Whoaw. Sure ... schubi-du-wah-wah.«

Pause.

BOSCO: »Du bist nicht sehr gesprächig, mein Freund. Hat das einen Grund?«

KUHL *blickt* BOSCO *fassungslos an:* »Einen Grund? Das fragst du mich?

Die Siebzigerjahre sind in ein paar Stunden vorbei. Game over.«

BOSCO: »Na, das Leben geht weiter.«

KUHL: »Ach ja? Ich sag dir was ... He, ich scheiß auf den Zugabeteil.«

BOSCO: »Was willst du damit sagen?«

KUHL *gibt einem vorbeieilenden Kellner ein Zeichen.*

KUHL: »Na ja, mein Leben war nicht unbedingt eine Maxi aus Glitzervinyl, wenn du weißt, was ich meine.« *Er legt den Kopf in den Nacken.* »Mensch, Rio, da hat der liebe Gott sein ganzes Lametta rausgehängt und du bist nicht hier. 'tschuldige, aber ich muss eben mal telefonieren.«

BOSCO *erwischt ihn noch am Ärmel:* »Warte. Willst du sie produzieren?«

KUHL *setzt sich wieder:* »Sie? Sie ist doch schon produziert. Sind wir nicht alle biologische Filme, fix und fertig produziert, von der Wiege bis zum Grab? Sie läuft, du läufst und ich laufe. Vorausgesetzt, niemand hält den Finger in die Spule.«

BOSCO: »Niemand hält den Finger in ihre Spule, wenn ich es nicht will.

(*leise, aber mit Nachdruck*) Es läuft nur über mich.«

KUHL *seufzt:* »Okay. Wie viel?«

BOSCO: »Was willst du anlegen?«

KUHL *greift in seine Brieftasche:* »Hundert Dollar.«

BOSCO *hält es für einen Scherz, lacht:* »Den Preis macht sie nur mir. Hey, was willst du wissen? Ich weiß alles über sie, selbst die Marke ihrer Silikon-Implantate.«

KUHL: »Ain't that mellow, brother?

BOSCO *ärgerlich:* »Ich bin nicht dein Bruder.«

KUHL: »Is nur 'ne Redensart, Botzen. Ich hab mir nichts weiter dabei gedacht.«

BOSCO *versucht es auf die freundschaftliche Tour.* »Sind wir im Geschäft, Mann?«

KUHL: »Hast du schon mal einen umgelegt, Bozo?«

BOSCO *klingt völlig perplex:* »Huh!?«

KUHL *blinzelt, als ob er etwas im Auge hätte:* »Ob du schon mal einen abgeknallt hast?«

BOSCO: »You crazy?«

KUHL *fixiert ihn:* »Hast du schon mal jemanden kaltgemacht, Dildo?«

BOSCO, *verärgert:* »Hell, no. Ich hab keine Vorstrafe.«

KUHL: »Keine Vorstrafe? Was Kleines vielleicht? Ladendiebstahl?«

BOSCO *winkt ab:* »Ich weiß, woher der Wind weht, mein Junge. Earl will mich ausbooten. Aber so läuft das nicht. Ihr könnt mir nichts, ich bin sauber.«

KUHL: »Sauber? Hast du eben sauber gesagt? Wo gibt's denn so was?

Ein Nigger mit weißer Weste. Hast wirklich nie ...? «

Er formt aus Daumen und Zeigefinger eine Pistole.

BOSCO *schnaubt verächtlich:* »Bist du endlich fertig? Earl ist ein linker Vogel, auf den musst du aufpassen.«

KUHL: »Ach ja? Und wo sind deine erstklassigen Referenzen? Du probst hier rum, als ob du Bokassas Schwiegersohn wärst, und hast nicht mal 'ne lumpige Vorstrafe vorzuweisen.«

BOSCO *steht auf, zupft seine Manschetten zurecht:* »Wie du willst, Weißbrot, aber ohne mich läuft nichts!«

Er verschwindet.

Wenig später tauchten Pola und Earl wieder auf.

»Du liebes bisschen, da schwingt man einmal das Tanzbein und schon schlägt der Herzkasper zu! *Funky*

Nassau!« Der Golfklub empfing ihn mit zwei Digitalis-Tabletten und einem großen Glas Wasser.

»Danke, danke! Wo ist denn Monsieur Deauville abgeblieben?«, erkundigte er sich bei Kuhl. »Sie haben ihn doch nicht etwa vergrault?«

»Nein, ich denke, er fühlte sich hula und vertritt sich nur kurz mal die Beine«, erläuterte Kuhl. »Wussten Sie, dass er Sie für einen Halsabschneider hält?«

»Was für ein Zufall«, meinte Earl, »ich ihn nämlich auch!« Kichernd füllte er sämtliche Gläser in seiner Reichweite nach.

»Wir werden ihn suchen«, sagte Pola und zog Kuhl einfach hinter sich her.

»He, Moment mal«, protestierte Earl, »und ich bleibe hier mit diesen ... diesen ... «

Er ließ den Satz unvollendet, denn die Hörgeräte der Mumienköpfe waren bis zum Anschlag aufgedreht.

Mitten im Vestibül – nachdem das schlimmste Gedränge schon hinter ihnen lag – drehte sich Pola um und hauchte Kuhl einen kleinen Kuss auf die Wange.

»Wir suchen Bosco nicht wirklich, oder?« Lächelnd hakte sie sich bei ihm ein, drückte seinen Arm unauffällig an ihre Brust. »Hm?«

Kuhl nickte. »Von mir aus können wir gehen.«

»Also, Kuhl, so geht das auch wieder nicht.« Sie rieb ihre Stupsnase an seiner Stirn. »Wir können nicht so einfach verschwinden.«

Kuhl griff nach ihrer Schleppe. »Wer sollte uns daran hindern?«

»Ich will erst das Feuerwerk sehen«, sagte sie. »Erst das Feuerwerk.«

Feuerwerk? Das kannst du haben. Die Mündung der Pistole zwickte ihn in der Leistengegend, aber er nickte nur. Den Wartesaal des Todes hatte er zumindest betreten.

Die Zeiger der Uhr rasten, die letzten Minuten des Jahres zerbröckelten buchstäblich vor seinen Augen. Das Fest war inzwischen so hula, dass die Kellner nur noch Warnschreie ausstoßen konnten, um nicht mit angeheiterten Gästen zu kollidieren.

Kuhl stand hinter Pola draußen auf dem Balkon. In der Ferne krachten die ersten Böller.

»Hörst du?« Der Wind wehte ihr Kleid hoch, entblößte ihre Beine bis zum Hintern, der sich in einem *slow*-Rhythmus wiegte. Da sie leicht breitbeinig stand, konnte er sehen: In dem diffusen Licht wirkte ihre Spalte wie eine gähnende Tiefe, sie trug keinen Slip, rein gar nichts, und während er mit dem Korken des Moët, den sie auf Earls Rechnung bestellt hatte, kämpfte, drehte sie immer wieder den Kopf, als müsse sie sich der Wirkung ihres Spiels vergewissern.

»Jetzt mach doch mal!«

Um sie herum brach Gegröle aus, es war Mitternacht, und als der Korken knallte, erschien es Kuhl wie der Vorbote trocken-knisternder Wollust. Der Schaum schwappte in die Plastikbecher, die sie irgendwo organisiert hatte.

»Prost!«, rief sie.

Über Nassau stieg in diesem Moment ein Feuerschwarm in den Himmel. So ähnlich hatte Kuhl einmal das Ende von Pompeji auf der fleckigen Leinwand des alten Bahnhofskinos gesehen, vielleicht hatte sich auch so die kubanische Revolution angekündigt. Bengalisches

Feuer und andere Salpeter-, Schwefel- und Antimongemische prasselten auf die Stadt. Schon wehte ihnen der Pulverdampf um die Nase und Pola klagte über juckende Augen.

»Sag jetzt nichts, Süßer.« Ihr erster Kuss fiel so unsinnlich aus, dass er sie festhalten musste, um mit seiner Zunge in ihren Mund einzudringen.

»Wer wollte denn was sagen?«

Vielleicht hatte er sich immer so eine Liebe gewünscht, die ihn wie eine Sturzflut auf irgendein Riff schmeißen würde oder auf einen Fels in der Brandung. Das Drama der kochenden Säfte, das spanische Gitarren noch immer am besten erzählen, ein lebenslanges Gefecht mit kleinen, geil ausgehandelten Befriedigungsphasen.

Über ihnen ging ein Glutregen nieder, worin weiße Kolonialbauten wie mehlige Phantome versanken, nur um einen Augenblick später wieder rasiermesserscharf aus einer grünen See aufzutauchen.

Unter dem Balkon ließen ein paar Gäste fahrlässigerweise Goldregen steigen. Eine Rakete schoss plötzlich in ihre Richtung, prallte an den First des Hauses und zischte in Polas Schleppe.

»Hilfe, ich brenne!«, schrillte sie los wie eine Luftschutzsirene. Kuhl, in Großfürstenlaune, löschte mit echtem Champagner.

»Oh, nun sieh dir das an!« Ihr Dekolleté war so weit verrutscht, dass sich der Vorhof der linken Brustwarze zeigte. »Du hast mich ganz nass gemacht.«

Kuhl warf den Eiskübel über die Brüstung und erfreute sich an dem hohlen Ton, als der Behälter auf irgendein Schädeldach traf.

»Und jetzt?«, fragte sie.

Da fragte er sie, was es kosten würde – ES, die Nabe der Welt, der Strom des Vergessens, die gut geölte, weiche Maschine, die er brauchte, um sich von der drehbaren LIVE-Bühne zu verabschieden, und er fragte sehr behutsam danach und sehr schüchtern, vielleicht wie andere um die Hand einer Frau anhalten, genauso feierlich und mit sehr viel Gefühl.

»Warte mal.« Ihre Mundwinkel bogen sich böse nach unten. »Du hast da was falsch verstanden, so ein ausg'schämtes Weib bin ich nicht. Ich mache es nicht für Geld, nicht privat, verstehst du?«

Vielleicht wollte sie damit erreichen, dass er in Verwunderung ausbrach oder in Tränen: Sieh an, doch ein anständiges Mädchen! Dann werde ich sie sofort heiraten!

Kuhl fragte sich, warum dieser äußerst gelungene Abend wieder eine so idiotische Wendung nehmen musste.

»Denkst du, ich bluffe?« Kurz davor, seine Brieftasche zu zücken und die Scheine auf die Balustrade zu blättern, entschied er sich, sie wieder zu küssen. Diesmal lag sie wie Stein in seinen Armen: kalte Lippen, noch kältere Augen. Nur ihr heißer Atem streifte sein Gesicht.

»Du bist ein netter Kerl«, sagte sie leise, »normalerweise hätte ich dir schon längst eine runtergehauen, aber ich mag dich wirklich. Lass uns morgen einen Ausflug machen, dann sehen wir weiter.«

»Pola ... « Er überlegte, wie er ihr beibringen konnte, was in ihm vorging. »Und wenn es kein Morgen mehr gibt?«

»Es gibt immer ein Morgen.«

»Nicht für mich«, sagte er. »Weißt du, ich habe eine Menge Scheiße gebaut. Die Sache ist für mich gelaufen. Generell, meine ich.«

»Generell?« Sie wusste nicht, was er meinte. »Wie

stellst du dir das eigentlich vor? Du hast mir nicht einmal gesagt, dass du mich liebst.«

»Ist das nötig? Dazu bist du doch viel zu intelligent.« Bevor er über die Fleisch-Silikonmasse unter dem Seidenstoff herfallen konnte, hatte sie ihm eine geknallt. Seine rechte Gesichtshälfte brannte wie Feuer.

»Hast du jetzt kapiert?«, setzte sie nach.

Kuhl holte aus. Er hatte seine handfesten Erfahrungen mit widerborstigen Frauen gemacht, wusste, wie man mit ihnen umgehen musste, aber in diesem Moment fühlte er sich zu betrunken, um eine physische Auseinandersetzung gewinnen zu können.

»Muss an mir liegen«, stammelte er und ließ die Hand sinken. »Selbst Nutten spielen sich bei mir wie Heilige auf.«

»Wie hast du mich eben genannt?«, zischte sie. »Nutte?«

»SUPERNUTTE«, präzisierte er sich. »Das ist ein großer Unterschied, Pola. Im pornologischen Mythenkreis des Westens ist SUPERNUTTE die Ersatz-Marienfigur. Die verhinderte Empfängnis, verstehst du? Andererseits ist sie die Hohepriesterin der alten Glückspumpe. Jeder Wirtschaftsverbrecher, jeder Diktator, jeder Regierungschef hat eine zwischen den Beinen und – na ja – SUPERNUTTE weiß eben, wie man das Teil am besten bedient.« Er bemerkte an ihrem Blick, dass sie nicht mehr bereit war, ihm zu folgen. Es war ihr nicht zu hoch, eher zu *low* – abnorm-super-*low*, jedenfalls viel zu *low* für eine gutbürgerliche, clevere Dirne.

»Du hast sie nicht mehr alle«, sagte sie. Der Feuerzauber über Nassau war verloschen. »Du glaubst, nur weil du Geld hast, kannst du dir alles rausnehmen! Aber nicht mit mir!«

Sie raffte ihre Schleppe zusammen und rauschte davon. Für eine aufgetakelte Fregatte machte sie gute Fahrt, er schätzte, so zwanzig, dreißig Knoten hatte sie drauf.

»Pola, bitte, hör mich doch erst mal an – « Ihm schwante, dass er sie vielleicht verwechselt hatte, und er beschloss, die Lage gründlich zu überdenken. Womit er eigentlich eine Fortsetzung des exzessiven Absackens meinte.

Vielleicht war der erste doch der leichtere Weg.

Zurück an der Bar, musste er feststellen, dass Franzl ihn hartnäckig ignorierte.

Er nickte zwar freundlich, aber rührte sonst keinen Finger. Vielleicht hatte er Angst, Kuhl könne seinen Rückblick vertiefen, oder die Spirituosen des Hauses waren zur Neige gegangen und er fürchtete, ein dermaßen ruchloser Trinker könne ihn vor den anderen Gästen in Verlegenheit bringen.

»Na, dann halt nicht!«, brüllte Kuhl, »verdammte Bazille!« Er trottete davon, beschloss, noch einmal bei Rio anzuklingeln. *Ground controll to Major Tom.*

Ein anderer Gedanke keimte plötzlich in ihm auf: Vielleicht war seine Situation doch nicht so hoffnungslos, wie er dachte. Ob er Geld hatte oder nicht, er würde schon einen Job finden. Was hinderte ihn daran, Meeresschneckensalat oder frittierte Calamares am Strand zu verkaufen? Die Tourismusindustrie der Insel brauchte dringend junge, willige Helfer. Immerhin sprach er eine Fremdsprache, und für die sogenannten *sightseeing trips* wurden an jeder Straßenecke Fremdenführer händeringend gesucht. Überhaupt: Hatte ihm dieser alte Tankwart von Over-the-Hill nicht einen Job angeboten? Er brauchte sich nur in seinen Dodge Challenger zu setzen, dort vorzufahren und schon hätte er sich ein Auskommen gesichert. Es wäre vielleicht nicht besser als in der wirklichen Welt, aus der er kam, aber immerhin könnte er ein neues Leben beginnen. Obwohl er den Gedanken, in Zukunft wieder kleine Brötchen zu backen, als gewöhnungsbedürftig empfand, fühlte er sich für den Augenblick vom Leben begnadigt.

An der überlaufenen Rezeption ließ er sich gegen ein Handgeld von hundert Dollar ein Ferngespräch geben. Wegen der überlasteten Leitungen dauerte es, bis er ein Freizeichen hörte. Mit großer Anstrengung blinzelte er vor sich hin, konstatierte, wie ihm der stützende Ellenbogen immer wieder wegrutschte und wie sich sein Körper von selbst wieder aufrappelte.

Geh schon ran, Junge, dachte er. Mit Rio würde er alles Weitere besprechen, Rio hatte ihn nie für einen Mörder gehalten. Wenn er die Typen im Krieg, auf Geheiß eines Oberbefehlshabers abgeknallt hätte, dann wäre alles in Ordnung gewesen. Und hatte er nicht in Notwehr gehandelt? Zumindest Bobo und dieser koreanische Molch hatten ihn mit vorgehaltener Waffe bedroht. Die beiden Zuhälter im Parkhaus hatten es zwar nicht auf ihn abgesehen, aber sie hatten seine Menschenwürde beleidigt. Er hatte die Gesellschaft nur von zwei Kakerlaken befreit, das war alles.

Das Tuten im Hörer dröhnte noch immer monoton vor sich hin.

Lass mich nicht hängen, Kumpel ... Er würde Rio alles erklären und darauf hören, was Rio ihm sagen würde. Vielleicht, vielleicht würde er sich sogar der Polizei stellen. Einen auf Notwehr machen, putativ, wie die

BKA-Beamten bei der Liquidierung von Terroristen, erst schießen, dann fragen. »Ich konnte kein Risiko eingehen, Euer Ehren, mir blieb nichts anderes übrig.«

Kobolde zirpten in der Leitung, soufflierten ihm, was er sagen sollte.

»Bravo.«

Rios Mutter. Sie meldete sich so wie am Vormittag. »Hallo?«

Er überlegte, ob er wieder auflegen solle, aber dann räusperte er sich.

»Ich bin's ... Kuhl«, sagte er. »Frohes Neues.«

»Gleichfalls, Herr Kuhlmann.« Er war der Einzige von Rios Freunden, den sie stets siezte. »Falls Sie Rio sprechen wollen – er ist verreist.« Sie sagte es in einem Tonfall, der befürchten ließ, er würde ihr die Würmer einzeln aus der Nase ziehen müssen.

»Was meinen Sie mit verreist?«

»Die NASA hat ihn endlich genommen.«

»Die *was*?«

»Ja, uns ist ein Wunder geschehen, meine Gebete wurden vom Herrgott erhört. Es war ja Rios sehnlichster Wunsch. Wie oft hatte sich der Junge bei denen beworben. Er muss natürlich noch eine Ausbildung machen, viel lernen, aber er ist ja nicht dumm.«

Sie klang wie eine Henne, die ihr Küken in Sicherheit wusste.

»Er hat uns angerufen«, fuhr sie fort. »Aus Houston, USA, stellen Sie sich das vor! Unser Rio! Ruft aus Amerika an. Und es geht ihm gut, richtig gut. Morgen wird er an Bord von so einem Raumdingsda gehen. Und da wird er so zwei Jahre bleiben.«

Kuhl würgte. Statt sich zu freuen, empfand er nur eine

mit Neid gemischte Enttäuschung. Rio, ausgerechnet Rio, hatte es also tatsächlich geschafft. Er war raus aus dem Mist, würde groß rauskommen, *TOP OF THE WORLD* sein, während er sich für den Rest seines Lebens verkriechen würde, bei einem hüftlahmen, alten *nigger* an der Tanke von Over-the-Hill.

»Sind Sie noch da, Herr Kuhlmann?«

»Denke schon.« Er war noch am Überlegen. »Und Sie sind sicher, ich meine ... «

»Sie klingen, als hätten Sie schon feste gefeiert.« Sie lebte noch fünf Stunden in der Vergangenheit.

»Na ja, es ist nur einmal Neujahr ... im Jahr.«

»Also, Sie, so hab ich das noch gar nicht gesehen – « Sie brach ab, als ob es ihr wieder bewusst wurde, wen sie da am Telefon hatte. »Wie gesagt, Rio ist nicht mehr hier, aber er wird sich sicherlich noch mal melden. Sind Sie noch da?«

Kuhl überlegte, ob es noch einen Weg gäbe, Rio zu überflügeln. Sein alter Plan erschien ihm plötzlich gar nicht so schlecht und er ärgerte sich fast, dass er so leicht eingeknickt war.

»Hallo?«

»Ja, ja ... « Kuhl räusperte sich. »Äh, sagen Sie Rio, falls er noch mal anrufen sollte, dass ... «

»Was soll ich ihm sagen, Herr Kuhlmann?«

»Sagen Sie ihm ... «

»Was?«

»Dass er etwas mit seinem Leben anfangen soll. Er soll diese Sache durchziehen, mehr wird von einem Mann nicht erwartet. Es ist egal, womit sich einer seine Brötchen verdient, solange er noch Lust hat, da zu sein. Womit sich einer beschäftigt, ist gleich. Ich meine, wem nützt es zu wissen, was die Sommerfeld'sche Feinstrukturkonstante für die Elementarladung der Atome bedeutet oder das alte versiffte Plank'sche Wirkungsquantum? Ihnen vielleicht, gnädige Frau? Selbst die Lichtgeschwindigkeit und die heilige $E = MC^2$-Formel haben doch für unsereins keine Bedeutung. Am Monatsende muss sich das Gehaltskonto auffüllen, darauf kommt es an. Sicher, ein paar Dinge sollte man nie vergessen. Niemand kann das Licht überholen, nee, wirklich nicht, nicht mal AC Knirsch. Kennen Sie den eigentlich, diesen Arsch mit Ohren, mit seinem Lexmaul-getunten Opel Mantra? Entschuldigung, hab ich eben Opel Mantra gesagt? Oh ja, die Schwerkraft. Schöne Scheiße. Ein fetter Selbstmörder fällt immer schneller als einer mit Anarexie, es sei denn, ja, es sei denn, er kommt aus dem Ruhrpott und hat Unmengen von Schwermetall in den Knochen. Ha ha ha. Also sagen Sie ihm einfach ... Sagen Sie ihm, ich werde in Gedanken bei ihm sein und dass ich von ihm erwarte, dass er es durchzieht, sein Ding mit der Raumfahrt und so, man kann ja nie wissen, und dass er mich nicht enttäuschen soll, denn ich wäre in der Lage zurückzukommen, aus der Hölle oder sonst woher, und das würde er nicht wollen, dass ich zurückkomme, meine ich. Das könnte niemand wollen, wirklich nicht.«

Der Äther bäumte sich in diesem Moment auf wie ein bockiges Pferd, es brutzelte wie Fett auf einer heißen Herdplatte und ein Zweimeter-Kreidestück kratzte einmal kurz über Glas.

»Hallo ... Ich kann Sie so schlecht verstehen. Herr Kuhlmann, sind Sie noch da?«

»Sagen Sie ihm ... « Kuhl stützte seinen Kopf mit der Hand.

»Also, sagen Sie ihm einfach, hm, sagen Sie ihm, dass ich ... dass er ... «

»Ich werd's ihm ausrichten!«, rief sie. »Und Ihnen ein gesegnetes Neues.«

Kuhl hängte ein.

Als er sich umdrehte, blickte er in zwei blutunterlaufene Augen. Eine Hand, groß wie eine Schaufel, klatschte ihm ohne Vorwarnung ins Gesicht.

»Und das ist nur ein kleiner Vorgeschmack«, knirschte Bosco. »Hast du kapiert?«

»Jetzt, wo das Jahr des Kindes vorbei ist, da bist du stark«, kommentierte Kuhl den Vorfall. Als er seine Nase berührte, hatte er Blut an den Fingern.

»Weißt du, was ich gerade denke?«

»Was denn?«

»Seitdem ich dich kenne, halte ich es für wahrscheinlich, dass es im Darm Gehirnzellen gibt.«

»Du!« Die Pranke mit dem beringten Zeigefinger tauchte über ihm aus den Wolken auf. Die Drohgebärde erheiterte Kuhl dermaßen, dass er trotz Nasenbluten wie irre zu kichern begann.

»Rühr sie noch mal an und ich schlag dir die Fresse zu Brei!«

»Und das soll jetzt 'ne Drohung sein oder was?«

»Nur die erste Hälfte.« Der Beschützer des Zwillingsgestirns schüttelte Kuhl hin und her. »Ich schlag dir erst die Fresse zu Brei und dann werd ich dir die Eier abschneiden, falls du welche hast, Wichser.«

»Fair ist fair«, sagte Kuhl. Seine Hand streifte den Knauf der Beretta. »Um es mal so zu sagen, du bist nicht der erste Muffenversilberer, der mir droht. Wenn ich einmal davon absehe, dass ich mein Leben als eine einzige, miese Drohung verstehe, dann kann ich mich an eine ganze Menge erinnern. Könnte ich jede Drohung für einen halben Dollar das Kilo verkaufen, dann wäre ich bald Millionär.«

»Du machst dich über mich lustig?«

Bosco holte wieder aus, aber ein stämmiger Hoteldiener fiel ihm rechtzeitig in den Arm.

»*No violence, sir! Not in the lobby*!«

Es entstand ein Handgemenge und Kuhl wankte in dem Tumult einfach davon.

Er wollte nicht mehr warten, bis die Sonne aufging, und ging los, um sich eine Katakombe zu suchen.

Die Kaufhof-Katakombe
(Frankfurt am Main, Dezember 1978)

Ajouter un peu obscurité (Etwas Dunkelheit hinzufügen.)
– MALLARMÉ

Wegen des wochenlang andauernden Hundewetters, eines Wechselbades aus Schneeregen und Graupelschauern, hatte sich das Jahresende fast unbemerkt anschleichen können und die Entscheidung, die obligatorische Party in einem abgelegenen Atomschutzbunker von Camp King steigen zu lassen, fiel erst in letzter Sekunde. Eddie faselte etwas von »Heimvorteil«, falls die Bullen auftauchen und Stress machen würden. Die Beschafferrollen waren glasklar verteilt: Eddie und Major Deadhead würden sich um »*free weed & funky chicks*« kümmern, die *krauts* dagegen den Sprit ankarren, der nötig war, die Nacht heil zu durchstehen. »Ein fairer Deal zu unseren Gunsten.« Kuhl hatte sich freiwillig gemeldet, den Suff zu organisieren, wobei es schon klar war, dass er nicht den regulären volkswirtschaftlichen Tausch von einer Warenmenge (x) gegen einen Geldbetrag (y) meinte, sondern ein ganz krummes Ding, das man nur gelegentlich und dann auch nur mit drei Personen durchziehen sollte. Im Grunde war es ein bewährter und narrensicherer Trick aus den Tagen der Studentenunruhen, APO-patentiert wie die Pille: Zwei Einkaufswagen wurden mit identischen Spirituosen beladen, doch nur eines der Wägelchen an die Kasse geschoben und bezahlt. Während ein wartender Komplize nun Wagen Nummer Eins übernahm, ging es blitzschnell zurück. Wagen Nummer Zwei, an einem ruhigen Eckchen in der unübersichtlichen Obst-Gemüse-Abteilung geparkt, würde nun zur selben Kasse gerollt. Dabei würde man den vergesslichen Hampelmann spielen, sich lauthals entschuldigen und behutsam-energisch in die Schlange reindrängeln. Das Kassenpersonal hatte keine andere Wahl, der frech hingehaltene Bon machte es möglich.

So fuhren sie also los, in Sonnys Ford Mustang, Richtung Kaufhof, dem weißen Eckklotz auf der Frankfurter Zeil. Die Kassiererinnen wirkten hier besonders geistesabwesend. Mit leeren Augen tippten sie vor sich und deuteten oft nur auf den Endbetrag, der vor ihnen in digitalen Ziffern aufleuchtete. Vielleicht lag es an ihrem Stundenlohn, dass sie sich für nichts interessierten.

»Warum muss Rio eigentlich immer zu spät kommen?« Links steuernd, rechts unablässig die beschlagenen Scheiben wischend, nörgelte Sonny schon die ganze Zeit vor sich hin.

»Das ist doch seine Sache«, sagte Kuhl. Er hing auf

dem Beifahrersitz und zählte das Geld, das sie zusammengelegt hatten. »Außerdem treffen wir ihn vor dem Kaufhof.«

»Meinst du, er findet hin?«

Kuhl schnaubte. »Rio ist *clean*«, sagte er dann.

»Soll das heißen, er ist die Chlorakne los?«

»Nein, ich meine, er ist *clean* – richtig *clean*, verstehst du? Er hat sein Leben endlich im Griff. Keine Macht den Drogen, verstehst du, Alter?«

Sonny gluckste einmal, als müsse er lachen. »Ich glaube, er war schon mal *clean*. Für 'ne Stunde oder so.« Wahrscheinlich um Kuhl das Wort abzuschneiden, drehte er den Lautstärkeregler des Radios bis zur Schmerzgrenze auf. *»Son of my father«*, trällerte er mit, *»commanded I was brandy in a plastic bag! Surrounded and compounded by statistic facts* ... Die *music* hat 'ne deutliche *message*.«

»Es heißt *branded*, nicht *brandy*«, knurrte Kuhl.

»Das ist mal 'ne gute Idee«, überspielte Sonny den Rüffel. »Wir sollten ein paar Flaschen Biblimbing mitgehen lassen.«

»Was?«

»Brandy, den besten, den's gibt! Du erkennst ihn an der echten Holzflasche.«

»Muss man einen Holzkopf haben, um das zu erkennen?«

»Ha, sehr witzig.« Wie allen kleinen Geistern gelang es Sonny mühelos und aus dem Stehgreif, von verkannten edlen Spirituosen zu schwärmen. »Und ich hab dich für einen Kenner gehalten! Bibbellibbeling«, Sonny brachte die Silben im Affekt durcheinander, »ist der beste javanische Palmsaftbrandy der Welt! Götternektar! Alle Leute, die *in* sind, haben sich längst zu dem samtigrauchigen Tropfen bekannt: John Travolta, die Bee Gees, Barry White, Isaac Hayes ... «

»Du hast dich vergessen«, frotzelte Kuhl.

»Weil ich bescheiden bin«, sagte Sonny mit einer an akustische Körperverletzung grenzenden Penetranz. »Ich steh schon lange auf Brandy. Eddie auch.«

»Im Ernst?«

»Logen, es ist sein Lieblings*drink*! Ich war dabei, als er drei Flaschen im PX mitgehen ließ. Drei Pullen! Umsonst schmeckt's natürlich am besten.«

»Hör auf, mir das Hirn zu belämmern«, fiel Kuhl dazwischen. »Wir haben heute noch eine Menge zu tun und ich muss für dich mitdenken, Freundchen!« Als Wodka-Trinker ekelte es ihn zwar vor jedem braunen Gesöff, doch des lieben Friedens wegen änderte er die Einkaufslisten handschriftlich ab. »Ist mir doch egal, womit ihr euch besauft. Und jetzt mach hin, sonst gibt's Senge.«

»Du klingst, als wärst du schlecht gefickt, Kuhlmann.« Sonny lachte betont locker. »Was dir fehlt ist die passende Freundin, glaub mir.«

Kuhl ließ sich nichts anmerken. Er war nicht schlecht, sondern gar nicht gefickt, was ihm in Anbetracht der Paarungsmöglichkeiten, die er hatte, als eine fast unverdiente Gnade erschien.

»Du musst Spannungen abbauen«, fuhr Sonny ungeniert fort, »doch dazu brauchst du ein optimales Spaltmaß.«

»Ich brauche keine Freundin, ich hab schon genug Ärger.«

»Ärger? Jetzt spitz mal die Lauscher, Kuhlmann, in der Hinsicht kannst du noch was von mir lernen.« Sonnys

Mädchenforschung – so pflegte er sein psychopathologisches Unwesen zu beschreiben – war seit Kurzem um eine Zwangsvorstellung bereichert: Er hatte das Wort in einer Spenglerei aufgeschnappt und seitdem war es die Nabe, um die sich seine infantile Macho-Welt drehte.

»Passgenauigkeit ist nicht nur im Kofferraum von essentieller Bedeutung, sondern auch in der Horizontalen. Wie willst du dich entspannen, wenn es nicht passt? Hast du schon mal ein Hemd angehabt, wo der Kragen zu eng war? Es ist genau dasselbe Gefühl.«

»Eine Faust passt verdammt gut aufs Auge, das ist alles, was ich weiß! Und jetzt halt endlich die Klappe, verdammte Negrille.«

»Vorsicht, das hab ich gehört.« Sonny richtete sich ruckartig auf. Es sollte so klingen, als ob er wüsste, was mit Negrille gemeint war, obwohl das kaum jemand weiß, mal abgesehen von ein paar Filipinos, die eine einheimische, sehr dunkelhäutige Zwergenart so nennen, die wegen ihrer Geschwätzigkeit gefürchteten Malakka-Pygmäen.

»So lass ich nicht mit mir reden.«

»Wieso nicht? Du weißt doch eh nicht, was es bedeutet.«

»Und du weißt nicht, was das Spaltmaß bedeutet!«

»Ich will es auch gar nicht wissen! Gib endlich Gas, Schwachkopf, sonst – «

»Sonst was?!«, krähte Sonny. »Vergiss nicht, ich habe immer ein Kreuz-Ass im Ärmel.«

Ein überholender Türken-Benz hupte ihn in diesem Moment gnadenlos an und Sonny zog es vor, den Zwist mit Kuhl zu vergessen. »Das war ein Offenbacher, so ein Drecksack! Na, den kauf ich mir.« Natürlich kaufte er sich niemanden, sondern hatte genug mit Brems- und Ausweichmanövern zu tun, denn die Straßen waren schlecht gestreut und es gab hie und da gefrorene Nässe. Jedenfalls rutschten sie mit Mühe und Not in einen Parkplatz.

Wortlos stiegen sie aus und trotteten über die matschige Zeil. Niemand wollte etwas Versöhnliches sagen, vielleicht war das auch gar nicht möglich, denn eine einmal ausgesprochene Wahrheit lässt sich nur schwerlich mit Floskeln relativieren.

Vor dem Kaufhof herrschte ein Heidengedränge. Kuhl beschlich die Ahnung, was das heißen könnte, Teil einer höheren Tiergattung – der Masse – zu sein, mit dem Strom schwimmen und wie ein Lemming krepieren zu müssen.

Doch das war nicht mal das Schlimmste. Offenbar hatten sie eine von allen möglichen Konfessionen belagerte Straßenecke erwischt. Gleich drei Laienprediger schimpften hier von ihren Sperrholzpodesten zum Volk, untermalt vom Getrommel der Jünger Krishnas. Einer der Bettelmönche schwenkte seinen Beutel vor Kuhls Nase und holte sich einen Tritt. Sonny war unterdessen von Zeugen Jehovas angequatscht worden. Seiner Größe wegen hielten sie ihn zunächst für leichte Beute, später – nachdem er ihnen sein Gleichnis vom Spaltmaß erklärt hatte – für den leibhaftigen Satan.

Als Rio in einem hellblauen Anzug auftauchte, war es schon dunkel. Er leuchtete wie eine Friedenstaube und schien wie auf Luftkissen durch die Menge zu schweben. Hin und wieder drehte er sich um, als ob er verfolgt würde.

»Wolltest du nicht pünktlich sein?«, fragte Kuhl zur Begrüßung. »Wir waren um vier Uhr verabredet. Jetzt ist es Viertel vor fünf.«

Rio nickte verkrampft. Seine Pupillen waren deutlich geweitet. »'tschuldige, aber ich hatte keine Ahnung, dass er auch U-Bahn fährt. War schon 'ne Überraschung, ihn da unten zu sehen.«

»Wen?«, fragte Sonny. Und dann: »Oh, du meinst doch nicht etwa deinen unsichtbaren, fliegenden Kumpel, das Ding aus einer anderen Welt? Wie viele Finger hat er noch mal an jeder Hand? Drei oder vier?«

»Drei«, sagte Rio.

»Abnorm-*low*«, griente Sonny.

»Das reicht«, sagte Kuhl. Es ärgerte ihn, dass sich Sonny über den großen Kameruner LSD-Astronauten mokierte.

»Bist du okay?«

Rio nickte. Er ließ seine Hände in den Anzugtaschen verschwinden, aber das Plastikband mit dem Strichcode war Kuhl nicht entgangen.

»Was war es denn diesmal?«

»Kreislaufpräparate.«

»Und das war alles?«

»*Yip*«, sagte Rio und schon standen sie auf der Rolltreppe, die ins Tiefgeschoss führte. Unter den Überbleibseln der Weihnachtsdekoration und von Säusel-Musik beflügelt, herrschte großes Gedränge; Skijacken wurden verramscht und silberne Moonboots vom Vorjahr, selbst Rio wäre um ein Haar der Versuchung erlegen und hätte sich ins Getümmel gestürzt.

Die Lebensmittelabteilung wirkte dagegen fast leer, der Andrang an den Kassen war mäßig.

»Also los«, sagte Kuhl. Auf der Liste, die er Rio in die Hand drückte, waren sechs Flaschen Champagner, zwei Flaschen Wodka und eine Flasche Brandy notiert.

»Du nimmst dir ein Wägelchen und belädst es mit dem, was da steht.«

»Da steht Bi-blim-bing«, konstatierte Rio nach einiger Zeit. »Warum?«

»Weil es *in* ist«, stichelte Kuhl. »Die Bee Gees trinken es angeblich schon zum Frühstück. Isaac Hayes steht drauf, Barry White und Sonny natürlich.«

»Sonny? Unser Sonny?«

»*Right*«, bestätigte der.

»Verzieh dich.« Kuhl war schon durch das Drehkreuz. »Ich bin in fünf Minuten an Kasse 3. Da übernimmst du die Ladung, packst alles ein und wir treffen uns an deinem Wagen. Verstanden? Dann los!« Er hatte sich für eine ältere Kassiererin mit Marmeladenglas-Brille entschieden. Sie wirkte besonders mechanisiert.

»Es wird schon hinhauen«, sagte Sonny. Während Kuhl und Rio ihre Wagen mit identischen Waren beluden, würde er nichts tun, nur den Wunsch unterdrücken, nach den Wühltischen zu sehen und hier und da in herabgesetzten Malbüchern zu blättern. Aus den Augenwinkeln beobachtete er, wie sich Kuhl schon nach einer Minute anstellte und bezahlte. Lächelnd übernahm er die Fracht.

»He, träumst du, Alter?«
Als Rio von einem wunderbar geformten Stück Industriekäse aufblickte, hatte Kuhl sich bereits des zweiten Wagens bemächtigt. Mürrisch zählte er die Flaschen ab und verglich die Anzahl immer wieder mit seinem Bon.

»Gut gemacht, scheint alles zu stimmen.«

»Kleinigkeit«, sagte Rio. Und leise, dass es fast mit den Summen der Kühlaggregate verschmolz: »Schon traurig so eine Gemüseabteilung. Du stehst inmitten sterbender Pflanzen. Selbst der Baby-Blattspinat ist so gut wie hinüber.«

»Soll ich jetzt heulen oder was?« Kuhl beobachtete Kasse 3.

»Wir sind an einem unguten Ort«, sagte Rio wie zu sich selbst. »Weißt du, warum dieser Käse luftdicht verpackt ist?« Er blickte Kuhl genau in die Augen. »Damit sich kein Leben entwickeln kann. Du weißt schon, Bakterien und so. Auch der Feta-Käse dümpelt deshalb im Öl.«

»Volltreffer«, ächzte Kuhl.

»Was?«

»Der Satz eben. Für einen Moment dachte ich, mich hätte der Hirnschlag getroffen.« Er sah sich kurz um und griff nach einem Becher mit saurer Sahne.

»Klein, handlich und spießig. Genau richtig für die Vorstellung an der Kasse.«

»Warum nimmst du nicht mal was anderes?«, murmelte Rio. »Diesen Gouda zum Beispiel.« Noch immer drehte er den eingeschweißten Käseblock hin und her. »Der hier ist wirklich einmalig.«

»He ... «, Kuhl sah sich um. »Bist du auf Droge?«

»Nein.«

»Warum nervst du mich dann? Wir haben jetzt keine Zeit für Astro-Quatsch.«

»Astro-Quatsch?« Wenn sie sich auch längst in den großen Fragen des Lebens einig waren, über Kleinigkeiten bekamen sie sich stets in die Wolle. »Hast du nicht schon letztes Jahr saure Sahne genommen?«

»Letztes Jahr ist zwölf Monate her!«

»Es ist trotzdem verdächtig.«

»Siehst du die Kamera da oben?« Kuhl machte eine fahrige Bewegung über seine Schulter hinweg. »Soll ich dir sagen, was verdächtig ist? Wenn ein Verhaltensauffälliger mit langen Haaren hier rumsteht und ein Stück Käse wie einen Goldbarren anstarrt, das ist verdächtig! Und jetzt tritt zur Seite, denn ich möchte zahlen.«

»Verzeihung! Entschuldigen Sie bitte, gnädige Frau, es ist mir sehr peinlich, aber ... «

Eine Frau stapelte gerade ihre Besorgungen aufs laufende Band, als Kuhl auftauchte und ihr Wägelchen unsanft touchierte.

»Darf ich mal eben?« Er schüttelte den Becher mit saurer Sahne. »Den hätte ich doch beinahe vergessen.«

Die Frau seufzte einmal auf, zog jedoch ihren Wagen zurück, so dass Kuhl in die Lücke vorstoßen konnte. »Will mal nicht so sein«, sagte sie.

»So sehen Sie aus, gnädige Frau.« Kuhl hatte sich an diesem Tag ausnahmsweise die Zähne geputzt und schenkte der Kassiererin ein gespenstisches »Strahler-70«-Grinsen. »Was macht das bitte?«

»Nicht vordrängeln«, sagte die Alte. Kuhls Eindruck, einer lebenden Leiche gegenüberzustehen, schien berechtigt.

»Wer drängelt sich denn vor, Schwester? Ich möchte nur die saure Sahne bezahlen.«

Das Baby hinter ihm begann wütend zu schreien.

»Eijeijeijeijeih ... « Kuhl hielt es für nicht verkehrt, den Kindernarren zu spielen.

Wer es in Säugetiergemeinschaften schafft, die Muttertiere auf seine Seite zu ziehen, hat kein schlechtes Blatt auf der Hand. »Ja, so ist's recht, gluck-gluck-gluck. Freust dich sicher schon auf die Zitzen von Mutti.«

»Moment mal.« Die Kassiererin inspizierte den Becher aus der Nähe.

»Verfallsdatum abgelaufen«, stellte sie fest. »Tauschen Sie den um, sonst kommen Sie hier noch mal angekleckert.«

»Bestimmt nicht«, erwiderte Kuhl.

»Aber die Sahne ist sicher schon schlecht.«

»Und wenn? Ranzige Sahne ist gut für die Potenz.«

Feierlich überreichte er der Kassiererin ein paar Münzen.

»Der Rest ist für Sie – weil Sie versucht haben, mir das Leben zu retten. Jawohl! Im Frankfurter Kaufhof ist der Kunde noch König!«

Er wollte seinen Wagen gerade anschieben, als die Kassen-Vogelscheuche ihren Arm wie einen knöchernen Schlagbaum ausklappte.

»Was ist mit dem Rest?«

»Nichts.« Lässig präsentierte er ihr seinen Bon. »Noch weitere Fragen?«

Die Bewegungen ihres Unterkiefers waren kaum zu erklären, es sei denn, sie hatte in diesem Moment mit einer schlecht sitzenden Prothese zu kämpfen.

»Hm! Da war schon mal einer hier, so ein Jungspund mit einem Haufen Schampus im Wagen. Hm! Saure Sahne hatte der vergessen, genau wie du.«

»Muss schon länger her gewesen sein«, witzelte Kuhl.

»Genau«, sagte die Alte in einem Tonfall, als wäre sie soeben erwacht, »es war letztes Jahr, genau um diese Zeit.« Ihre Augen rollten plötzlich hin und her.

»Und der Bursche sah dir gottverdammt ähnlich.«

»Das will nichts heißen«, sagte Kuhl, »ich hab ein Durchschnittsgesicht.«

Unauffällig warf er einen Blick über die Schulter. Verschwinde, versuchte er Rio mit den Augen zu signalisieren, doch der drehte den Kopf hin und her wie Hans-guck-in-die-Luft.

»Schwester, jetzt seien Sie mal vernünftig«, sagte er dann. »Sie haben mich vor fünf Minuten abgerechnet, die guten Leute hier können das alle bezeugen. Hier, sehen Sie, sechzehn Uhr siebenundfünfzig und jetzt haben wir's drei Minuten nach fünf. Jeder kann mal was vergessen, finden Sie nicht?«

»Wieso haben Sie Ihren Wagen nicht draußen gelassen?« Sie schenkte Kuhls Bon nicht die geringste Beachtung.

»Sie belieben zu scherzen.« Kuhl hängte sich über das Laufband. Zum ersten Mal hatte er das Gefühl, der narrensichere Plan könnte an einer ultra-*low*en IQ-Schwelle scheitern. »Bei all dem Gesindel, das sich hier rumtreibt? Niemand würde einen mit Spirituosen beladenen Wagen im Gang stehen lassen.«

»Was ist mit Ihrem Freund?«, fragte die Kassiererin barsch. »Der hätte doch aufpassen können.«

Kuhl drehte sich um und musterte Rio mit einem abschätzenden Blick. »Nie gesehen die Type. Oder kennen wir uns?«

Rio schluckte. »Man sollte nie pauschal behaupten, dass man jemanden kennt.«

»Da hören Sie's«, sagte Kuhl, »und jetzt entschuldigen Sie mich, es ist Silvesterabend, ich habe noch eine Menge zu tun.«

Langsam und bedächtig nickend schob er seinen Wagen an ihr vorbei.

»Na, das werden wir doch mal sehen«, sagte die Alte und drückte auf den berühmten Knopf unter der Kasse.

Kuhl stieß Rio wie unbeabsichtigt in die Seite. »Verschwinde!«

»Wieso?«, fragte Rio. »Soll ich dir nicht beim Einpacken helfen?«

»Nein, denn wir kennen uns nicht!«

Rio machte ein nachdenkliches Gesicht.

»Merkwürdig, dass du das jetzt sagst, aber es würde eine Menge erklären.«

An Kasse 3 war inzwischen ein älterer Mann aufgetaucht. Er trug eine schmucke Herrentasche am Arm, ein weites, kariertes Sakko und eine Baskenmütze.

»Was gibt's denn, Trudchen?«, schnaubte er. Offensichtlich war er gerannt.

»Irgendwelche Unstimmigkeiten?«

»Kannst du laut sagen.« Sie deutete auf Kuhl, der seelenruhig einpackte. »Der Grünschnabel da ... rollt hier zum zweiten Mal vor.«

»Zum zweiten Mal?« Der Ladendetektiv fummelte an seinem Hörgerät. »Wie meinst du das?«

»Wie ich es sage. Er behauptet, er hätte das schon bezahlt.«

Die meisten Kunden waren inzwischen an andere Kassen ausgewichen, nur die gutmütige Mutti, die Kuhl vorgelassen hatte, hielt noch die Stellung.

»Der junge Mann hatte nur einen Becher mit saurer Sahne vergessen«, warf sie ein. »Warum geht es nicht weiter?«

»Kann ich mal deinen Kassenbon sehen?« Der Detektiv musterte Kuhl mit anmaßender Eindringlichkeit. In seinem Schnauzbart hingen frische Speisereste – roter Heringssalat oder rote Beete –, wahrscheinlich hatte er gerade gevespert.

»Bist du schon achtzehn, mein Junge?«

»So ist es. Und deshalb hätte ich auch nichts dagegen, wenn Sie mich siezen.«

»Hättest du nicht, was?« Der Schnauzbart verglich den Kassenzettel und die Preisschilder auf den Flaschen. »Drei Flaschen Biblimbing. Junge, willst du das wirklich saufen?« Er musterte Kuhl, als ob der nicht alle Tassen im Schrank hätte.

»Wenn du hier schon so 'ne Nummer abziehst, dann solltest du wenigstens was Ordentliches mitgehen lassen.«

»Das nächste Mal«, erwiderte Kuhl mit einem dreckigen Grinsen. »Ich bin ein treuer Kunde, komme gern wieder.«

»Mensch, Gerd!« Die Alte mischte sich ungefragt ein. »Wie der sich hier aufführt! So 'n Rotzer muss doch zu packen sein! Der und dieser langhaarige Gammler – «

»Gehört ihr zusammen?«, fragte der gestandene Detektiv.

»Gute Frage«, sagte Rio.

»Kannst du dich ausweisen?«

»*Low, low, low*«, murmelte Rio. Sichtlich betrübt präsentierte er dem Detektiv ein Fahrkärtchen der öffentlichen Verkehrsmittel.

»Dein Freund hier hält sich wohl für besonders witzig, was, Freundchen?« Der Kaufhof-Sherlock-Holmes drückte Kuhl den Bon in die Hand. »Raus! Sofort! Ich will, dass ihr beide auf der Stelle verschwindet. Und die Grinsfresse kannst du dir sparen.«

»Man kann nicht immer nur sparen«, erwiderte Kuhl.

Er schüttelte eine weitere Plastiktüte geräuschvoll auf und griff nach einer Flasche. »Sehen Sie, ich spare schon am Suff. Dafür kann ich dann umso freigiebiger grinsen.«

»Das Lachen wird dir noch vergehen«, sagte der Alte. »Du bist nicht so clever, wie du denkst.«

»Kann schon sein«, sagte Kuhl, »aber für dich reicht's immer – «

»He, wo bleibt ihr denn, Leute?« Als ob die Situation nicht schon vertrackt genug wäre, tauchte Sonny in diesem Moment am Fuße der Rolltreppe auf. Er wirkte leicht angeheitert, wahrscheinlich hatte er schon im Auto an der javanischen Teakholzpulle genuckelt.

»Ist das die zweite Fuhre?« Er nickte dem Detektiv freundlich zu und grabschte dann nach dem Brandy. »Jungs, heute saufen wir zum Großhandelspreis.« Sein Instinkt brachte ihn in diesem Moment zum Verstummen. »Alles okay? Was macht ihr denn für Gesichter?« Und zu Kuhl: »Ist das dein Opa? Ihr seht euch irgendwie ähnlich.«

»Lumpen!«, keuchte der Alte. Wieselflink drehte er Kuhl den Arm auf den Rücken. »Trude, ruf die Polente! Schnell!«

Kuhl versuchte, sich zu befreien, aber sein Gegenspieler brachte ihn mit einem Kniewurf zu Fall. Dem Gebaren nach sah es so aus, als ob er seine Judo-Kenntnisse ausreizen wolle. Jedenfalls verdrehte er Kuhls Arm, bis es knackte.

»Sonny«, ächzte Kuhl, »wenn du wirklich ein Kreuz-Ass im Ärmel hast, dann ist jetzt der Zeitpunkt gekommen, an dem du es ausspielen solltest!«

»Schnauze, du Brut!« Eine kräftige Hand legte sich um

Kuhls Gurgel, versuchte, ihm die Luft abzudrücken. Rote und gelbe Glühwürmchen begannen bereits vor seinen Augen zu schwärmen, als Rio weit ausholte und dem Würger einen Faustschlag verpasste.

Er musste das Hörgerät getroffen haben, denn der Alte ließ Kuhl augenblicklich los. Eine Hand am Ohr und wie unter Starkstrom vibrierend, drehte er sich mehrmals um sich selbst und stolperte dabei über die eigenen Füße.

»R – A – F!«, schrillte die Kassiererin. »Ehr – Ahh – Eff! Überfall!«

»Weg!«, rief Kuhl.

»Bin schon weg!«, brüllte Sonny.

Alle drei gaben ungefähr zur selben Zeit Fersengeld und vor der Rolltreppe kam es zu einem aberwitzigen Gerangel.

»Euch werd ich's zeigen.« Auch der Hausdetektiv gab sich noch nicht geschlagen; die Hände zu wahren Todeskrallen verformt, taumelte er auf sie zu. Sonny war irgendwie auf der abwärtsführenden Seite der Treppe gelandet. Er hatte einige Erfahrung mit dem Erklimmen von Rampen, so wie zuletzt auf dem Loreley-Festival, als ein Mob die Bühne stürmte, um Gitarren und Mikros zu klauen. Auch Sonny war auf die Bühne geturnt und hatte sich an den Geräten bedient; jetzt raste er auf der Stelle wie ein Hamster im Laufrad und bot einen erbarmungswürdigen Anblick. Selbst der Hausdetektiv – Rio und Kuhl dicht auf den Fersen – drehte noch einmal den Kopf. »Dich nehm ich mir später zur Brust, du Schlumpf!« Als er wieder geradeaus blickte, war er doch überrascht: Er erkannte eine riesengroße, verkratzte Schuhsohle, darauf den Umriss eines Etiketts, Ölflecken und angetrocknete

Kaugummireste und dieses ebenso urbane wie existentialistische Stilleben traf ihn mit voller Wucht ins Gesicht. Es war nur »ein Seitwärtstritt mit unsauber eingedrehter Hüfte« – der alte Profi würde das später genau so zu Protokoll geben –, doch er reichte aus, um Judo-Gerd die Rolltreppe hinunterzufegen.

»*Enter the dragon*!«, brüllte Kuhl. Jetzt hieß es türmen.

»Los, weg! Weg! Worauf wartest du noch!«

Den sichtlich verwirrten Rio im Schlepptau, rannte er los.

Das Erdgeschoss glich einem Bazar, Ramsch und Wühltische standen hier kreuz und quer, die Anordnung schien völlig irrational und zwang zu einem regelrechten Zickzack-Hasensprung-Laufen, aber so wieselflink waren sie nicht, zweimal flog Rio der Länge nach hin.

Eine Schaufensterpuppe wurde plötzlich lebendig und versuchte, ihnen den Weg abzuschneiden – ein beliebter Trick, aber in dem Gedränge hatte der Detektiv nicht die Spur einer Chance. Verhärtete Rücken und Schulterpartien, aber auch ruckartig ausgefahrene Ellenbogen ließen den Verfolger immer wieder auflaufen.

Dass es Kuhl und Rio nicht zum Ausgang schafften, hatte daher andere Gründe. Sie glaubten, über den Hinterhof entkommen zu können, wurden jedoch von einem Wachmann entdeckt und flüchteten in ein unterirdisches Lager. Zwischen Ballen aus Ausschussware und randvoll mit Kleiderbügeln gefüllten Kartons kauerten sie wie verängstigte Tiere im Dunkel. Ein-, zweimal hörten sie leise, verstohlene Schritte, zumindest glaubten sie das.

»Lass uns verschwinden«, flüsterte Kuhl, aber Rio rührte sich nicht von der Stelle. »Rio?« Er schien im Halbschlaf zu sein; entweder hatte ihn die Verfolgungsjagd restlos erschöpft oder etwas ging in ihm vor, was ihn lähmte.

Eine halbe Ewigkeit oder so schwiegen sie vor sich hin. Als Kuhl endlich aufstand, war es Viertel nach acht. Eine unheimliche Stille schien wie eine Watteschicht über allem zu liegen.

»Der Markt hat sich verlaufen«, sagte Rio. »Meinst du, Sonny hat es geschafft?«

»Klar. Bestimmt. *Easy* ... « Kuhl hatte bereits so ein dummes Gefühl, als sie aus dem Lagerraum traten. Das Erdgeschoss war stockfinster, die Berge von Waren erinnerten an Pseudo-Ruinen. Schweigend schoben sie sich durch eine formlose Masse unbekannter Objekte, nur das Gitter draußen vor dem Eingang war deutlich zu sehen.

»Wir sind eingeschlossen«, konstatierte Kuhl. Er blieb abrupt stehen, denn es erschien ihm überflüssig, noch weiterzugehen. »Wir sind eingesperrt, mitten in der Neujahrsnacht, und nur, weil dieser Rattenpinscher nicht das Maul halten konnte!« Er schlug die Hände über dem Kopf zusammen. »Ist dir klar, was das bedeutet? Morgen sind alle Geschäfte geschlossen. Wir werden hier bis übermorgen rumsitzen müssen.«

»Wieso?«

»Weil wir eingeschlossen sind!«, zischte Kuhl mit der Intensität eines Wasserrohrbruchs. »Eingeschlossen!«

»Heul doch«, sagte Rio, »dann musst du später weniger pissen.«

»Was? Was hast du eben gesagt?« Kuhl räusperte sich, als hätte er eine Fliege verschluckt. »Heul doch – hast du das eben gesagt?«

»Wir sollten uns Taschenlampen besorgen und Batterien«, sagte Rio nach einiger Zeit. Kuhl nickte stumm.

Das, was Rio gesagt hatte, flog aus der Hintertür seines Kopfes und damit war wieder alles im Lot. Die alte Hackordnung, wer wen beleidigen durfte und wer die Schnauze zu halten hatte, war wiederhergestellt.

»Okay!«, sagte er mit gespieltem Elan. »Taschenlampen und Batterien. Und dann?«

»Wir sollten das Essen nicht vergessen. He, ich werd mal diesen Gouda probieren, den du vorhin nicht mitnehmen wolltest.«

»Den Scheiß-Gouda! Und da freust du dich drauf, was, du Kapital-Rindvieh?« Kuhls Nervensystem war wie gesagt nicht das beste. »Hast du vielleicht eine Erklärung, wieso uns das passiert? Ich meine, wieso musste ich ausgerechnet an eine Zicke mit Elefantengedächtnis geraten?«

»Die saure Sahne war schuld«, sagte Rio. Sein Gesicht war weiß wie Milch – ein Weiß, so intensiv, dass es fast bläulich wirkte.

Sie hörten in diesem Moment ein Geräusch und duckten sich hinter einem mit Jacken voll gestopften Drehständer. Der Synthetik-Geruch war zwar atemraubend, aber die schiere Masse aus Stoff ein gutes Versteck. Das Licht ging plötzlich an, schwere Schritte stampften am Eingang vorbei.

»He, mach dich frisch, Alter, heut Abend geht's los! Wir haben zwei blinde Passagiere an Bord.«

»Wie meinst'n das, eh?« Die Stimme kam Kuhl bekannt vor und er linste einmal um die Ecke: Die Uniform eines Wachmannes, keine zwei Meter von ihm entfernt. Auch der andere kam in sein Sichtfeld – Springerstiefel, eine etwas zu enge Hose, die silberne Kette am Gürtel –, Kuhl zuckte förmlich zurück: Ingo Driesel, auch Dingo genannt, der einzige Skin aus dem Erbau-Block, verdiente hier seine Brötchen.

»Ich rede von Langfingern«, sagte sein Partner. »Sind dem Alten noch kurz vor Ladenschluss durch die Lappen gegangen.«

»Du meinst, Judo-Gerd hat versagt?«

»Versagt? Ihm wurde die Fresse poliert. Uns Gerd wird heute im Krankenhaus feiern.« Er kicherte böse. »He, ich habe vorhin mit dem Boss telefoniert. Der meinte, die Typen wären richtig gefährlich.«

»So?« Der Drehständer begann sich zu drehen, wattierte Ärmel streiften Kuhls Gesicht. Den Geräuschen nach zu urteilen, probierte Dingo Jacken an. »Und warum haben die nicht die Polente geholt?«

»Weil der Boss die Sache privat regeln will.« Irgendwo klackerte ein Sicherheitsschlüssel in einem Schloss. »Er hat ein Kopfgeld ausgesetzt, zweihundert Märker pro Nase. Tot oder lebendig, hat er gesagt. Hat wohl Schiss, andere Diebe könnten spitzkriegen, was hier gelaufen ist, und dann denken die, der Kaufhof wär zu 'ner Art Selbstbedienungsladen verkommen.« Es folgte eine unangenehm lange Pause. »Machst du mit?«

»Ist doch Ehrensache.« Dingo schien endlich eine Bomberjacke gefunden zu haben. »Wenn das Schläger sind, dann sind sie bei mir genau richtig. Solche Typen brauchen einen Denkzettel.« Kuhl hörte ein Geräusch von knackenden Fingern. »Gehen wir erst mal in die Werkzeugabteilung. Ich brauch Kupferdraht und 'ne Rohrzange.«

»Und damit willst du die Typen bearbeiten?«

»Klar. Mal sehen, aus was für Holz die geschnitzt sind. Das Gesetz erlaubt es uns, moderaten physischen Druck auszuüben. Also werde ich ihnen die Arschritze aufreißen. Erst ein kleines bisschen und dann so weit, dass wir mit einem Gabelstapler reinfahren könnten. Vielleicht werd ich Ihnen auch ein paar Fußnägel ziehen. Wer austeilen kann, muss auch einstecken können.«

»Und wenn die Bullen das später sehen?«

»Vergiss die Bullen, wir regeln das für den Chef. Wir verhören die und hinterher lernen wir beiden das Fliegen.«

»Fliegen?«

Die Lichtverhältnisse unter dem Drehständer waren zwar gleich null, doch Kuhl glaubte sehen zu können, wie sich Rio die Ohren zuhielt.

»Wir nehmen die Typen mit aufs Dach und dann heißt es: Fly, Robin, fly. Hab ich schon mal mit 'nem Knacki gemacht. Die Oberhärte.« Er lachte ganz leise. »Niemand wird uns was nachweisen können. Du bist mein Zeuge und ich bin dein Zeuge und das war's.«

Die Deckenlichter erloschen mit einem unheiligen Flackern.

»Hast du das gehört?«, fragte Kuhl nach einiger Zeit. »Ich glaub's einfach nicht, so eine Scheiße.« Mit zitternden Händen wühlte er sich aus der Mitte des Drehständers. »Wir sitzen wie Ratten in der Falle.« Er packte Rio an den Schultern. »Die wollen uns kaltmachen – hast du das begriffen?«

»Sicher. Sie haben uns laut und deutlich mit dem Leben bedroht.«

»Du meinst mit dem Tod«, sagte Kuhl.

Rio schluckte. Er ahnte, dass er sich gerade einen Freud'schen Versprecher geleistet hatte, dessen Tragweite er um seiner selbst willen nicht ausloten wollte.

»Nun, was ich meine, ist, dass es nicht kurz und schmerzlos über die Bühne geht, sondern dauern wird, bis es vorbei ist.«

»Rosige Aussichten!«

»Na, so rosig auch wieder nicht.«

Rios bleiches Gesicht tauchte in einem Drehständer auf. Etwas umständlich warf er einen Blick auf seine Casio-Uhr.

»Kommst du mit?«

»Wohin, bitte schön?« Kuhl lauschte mit halbem Ohr in die Stille. »Oh, ich verstehe! Hinter die Plastikfolie im Kühlregal, da, wo kein Leben entstehen kann? In den sterilen Makrokosmos aus eingeschweißtem Käse? Das wird diese Monster kaum hindern, uns fertig zu machen.«

»Was schlägst du also vor?«

»Wir brauchen einen Notausgang, und zwar schnell!« Kuhl hatte Mühe, vehemente Panikattacken zu unterdrücken. »Gibt es da nicht ein Gesetz, das besagt, Notausgänge müssen immer offen sein? Komm mit.«

Vorsichtig tasteten sie sich durch das Dunkel, über Berge von Klamotten und undefinierbaren, verpackten Gegenständen hinweg. Die Wühltische dazwischen erschienen wie dunkle Tümpel.

»Ich komme mir vor wie in einer Gruft«, sagte Kuhl, wie um sich Luft zu machen, »wie lebendig begraben.«

»Keine Angst, wir sind nicht allein«, sagte Rio.

»Was für ein Trost«, sagte Kuhl. »Wie schön wird das erst, wenn diese netten Typen uns finden.«

»Die meine ich nicht«, sagte Rio. Er drehte ein paarmal den Kopf hin und her.

»Pst! Sieh mal, da drüben ... «

Auch Kuhl hatte das grün leuchtende Schild längst gesehen.

»Der Notausgang«, flüsterte er. »*BIG TIME*!« Die quälenden Vorstellungen, was man einem gefesselten Mann mit einer Rohrzange antun konnte, verschwanden vor seinem geistigen Auge. »Die große Frage ist nur, wohin der führt.«

»Nach draußen natürlich. Sonst wär es ja kein Notausgang, Alter.«

Rio öffnete einfach die Tür und zog Kuhl hinter sich her. »Siehst du?«

»Wie hast du das eigentlich vorhin gemeint, wir sind nicht allein?«

Rio ignorierte die Frage.

»Was jetzt? Rauf oder runter?«

Kuhl schnaubte. Als Paranoiker empfand er unbeantwortete Fragen als latente Gefahr, doch angesichts der elenden Lage beschloss er, nicht weiter zu drängen.

»Wir sind im Erdgeschoss, also muss es eine Tür geben«, sagte Rio.

»Ich sehe keine Tür.«

»Hör auf, setz mich nicht unter Druck! Ich muss für uns beide denken, das ist unter diesen Umständen nicht leicht. Also schön der Reihe nach: Wir sind im Erdgeschoss – «

»Das hast du schon mal gesagt.«

»Sag mal, willst du mich provozieren?«

»Ich habe nur wiederholt, was du gesagt hast.«

Das Licht ging plötzlich an.

»He, he, was wird denn da unten getuschelt?«, rief eine Stimme aus dem oberen Stockwerk. Es folgte ein Ausdruck wölfischer Hochstimmung, halb Knurren, halb Heulen: »Schweinesäcke, wenn wir euch kriegen!«

Erst jetzt bemerkte Kuhl das blinkende Lämpchen über der Tür. Wie alle Notausgänge war auch dieser hier durch einen Bewegungsmelder gesichert. Sie waren blindlings in die Falle getappt.

Kuhl stieß Rio zurück durch die Tür. »Lauf!« Und an die Verfolger gerichtet:

»Fickt euch, ihr schwulen Hunde!«

Wie ein böses Echo polterten die Wachleute die Treppe herab.

Obwohl sie die Ramschabteilung schon einmal durchquert hatten, wurde es wiederum ein Hindernislauf. Vor allem Rio kollidierte immer wieder mit Gegenständen, die er als »USOs« – also unidentifizierbare stehende Objekte – einstufte, doch das änderte alles nichts an der Tatsache, dass sie sich in akuter Lebensgefahr befanden.

»Warum hast du das eben gesagt?«, wollte er wissen.

»Wieso?«, keuchte Kuhl. »Die Schwulen können ruhig wissen, dass wir wissen, dass sie schwul sind.«

In diesem Moment begannen die Neonröhren zu flackern – wie die Garben einer Laserkanone pulsten sie unter der Decke dahin und verwandelten mysteriöse Silhouetten in ordinäre Regale und Verkaufsschütten. Kuhl schaffte es gerade noch, Rio unter einen Drehständer mit Ausschussware zu schubsen.

»Kommt schon raus!«, grölte eine Stimme. »Wir wissen, dass ihr hier seid.« Schwere Schritte stampften den Gang entlang. »Ihr habt nicht die Spur einer Chance ... Wir werden euch früher oder später finden und dann macht euch auf was gefasst!«

»Aber nur, wenn ihr euch nicht freiwillig stellt«, fügte Dingo hastig hinzu. »Ansonsten habt ihr nichts zu befürchten ... Nullinger! He, Jungs, es ist Neujahr! Wenn ihr rauskommt, drücken wir beide Augen zu. Wir trinken 'nen Schoppen und dann lassen wir euch durch die Hintertür raus. Ehrenwort!«

Rio schloss unwillkürlich die Augen, als einer der Wachmänner nur einen halben Meter entfernt vorbeischlenderte und dann mit einer Kette in den Drehständer schlug.

»Die wollen es nicht anders«, sagte Dingos Partner. »Na, mir soll's recht sein.«

Er hinterließ eine Duftspur von aromatischem Kaffee, ein warmer, samtiger Geruch, der noch stärker wurde, als sich wieder Dunkelheit über die Wühltische legte.

»Du sagst ja gar nichts«, flüsterte Rio nach einer guten Viertelstunde des Schweigens.

»Weil es nichts zu sagen gibt. Wir sind geliefert.«

»Ist das nicht wieder typisch für dich? Alles musst du negativ sehen.«

»Herr, gib mir die Kraft ... « Kuhl raufte sich die Haare. »Weißt du, warum ich alles negativ sehe? Weil ich keine Ahnung habe, wie wir die nächsten vierundzwanzig Stunden überleben sollen.«

»So viel Zeit hab ich nicht«, sagte Rio. »Ich habe meiner Mutter versprochen, morgen Mittag zu Hause zu sein.«

»Kleinhirn, erbärmliches!« In einem Anfall ohnmächtiger Wut begann Kuhl, die wattierte Kapuze eines Skianoraks herzhaft zu würgen. Vielleicht war es ein Ersatz-Würgen oder er hatte sich schlichtweg im Dunkeln vergriffen. »Du willst es nicht verstehen, oder? Wir müssen hier raus, bevor es zu spät ist! Leider sind wir von soliden Wänden umgeben, was bedeutet, dass diese Typen eine reelle Chance haben, uns zu finden.«

»So solide sind die Wände nun auch wieder nicht.« Auf allen Vieren kroch Rio plötzlich aus seinem Versteck. »Es gibt Türen, oder?«

»Türen?« Kuhl ließ den Anorak fallen. »Drehst du jetzt völlig durch?«

»Denk doch mal nach. Alle Wachleute haben ein Schlüsselbund bei sich.«

»Und das willst du klauen?«

»*Yip.*« Rios Vorschlag entbehrte nicht einer gewissen Logik.

»Na schön, nur wie willst du das machen?«

»Du wirst schon sehen.«

»Sehen?« Kuhl rieb sich die Augen. Er war nachtblind, was das Ganze noch gefährlicher machte. »Was, bitte schön, werde ich sehen? Dingos Faust oder die Sohle seiner Springerstiefel? Aber sei's drum ... Besser, als hier zu warten, bis die uns ausräuchern.«

Diesmal ging Rio voraus. Er hielt es nicht einmal für nötig, sich zu ducken, sondern stakste einfach einen der Gänge entlang. In dem schummrigen Licht, das durch die Eingangstür fiel, wirkte er wie ein Zombie, der sich durch eine zur Müllhalde umfunktionierte Katakombe bewegte. Manchmal hob er den Kopf, als würde er lauschen, und änderte dann seine Richtung.

Wie er die Tür in der Dunkelheit fand, war schwer zu sagen. Vielleicht war es Zufall, vielleicht war er auch nur seinem inneren Kompass gefolgt.

»Durchgang nur für Personal«, flüsterte Kuhl. »Lass mich mal sehen.« Den Kopf an die Tür gepresst, horchte er angestrengt vor sich hin.

»Ich glaube, ich höre ein Atmen.«

»Ach das«, sagte Rio, »nur der Atem der Materie.«

»Pst!« Während Kuhl noch lauschte, öffnete Rio einfach die Tür.

»Das ist jetzt das zweite Mal, dass du ungefragt eine Tür öffnest«, flüsterte Kuhl. »So geht das nicht.«

Er wollte noch mal nachlegen, aber der Anblick verschlug ihm die Sprache. Wahrscheinlich waren sie in einem Großraumlager gelandet, denn vor ihnen, im Halbdunkel, stapelten sich Pappkartons bis unter die Decke: Ein Grand Canyon aus ockerfarbenen und braunen Würfeln, manche so groß wie Kuhls Wohnzelle in der Siedlung. Unter den Überhängen sah er eine Wildnis aus vergammelten Dekoteilen, arm- und kopflosen Schaufensterpuppen und ausrangierten Displays.

Weiter hinten, am Ende des Canyons, brannte ein Licht – die Höhle des Löwen. Je näher sie kamen, umso klarer wurden die Stimmen des Frohsinns; Jahresrückblick, tri-tra-trulala, schepperte es aus dem Fernseher.

Durch den Rahmen einer weit offen stehenden Tür waren die Wachmänner deutlich zu sehen. Sie scherzten, kauderwelschten herum, doch das Handwerkszeug auf dem Tisch sprach eine andere Sprache: ein Zimmermannshammer, eine Rohrzange, große Kreuzschraubenzieher. Dingo überprüfte gerade eine handliche Axt. Sein Gesichtsausdruck hatte etwas von einem Rauhaardackel, den man mit einem Collie gekreuzt hatte.

Welche üble Melange der Gene, dachte Kuhl. Der Muskelprotz an Dingos Seite wirkte wie ein in die Jahre gekommener Minipli-Träger, auch er war Kuhl halbwegs bekannt, hörte angeblich auf den Namen Delirium Clemens und hatte früher mal den Hartgeldluden auf der Moselstraße gespielt. Handbreite Koteletten und eine gespenstische Haarwulst im Nacken kompensierten die bis zur Fontanelle gelichtete Stirn. Statt Augenbrauen gab es eine durchgehende Knochenwulst, die über der Nasenwurzel vorsprang wie eine gepolsterte Leiste und die Schläfen ausbeulte. Der Mundart nach stammte er aus Hessisch Uganda. Während er gelegentlich glockenhell über die Blödeleien eines Fernsehclowns lachte, reinigte er sich mit einem Ausbeinmesser die Nägel.

»Ich kann das Schlüsselbund sehen«, sagte Kuhl, »leider hängt es an der Gürtelschlaufe einer mordlustigen, menschlichen Bestie. Was jetzt?«

Rio drehte wieder den Kopf hin und her. »Kannst du sie ablenken?«

»Wie, ablenken?«

»Nun, vielleicht gibt es ja noch einen anderen Schlüssel. Wenn du sie da rauslocken könntest ... «

»Da rauslocken?« Kuhl holte einmal tief Luft. »Wer? Ich und Rambo oder vielleicht die glorreichen Sieben? Du hast sie ja nicht mehr alle!« Er packte seinen überraschten Freund am Schlafittchen und zog ihn zu sich heran. Rios Pupillen waren bis an den Rand der Iris geweitet.

»Ich wusste es.«

»Was hast du gewusst?«

»Du hast wieder Drogen genommen.«

»Hör auf, meine Mutter zu imitieren«, sagte Rio. Leicht verärgert machte er sich los und strich seine Kragenpartie glatt. »Ich habe meine Sinne erweitert, das ist alles.«

»Na, bestens«, sagte Kuhl. »Von mir aus hast du nur deine Sinne erweitert, aber ich sitze hier mitten in der Nacht in einem Kaufhaus, zusammen mit zwei Monstren, die wohl nicht ihre Sinne, aber ihre vorderen Extremitäten erweitert haben, und zwar mit Messern und Äxten!«

»Jetzt hör schon auf. In einer Stunde oder so sind wir hier raus.« Die Gelassenheit, mit der Rio das sagte, wirkte befremdlich. »Du musst sie nur ablenken.«

In der Hocke setzten sie sich in Bewegung. Zwischen der rechten Seite des Karton-Canyons und der eigentlichen Wand war ein Spalt von einem halben Meter, gerade breit genug für einen Menschen, um sich seitwärts fortzubewegen. Es war stickig warm zwischen diesen Wänden aus Pappe, Kuhl hatte schon nach kurzer Zeit mit Platzangst zu kämpfen.

»Vorsicht, Kante«, murmelte Rio. Er hatte anscheinend keine Schwierigkeiten, in der Finsternis zu sehen. Endlich waren sie am Ende des Gangs. Das verglaste Muffkabuff der Wachmänner lag weniger als fünf Meter von ihnen entfernt.

Kuhl rutschte langsam zu Boden. »Und jetzt?«

»Wenn ich du wäre – «, Rio stockte einen Moment, als er sah, wie der Glatzkopf eine Würgeschlinge aus Draht knüpfte – vielleicht sollten es auch provisorische Handschellen werden, aber er tat es in jedem Fall mit der Sorgfalt eines erfahrenen Henkers. »Also wenn ich du wäre, dann würde ich einen leeren Karton gegen die Wand donnern. Das macht einen Heidenlärm und wird sie da rauslocken.«

»Nur, was soll das bringen?«

»Sie werden versuchen, dich zu schnappen.«

»Dacht ich mir fast. Hm!« Kuhl schüttelte den Kopf. »Nenn mir einen guten Grund, warum ich meinen Arsch riskieren sollte? Es gibt nirgends Deckung.«

»Wieso? Es stehen eine Menge Kartons in der Gegend herum.«

»So ist es und ich freue mich jetzt schon auf das

Hindernisrennen. Nur, was machst du?«

»Ich werde da reingehen. Zehn Sekunden, mehr brauche ich nicht.«

»Um einen Zweitschlüssel zu finden?«

»Vertrau mir«, sagte Rio. Und mit der Spur eines Lächelns: »Du weißt, du kannst mir vertrauen.«

»Hör auf mit dem Schmus!«, zischte Kuhl. »Wenn du noch für fünf Pfennig Grütze unter der Matte hast, vergisst du die Sache. ICH GEHE NÄMLICH ZURÜCK!«

Freundschaft hin, Freundschaft her, dachte er noch. Die Dunkelheit schien buchstäblich zwischen den Kartons zu stehen. Während des Rückzugs stieß er sich immer wieder die Stirn an einer vorstehenden Ecke. Er blieb dann abrupt stehen, streckte die Arme aus und tastete mit beiden Händen die Wand aus Pappe entlang.

Rio, dieser verdammter Narr. Zufällig bemerkte er einen hellgrauen Spalt vor sich, und da ihm Rio nicht gefolgt war, ja, da es verdächtig still war, glaubte er, einen kleinen Blick riskieren zu müssen. Der Spalt war noch schmaler als der Gang neben der Wand und Kuhl musste tief ausatmen und sich ganz flach machen, um sich vorwärtszuschieben. Vorsichtig steckte er den Kopf aus dem Spalt. Schon gute zwanzig Meter hatte er zwischen sich und die fröhlichen Monstren gebracht. Von Rio war nichts zu sehen. Ob er nicht doch umkehren sollte? Er machte eine leichte Drehung und schob versehentlich eine Säule leerer Kartons gut einen halben Meter zur Seite. Erst jetzt bemerkte er die Tücke des Aufbaus, leere Boxen, meterhoch aufgestapelt von Hilfsarbeitern, die sich um Grundlagen der Statik oder eherne Gesetze der Schwerkraft einen feuchten Dreck scherten.

Es war schon fahrlässig, verdammt fahrlässig und für einen Mann, der nicht auffallen wollte, ein schlimmes Verhängnis. Als Kuhl den Kopf in den Nacken legte, schwebte der größte Pappquader bereits in der Luft. Dann – sich mit seinen geöffneten Klappen wie eine Windmühle drehend – rollte er in den Sturz. Kuhl hatte die Wand fast wieder erreicht, als er einen dumpfen Aufschlag vernahm.

»Hast du das gehört, Dingo?«

»Jetzt ham wir die Schweine!« Taschenlampen flammten auf, ein gleißender Strahl raste vor Kuhl über den Boden. Er rappelte sich auf und erschrak, als er einen Glatzkopf aus dem Augenwinkel bemerkte, doch der gehörte glücklicherweise nur einer ramponierten Schaufensterpuppe. Das Licht einer Taschenlampe knallte ihm in diesem Moment voll ins Gesicht, doch da hatte er sich schon aus der Enge befreit.

»Schnapp ihn dir, Clemens!« Etwas Silbernes wirbelte Kuhl entgegen und bohrte sich neben seinem Kopf in den Karton. Ungläubig erkannte er ein schweres Küchenmesser, das ihn höchstens um eine Handbreit verfehlt hatte. Instinktiv zappelte er sich zurück in den Spalt, es war schwierig, rückwärtszukriechen, und da er alles, nur kein ausgemachter Kriecher war, blieb er gelegentlich hängen.

Er hörte die anstürmenden Füße, rechts, links, rechts, links, und entschied sich instinktiv, in die entgegengesetzte Richtung zu robben. Diesmal nahm er auf Begegnungen mit Ecken und Kanten keine Rücksicht, sondern biss die Zähne zusammen.

Zu seinem Entsetzen bemerkte er Rio ganz offen in der Tür des Kabuffs. Er verschwand für ein paar Sekunden und kam dann wieder heraus. Was soll das?, fragte sich Kuhl. Hinter ihm wüteten die Wachmänner wie eine Horde wild gewordener Büffel. Besonders der Kraftmeier mit der Genickschussbremse zog alle Register der Treibjagd. Er allein erzeugte einen Lärm, als wäre eine Lawine im Anrollen.

»He, Kumpel«, brüllte Dingo, »zieh endlich den Kopf aus dem Arsch und sieh ein, dass wir dich haben! Du kommst hier nicht mehr raus und machst alles nur schlimmer.«

Kuhl ahnte, wie brenzlig es bereits war. Blitzschnell schlüpfte er in einen nur kniehohen Spalt, bewegte sich so wie zu Hause im Zustand der Volltrunkenheit vorwärts. Als er mit der Nasenspitze gegen Pappe stieß, begriff er, dass er sich in einem Karton – genauer gesagt in einem dickwandigen Faltschachtelkarton verkrochen hatte. Nach einem kurzen, aber heftigen Anflug klaustrophobischer Panik machte er kehrt und stieß mit einem anderen menschlichen Körper zusammen.

»*Relax*. Ich bin's, Rio.«

»Pffff ... « Kuhls Herz schien für einen Moment stehen zu bleiben, doch irgendwie schaffte er es, kühlen Kopf zu bewahren.

»Ich wusste, du lässt mich nicht hängen«, sagte Rio.

»Was blieb mir auch anderes übrig?« Kuhl hatte keine Lust, das Missverständnis zu klären, es hätte sowieso nichts geändert. Die Tatsache, dass sie ausgerechnet in einem leeren Fernsehkarton festsaßen, entbehrte zwar nicht einer gewissen Ironie, doch ein Blick durch die ausgestanzte Öffnung nach draußen bestätigte Kuhls schlimmste Befürchtung: Falls die Berserker in ihr Kabuff zurückkehren würden, saßen sie hier wie auf dem Präsentierteller fest. Knappe fünf Meter, mehr lagen nicht zwischen ihrem Pappverschlag und der Höhle des Löwen. Nicht einmal Wasser lassen wäre mehr möglich.

»Okay, sag schon, was hast du da drin gemacht? Du hast keinen Schlüssel gesucht, also lüg mich nicht an.«

Rio verhielt sich ganz still.

»Ich habe eine chemische Falle gestellt.«

»Eine Falle?«

An den unbestimmten Geräuschen hörte er, dass Rio die offen stehenden Klappen ihres Refugiums vorsichtig schloss.

»Hör mal, ich erwarte eine klare Antwort, kein Geschwafel.«

Da die Wachleute in der Ferne rumorten, war der Zeitpunkt günstig, ein paar Worte zu wechseln.

»Hör zu.« Rio druckste eine Weile herum. »Ich war heute nicht in der Klinik, sondern bei Fußmann.«

»Dem Giftmischer? Deshalb bist du also zu spät gekommen?«

»Er ist eigentlich ganz nett.«

»Bestimmt ist er das. Sonst würde er dich nicht mit *acid trips* füttern.«

»Es heißt Psyklon.«

»Ist mir doch egal, wie das heißt! He, Moment mal–«, bei Kuhl war endlich der Groschen gefallen, »soll das heißen, du hattest noch einen *trip* in der Tasche?«

»Nicht nur einen«, sagte Rio. »Fußmänneken ist mit dem Stoff recht großzügig. Ich meine, solange es den kleinen Nebeneffekt gibt, ist das Destillat für ihn wertlos.«

Kuhl hielt die Luft an; draußen wurden wieder Kartons aufgeschlitzt und zertrampelt.

»Mit Nebeneffekt ist nicht zufällig wieder dieser ... dieser Werther ... gemeint?«

Rio stieß einen röchelnden Ton aus, der wohl ein verkapptes Lachen war.

»Na ja, die meisten haben Angst, wenn sie ihn das erste Mal sehen. Manche kommen schlecht drauf und andere ... andere kommen nie mehr zurück. Du weißt ja, der erste Mitarbeiter von Fußmann ist in Griesheim vor einen Schnellzug gesprungen. Und er hatte nur einen einzigen *trip* eingeworfen.«

»Das beantwortet noch nicht meine Frage«, sagte Kuhl. »Was hast du da drin gemacht?«

»Na ja, was ich sagen will ... « Aus gewissen Bewegungen in der Pappe spürte Kuhl, dass Rio die Beine anzog. »Ich habe vorhin Kaffee gerochen und mir gedacht, die Typen haben hier bestimmt eine Kaffeemaschine. Und genau so war es. Also hab ich den Kaffee dieser Typen etwas gestreckt.« Kichernd: »Mit der zehnfachen Dosis.«

»Mit der zehnfachen?«

»Hm, hm! Ich denke, sie werden hart draufkommen. Wir müssen jetzt nur noch warten.«

Kuhl schluckte. Sein Auge näherte sich der ausgestanzten Öffnung. Das verglaste, hell erleuchtete Kabuff war deutlich zu sehen. Der Fernseher flimmerte noch vor sich hin, daneben stand die Kaffeemaschine. Dingo tauchte in diesem Moment in Kuhls Sichtfeld auf. Er war barfuß, die Springerstiefel, an Schnürsenkeln verknotet, trug er um den Hals wie ein Ochse das Joch.

»Leck mich doch amoka!«, plärrte er in einer Lautstärke los, als ob er mit im Karton säße. »Ich schleich mich an und du schmeißt mit Sachen in der Gegend rum!«

»Reg dich ab.« Die Schritte, die Kuhl hörte, stammten von Delirium Clemens. Er trottete an Dingo vorbei und betrat das Kabuff. »Woher soll ich wissen, dass du auf Anschleiche gehst?«

»Warum hab ich wohl meine Latschen ausgezogen, hm?« Dingo schenkte sich Kaffee ein. »Bist du blind oder was?«

Statt zu antworten, machte Clemens den Fernseher einen Tick lauter. Es war trotzdem nicht laut genug, um Dingos Litanei zu übertönen.

»Ich weiß, die Typen sitzen hier irgendwo und lachen sich 'nen Ast, aber nicht mit mir.«

»Vielleicht sind sie ja gar nicht mehr da«, sagte Clemens. Er klang, als ob er sich bewusst wäre, dass er alles vermasselt hatte.

»Ich sag dir jetzt, was wir tun werden«, knurrte Dingo. »Wir werden uns das Lager noch mal vornehmen, du von rechts, ich von links, und wir werden jeden Karton dreimal auf den Kopf stellen! Es kann nicht sein, dass sich zwei Typen in Luft auflösen.«

»In Luft auflösen«, echote Clemens. »Wenn sie das könnten, dann wären sie ja Gespenster.«

»Warum sagst du das jetzt?«, fragte Dingo.

»Keine Ahnung«, sagte Clemens. »Ist mir so rausgerutscht.« Er stand auf und nahm sich den Zimmermannshammer. »Dann mal los, je schneller wir die Sache hinter uns bringen, umso eher können wir feiern.«

Die nächste halbe Stunde entsprach in etwa dem, was selbst nach Kuhls Maßstäben einer *horror show* glich. Die Kopfgeldjäger nahmen jeden Spalt des Canyons noch einmal unter die Lupe, wobei es manchmal so klang, als würden sie blindlings auf die Kartons einstechen oder dieselben mit Stampfschritten plätten.

»Deine chemische Falle scheint nicht zu wirken«, flüsterte Kuhl an Rios Adresse gerichtet. »Hörst du mir überhaupt zu?« Rio seufzte im Schlaf. Kein Wunder angesichts des Sauerstoffmangels in ihrem Versteck.

»*Low, low, low*«, schnaubte Kuhl. »Ich muss sagen, ich bewundere dich.«

»Wieso?«

»Die letzte Stunde hast du dich nicht einmal bewegt.«

»Gewohnheitssache.«

»Das nennst du Gewohnheit?«

»Ich meine, in der Klinik ist es nicht anders.« Rios Stimme hatte jede Klangfarbe, überhaupt jede Tonart verloren. »Sie geben dir eine Pille oder zwei, hängen dich an eine Maschine, und dann wartest du, dass dir schlecht wird.«

»Und?«

»Nichts. Ein bisschen übel kann's einem werden, mehr nicht. Alle paar Stunden kommt eine Schwester, nimmt dir Blut ab und misst deinen Puls. Sie dreht einen Regler an der Maschine, damit das EKG-Gerät nicht versehentlich einen Herzstillstand-Alarm auslöst. Bei Probanden mit Unterblutdruck und Herzrhythmusstörungen kommt das gelegentlich vor.«

»Abnorm-*low*.« Kuhl fuhr sich über die ausgetrockneten Lippen. »Was sind das eigentlich für Typen?«

»Die Probanden?« Rio öffnete ein Auge. »Es gibt symptomatische und extrovertierte. Die Symptos sind besser geeignet. Manche brauchen Diazepam, sonst machen sie sich vor Angst in die Hosen. Die Kabel am Körper sind halt nicht jedermanns Sache.«

»So genau wollte ich das gar nicht wissen.« Kuhl lauschte wieder auf die Geräusche. »Weißt du, wo ich jetzt gerne wäre?«

»In der Klinik.«

»Nein, in Nassau.«

»Schitt. Wieso?«

»Eddie war mal da und meinte, in Nassau wäre alles *BIG TIME*. Das Leben soll *mellow*, richtig *mellow* sein.«

»Dann hat er dich angeschmiert, Mann. Ich war auch mal in Nassau, aber da gab's nicht mal 'ne ordentliche Besäufnisanstalt.«

»Ich rede von Nassau auf den Bahamas!«

»Oh, *funky* Nassau ... sag das doch gleich.«

»Ich habe es gleich gesagt«, zischte Kuhl. »Na egal, denn wir sitzen eh in einem Karton und kommen hier nicht mehr raus!« Er hielt einen Moment inne, denn Dingo heulte gerade auf wie ein verhinderter Werwolf. »Hast du das gehört? Der hat doch nicht mehr alle Tassen im Schrank.«

»Lass ihn«, sagte Rio. »Es ist nur eine Frage der Zeit.«

»Sicher, du musst es ja wissen.« In ihrem lichtlosen Pappeverlies schien die Dunkelheit ihr dichtes Rabengefieder zu spreizen. »Mist, wenn wir doch wenigstens ein Feuerzeug hätten.«

»Rauchen ist nicht die Antwort«, sagte Rio.

»Wer redet vom Rauchen? Ich will was sehen.«

»Verstehe«, sagte Rio. »Na ja, ich bin das gewöhnt. Hast du jemals die Spiegelung eines Disco-Strahlers auf einer sich drehenden Platte beobachtet?«

Kuhl hätte gern laut aufgeseufzt, aber das Risiko war ihm zu groß. »Schon gut, du redest nur irre, weil dir der Sauerstoff fehlt.«

»Mir fehlt nichts.« Ein spitzes Knie stach Kuhl ins Kreuz. »Wenn der Motor des Plattenspieler stoppt, steht das Licht wie gefroren auf dem Vinyl. Du glaubst, du könntest es wie Raureif abkratzen, aber wenn du das versuchst, machst du nur die Platte kaputt – «

Er brach ab, wie jemand, der merkte, dass er schon zu viel gesagt hatte.

»Ich glaube, ich weiß, was du meinst«, flüsterte Kuhl nach einiger Zeit. Er hatte Mühe, Rio nicht noch auf die Schulter zu klopfen, aber die Kopfgeldjäger waren so verdächtig still, es war nicht unwahrscheinlich, dass sie sich auf die Lauer gelegt hatten.

Erst um Mitternacht gaben sie auf. Kuhl konnte hören, wie sie eine Flasche köpften und dann anstießen. Dem Geräuschpegel nach hatten sie die Hatz unterbrochen.

»Die laufen uns nicht weg«, sagte Clemens. »Weißt du, ich hab den Verdacht, die Schweine haben sich in der Lebensmittelabteilung verkrochen.«

»Dann hoffe ich, dass sie sich den Magen verderben!« Dingo mischte seinen Sekt mit viel Bommerlunder. »Wenn ich diese ferngesteuerten Unterhosen erwische! Die meinen, sie könnten uns vorführen, aber den Zahn werde ich denen ziehen.« Er griff nach einer Rohrzange. »Und zwar jedem mindestens einen.«

Na dann Prost, dachte Kuhl. Selten hatte er sich hilfloser gefühlt als in diesem Moment. Der Fernseher im Kabuff wurde noch lauter gestellt, Barry Ryan sang »Zeit macht nur vor dem Teufel halt« und das Publikum grölte.

»Ein Gutes«, sagte Rio. Es klang so, als wäre er gerade erwacht.

»Zumindest fängt es gut an«, sagte Kuhl. »Es ist der erste Tag des neuen Jahres und hier sitzen wir in einer

Art Schuhkarton. Heitere Aussichten, findest du nicht? Ich kannte mal einen Sadisten, der hielt sich so Kröten und Schnecken vom Bahndamm.«

»Könnte schlimmer kommen«, sagte Rio. Er schob Kuhl zur Seite und warf einen Blick durch das Guckloch. »Entweder hat Dingo kein Gehirn oder das Nihil-Molekül hat noch keine Synapsen zum Andocken gefunden.«

»Zum Andocken?« Kuhl schlug mit der flachen Hand auf den Boden der Kiste.

»Nenn es mein Stichwort, aber mir fällt gerade ein, dass ich auch mal wo andocken müsste, auf einem Lokus, um Wasser zu lassen! Im Übrigen glaube ich, der alte Fußmann hat dich reingelegt, du hast dein Leben umsonst riskiert.« Rios Hand versiegelte ihm den Mund, denn draußen waren plötzlich Schritte zu hören. Etwas streifte die Außenwand ihres Verstecks.

»He, Clemens ... «

»Was?«

»Ich glaub, ich hab was gesehen.«

»Wo denn?«

Kuhl hielt den Atem an. Er erwartete, dass Dingo blindlings auf den Karton einstechen würde, doch die Schritte entfernten sich wieder.

»Da oben ... «

»Wo?«

»Da, unter der Decke – über dem letzten Karton.«

»Oh, Mann«, hickste es dazwischen. »Das würde erklären, warum wir die Schweine nicht finden! Wenn sie da hochgeklettert sind, dann können wir lange suchen.«

»Du, ich meine nicht diese Typen«, sagte Dingo. Er hatte plötzlich ein merkwürdiges Tremolo in der Stimme. »Ich meine was anderes ... was ziemlich Großes.«

»Was Großes? Was redest du da für 'ne Scheiße? Warte, ich hol mal 'ne Lampe.«

Kuhl hörte Schritte. Es ging hin und her, mehrfach fiel ein gleißendes Licht durch die ausgesparte Öffnung ihres Schlupfloches und streifte Rios leichenblasses Gesicht.

»Nee, Junge, da ist nix.«

»Aber ich sag dir, ich hab was gesehen ... So ein Ding, wie von Schatten bedeckt!«

»Ein was?«

»He, da ist es wieder! Schitt, Mann! Hast du vorhin nicht was von Gespenstern erzählt?«

»Wassis?« Clemens klang verblüffend echt wie ein Nach-Echo am Anfang einer Platte, ein geisterhaft klingender Effekt, der infolge einer Durchmagnetisierung des Tonbands entsteht. »Ich meine, was'n für'n Ding?«

»Keine Ahnung, aber ich schwör dir, ich hab was gesehen.«

Die Schritte entfernten sich und Kuhl, der mit eingezogenem Nacken gelauscht hatte, ließ sich wieder entspannt in die Dunkelheit sinken, die ihn wie schwarze Watte umgab und unter der ein ausgeprägtes Wüstenklima herrschte.

»Hast du das eben gehört? Oder hab ich auch schon Hallu – zi – na na na...?«

Zum allerletzten Mal: Halluzination ist ein schwieriges Wort, zumindest wenn man halbwegs erstickt in einem finsteren Pappkarton steckt, nicht allein, sondern in der Gegenwart eines anderen Menschen, dessen Sauerstoffverbrauch den eigenen noch mehr einschränkt und dessen Position man nur noch an einem leisen Röcheln erkennt.

»Ich hab Atembeschwerden, und du?«

»Es geht.«

»Fragt sich nur, für wie lange.«

Vielleicht war es der akute Sauerstoffmangel, aber die Vorstellung, mit dem Leben abschließen zu müssen, erschreckte ihn in diesem Moment nicht mehr als ein weiteres Jahr im Sozialbau-Knast und Melissas gut gemeinte Arbeitsbeschaffungsmaßnahmen.

»Na ja, es ist schon ein würdiges Ende«, flüsterte er an der Grenze zur Hörbarkeit, »wir werden in einem beschissenen Kaufhaus krepieren, das voll gestopft ist mit beschissenen Sachen, die keiner braucht. Wir hatten hier eh nichts zu suchen in diesem elenden Plunder.«

»Hm, ich hab gehört, die Plattenabteilung soll gar nicht so schlecht sein.«

»Super-*low*, Mann. Jedes Mal, wenn ich dir was klarmachen will, bringst du irgendeinen bescheuerten Spruch. Dabei weißt du ganz genau, was ich meine. Das hier wäre unser Schicksal, mein Freund. Kaufen, verbrauchen, tagein, tagaus, damit die Volkswirtschaft nicht kollabiert. Was war das doch für ein mühseliger Weg von der Ursuppe zur Spitze der Nahrungskette, über Zigtausende von ausgestorbenen Arten hinweg. Der Mensch hätte überall landen können, in einer Kathedrale oder im Garten Eden, er hatte verdammt lange Zeit, einen guten Weg einzuschlagen, stattdessen landete er in einem Kaufhaus, an einem Wühltisch.« Seine Bronchien begannen gehörig zu rasseln. »Weißt du, was wirklich grauenhaft ist? Wenn es überall so wäre wie hier. Im ganzen Universum, meine ich. Stell dir mal vor, es gäbe überall Kaufhäuser. Es wäre so etwas wie eine universelle Einrichtung. Da sich höherentwickelte und staatenbildende Lebewesen ganz ähnlich organisieren, liegt der Gedanke gar nicht so fern.«

Rio schluckte so hörbar, dass Kuhl erschrak.

»Das sagst du nur, um mich fertig zu machen.«

»Wieso? Weil es nicht in deine Science-Fiction-Wunderwelt passt? Die Verbraucher aus einer anderen Galaxie dürften sich wohl kaum von denen unterscheiden, die hier tagsüber rumlatschen. Wer einen Stoffwechsel hat, der legt auch Vorräte an und weiß Sonderangebote zu schätzen.«

Er hörte in diesem Moment einen von weit her dringenden gellenden Schrei. Wahrscheinlich hatte das stundenlange Verharren in der Dunkelheit seinen Gehörsinn unnatürlich geschärft, aber er glaubte auch, deutlich Stimmen zu hören.

SZENE

Kaufhof, Erdgeschoss. Während DINGO *und* DELIRIUM CLEMENS *unter die Tische leuchten, stoßen sie versehentlich mit den Rücken zusammen.*

CLEMENS: »Ach, du bist's ... Kannst du nicht aufpassen?«

DINGO: »Lass uns verschwinden, bitte.«

CLEMENS: »Was ist denn passiert?«

DINGO *bibbernd*: »Ich weiß es nicht. Ich weiß nur, dass es mich am Bein berührt hat. Es war unter dem Wühltisch.«

CLEMENS *spöttisch*: »Vor zehn Minuten hast du noch gesagt, du hättest einen Typ mit Glockenhelm auf dem Kopf gesehen, der da drüben die Rolltreppe runtergeschwebt sein soll.«

DINGO *hysterisch*: »Ich weiß selbst, was ich gesagt hab!

Und ich weiß auch, was ich gesehen habe! Hier spukt es, Mann! Lass uns endlich verschwinden!«

CLEMENS *verpasst* DINGO *eine Ohrfeige*: »Reiß dich zusammen, sonst ruf ich den Chef an. Hast du das verstanden?«

DINGO: »Du kannst ja bleiben, aber gib mir den Schlüssel.«

CLEMENS: »Geht nicht.«

DINGO: »Hörst du schwer? Ich will hier raus.«

CLEMENS: »Wir haben Dienst bis um sechse. Jeder Mann bleibt auf seinem Posten, hast du kapiert?«

DINGOS *Stimme kippt in ein weinerliches Quieken um*: »Wenn du mir den Schlüssel nicht gibst, mach ich dich platt, ich schwör's.«

CLEMENS *hebt sein Messer*: »Du drohst mir?«

DINGO *ist völlig am Überschnappen*: »Du lässt mir keine andere Wahl. Ich sage es jetzt zum letzten Mal: Gib mir den Schlüssel, sonst – (*er stockt mitten im Satz, weicht zurück*) Oh, mein Gott ... «

CLEMENS: »Was?«

DINGO: »Hinter dir.«

CLEMENS *wirbelt herum, leuchtet mit der Taschenlampe*: »Wo?«

DINGO: »Hast du keine Augen im Kopf?«

CLEMENS: »Da ist nichts.«

DINGO *holt in diesem Moment aus. Sein Zimmermannshammer landet mit einem dumpfen Knirschen auf* CLEMENS' *Hinterkopf und hinterlässt eine unschöne Delle.* CLEMENS *bricht lautlos zusammen.*

DINGO *schreit verzweifelt*: »Verschwinde! Weg! Was willst du von mir?« *Er lässt seine Taschenlampe fallen und rempelt sich seinen Weg durch Drehständer und Wühltische.*

In seinem Papp-Asyl konnte Kuhl hören, wie sich Dingos infernalisches Kreischen hochschaukelte; es klang fast so, als würde er eine atonale Tonleiter üben. Dann ein Geräusch, als würde eine riesige Kristallkuppel einstürzen. Nach einer Schreckzehntelsekunde erhoben ein Dutzend Alarmsirenen die Stimmen.

»Gehen wir«, sagte Rio. Mit der hölzernen Grazie eines Stehaufmännchens richtete er sich auf und stieß kopfüber durch die ineinandergefalteten Seiten der Box.

»Alles friedlich«, stellte er fest, »kommst du mit?«

Kuhl rappelte sich auf. Er holte ein paarmal tief Luft, füllte seine Lungen bis zum Anschlag und machte ein paar unmotiviert wirkende Kniebeugen.

»Klar komm ich mit. Ich hab, ehrlich gesagt, nichts anderes vor.«

Sie fanden den Weg in die Ramschabteilung mit schlafwandlerischer Sicherheit.

»Oh, mein Gott.«

»Was?«

»Na da, auf dem Boden.« Delirium Clemens lag lang hingestreckt mitten zwischen den Lampen. Er lebte noch, aber das Grauen starrte aus seinen weit aufgerissenen Augen; Arme und Beine waren unnatürlich verkrümmt.

»Geh weiter.« Rio trieb Kuhl noch immer zur Eile an. »Wir müssen hier raus sein, bevor die Bullen anrücken.«

Sie folgten den Spuren von Dingos Flucht, sie waren deutlich zu sehen. Ohne Rücksicht auf eigene Verluste hatte er sich eine Schneise gebahnt. Es sah nach einem Amoklauf aus. Die normalerweise von Dekorateuren benutzte Tür zum Schaufenster stand sperrangelweit offen und schon von Weitem wehte Kuhl und Rio ein kühler Luftzug entgegen: Dingo hatte offenbar einen Weg ins Freie gefunden. Glas knirschte unter ihren Füßen, als sie – über umgestürzte Schaufensterpuppen und Preisschilder steigend – das Schaufenster durchquerten. Kuhl setzte seinen Fuß als Erster ins Freie. Es war schon kurz nach halb drei, dichte Rauchschwaden hingen über dem Europa-Palast-Kino und hie und da stiegen noch immer Leuchtraketen auf.

Erst jetzt bemerkte Kuhl Dingos leblosen Körper. Er lag mit dem Gesicht nach unten, die Hände wie Klauen auf dem Asphalt, eine rot gesprenkelte, dreieckige Glasscherbe ragte ihm wie der Rückenkamm eines Sauriers aus dem Nacken.

»Die zehnfache Dosis, was, Rio?« Der Harndrang, den er seit Stunden unterdrückt hatte, ließ sich nicht länger halten. Während er laufen ließ und ihm warm wurde, drehte er sich um. Rio hob gerade den Kopf. Seine Lippen bewegten sich – er redete, redete mit jemandem, den Kuhl nicht sah, nicht sehen wollte.

Rio bemerkte Kuhls Blick.

»Wie du siehst, sind die Wände doch nicht so stabil«, sagte er.

Das Leben, wie es sein sollte V

Wir machen keine Lieder für die Ewigkeit.
– BONEY M.

Endphase eines Tierlebens – und doch, die kleinen, organisch verankerten Bürden bestimmten bis zuletzt seinen Kurs. Als Kuhl die Toilette betrat, lag dort ein Smoking längs der Rinne und wackelte mit den Knien. Auf den dritten Blick erkannte Kuhl den amtierenden Vorsitzenden des »Bahamas Golfklubs«. Offenbar hatte er einen milden Kreislaufkollaps erlitten. Sein Gesicht war kalkweiß, in der Rechten hielt er noch immer die verschrumpelte Nille.

»Du pisst auch keinen breiten Strahl mehr, was, Alter?« Weil es keinen Sinn hatte, auf den letzten Drücker noch den Rücksichtsvollen zu spielen, urinierte Kuhl dem Ohnmächtigen über die Schuhe. Es konnte nicht ausbleiben, dass er ein bisschen schlenkerte und schließlich den Strahl undinisch vergnügt über Hemd und Hose des Vorsitzenden wandern ließ. Die Wässerung hatte etwas von einer satanischen Taufe.

Zuletzt zielte er dem Latrinenpenner ins rechte Ohr. Aber der kam noch immer nicht zu sich.

»Bist hart im Nehmen«, sagte Kuhl. Seltsam milde gestimmt, schlurfte er zum Waschbecken und drehte den Wasserhahn auf. Fast zeitgleich öffnete sich die Tür und Bosco stürmte an ihm vorbei.

Er würdigte Kuhl keines Blickes, schien selbst den gestrauchelten Mann in der Rinne nicht wahrnehmen zu wollen und steuerte schnurstracks in die erste Kabine.

Er hat mich nicht gesehen, dachte Kuhl. Entweder ist

er blind oder er hat mich absichtlich ignoriert, um mir meine Nichtigkeit vor Augen zu führen, und wenn dem so wäre, dann hätte er einen großen, ja, sehr großen Fehler gemacht. Denn sehen wir den Tatsachen einmal ins Auge: Der Naturzustand des Menschen entspricht dem Zustand eines »aus den Fugen geratenen Mörders«, fragt diesen Ethno-Eierkopf Niko Tinbergen. Um die hohen Anpassungsleistungen unseres Gehirns zu vollbringen, mussten die Instinkthemmungen aus der archaischen Zeit allmählich verschwinden. Die Entwicklung der Hirnrinde mit zehn Milliarden Neuronen ermöglichte den Fortschritt vom Faustkeil zur Atomrakete, von der Mythologie zur Quantenphysik. Eine analoge Entwicklung des limbischen Systems mit seinen emotiven Schaltkreisen gibt es dagegen nicht. Ganz im Gegenteil: Aus der Überlagerung der alten Psychophysis mit der neu erwachsenen, höherwertigen Gehirnstruktur entstehen täglich Irritationen, die jeder von uns kennt und die sich in sechs Gruppen einordnen lassen – Beuteaggression, Rivalenaggression, Furchtaggression, Reizbarkeitsaggression, territoriale und mütterliche Aggression. Die Auslösereize sind allgegenwärtig, es gibt sie auch in dieser Toilette.

Noch während er in den Spiegel grinste, zog Kuhl die Knarre und entsicherte sie mit einer fast professionell wirkenden Handbewegung. Was Bosco betraf, kamen eine Menge Reize zusammen, um eine – wie Freud seinerzeit meinte – »energiebeladene Motivation zur Grausamkeit« auszulösen. Er verkörperte eine einzigartige Frustrationsquelle, eine persönliche Beleidigung, die Kuhl ein fundamentales Bedürfnis versagte: Pola nach Strich und Faden zu ficken.

Mit zwei Schritten stand er vor King Kongs Kackfestung. Die Tür war nicht mal richtig verriegelt, der große Affe fühlte sich einfach zu sicher.

Kuhl spürte eine unerträgliche, keinen Aufschub duldende Wut in sich aufsteigen, die sich gleichzeitig in einer Steigerung seines Selbstwertgefühls äußerte. Er lauschte auf die Geräusche aus dem Inneren der Kabine und fragte sich, warum Bosco eine Ewigkeit brauche, um seinen Arsch auszupacken. Erst das Klirren einer Gürtelschnalle auf den Fliesen signalisierte, dass die Hosen wohl tiefer als auf halbmast hingen und die Sitzung begonnen hatte. Wieder klirrte es – nur Sanitäranlagen haben diese knochenharte Akustik – und Kuhls Trommelfelle begannen zu knacken.

Noch immer stand er vor der Tür und bewegte sich nicht. Drinnen stimmte Bosco »The Dock of the Bay« an, besser gesagt, er leierte es vor sich hin – falsche Intonation, falsches Tempo –, echte Musikliebhaber hätten einen Gnadenschuss schon daher gebilligt.

Kuhls Zwerchfell vibrierte unter Lachspasmen, die er nicht abhusten konnte, aber er ließ Bosco Zeit, den Refrain auszusingen, dann erst nahm er Anlauf, trat mit voller Wucht gegen die Tür und schoss: POPP! Der Gesang verstummte, nicht mitten in einem Wort, sondern am Ende der letzten Zeile – »wasting time« – und dann nichts mehr.

Kuhl beobachtete, wie die von der Kabinenwand abgeprallte Tür langsam in ihren Angeln zurückschwang. Infolge des Stauchdruckes war sie ihrer kinetischen Energie verlustigt gegangen. Das Zurückschwingen erfolgte daher wie in Zeitlupe und in diesen anderthalb bis zwei Sekunden erkannte Kuhl den breit grinsenden Bosco.

Die Tür hatte sich inzwischen geschlossen und Kuhl hatte sich zwei ernste Fragen zu stellen: a.) Gehörte es sich, beim großen Geschäft den Hut aufzubehalten? und b.) War King Kong noch am Leben?

Der Gesang jedenfalls war verstummt, aber das wollte nichts heißen. Unschlüssig tippte er mit dem Lauf gegen die Tür. Diesmal quietschten die Scharniere ganz leise.

Bosco saß noch immer – mit heruntergezogenen Hosen und gefalteten Händen – auf seinem Thron und grinste. In seinen Augen hing ein tückisches Glitzern, es sah fast so aus, als ob er jeden Moment aufspringen würde.

»Denk nicht mal dran«, sagte Kuhl, »sonst mach ich dir ein zweites Loch in den Arsch, dann kannst du in Stereo scheißen!«

Wieder wartete er auf eine Reaktion, doch nichts.

Sein Finger krümmte sich schon um den Abzug, als er endlich begriff, was geschehen war: Die Kugel war genau über der Krempe in die Stirn eingedrungen. Nur das breite Lederband hielt Boscos Schädel zusammen, in dem Leopardenfellmuster wurde ein dunkler Fleck größer.

Kuhl betrat die Kabine und schloss die Tür. Eine Zeitlang stand er unschlüssig vor dem sitzenden Leichnam, dann erleichterte er ihn um seine Rolex. Vielleicht war es nur der archaische Reflex des Jägers, sich eine Trophäe zu nehmen.

»Sogar mit Namensgravur, meine Fresse, war sicher nicht billig.« Schmunzelnd ließ er das gute Stück in seiner Tasche verschwinden. »Tja, Bosco, was soll ich sagen? So geht es nun mal einem Korinthenkacker, der nicht nachdenkt, bevor er seinen *ghetto style* auflegt. Ich hab mich immer gefragt, warum manche Wichser nur auf die harte Tour lernen, und ich kann nur sagen, ich vermute mal, weil sie sich für Gott oder sonst einen Zampano halten. Aber die Natur ist nun mal wie Disco, durch und durch republikanisch, und da kannst du King Kong sein oder Bokassa, wenn du falsch auflegst, kriegst du die Quittung.« Er bückte sich und flüsterte dem Toten ins Ohr: »Und mach dir mal keine Sorgen um sie, ich werd mich schon gut um sie kümmern. Wenn ich das richtig sehe, das mickrige Ding da zwischen deinen Beinen, dann wird sie dich eh nicht vermissen.« Der Tote begann in diesem Moment sich geräuschvoll zu entleeren, und Kuhl stolperte vor Schreck ein paar Schritte zurück. Da der Schließmuskel nicht mehr hielt, plumpste es einfach aus der Leiche heraus, ein vollkommen natürlicher Vorgang, der auch bei Leuten, die in der Horizontalen krepieren, zu beobachten ist.

»Verstehe, du spielst mir zum Abschied das Lied vom Kot, hm, Arschlöcher ändern sich nie. Aber was soll's? Tu dir nur keinen Zwang an. Nächste Woche um diese Zeit bist du kein Arschloch mehr, sondern nur noch ein Loch ohne Arsch drum herum.«

Kuhl stieg auf den Wasserkasten, zog sich an der Trennwand hoch und landete in der nächsten Kabine.

»Vergiss nicht, zu ziehen!«, rief er noch.

In einem Anfall von Paranoia wusch er sich mehrmals gründlich die Hände. Auch sein Sakko examinierte er ganz genau, konnte aber nirgends Blutspritzer entdecken. Saubere Arbeit, professionell, Killer-Elite. Dieser Frankfurter Dumm-Bulle, Herbricht oder wie er hieß, hatte es ihm prophezeit. Er war ein Profi. Sein Blick wanderte noch einmal zurück zur Tür der Kabine, hinter der es wieder rumorte. Was wohl schneller kalt werden würde? Die Exkremente oder der Arsch über der Schüssel?

»A Happy New Year, my boy, a very Happy New Year.«

Kuhl erschrak fast zu Tode, aber es war nur dieser Vorsitzende. Mit beiden Händen zog er sich am Waschbecken hoch.

»Say, what time is it?«, fragte er in einem beduselt klingenden *Upper Class* Englisch. *»For Christ's sake, somebody pissed me all over.«*

Kuhl dachte an die Uhr, um die er Bosco erleichtert hatte. Lächelnd drückte er sie dem Vorsitzenden in die Hand.

»This must be your watch. Look for yourself. And Happy New Year, sir!«

Mit dem festen Vorsatz, von jetzt an jede dumme Frage mit einem Kopfschuss zu ahnden, verließ er das sehr stille Örtchen. Er fragte sich, ob er den Bogen überspannt habe, aber dafür würden sie ihn erst einmal mit diesem Haufen lebloser Moleküle in Verbindung bringen müssen. Und sollte er den Vorsitzenden richtig eingeschätzt haben, würde der Boscos fette Rolex einfach behalten und damit – ohne es zu wissen – den Verdacht auf sich lenken. Und selbst wenn die Bahama-Bullen noch rumschnüffeln würden, Kuhl wäre zu diesem Zeitpunkt längst vom Erdboden verschwunden. Er wartete nur auf den geeigneten Moment, seinen letzten Gang anzutreten.

Der Speisesaal im Erdgeschoss sah aus, als wären nicht einer, sondern gleich drei Selbstmörder von verschiedenen Dächern gesprungen. Vor allem das Dessert-Buffet sah nach einem Massaker aus. »Du liebes bisschen«, sagte Kuhl. Zwei Männer in zerrissenen Hemden schleppten gerade eine ausgehängte Spiegeltür an ihm vorbei. Unter den Tischen lagen auch ein paar unverbesserliche, schon in die Jahre gekommene Paare im Clinch, als ob es eine Korrelation zwischen dem Pfeil der Zeit und dem Zerfall jeglicher Umgangsformen gäbe. Ansonsten hatte sich das Gros der Gäste versprengt und auch Kuhl beschloss, das Weite zu suchen.

Auf dem Volleyballplatz der Hotelanlage tanzten ein paar ältere Herrschaften Rock'n'Roll zu »Knock on Wood« von *disco queen* Ami Stewart. Selbst einen Überschlag brachte eine weibliche Party-Leiche noch zustande.

»Heissa, da knacken die Knochen«, murmelte Kuhl. Ein zufällig vorbeitrabender farbiger Kuli hielt es für eine Aufforderung, stehen zu bleiben.

»*Drink, sir?*«

»*No, thanks.*«

»*Smoke?*«

»*No.*«

»*Anything else?*« Vielleicht war es das abfällige Grinsen, aber Kuhl glaubte in diesem Moment, Gedanken lesen zu können. Auch *white man* benimmt sich wie Tier, wenn er frei ist. Dann treibt er es mit *white mama. Push, push in the bush. Hotel boy* zur Stelle, wenn Weißmann einmal nicht kann, *ever-hard, ever-ready*.

Kuhls Hand wanderte unauffällig zum Griff der Beretta.

»*Why don't you ask me something real fucking stupid?*«

»*Why?*«

»*Why not? Just ask.*«

Der Lakai witterte das Undurchsichtige der Situation und lief schleunigst davon. Auch Kuhl wollte weiter, aber da hatte er schon Pola entdeckt: Sie saß vornübergebeugt auf der Balustrade und war mit ihrem Taschenspiegel beschäftigt. Vielleicht hatte er vorgehabt, ihr das Gehirn wegzupusten, aber sie drehte sich plötzlich um und er erschrak, so verdreht waren ihre Augen; zwischen den Lidstrichen war nur noch das Weiße zu sehen. An ihrem rechten Nasenloch perlte ein dicker Blutstropfen und Gipsstaub bedeckte ihr Kleid. Vermutlich war sie kurz zuvor gestürzt.

»*Hello, darling*«, kicherte sie. »*Can I invite you for a screwdriver on Champs-Élysées?*« Ihr Lippenstift war verschmiert und da sich ihr Ausschnitt präzise auf seiner Augenhöhe befand, konnte Kuhl all die winzigen Schweißperlen sehen.

»Bist du mir immer noch böse?« Es war keine scheinheilige, sondern eine berechtigte Frage, doch Kuhl sah keine Veranlassung für eine Bestrafung.

»Ich habe dich wirklich überall gesucht«, fuhr sie fort, »weil ich dir sagen wollte, wie ... wie leid es mir tut. Du bedeutest mir mehr, als du denkst.«

»Ist das so?« Er lächelte selig. Irgendetwas hatte er scheinbar richtig gemacht, sonst hätte es sich der Tod nicht zweimal überlegt, ihn zu holen.

»Na, von mir aus kann's losgehen.«

Die Tanzfläche war nicht weit und sie zuckten eine Zeitlang Wange an Wange zu irgendeinem Holzhacker-Rhythmus. Sie hielt ihn an sich gepresst, streifte ihn scheinbar unabsichtlich mit ihren hart angespannten Schenkeln. Leise aufseufzend schloss sie die Augen wie beim Orgasmus.

»Möchte wissen, wo Bosco steckt«, meinte sie, als sie endlich verschnauften.

»Möchtest du nicht«, sagte Kuhl. »Nein, ich denke, das willst du nicht wissen.«

»Stimmt«, sagte sie, zarten Schmelz in der Stimme, »denn ich habe mich vorhin von ihm getrennt.«

»Wegen mir?«

Sie nickte.

»*Wow.*« Er war wirklich gerührt. »Das ist ja super-*mellow* von dir.«

»Und du bist wirklich nicht mehr sauer wegen vorhin?«

»Im Gegenteil«, sagte Kuhl. »Ich habe mich gewissermaßen auch von Bosco getrennt. Wegen dir, ja, wegen dir.«

»Ach wirklich?« Sie sah ihn eindringlich an. »Ich wusste gar nicht, dass ihr eine geschäftliche Vereinbarung hattet.«

Kuhl zuckte die Achseln. »Wenn ein Arschloch wie Bosco ein großes Geschäft vorhat, dann sollte man erst mal abwarten. Außerdem stank die Sache schon gehörig zum Himmel.«

Sie verstand nicht wirklich, was er meinte, das Geschäftliche hatte sie nie groß interessiert. »So«, sagte sie, »jetzt haben wir uns also endlich gefunden.«

»Da könnte was dran sein«, sagte Kuhl. Trotzdem musste er feststellen, dass ihn die Aussicht auf all die Löcher in ihrem Fleisch nicht aufheitern konnte.

»Hör mal, ich mach privat nichts Perverses«, sagte sie.

»Ich auch nicht«, beteuerte Kuhl. Dass sie noch irgendetwas pervers nannte, hatte wahrscheinlich mit dem Altersunterschied zu tun.

»Das, was natürlich ist, kommt am besten«, fuhr sie fort und machte dabei ein Gesicht, als hätte sie die Weisheit mit Löffeln gefressen. »Sag mal, dieser Earl ... hat der wirklich Kohle oder tut der nur so? Und was ist mit dir?«

Kluge Geschäftsfrau, bewundernswert, wie sie diesen

Punkt so beiläufig auf die Tagesordnung brachte – oder war es die Ordnung der Nacht? Würde er nein sagen, würde sie nein sagen. Würde er ja sagen, würde sie es sich gut überlegen.

»Dass sich im Leben immer alles um Geld drehen muss«, sagte er wehmütig.

»Muss es nicht«, sagte sie leise. Sie fixierte ihn wie die Schlange ein äußerst windiges, fintenreiches Kaninchen. »Willst du ficken?«

Die Worte wirkten wie ein elektrischer Schlag.

»Du meinst ficken wie ... ficken?«

»Wie denn sonst?«

Er nickte erleichtert. Der heiße Brei, um den ein Mann sonst stundenlang herumreden musste, hatte sich endlich in süßen Wackelpudding verwandelt. Auch seinem *BIG EXIT* stand somit nichts mehr im Weg. Etwas Götterspeise auf dem *trip* in die Grube, das war dieses willige Fleisch, und mehr würde es niemals sein, denn Seelen verschmelzen nicht im Orgasmus. Er schwebte in diesem Moment über der SZENE, sah, wie er Pola hinter sich her schleifte, wie er an umgestürzten Fackeln vorbei ins Haus stürmte, wie er sich einmal umdrehte und unvermittelt und völlig zusammenhangslos ein V-Zeichen probte, wie er die Treppe im Foyer hochstolperte, wie er einem leicht derangierten Zimmerkellner Dresche androhte, weil der Pola hinter vorgehaltener Hand geduzt hatte (zumindest hatte es sich so angehört), wie sie dann in den Aufzug fielen (sie fielen wirklich), wie er plötzlich weiche Knie bekam und umkippte, wie sie Mund-zu-Mund-Beatmung versuchte und wie er es ihr dankte, indem er ihr von hinten einen Finger einführte und so weiter und so weiter und so weiter ...

»Da wären wir.«
Noch bevor sich der Aufzug öffnete, wusste er, dass sie im 9. Stock landen würden. Mit einer Frau wie Pola war es nicht anders möglich, nicht in diesem Hotel auf Paradise Island. Fast war es ihm, als könne er noch immer die Aura von Howie Hughes spüren: 750 Millionen Dollar schwer, abgemagert bis aufs Skelett, Fingernägel wie Nosferatu, vor einem Mattscheiben-Viereck dahinvegetierend. Der amerikanische Traum war vor dieser Kulisse verwest.

Jetzt hast du Gesellschaft, dachte er noch.

Vor der Zimmertür blieb sie stehen.

»Du, Kuhl, wenn Bosco auftauchen sollte ... «

Kuhl winkte ab. Wie der Bräutigam seine Braut, so hob er sie über die Schwelle.

Da war sie also –

Die drehbare Live-Bühne.

Die Party lag in den letzten Zügen. Unten am Strand brannten noch immer Feuer. Kuhl konnte sie vom Fenster aus sehen, halbnackte Hotelgäste tanzten barfuß um einen Scheiterhaufen aus Liegestühlen. Na na naa na na na naa na – hey hey hey, es war schon verdammt dekadent, selbst wenn es kein Barbecue war. Dumpf verzerrt dröhnte ein Bass über dem Rollen der Brandung.

Während Pola auf dem Bettvorleger vorturnte und dabei von einem afrikanischen Fruchtbarkeitsritual namens Kudyémba erzählte, lag Kuhl bereits auf dem Bett.

»Geht ziemlich auf die Schultergelenke, aber es gehört neuerdings scheinbar dazu. Früher waren die Produzenten schon aus dem Häuschen, wenn mal ein Mädchen die Schubkarre machte.«

Sie hielt kurz inne. »Sag mal, was genau ist dieses Daburo Shuuto?«

»Ein Kinderspiel«, sagte Kuhl. »Ja, ich denke, das machst du mit links.«

Sie verlor das Gleichgewicht und kippte nach hinten.

»Du verstehst es wirklich, einer Frau Komplimente zu machen.« Zärtlich: »Hast du Hunger, Gebieter?«

»Immer.«

»Na dann werde ich uns mal was Feines bestellen.«

Kuhl fragte sich, womit er das verdient habe, sogar an eine Henkersmahlzeit hatte der blond gelockte Schnitter gedacht. Mit einer Rolle rückwärts war sie am Schreibtisch und angelte sich die Speisekarte aus einer Lade.

»Sieht gut aus!«, rief sie. »Champagner-Frühstück, russische Eier und frische Austern haben die auch.«

Warum sagt sie das jetzt?, dachte Kuhl. Will sie mir klarmachen, dass auch ein Eiweißschock töten kann und dass es vielleicht noch einen Weg gibt?

»Pst!, Kuhl, kannst du das auch?«

Während sie telefonisch bestellte, zog sie mit unglaublicher Behändigkeit die Beine hinter den Kopf und verwandelte sich vor seinen Augen in eine Ikone – die Heilige Pola, in Blei gefasst, ein Spitzbogenfenster, Brüste und Scham aus farbigem Glas.

»Sag mir, wann ich weg bin«, murmelte er.

»Wie – weg? Du bleibst schön bei deiner Pola. Was denn? Geht's dir nicht gut?«

Er schenkte ihr einen Blick wie der gefolterte Rabbi Aser Abarbanel seinem Peiniger Pedro Arbuez d'Espila.

»Das hast du mich schon mal gefragt.«

»Na und?«

»Um ehrlich zu sein, es wird davon nicht besser.«

»Ach, Kuhl, ich weiß nicht mehr, was du willst.« Sie entknotete ihre Gliedmaßen und machte einen überforderten Eindruck. »Ich habe Bosco wegen dir verlassen, ist dir das klar?«

Kuhl nickte. »Er hatte keine andere Wahl.«

Sie lächelte. »Ja, wenn es einen erwischt, dann hat man keine andere Wahl.«

»Ja«, sagte Kuhl, »wenn es einen erwischt.«

Sie setzte sich neben ihn auf die Bettkante. »Mir ist so was noch nie passiert, ehrlich.« Seufzend: »Willst du wissen, wie ich wirklich heiße?« Und als er nicht antwortete: »Pauline. Kannst du dir das vorstellen? Meine bescheuerte Mutter hat mich tatsächlich Pauline genannt. Pauline.«

Wieder wartete sie auf einen Einspruch von ihm. »Mit so einem Namen ist es nicht leicht, weißt du, vor allem für ein kleines Mädchen mit Nickelbrille. Die haben mich in der Schule immer gehänselt.«

Es klang wie eine Neuauflage der alten Geschichte vom hässlichen Entlein, und wie so oft in seinem alten Leben, wenn er vor der Glotze schmorte und nicht mehr weiterwusste, flüchtete er sich mittels der Fernbedienung aus der Realität.

Während sie erzählte und erzählte, von ihrer ersten großen Liebe und einem Sportlehrer, der ihr nachgestiegen war, hatte er Katastrophenbilder vor Augen – Flüchtlinge, Frauen, Kinder, die Schütterzone einer brennenden Stadt, Tote, Verletzte –, der fröhliche Teil des Jahresrückblickes war scheinbar gelaufen. »Sieh mal, Pola, die Bumpwelle ist zurück«, sagte er.

»Blödmann!« Sie feuerte ein Kissen nach ihm. »Wenn

dich mein Leben nicht interessiert, dann brauchst du es nur zu sagen.«

Als er nicht reagierte, ging sie gespielt schmollend ins Bad. Jungs in diesem Alter waren immer irgendwie komisch und sie hatte nicht vor, sich die Nacht zu verderben. Zumindest nicht vor dem Frühstück.

Sie zog sich aus, tippelte unter die Dusche ...

... und Kuhl hörte nur dieses eine Geräusch, die künstlich gehärteten Nägel auf den Fliesen, als laufe ein Skelett auf Zehenspitzen durchs Bad. Die Leichenberge aus dieser japanischen Stadt langweilten ihn und er schaltete wahllos weiter – Live-Reportagen aus den Weltstädten, Jubelstimmung, glückliche Sklaven, die es eine Runde weiter geschafft hatten. Ja, genau das war es, was er in ihren Gesichtern sah, die Erleichterung, dass sie noch lebten, dass sie noch nicht alt und arbeitslos waren, kaputte menschliche Schlacke, dass sie noch nützlich waren, brauchbar und dass sie mitfeiern durften, als ob ihr Hundeleben ein einziges, großes Fest wäre.

Kuhl dachte zurück an sein eigenes Hundeleben in einem Siedlungshaus am Rande der Stadt, im Kamerun, wo die Milchstraße in der Gosse versickert.

Schortie fiel ihm ein, der alte Maskenträger mit seiner Gummipuppe winkte ihm nach: »Die Ewigkeit ist annulliert, Jungchen, und ich bin froh.«

»Das bin ich auch«, murmelte Kuhl. Auch diese Melissa-Schnecke vom Arbeitsamt erschien noch einmal vor seinem geistigen Auge. Sie hatte an ihn geglaubt und alles versucht, um sein Leben in die richtigen Bahnen zu lenken. Wäre es nach ihr gegangen, hätte er jetzt einen anständigen Job, in einer kleinen, netten Schlosserei oder am Fließband. Statt sich um feile Mösen zu kümmern, wäre ihm der Abschliff rostiger Achsen bestimmt gewesen. Vielleicht wäre er auch als Feuerverzinker, Großraumbüro-Putzette oder Autoinnenraumteile-Beflocker verendet, aber was immer das Leben mit ihm vorgehabt hätte, es wäre alles ein Nichts gegen diese Nacht auf den Bahamas gewesen.

»Tut mir leid, Melisschen«, rief er, »aber es war die richtige Entscheidung! Ich bereue nichts. Schieb dir den Dildo wieder rein und halt einfach die Schnauze!«

»Was?«, schallte es aus dem Badezimmer. »Was hast du eben gesagt?«

Er antwortete nicht. In Gedanken saß er noch einmal mit Rio am Nordseestrand. Es nieselte und jeder Angehörige einer raumfahrenden Spezies hätte das Weite gesucht.

»Wir konnten nur zurückfahren«, murmelte er. »Zurück zu unserem Block. Jeder in sein Kästchen aus Stahl und Beton. Und da wären wir alt geworden, fett und kahl, und hätten uns irgendwann nicht mehr auf der Straße erkannt. Wir wären Fremde geworden, mein Freund. So können wir wenigstens sagen, wir haben es geschafft, jeder auf seine Weise: *TOP OF THE WORLD*. Wie lange, ist doch egal.«

Pola duschte noch immer und trällerte dabei ein souliges Ohrwürmchen, es klang wie tausend andere Nummern und war bereits im ersten Drittel des Gehörgangs vergessen.

Ein Bild auf der Mattscheibe riss Kuhl aus seinen Träumen: War das ein Werbespot oder was? Ein Tiefseetaucher mit Glockenhelm kletterte gerade aus einer Waschmaschine. Er kam von einem Tauchgang aus verflecktem Gewebe zurück, das beteuerte er jedenfalls. Unter dem Helm hatte er ein völlig normales Gesicht, doch Kuhl musste immerzu an dieses Ding denken, Rios unsichtbaren Besucher. Vielleicht wollte er auch nur ein bisschen Pulver verkaufen, einen guten Schnitt machen und mit sechzig in Frührente gehen. Es war schon ein verdammtes Jock-Universum. Gott hatte die Evolutions-Frisbeescheibe geworfen und die eine Hälfte der Menschheit flutschte seitdem darüber, die andere Hälfte darunter hinweg, wie ein Luftstrom, nur waren es keine wirbelnden Gasmoleküle, sondern Menschen. Wer sich fortpflanzte und brav konsumierte, trug dazu bei, dass sich der Drehmoment verlängerte, doch ein großer Wurf war es nicht. Dazu musste man nur die Visagen der Reichen und Mächtigen sehen.

Schon irre, dachte Kuhl. Hier reicht der Unterschied zwischen Arm und Reich bereits bis in die Grube: Die Armen sterben – die Reichen bleiben am Leben. Jedenfalls versuchen sie es. Ihre sterblichen Überreste wandern in Tiefkühltruhen – nur nichts aufgeben. Auch das verfickte ewige Leben muss einen Preis haben, wie alles auf der Welt, und sie können diesen Preis zahlen. Mit zwei-, dreihundert Extra-Jahren wären die meisten dieser Realisten zufrieden. Der neue, heimliche Götze ist daher eine rosig glänzende Ganzkörperprothese, eine Arche Noah der Organe aus Plastik und rostfreiem Stahl: Sieh her, eine künstliche Niere, ein künstliches Herz, Lungenflügel, ein Skelett aus Titan mit einem Pferdeschwanz-Erektil, ein Dauerabspritz-Gerät, die Netzhäute werden noch nachgeliefert von der Organbank in Bombay, kleine Leihgaben von Kindern, die es gut meinen mit älteren Menschen.

Die Verschmelzung mit der Maschine wird der Mensch

nur in seinen physischen Bestandteilen überstehen.

Einer wie Kuhl hatte in Zukunft bestimmt gute Karten: Maschinen-Tier, Endorphin-Junkie im letzten Stadium, ein synthetischer Mensch, Erstling der zweiten Evolution.

Vielleicht war es ein Vorzeichen, aber er zappte versehentlich in eine Schwarzfußklamotte mit rot angemalten Hollywood-Nasen, die um einen Marterpfahl tanzten und ihren versprengten Brüdern Rauchzeichen machten. Kuhl hatte den Film bereits dreimal in seinem Leben gesehen, doch diesmal war alles anders.

»Hallo, *cowboy*, bist du bereit für den ...?«

Showdown

war sein letztes Wort, dann trugen ihn die Englein fort. Die nietenbesetzte Weste steht ihr gut, ebenso die Buffalo-Chaps und natürlich die Stelzenschuhe, für die man selbst in den Staaten einen Waffenschein braucht. Schwere Strassarmreifen glitzern an ihren Armen, um den Kopf hat sie ein türkisfarbenes Bandana geknotet. Obwohl es ein paar Unstimmigkeiten gibt, haben wahre Cineasten ihr Kostüm bereits dem Film »Gun Love« zugeordnet.

So, wie sie jetzt vor ihm steht, hat sie damals einen Haufen Desperados zu Tode gevögelt.

Sie kommt wie gerufen, ausgelassene Laiendarsteller mit schwarzen Perücken treffen gerade Vorbereitungen, einen Custer-Verschnitt zu skalpieren. Der Kriegstanz klingt wie ein Chor sturzbesoffener Jodler.

»Die jodeln jiddisch«, gluckst sie und verstellt ihm die Sicht. In dem Ausschnitt zwischen ihren Beinen steigen schwarze Rauchwolken auf.

»Was ist los? Hast du keine Lust mehr?« Sie schnappt

sich die Fernbedienung, schaltet aus. Kuhl ist kurz davor, die Waffe zu ziehen. Er wird die Rückgabe der Kontrolle erzwingen oder sie erschießen ... aber nein, er braucht sie ja noch, wie jemand die Wärmflasche braucht, wenn er nicht einschlafen kann.

»Jetzt kannst du was erleben«, sagt sie und wirft das lebenswichtige Gerät einfach über die Schulter.

Sie setzt sich neben ihn – und! – und! – und! schaltet das Radio ein.

Erst nach langem Hin und Her, während er wie ein Besessener hinter ihrem Rücken nach der Fernbedienung sucht, findet sich die passende Musik – eine Schnulze, irgendwas mit »Deep Down Inside«, eine Scheibe, die sich auch schon mal (was nicht?) im Ali Baba's gedreht haben muss.

Sie wiegt sich im Takt der Musik und beobachtet ihn lässig über die Schulter.

Irgendwie erinnert sie ihn an eine weiße Schlange, die zwei Ferkel verschluckt hat und deshalb einem Stundenglas ähnelt. Dass der Kommodenspiegel sie noch verdoppelt, unterstreicht gewisse Linien und er glaubt, eindeutig die Axialsymmetrie eines Marterinstruments zu erkennen.

»Junge, diese Maschine impliziert einen ausgebufften Konstrukteur.«

»Hast du mich gerufen?« Langsam kommt sie auf ihn zu.

»Du kannst alles mit mir machen, wirklich alles.« Es ist ihre klassische Zeile aus »Die Nagelprobe«, wo sie eine nymphomanische Lehrerin spielt. Nicht, dass es ihn kalt lässt, es ist ein eindeutiges Chiffre und sein Kleinhirn arbeitet bereits am hormonalen Transkript, doch dann wummert es plötzlich gegen die Tür.

»*Room service!*«

»*Come in!*«, ruft sie wie schon in »Tagebuch einer Zofe« und wirft sich Boscos schwarzen Seidenkimono über.

Ein Servierwagen wird ins Zimmer gerollt, kleine Räder quietschen fröhlich-vergnügt. Sie wird gebeten, einen Wisch zu unterschreiben, und gibt fünf Dollar Trinkgeld. Als sie sich umdreht, hat Kuhl den Fernseher wieder angemacht und grinst apathisch.

»Kuhl, du könntest mir wenigstens helfen!«

Sie katapultuiert ihren Hintern auf die Matratze und droht mit der Pulle.

»Schön, wenn ein Korken knallt«, sagt sie.

Der knallt von selbst.

Ihr Glas ist schon leer, während er kaum etwas getrunken hat.

»Ach du!« Sie hämmert mit der Faust an seine Brust. »Kannst du nicht einmal nur den Augenblick genießen?«

»Genießen ...« Kuhl wischt sich den kalten Schweiß von der Stirn. »Ja, ich denke, ich weiß, was das heißt. Trotzdem sage ich dir, nichts ist so schön wie ein langer, traumloser Schlaf.« Er hält sich die Hand vor den Mund, als müsse er irgendeinen Impuls unterdrücken. »Weißt du, ich wäre gerne wie andere Typen in meinem Alter gewesen, Typen, die sich einmal am Tag die Latte abklatschen und sich ansonsten auf ihr Scheißleben freuen. Auf die hormonale Kandare und den Stoffwechselzirkus. Ja, ja, ich wünschte, die Bartstoppeln an meinem Kinn hätten für mich irgendeine tiefere Bedeutung gehabt.«

»Himmelsakra!« Sie versucht es auf Bayrisch. »Hast du sie noch alle beisammen?«

Kuhl schaltet wieder durch die Programme. »Sieh mal einer an! Eine *dating-show*, in der ein Bäckergeselle freche

Fragen stellt. Nebenbei macht er der Assistentin des Showmasters noch unsittliche Anträge. Ein starkes Stück, findest du nicht?«

»Kuhl ...« Sie wühlt in seinem Haar. »So einer wie du ist mir noch nie untergekommen.«

Er macht ein liebes Gesicht: Mir auch nicht, Liebling ...

»Ich liebe dich«, flüstert sie. Sie meint es wahrscheinlich ehrlich oder so ähnlich, denn wer weiß noch genau, was das ist. »Enttäusch mich nicht, ja?«

»Versprochen.« Selbst wenn er nicht den Mut hat, ihr zu sagen, was er plant, er würde sie nicht enttäuschen. Fast fühlt er sich wie ein Held. Die Liebe, die sie in diesem Moment füreinander empfinden, würde sein Tod konservieren und mit in die Ewigkeit nehmen. Sie würden niemals die Verzweiflung und Scham von alten Menschen fühlen, deren Leib der Seele unzählige Gezeiten ausgelebt hatte. Nichts würde welk und faul werden, nichts würde sacht auslaufen und schließlich stehen bleiben wie ein lahmer, verschlissener Motor.

»Ich will dir glauben«, flüstert sie. »Nein, ich glaube an dich.«

Es soll ein Akt der Überzeugung werden, vielleicht will sie ihm auch nur zeigen, wie ernst sie es meint. Während sie ihn lutscht, hofft sie, dass er zu den Männern gehört, die ihr Leben damit verbringen, ihrem Schwanz nachzulaufen, das ist praktisch für eine Frau. Er kann viel Geld mit ihr machen, sie hat nichts dagegen. Sie wären eine räuberische Nutzgemeinschaft wie jede Ehe – ein seliges Geben und Nehmen, ein allmählicher Zersetzungsprozess.

»Wir können Drehblume spielen oder Räuberschaukel, ganz wie du willst.«

Nein, die akrobatischen Mätzchen kann sie sich schenken. Erst jetzt fällt ihr auf, wie leblos er daliegt, leichenblass, zitternd.

»He, ich weiß was«, sagt sie mit dem Gesicht einer Hausfrau, die stolz auf ihr Spülmittel ist, »ich werd dir den Sitzmops machen. Ja, genau, das ist wie ein heißes Vollbad im Stehen.«

Klingt praktisch: Sitzmops. Es klingt nach mopsiger Sicherheit, einer todsicheren Sache ... nichts kann mehr schiefgehen. Wenn einem auch sonst nichts im Leben gemacht wird, der Sitzmops ist gar nicht so schlecht.

Zumindest besser das, als die stählerne Stute, denkt Kuhl, worunter die alten Ägypter eine rasiermesserscharfe Rutsche verstanden. Ja, damals hatte sich der Tod noch was einfallen lassen.

Sie geht über ihm in die Hocke, rücklings, er sieht, wie sich die Beine der Gottesanbeterin spreizen. Die Innenseiten ihrer Schenkel schimmern wie feuchtes Perlmutt, in jedem besseren Bordell auf dieser Insel würde für diese Stellung ein Aufpreis verlangt. Es kann kein Zufall sein, oder?

Vorsichtig, als ob ihre seidenweiche Klammer nicht aus Fleisch und Blut, sondern aus hauchdünnem Glas beschaffen sei, das bei der kleinsten Ungeschicklichkeit zerspringen könnte, nimmt sie ihn auf.

»Steifftier«, sagt sie scherzhaft und schon zieht ihr Organ alle Register.

– Steifftier? Ach was, nur ein bisschen Leichenstarre, gnädige Frau ...

Während ihr Unterleib mit wohlausgewogenen Bewegungen rotiert, stöhnt sie so innig, dass selbst ihr Stöhnen in der Sensoround Fassung von »Doppeltgemoppelt« verblasst. Sie weiß, wie es klingen muss, um die sechste Neuronenschicht im Gehirn zu erweichen, und Kuhl, der Scherzkaiser, klatscht ihr ab und an auf die Flanken: Na na naa na ...

Das Bett schaukelt inzwischen wie eine Barke auf hoher See. Die Überquerung des Styx an Bord der Fähre Charons – hinüber ins Reich der Toten – wird stürmisch.

Kuhl hat nur einen Gedanken: Am Ende der tausendundzweiten Nacht muss der Verurteilte handeln. Er muss handeln, solange er noch weiß, was er tut, solange er noch weiß, was zu tun ist, solange er noch weiß, was er tun könnte, und genau das wird mit jeder Minute, die verstreicht, zum Problem.

Die Waffe steckt in seinem Jackett, in der Brusttasche. Es hängt am Bettpfosten und schaukelt im Rhythmus der Federn. Pola ist in Fahrt, sie schreit auf einem Zug, der in die Nacht braust, merkt nicht, wie Kuhl sich streckt.

Es gelingt ihm, unbemerkt seine Knarre zu ziehen. Irrwitziges Neuronengekasper, kleine Kurzschlüsse in der Cortex sind die Vorboten des Endorphin-Schocks, der sich wie eine Springflut in ihm vorbereitet.

Als er die Knarre hebt, spürt er ein schwaches Kribbeln im linken Arm – als krabbele ein Marienkäferchen über bloße Haut. Der Kybernetiker weiß, wann er den Regelkreis abschalten muss: Schu – schubidu – wahwah ... Der biologische Film wird auf der Leinwand so lange laufen, wie sie besteht. Und nicht eine Sekunde länger.

Was ist schon der Tod?, denkt Kuhl. Es wird einfach wieder so sein wie vor der Geburt: Man wird sich selbst nicht vermissen und sonst auch keinen.

Seine Herzklappen flattern wie die Schwingtüren eines Westernsaloons, aus dem besoffene, halbtote Cowboys fliegen. Er dreht die Pistole, mitten im Gewoge von

Matratze und hopsenden Kissen, er sieht sogar Bettfedern fliegen, lieber Himmel ... die Knarre! Sie ist plötzlich weg, sie muss seinen Händen entglitten sein, sie steckt irgendwo zwischen den Laken, er will etwas sagen, aber es ist schon zu spät: Er kommt.

Im Fernseher gibt es jetzt eine Ansage. Im Rhythmus eines ruhig und gleichmäßig schlagenden Herzens setzt ein Viervierteltakt ein:

DEE-JAY: »*Disco Radio Action! While one beat keeps you staying alive, another beat has turned into a killer ... You got it?*«

Mit dem guten Gefühl, dass alles einmal zu Ende geht, schläft er ein.

Epilow oder: Zum letzten Stand der Ermittlungen

Wir wissen, dass wir Vorläufige sind,
Und nach uns wird kommen nichts Nennenswertes.
– BERT BRECHT

Ende März häuften sich die Verdachtsmomente, dass Sonnys gute Vorsätze nicht ganz aufgehen würden. Er trieb sich wieder im Ali Baba's herum, hörte viel AFN, vor allem Air Force Sergeant Bill Kennys »Party Train«, und kaute währenddessen Fußnägel, obwohl ihm Ilse – einer mütterlichen Laune nachgebend – teddypelzbesetzte Slippers gekauft hatte. Er war schon ein gelenkiges Kerlchen, aber irgendwie ständig neben der Spur. Frauen haben ihre Tage, Männer ihre Monate, dachte er manchmal, doch ein Trost war es nicht. Auch im Sportstudio brillierte er mit Dauerdurchhängern.

Er kümmere sich zu wenig um die zahlenden Gäste, so seine strenge Chefin und Frau. Da hatte sie gerade das Schreiben eines Anwalts empfangen, der Schmerzensgeld für einen gequetschten Daumen rausschlagen wollte. »Dann klag doch einfach zurück«, meinte Sonny, »wo ist das Problem, *chickie-baby*?« Dieser leichtfertig hingerotzte Satz einer hessischen Frohnatur sollte zur längst überfälligen Generalabrechnung führen: Sie habe nicht vor, tatenlos zuzusehen, wie er seine Kleinkriminellenbiografie auf ihre Kosten weiter ausbauen würde; wäre er auch nur halbwegs erwachsen, dann hätte er sich längst eine ordentliche Arbeit gesucht. Sonny hörte ihr lange und andächtig zu. Zumindest staunte er, was eine Frau, die kaum in der Lage war, ihre Vaginal-Dusche zu bedienen, einem Mann alles reinwürgen konnte. Er war nun mal ein kleiner, missratener Strolch, der schwerlich mit ihr Schritt halten konnte, und doch hatte auch er auf seine unscheinbare Weise einen großen Fortschritt gemacht. Die Duz-Freundschaft mit einem Polizisten wiegt im Kamerun mehr als die üblichen Statussymbole, sie verleiht einem Mann fast diplomatische Immunität. Er gilt als unantastbar und gefährlich, man behandelt ihn mit Respekt, lässt ihn im Supermarkt vor. Und so war es. Selbst der Bankmanager drohte eine Spur leiser, seitdem bekannt war, dass Sonny mit Kommissar Jörg Herbricht verkehrte. Der hatte offenbar einen Kegelbruder gesucht oder einen Leidens-genossen, denn Sonny kegelte noch schlechter als er, und so war es kein Wunder, dass sie sich jeden Freitag nach dem Spiel in stiller Eintracht zulaufen ließen.

Vielleicht war es der Umstand, dass sie sich im Polizei-Sportverein trafen, jedenfalls kam Herbricht fast immer auf die vertrackte Geschichte zu sprechen. Die Unlösbarkeit des Falls habe sein Weltbild erschüttert, und zwar nicht erst seit es Hinweise gebe, der vermisste Kuhlmann, Anton, habe sich in die Karibik verkrümelt. »Zumindest nahm er den Flieger nach Nassau und beantragte dort bei seiner Ankunft ein Visum.«

Während sich Kuhlmanns Spur aber auf den Bahamas verlor, wurde die Arbeit der Mordkommission in Frankfurt von einem tragischen Fall überschattet. Bei der Hausdurchsuchung von Fußmanns Kellerlabor, in deren Verlauf die Fahnder nicht nur beträchtliche Mengen an gestohlenen Geräten, sondern auch Versuchsreihen einer unbekannten synthetischen Droge sicherstellten, beging einer der Kriminaltechniker Selbstmord. Das heißt, er wurde zunächst vermisst und dann durch Zufall in Fußmanns Schreibtisch entdeckt. Todesursache: »In embryonaler Hockhaltung erstickt.« Dass die Droge etwas damit zu tun haben könnte, wollte Herbricht nicht ausschließen: »Unsere Jungs lecken und schnüffeln einfach an allem, die denken, das gehöre dazu.« Schon Albert Hoffmannn, der Erfinder von LSD, hatte sich versehentlich eine winzige Dosis einverleibt und war, eigenen Aussagen zufolge, von »Zerrbildern auf einer bewegten Wasseroberfläche« heimgesucht worden. »Schlimmer noch«, so Hoffmann, »alles war mit einer dauernd wechselnden Farbe getränkt, meist ein giftiges Grün oder Blau.« Ein recht ähnlicher Satz fand sich im letzten Report des erstickten Ermittlers:

11 Uhr 15. Bitte darum, die grünen Leuchtstoffröhren in Fußmanns Labor auswechseln zu dürfen, das Licht brennt in den Augen.
14 Uhr 30. Schwarze Säure des Vergessens. Wie komme ich jetzt darauf? Später mit der Einsatzleitung abklären.
15 Uhr. Einem Taucher das Badezimmer gezeigt, komischer Gast, nicht sehr gesprächig. Tolle Spezialausrüstung. Wahrscheinlich ein Kollege von der Wasserschutzpolizei.
18 Uhr. Höre, wie das alte Haus arbeitet und sich in seinen Grundfesten spannt. Selbst diese aberwitzigen, mit Knorpelornamenten bedeckten Tapeten scheinen zu knistern. Ich frage mich, ob es in den Wänden vielleicht Hohlräume gibt, in denen sich noch Beweise verbergen.
23 Uhr 23: Der Typ mit dem Glockenhelm ist immer noch da.

Dass es auf dem Rohputz der Wände keine Tapeten gab und dass sich unter der Decke nur die handelsüblichen Neonröhren befanden, war wohl nicht weniger befremdlich als die Tatsache, dass sich kein anderer Ermittler an den Kollegen von der Wasserschutzpolizei erinnern konnte. Einen Taucher mit Glockenhelm und Spezialausrüstung hatte niemand gesehen.

»Und hier beißt sich die Katze in den Schwanz, Sonny-*boy.*« Bei ihrem letzten Treffen im Schatten der Polizei-Kegelbahn hatte Herbricht einen sichtlich erschöpften, ja, verwirrten Eindruck gemacht. Sein Haar wirkte ungepflegt, ein Stoppelbart machte ihn um zehn Jahre älter und ein merkwürdiges Leuchten trat zuweilen in seine Augen. Aus unerfindlichen Gründen hatte er nach dem grausigen Schreibtischfund Rios Plattensammlung beschlagnahmt, wochenlang abstruse Scheiben gehört und sich dabei besonders auffällige Titel notiert. Er habe die »semantische Annäherung an das Verbrechen« gesucht, Genaueres konnte oder wollte er Sonny nicht sagen.

»Jedenfalls sehe ich jetzt Zusammenhänge, die sich unseren Geräten entziehen. Zwischen den Papillarrillen eines Fingerabdrucks und den Rillen einer Schallplatte gibt es erschreckende Ähnlichkeiten. Warum hat das bisher noch niemand bemerkt?« Er kritzelte lauter Schlingen, Wirbel und Deltas auf seinen Bierdeckel. »Nehmen wir nur mal an, das entscheidende Indiz liegt in einer Rille, in einer Tiefe von nur wenigen Mikrometern, was dann?«

»Was dann?«, echote Sonny. Er hatte lange geschwiegen, weil ihm Herbrichts Zustand irgendwie unheimlich war. »Wenn du mich fragst, Hörbie, ist dir dein Psychologiestudium damals nicht gut bekommen.«

»Du meinst, ich bilde mir das nur ein, ja?« Herbricht wirkte fast gekränkt. »Jeder Täter hinterlässt seine

Spuren im Mikrokosmos. Auf dieser Erkenntnis fußt die gesamte moderne Polizeiwissenschaft. Wir suchen, was das bloße Auge nicht sieht, und finden Haare, so groß wie Baumstämme, oder aufgetrocknete Blutstropfen, die eher an Salzseen erinnern. Jeder Spermaspritzer gleicht dem Abgang einer Lawine. Oh, alles passt immer nahtlos zusammen, denn wir können uns auf das Protokoll der physikalischen Gesetzmäßigkeiten verlassen, auf die natürlichen Ursachen und das gute alte Raum-Zeit-Kontinuum, das heißt, normalerweise.« Sein Gekritzel erstreckte sich bereits auf einen zweiten Bierdeckel. »Ich finde einfach kein Motiv, das ist es, was mich so fertig macht. Es gibt Hinweise auf ein ganz krummes Ding, aber wir sind nicht in der Lage dahinterzukommen, wer es gedreht haben könnte.«

»Du nanntest den Fall mal bizarr«, warf Sonny ein. »So Fälle gibt's.«

»Oh ja, so Fälle gibt's.« Herbrichts Kugelschreiber verharrte einen Moment.

»Als ich vorhin gesagt habe, ich hätte die semantische Annäherung gesucht, habe ich damit gemeint, dass sich manche Verbrechen auf die Einfluss-Sphäre einer bestimmten Kultur oder Religion zurückführen lassen. Auch auf Musik. Nimm nur mal Wagner – « Gelächter von der Kegelbahn ließ den Kripobeamten kurz aufblicken. »Um ehrlich zu sein, die Schallplattensammlung von Rio erscheint mir wie ein einziger Kanon der Unmenschlichkeit.«

»Super-*low*«, kommentierte Sonny den Vortrag. Dass er den Beisitzer spielte, hieß nicht, dass er auch bereit war, alles zu schlucken. »Mensch, Hörbie, mit der Nummer kannst du im Zirkus auftreten.«

Herbricht schüttelte lange den Kopf. »Lass es mich anders ausdrücken: Das Böse, nach dem wir suchen, hat sich vermutlich in eine dieser Rillen verkrochen, und wir haben keine Möglichkeit, es zu finden.«

»Du klingst, als wärst du ein Kirchgänger«, meinte Sonny.

»Ich glaube an Jesus, das ist was anderes.«

Sonny warf heimlich einen Blick auf die Uhr. Es war schon spät und er hatte Ilse einen netten Abend versprochen.

»Hör zu, Mann«, sagte er, »ich gehöre nicht zu den Leuten, die sich einen Spaß daraus machen, die vertrackten Dinge noch vertrackter zu machen. Es gibt nur eine Welt und eine Zeit und die geht immer weiter. Alles klar?«

»Wie du meinst, Sonny, wie du meinst.« Herbricht reckte sich und zog seine Handschuhe an. Offenbar juckte es ihn doch noch mal in den Fingern, seine polierte Kugel in die Fehlwurfrinne zu schieben. »Schon komisch«, sagte er noch, »du denkst, die Siebzigerjahre sind vorbei, okay, aber vielleicht war es auch schon die ganze verdammte Ewigkeit, die wir hatten, und jetzt kommt nichts mehr, Sonny, rein gar nichts.«

Welche Ewigkeit?, dachte Sonny. Als er nach Hause kam, lag ihm Herbrichts Vortrag wie ein ranziger Phosphatschlauch im Magen. Wie er es hasste, wenn sein neuer Freund seinen philosophischen Anfall bekam.

Ilse war noch wach.

»Weißt du, wie spät es ist?«, keifte es aus dem Schlafzimmer. »Hast du dich wieder von Herbricht aushorchen lassen? Bilde dir nur nicht ein, dass ich dich eines Tages hinter Gittern besuche.«

Sonny erwiderte nichts, er verstand es als das, was es

war – als eindeutigen Stellungsbefehl, dem er ohne Wenn und Aber Folge zu leisten gedachte.

Er schlurfte zum Kühlschrank, trank einen Liter Buttermilch auf ex und schnappte sich dann einen Joghurt. Mit dieser sahnigen, nach Stracciatella schmeckenden Schweinerei zog er ab und setzte sich vor das beleuchtete Aquarium, das auf der Fensterbank stand. Es war sein Lieblingsplatz; von hier aus sah er – durch das trübe, grünliche Wasser hindurch – den Block gegenüber, nicht Rios Block, sondern einen anderen, der Unterschied war eh nicht mit bloßem Auge zu erkennen. Ihm fiel auf, dass es eine Vollmondnacht war, eine gelbe Riesenkugel schwebte über dem Antennenwald, der das Flachdach bis zu den Rändern überwucherte, und während die farblosen Bilder der Fische auf seiner Iris hin und her schwammen, sah er Rio da oben sitzen. Ein schmerzliches Gefühl brach in ihm aus, das er so nicht gekannt hatte.

»Ich hoffe, du hast deinen Frieden gefunden«, sagte er wie zu sich selbst. »Hoffentlich bist du wirklich tot und nicht im Himmel oder in der Hölle gelandet, denn das wäre ja – «

Das Klingeln des Telefons zerbiss die Stille und bewahrte ihn davor, den Gedanken zu Ende zu denken.

»Das ist Hausfriedensbruch!«, tobte Ilse, bevor er abnehmen konnte. »Sag deinen bescheuerten Freunden, sie sollen hier nicht mitten in der Nacht anrufen! Hast du das kapiert, *loser*?«

»Ja, ja ... « Sonny hielt verschämt die Hand auf die Muschel.

»Wer ist da bitte?«, flüsterte er.

»Ich bin's.« Es war eine Stimme, die ihn über den großen, den größten Teich der Erde rief, den Atlantik, eine warme, menschliche Stimme, untermalt vom Taktgeber eines defekten Münztelefons in der Grand Central Station, New York.

»Eddie?«

Am anderen Ende der Welt hörte er eine dreckige Lache. »*That's right. Well*, ich wollte nur mal hör'n, wie's dir so geht.«

»Wie's mir geht? Weißt du, wie spät es ist, Eddie?«

Ilse bellte in diesem Moment irgendeine Obszönität und drehte sich so ruppig im Bett um, dass selbst das Wasser im Aquarium bebte.

»Na ja, den Umständen entsprechend. Und selber?«

»Bin in New York. Junge, hier weht ein anderer Wind.«

Es klang recht kleinlaut.

»Seit wann bist du drüben?«

»Seit Anfang April.« In der Leitung brutzelte es. »Okay, ich hätte mich von dir verabschieden sollen, aber diese deutschen Bullen hatten mich dermaßen in die Mangel genommen. *Boy, oh boy*, die wissen wie sie einen *nigger* kleinkriegen können! Ich hab einfach die Nerven verloren.«

»Soll das heißen, du kommst nie mehr zurück?«

»Hey, hey, hey, sag niemals nie«, Eddie versuchte es auf die komische Tour, »der gute Eddie ist noch lange nicht fertig.«

»Und deine Freundin? Wie hieß sie doch gleich – ?«

»Ilona. Wir werden heiraten, hier im *Big Apple.* Sie wollte ja immer nach New York City, und ich denke, sie wird ihre *Green Card* bekommen und dann kann sie arbeiten gehen und ich habe meine Ruhe, wenn du weißt, was ich meine. He, Jock ... «

»Ja, Eddie?« Trotz der Entfernung konnte Sonny

hören, dass Eddie tief Luft holte.

»Wir hätten es beinahe geschafft. Nur etwas Glück und wir wären heute ... *BIG TIME. Oh yea'*. Das war um's Arschlecken, Mann, so knapp war das ... «

»Knapp ist auch nur daneben«, beendete Sonny den Satz. »Tut mir leid, ich sehe die Dinge heute mit anderen Augen.«

»Du hast schon Recht.« Auch Eddie klang wie ernüchtert. »Wahrscheinlich sind wir jetzt in dem Alter, in dem man seine Träume beerdigt.« Und nach einer verdächtig langen Pause:

»Sag mal, stimmt das eigentlich, was mir dieser *inspector* zuletzt gesagt hat, es gibt Hinweise, unser Freund Kuhl hätte sich in die Karibik verdünnisiert?«

»Bahamas«, sagte Sonny. »*Funky* Nassau.«

»Im Ernst?« Tiefe Fassungslosigkeit sprach aus Eddies Stimme. »Du weißt so gut wie ich, er hat diese Zuhälter auf dem Gewissen. Die Tatwaffe war eine Beretta, 9 Millimeter, das stand so in der Zeitung. Natürlich konnte ich das den Bullen nicht sagen, denn er hat doch die Knarre von mir.«

»Ist doch egal«, säuselte Sonny. »Kuhl ist raus aus dem Gröbsten. Er hat sein Ding durchgezogen und jetzt ist er *TOP OF THE WORLD* und wir machen einfach so weiter.«

Eddie schnaubte. »Das wäre aber verdammt ungerecht!«

»So ist die Welt«, sagte Sonny. »Scheiß drauf«, sagte er dann, »ich freue mich, deine Stimme zu hören.«

»Hey, mach jetzt bloß keinen auf sentimental.«

»Ach was.« Sonny warf einen Blick durch die Scheibe. Die Fenster vom Block gegenüber schienen das Mondlicht zu saufen. Sie wirkten heller als sonst.

»Du bist hier jederzeit willkommen. Jederzeit.«

Eddie schwieg einen Moment.

»Das gilt auch für dich«, sagte er dann. »Hey, es wäre mir eine Ehre! Warum packst du nicht Ilse und Harry junior und machst ein paar Wochen Urlaub bei Onkel Eddie? Oder komm solo, ganz wie du willst. Wir haben im Wohnzimmer so eine ausklappbare Couch stehen.«

»Pass auf, was du sagst«, meinte Sonny, »sonst wird es wirklich eines Tages klingeln und ich stehe bei dir vor der Tür!«

»Abgemacht?«

»Ja, von mir aus.«

»*Word*?«

»Willst du mich beleidigen? Wenn ich abgemacht sage, dann ist genau das damit gemeint. Ich werde kommen, verlass dich drauf.«

Wenn das Kind groß ist, dachte er, wenn ich alt bin und kaputt und am Ende. Dann, Eddie, werden wir irgendwo am Strand von Coney Island sitzen und unsere letzten Tage in der Sonne verträumen. Wir werden lauwarmen Fusel trinken und Frauen, die jetzt noch nicht mal geboren sind, hinterherschielen. So wird es sein. Und zwischendurch werden wir uns die alten Kamellen erzählen, dass wir es ums Arschlecken nicht geschafft haben, wir, zwei alte Säcke, mit Glatzen und Verdauungsbeschwerden ... Und es wird nicht schön sein, ganz und gar nicht, zu wissen, dass das Glas fast leer ist, und doch ist es mir jetzt schon ein Trost.

»Sonny!« Ilse meldete sich aus dem Schlafzimmer. »Wo bleibst du denn?«

In dem Türspalt konnte er ihren weißen Arsch leuchten

sehen, darunter die noch nicht aufgeblätterte Blume ihres Geschlechts, und er wusste wieder, warum er lebte und dass Herbricht Unrecht hatte, wenn er meinte, sie hätten die Ewigkeit überlebt.

»Ich muss Schluss machen«, sagte er wie zu sich selbst. »Bleib sauber, *nigger.* Und nett, dass du angerufen hast.«

Er legte auf, beugte sich über das Aquarium und zwinkerte den Goldfischen zu, die wie immer schüchtern zurückzwinkerten.

»Na, dann woll'n wir mal. *Born to be alive!*« Er löschte das Licht und ließ seine Hosen vor der Tür zum Schlafzimmer fallen. Das Blut rollte aus seinem Kopf in die Beine, er federte auf der Stelle, federte immer, bevor er sprang, und so – gedankenlos wie der Lauf eines Jojos an seinem Faden – bohrte er ein weiteres Loch in die Nacht.

Anhang

Der Nachlass von Rio Bravo
(*27. 3. 1961 †31. 12. 1979)

Abschrift: Kommissar Jörg Herbricht,
Kripo Frankfurt am Main, 24.03.1980

APOLLO[1] ....**Space cannibals**
from the album "Astro Disco"
STML 12108 produced by Ray Singleton
1979 Motown Records

[1] Es ist nicht ungewöhnlich, dass der Ermittler bei seiner Spurensicherung auf Indizien stößt, die sich nur schwerlich in einen Polizeibericht einbringen lassen. Oft sind es Kleinigkeiten, die das Verbrechen in seiner Ganzheit widerspiegeln, rational beweisen ließe sich das allerdings nicht. Die Arbeit des Kriminologen ist heute eine exakte Untersuchungstätigkeit, der Fall ein wissenschaftliches Problem, das sich zumeist durch den Einsatz profaner technischer Hilfsmittel löst. Wo diese Mittel versagen, bleibt der Detektiv entweder ratlos zurück oder er geht seine eigenen Wege.
Dem Laien mag es nebensächlich erscheinen, dass das Opfer einen Helm mit der Aufschrift APOLLO 2000 trug, einen billigen Jux-Artikel wohlgemerkt und keinen richtigen Helm. Aus mir nicht ganz nachvollziehbaren Gründen war dieser Helm erst im gerichtsmedizinischen Labor von Frau Dr. Ruth Michel vom Kopf des Opfers entfernt worden und daher auf allen Fotos von der Obduktion deutlich zu sehen. Der Helm wirkte auf mich wie eine Prothese, die man einem Leichnam entfernt hatte.
Der Obduktionsbericht ergab folgendes Bild: Die Blutabrinnspuren belegten, dass der Jugendliche in sitzender Haltung verstarb. Eine am 01.01.1980 durchgeführte Lumbalpunktion ergab Spuren eines unbekannten Halluzinogens in der Gehirn-Rückenmark-Flüssigkeit (Liquor cerebrospinalis).
Meine Entscheidung, die Plattenkiste des Verstorbenen zum Beweismittel zu erklären, hatte mit diesen Befunden wenig zu tun. Wie verdächtig manchen Kollegen meine Entscheidung erschien, mag die anonyme Dienstaufsichtsbeschwerde belegen, in der es lapidar heißt, ich hätte als „bekannter Musikliebhaber" vorgehabt, „wertvolle Tonträger zu entwenden", eine, wie ich finde, schon freche Unterstellung, da ich niemals einen Fuß in eine Diskothek gesetzt habe und auch nicht daran denke, dergleichen zu tun. Im Übrigen hätte jeder gute Kriminologe, der die Fotos von der Obduktion kannte, genauso gehandelt: Die Platten waren ja alphabetisch sortiert, beim Betreten des „Kinderzimmers" stach mir das Wort Apollo als Erstes ins Auge. Einen solchen Zufall zu ignorieren hätte aus meiner Sicht einer Unterschlagung von Beweisen entsprochen und jede mir bekannte Methodologie der Spurensicherung ad absurdum geführt.

BIONIC BOOGIE[2] .... **Boogie Bo**
Von dem Album "Bionic Boogie" PD-1-6123
produced by Gregg Diamond
1977 Polydor

BABE......................... (Never listen to a) **Bouzouki Player**[3]
7" Single, 6012 924
1979 Philips

[2] Die Erfahrung mit Disco ist zunächst die Vision einer nicht verstümmelten, hedonistischen Existenzweise. Gründlich missverstanden wäre es, die frohe Botschaft vom elektrischen Körper so zu deuten, dass den Jugendlichen eine asoziale Verhaltensweise nahegelegt würde.
Dennoch waren viele Plattencover „kommentiert" oder verunziert. Der Urheber war wohl in den meisten Fällen Anton Kuhlmann. Aus den persönlichen Notizen, die wir in seiner Wohnung fanden, lässt sich eine starke Neigung zur Selbstreflexion, wie bei Personen ohne soziale Kompetenz und sichere Instinktführung üblich, klar erkennen.
Manche Auffassungen verraten in ihrer antirational-rationalen Betonung und Verherrlichung des triebhaft Bewussten einen merkwürdigen Neid auf das Tier und die Sehnsucht nach einer mechanischen Bestie. Seine der Mordkommission nur rudimentär bekannte Theorie des biologischen Films scheint eine Versuchung gewesen zu sein, sich durch Selbsttäuschung in die Lage zu versetzen a.) die Welt als ein kriminelles Gefüge zu sehen und b.) die Möglichkeit einer moralischen Besserung für nichtig zu erachten.
Kuhlmanns schriftliche Notizen verraten eine gewisse Begabung für die Wahrnehmung von Gestalten und Zusammenhängen, doch versandet das meiste in Verbalinjurien und Aufsässigkeiten, die seinem stets sprungbereiten Hassgefühl auf die Welt zu entsprechen scheinen.

[3] Das Wort Bouzouki wurde handschriftlich durchgestrichen und durch das Wort Bazooka ersetzt. Eine graphologische Untersuchung wurde angeordnet.

JOE BATAAN.. Rap-O Clap-O
7" Single, S7 2109
1979 Salsoul Records

JO BISSI ....Play me, Part 4
from the album "Mademoiselle" , JLP 78002
1978 Jobis International Records

BEGINNING OF THE END .... Trip to nowhere
from the album "The Beginning of the end"
1976 Alston Records

BONEY M. .... Daddy Cool
12" Promo, DSKO 84
produced by Frank Farian
1976 Atlantic

BRUNO BERTONE ORCHESTRA .... Light my fire
from the album "Im Traumland der Panflöte"
DK 29 012 (LC 3843)
produced by Delta Music GmbH

BIMBO JET... El Bimbo
from the Single "El Bimbo"
1 C006-12957
1974 EMI

BOB-A-RELA... Money
from the album "Bob-a-rela", DS 4062
Produced by George Lagois & Pat Deserio
1979 Chart Records

C.J. & Co ....Devil's Gun[4]
from the album "Devils Gun", WB 301
1977 Westbound Records

CROWN HEIGHTS AFFAIR................................ Dancing
from the album "Do it your way", 940543
1976 De-Lite Records

CHOCOLAT'S .... King of Clubs[5]
from the album "The King of Clubs"
ELVER 163.036
produced by Meco Monato
1976 Elver Records

D.D. SOUND (DISCO DELIVERY).........Back Street Baby
from the album "Café", S 60 212
produced by La Bionda
1978 Baby Records

[4] Die Plattenhülle ist mit obszönen Graffiti und Sprüchen verschmiert. Während junge Menschen in diesem Alter ein äußerst vielschichtiges und kompliziertes Fortpflanzungsverhalten entwickeln, deutet manches darauf hin, dass sich zumindest Kuhlmann die Sache erheblich vereinfachte.

[5] Der Verstorbene und Anton Kuhlmann, die im Nachtleben als „Katastrophenpaar" (Zitat: Eddie Logwood) galten, waren ohne Zweifel typisch für die neue Massenbewegung. Eine Psychologin meinte kürzlich dazu: „In der Disco hat jeder die Chance, in die Rolle zu schlüpfen, von der er oder sie tagsüber träumt." In welche Rolle schlüpft einer, der nur noch Albträume hat?

CITY STREETS .... Layin' too low too long
von dem Album "Livin'in the jungle" , AFL1-3429
1977 Horse Hairs music, BMI. 1979 RCA Victor

CARTE BLANCHE .... Do you like it like that
(P.Yellowstone, S.Voice), 7NL-46193
for Chibell Music Ltd.
1979 by Red Bus Music(int.) Ltd., PYE Records

ALEC R. COSTANDINOS[6] ..... Romeo and Juliet, Act V.
from the album "Romeo and Juliet", NBLP 7086
1978 Casablanca

CERRONE .... In the smoke
from the album "Supernature", CBS 82657
produced by Anthony Monn
1977 A Cerrone Production, Malligator Records

CERRONE .... Je suis music[7]
from the album "Cerrone IV - The Golden Touch"
CBS 6918, produced by Anthony Monn
1977 A Cerrone Production, Malligator Records

[6] Hatte so ein Gefühl, dass mit dem Namen etwas nicht stimmt: Der Mann heißt offensichtlich Alexandre Kouyoumdjiam und ist ägyptischer Herkunft.

[7] Auch dieser scheinbar fröhliche Song verbreitet insgeheim eine beunruhigende Message: „All alone, the city slaves, choking on the smog they make. Changing the light of day, as they pray for a way out." Mutter Bravo hielt es für eine Aufforderung zum Gebet.

THE CHARLIE CALELLO ORCHESTRA....In the mood
from the album "Sing, Sing, Sing"
Produced by Randelll and Charlie Calello
1979 Midsong International Records, Inc. 1650 Broadway, N.Y. 10019

CHIC .... Happy Man
from the album "C'est Chic", ATL 50 565,
1978 Atlantic

DESTINATION .... Move on up
from the album "From the beginning to end"
produced by Elton Farokh Ahi for OF-OZ Productions
Note: My deepest gratitude to Shery Farhang, who was the spiritual force behind the album.
1979 Butterfly Records

RICK DEES AND HIS CAST OF IDIOTS .....Barely White
from the album "The Original Disco Duck",
PD-2394 181, 1977 RSO Records

D.C. LaRUE[8] .... Deep, dark, delicous night
from the album "Ca-the-drals", PY-9003
produced by Aram Schefrin, 1976 Pyramid Recording Co., Planetary Music Publishing Corp.

D.C. LaRUE .... Don't be afraid of the dark
from the album "Forces of the night"
1979 Casablanca

[8] Mit richtigem Namen: David Charles L'Heureux (*26.4.1948), nicht vorbestraft.

DISCO-FRITZ & HIS SAUERKRAUTS..... Das Jodel-Ding
1979 Barclays, 11-3148

DON ARMANDO'S 2ND. AVE. RHUMBA BAND...... Going to A Showdown, from the album "2ND. AVENUE" , Note the Lyrics: "Put on something nice, just in case you die." 1979 Buddah Records[9]

THE EROTIC DRUM BAND .... Plug me to death[10]
Promo 12" from the album "Action 78" , Orange Vinyl
1978 Unidisc

GAZ ....Synth He Sized Her[11]
from the album "Gaz" , ZL 37245
arranged by Thor Baldursson, 1978 Salsoul Records

GHANA SOUL EXPLOSION........................ Family Affair
from the album "Soul Makossa", SPC 3354,
1973 Pickwick

GOODY GOODY.. Bio-Rhythm[12]
from the album "Vincent Montana, Jr. presents Goody Goody", ATL SD 19197
1978 Atlantic Recording Company

[9] Ein Unternehmen der Cosa Nostra. Gegen den gebürtigen Argentinier Armando Bonilla (*9.8.1946) liegt uns nichts vor.

[10] Die Apotheose des Sexus ist ein fast durchgängiges Motiv dieser Tonträger-Sammlung, selten allerdings so explizit dargestellt wie in der Steckdosensymbolik; der Liebesakt wird hier auf unterstem zoistischen Niveau angesprochen. Widerlich, aber als Indikator für die kulturellen Normen unserer Gesellschaft durchaus passend.

[11] Interessantes semantisches Differential.

[12] Hier verläuft sie also, die magische Grenze zwischen Gefühlsanalphabeten und gemütsarmen Psychopathen.

HARLOW... **Take off**
from the album "Taking Off"
produced by Meco Monato
1978 Millenium Records

THE ABDUL HASSAN ORCHESTRA .... **Disco Arab**
from the album "Arabian Affair" , F-9522
A Corduroy/Bir Hûker Production
1978 Mercury/Phonogramm Int.

HOT BLOOD .... **Terror on the Dance Floor**
from the album "Dracula & Co.", 67165
1977 Carrere

WILLIE HUTCH .... **The Mark of the Beast**
from the album "The Mark of the Beast", M6-815S1
1975 Motown

HOODOO RHYTHM DEVILS .... **Save in their home**
from the album "Save in their homes", F-9522
(Joe Crane) Snoid Music-Ascap
1976 World Records, distributed by Fantasy Records

PATRICK HERNANDEZ .... **Born to be alive**
from the album "Born to be alive", 44H 06898
produced by Jean Vanloo
1979 CBS Records

OSCAR HARRIS & THE TWINKLE STARS .... **Mr. Astronaut**
from the album "With love from ...", CA-26-G
Produced by Frank Smith
1972 Capri Records

HERMAN'S ROCKET .... Space Woman
7" , 60049
1977 Disques Ibach

INSTANT FUNK .... Bodyshine
from the album "Witch Doctor", SA 8529
Produced by Bunny Sigler for Bundino Productions
1978 Salsoul Records

ISAAC HAYES .... Hyperbolicsyllablicsesquedalmistic
from the album "Hot buttered soul", STX 4114
1969 Stax Records

ISAAC HAYES.................................. Driving in the sun
from the album "Truck Turner (Original Soundtrack)"
ENS 2-7507
1974 Enterprise Records

JUGGY MURRAY JONES .... Build for speed
from the album "Inside America", SRL 910.007
1977 Scramble Records

JIMMY CASTOR BUNCH .... Supersound
from the album "Maximum Stimulation", ATL 50 398
1975 Jimpire Music Inc.

DR. JOHN .... In the right place
from the album "in the right place", ATL 50 017
1973 Atlantic Recording Company

J.A.L.N. Band .... **People think again**
from the album "Life is a fight", ATL 50 017
Note: ... Life is a fight and life is a party ... on side 1 the mood is the struggle from birth to old age; the daily fight to keep going ... on side 2 we're out of the storm and into the party ... music to dance to and music to live with ...
1976 Magnet Records Ltd.

MORRIS JEFFERSON .... **Spank a little bit**
from the album "Spank your Blank Blank"[13], PCA 51003
1978 Parachute Records, Inc.

THE KAY GEES .... **Tango Hustle**
from the album "Kilowatt", DSR-9505
produced by (Kool & the Gang) Ronald Bell
1978 De-Lite Records, Inc.

ROBERTA KELLY .... **Moondreaming**
Accompanied By The Munich Machine and the Midnite Ladies, Conceived by Giorgio Moroder und Pete Bellotte, arranged by Thor Baldursson
from the album "Zodiac Lady" Zafiro ZL-217
1977 Millenium Records

ROBERTA KELLY .... **Kung Fu's Back Again, Pt. 1 & 2**
7" Single "Kung Fu's Back Again"
1974 Atlantic Records

[13] Ich frage mich, wissen Eltern, was ihre Kinder da hören? Der Tanz unterweist eindeutig in einer sado-masochistischen Praktik.

KONGAS ....**Dr. Doo-Dah**
from the album "Africanism" CBS 82 655
produced by Cerrone
1977 Crocos Records

KOOL & THE GANG .... **Pneumonia**
from the album "Live at the Sex Machine", LP 2008
1971 De-Lite Records

LEMON .... **Chance to dance**
from the album "Lemon", CBS 83344
Limited edition – tansparent yellow Vinyl
1978 CBS

LIPSTIQUE .... **Mah-nah-mah-nah**
from the album "At the discotheque"
produced by Jürgen Korduletsch
1977 Lollipop Records (marketed by Phonogram)

LIQUID GOLD .... **Anyway you do it**
1978 Creole Records , CR 159
produced by Adrian Baker

L.J. JOHNSON .... **Staring in space**
from the album "L.J.s Love Suite", AVI 6064
1979 AVI Records

LOVE UNLIMITED .... **People of tomorrow are the children of today**
from the album "Super Movie Themes", CBS 83344
produced by Barry »The Maestro« White
1979 20th Century-Fox Record Corporation

LUCIFER .... **Voices of the Dead**
from the album "Black Mass"[14], 6369 612 L
italienische Pressung
composed by Mort Garson
1972 UNI Records

MECO...**Icebound**
from the album "Encounters of every kind"
RCA XL-13050, produced by Meco Monato
1978 Millenium Records

BORIS MIDNEY .... **There's a way into my heart**
from the album "USA European Connection 2"
1979 Marlin

THE MIKE THEODORE ORCHESTRA .... **Cosmic Wind**
from the album "Cosmic Wind" 6:53
produced by Mike Theodore, ATL 50411
1977 Westbound Records Detroit, Michigan
(WB-773914)
Distr. by Atlantic Recording Corporation
A Warner Communications Company

THE MIKE THEODORE ORCHESTRA ....
Dragons of midnight
from the album "High on Mad Mountain"[15], 8:15
produced by Mike Theodore, WT- 6109
1979 Westbound Records Detroit, Michigan
(WB-7784205)

[14] Wieder Satanssymbole. Mich erstaunt, dass Frau Bravo diese Platte in ihrem Haushalt geduldet hat. Ist sie doch nicht so fromm, wie sie tut?
[15] Eine weitere Klangfolie des Bösen.

MAGIC CARPET .... **Full of Love**
from the album "Love on the magic carpet ..."
1979 Carnaby Records , Estero TXS 3107

MOON BIRDS .... **Cosmos No.1**
from the album "Cosmos No.1" 60509
1977 Disques Ibach

MUNICH MACHINE.................... **Get on the Funk Train**
from the album "Munich Machine"
1977 Carrere Disques

MUNICH MACHINE .... **Space Warrior**
from the album "Body Shine"
1979 Casablanca

MACHINE .... **There But for the grace of God I**
from the album "There But for the grace of God go I"[16]
AFL1-3410, UNCENSORED VERSION
Note: "Machine is about truth and facts. We do have messages in our music besides a good beat. So will our followers be about truth."
1979 RCA

[16] Die Mutter des Opfers spielte mir eine Disco-Version von Händels „Halleluja" vor, eine Platte, die sie sich selbst angeschafft hatte. Sie betonte die religiöse Natur von Disco, der „Halleluja Hustle" treibe sie immer wieder zu stillem Frohlocken. Die meistens der DJs seien aus ihrer Sicht gottesfürchtige und gesetzestreue Menschen. Auch ihr Sohn Rio. Meinen Eindruck, es handele sich bei diesen Songs um versteckte Gotteslästerungen, teilte sie nicht.

GIORGIO MORODER[17] .... **Utopiea**
from the album “From here to eternity”, LC- 4516
1977 Oasis

GIORGIO MORODER .... **Einzelgänger**
from the album “Einzelgänger”, OCLP 5001
1975 Oasis

GIORGIO MORODER .... **Evolution**
from the album “Music From Battlestar Galatica”[18], NBLP 7126
1978 Casablanca

GIORGIO MORODER .... **E = MC²**
from the album “E = MC²”, 200 842
1979 Oasis

MUSIQUE .... **In the bush**
from the album “Keep on jumping”
1978 Prelude Records

[17] Moroder scheint der Neffe von Luis Trenker zu sein. In einem kürzlich erschienenen Interview nennt er seine Kompositionen „Albträume aus einem bösartigen Universum“. Überhaupt erscheint er mir eine sinistre Erscheinung zu sein. Ganz sicher kein Umgang für Kinder.

[18] Eine eher verstörende Kapriole aus meinem Alltag: Ein junger Mitarbeiter der Mordkommission wies mich vor ein paar Tagen darauf hin, dass er auf der Rückseite der Plattenhülle einen „unscharf fotografierten und arg strapazierten Anus“ entdeckt habe. Da er eine psychologische Grundausbildung hat und bisher nicht verhaltensauffällig war, versprach ich ihm, diesen Hinweis zu dokumentieren.

DR. HAJIME MUROOKA ...... Sound of the Main Artery of the Mother(A) from the album "Lullaly from the whomb",[19] ST-11421 Note: "A unique listening environment for the newborn baby – designed to calm and soothe through the actual recorded sounds of the mother's body beat."
Enclosed: A message to mothers from Dr. Murooka (who is a noted Professor of Gynaecology at Japan's Nippon Medical University in Tokyo).
1974 Capitol Records, Toshiba-EMI, Limited.

JUGGY MURRAY JONES .... Inside Amerika, PT.II
from the album "Inside Amerika ..." SRL 910.007
1977 Dutch Record Company

THE MYSTIC MOODS .... Lay Lady Lay
from the album "Love the One you're with", SB - 7508
1975 Sound Bird.
Sutton/Miller Ltd., 8913 Sunset Boulevard, Los Angeles, CA 90069

NIAGARA...Terry incognita
from the album "S.U.B."[20], UAS 29 343 I
1972 United Artists Records

OLYMPIC RUNNERS .... The Bitch
12" Fullength-Version Limited Version
POSPX 63
1979 Polydor Records

[19] Frau Bravo meinte, ihr Sohn habe diese Platte gelegentlich in den frühen Morgenstunden gehört, um einschlafen zu können. Das Pochen der Arterie habe sie für einen Disco-Rhythmus gehalten.
[20] Als Krautrock-Fan der ersten Stunde war ich wie vom Donner gerührt: Udo Lindenberg am Schlagzeug, unmöglich – und doch ist es wahr! Ich habe die Platte heimlich für den DJ vom Polizei-Sportverein überspielt. Man muss aus allem das Beste machen.

ONE WAY feat. AL HUDSON .... Music
"Special US. Disco Mix"
MCAT 5424
1979 MCA Records

ORS ....Body to body boogie
from the album "Body to Body Boogie"
produced by Anthony Monn,
1978 Ariola-Eurodisc GmbH

THE OHIO PLAYERS .... Love Rollercoaster
from the album "Honey", SMR 1-1031
1975 Mercury Records

THE OHIO PLAYERS .... Rattlesnake
from the album "Rattlesnake" W-211
1975 Westbound Records

THE PASSENGERS ....Girls cost money
from the album "Girls cost money", DAI 30334
1979 Durium Records

PHILADELPHIA INTERNATIONAL ALL STARS ....
Let's clean up the ghetto,
"Special US. Disco Mix"
1977 Mighty Three Music

THE PLAYERS ASSOCIATION .... Ride the groove
from the album "Turn the music up!"
1979 Pye Records

POUSSEZ! .... **You're all I have**
from the album "Poo-Say"[21]
1979 Vanguard

GENE PAGE. .... **Incontri ravvicinati del terzo tipo**
12" from "Close encounters of the third kind"
3C 052-60421 Z
1977 Arista

DON RAY....................................... **Got to have Loving**
from the album "The Garden of Love", 12" (Full Lenght Version), produced by Cerrone and Don Ray
1978 Malligator Records/Polydor

REVANCHE ....**1979 It's dancing time**
from the album "Music Man", A Malavasi and Petrus Mix, produced by Jacques Fred Petrus[22] and Mauro Malavasi
1979 Atlantic

[21] Angeblich von den Salomon-Brothers produziert. Natürlich halte ich es für unwahrscheinlich, dass die Hochfinanz in diesen Fall involviert ist, trotzdem würde ich es nicht gänzlich ausschließen wollen.

[22] Ich dachte erst, die EDV spinnt: Dem 1949 auf der westindischen Insel Saint-Anne geborenen Jacques Fred Petrus werden Kontakte zur Mafia nachgesagt. Wäre es möglich, dass eine Verbindung zwischen dem Doppelmord im Parkhaus Elbestraße und der Cosa Nostra besteht? Immerhin, auf der Plattenhülle ist Petrus rechts in einer US-Army-Uniform deutlich zu sehen. Wieder nur so ein Zufall?

SAL SOUL ORCHESTRA .... You're the right size
Produced, arranged[23] and conducted byVincent Montana Jr., SA 8508, from the album "Greatest Disco Hits – Music for Non-stop dancing"
1978 Salsoul Record Company
Salsoul Records, A Cayre Industries Company, 240 Madison Avenue, New York, N.Y. 10016

SAL SOUL ORCHESTRA 3001
Produced, arranged and conducted byVincent Montana Jr., from the album "Nice'n'Naasty", SZS-5502
Note by Vincent Montana JR: "Richard Strauss, inspired by the Nietzsche Poem, composed 'Thus Spoke Zarathustra', which Stanley Kubrick used in '2001: A Space Odyssey'".
"Just as the monolith, the big black slab left by a superior civilisation served to transform ape into man – man himself serves as bridge between ape and superman. Each transformation is marked by assertion of the Self, the taking of power over the inferior species. As the inferior ape is destroyed by the transformed ape, so man will be used by the superman, Zarathustra."[24]
1976 Salsoul Record Corporation

SANTA ESMERALDA .... Quasimodo Suite
from the album "The house of the rising sun"
Nr. 9101 164
1977 A Fauves-Puma Production

[23] Ich finde, es sollte besser *derranged* heißen. Sonnfried Lattmann, ein Zeuge, der die Szene kennt, erklärte mir eidesstattlich, dieser Text handele von der Passgenauigkeit von Geschlechtsteilen oder dem richtigen Spaltmaß. Ich fürchte, er hat Recht.

[24] Glaubt man unseren Psychologen, dann entstehen pathologische Extreme von Gewalt nicht aus individueller Selbstsucht, sondern aus „höherem Streben", also integrativen Tendenzen des Individuums. Es ist möglich, dass die latente Menschenverachtung aus Kuhlmanns Notizen auf einer elitären Geisteshaltung beruht.

SEVEN SEAS .... Super Jaws
from the album “The Miami Sound” DXL1 4024
produced by Ray Martinez
1976 TK Productions (RCA)

SHO NUFF... Total answer
from the album “From the gut to the butt”, STX 4107
1978 Stax

BEBU SILVETTI .... Sky Lab
from the album “Concert from the stars” (1978), 1153
with the Orchestra Manuel de Falla
1978 HISPAVOX

SISTER SLEDGE ....He's the greatest dancer
from the album “We are family”, COT 50587
1979 Cotillion

SNOOPY .... It's all in the Bible
7”, produced by Jaap Eggermont
1979 Carrere Disques

THE SUPER DISCO BAND............................Private Party
from the album “The Super Disco Band”
Buddha 67.007
1976 Buddha-Records
produced by Paul L. Kyser

SPACE .... Save your love for me
from the album “Just blue” (1977), 12P 5004
Blue vinyl-edition
1978 Vogue Records

SPACE PROJECT .... Conquest of the stars
12" KKL1-0269
Limited edition Blue Vinyl
1979 RCA

SUMERIA .... Why must there be an end[25]
from the album "Golden tears", NBLP 7087
produced by Alec R. Costandinos
1978 Casablanca Records

GINO SOCCIO .... The Visiteurs (Instr.)
from the album "Dancer"
1979 Unidisc Canada Ltd.

STARGARD.. Which way is up
12" from the album "Stargard – Which way is up"[26]
(1978), 12 MCA 354
Strings arranged by Gene Page
1977 MCA Records

SWEET CREAM .... Skunk Funk
from the album "Sweet Cream & other Delight", SB-011
1978 Shadybrook Records

[25] Nicht nur die Wahrnehmung, sondern auch die Begriffswelt der Jugendlichen steckt in der Krise. Disco als industrieller Traum und Beschwörung von Ekstase und Unsterblichkeit wurde immer weiter aufgeblasen, um mehr an Menschen und Hoffnungen zu assimilieren. Die Luft ist seitdem dünn geworden, aber der Ballon platzt nicht und wird nie platzen: Es ist die Welt, die sich pausenlos überholt, in all ihrer Extravaganz, und darum gibt es kein Ende.

[26] Ein Mitarbeiter aus der Forensischen versicherte mir, er habe diese Nummer in einem Film von Lina Wertmüller gehört. Wer zum Teufel ist Lina Wertmüller?

T.H.P. ORCHESTRA .... **Carnaval**
from the album "Two hot for love", PBL 25083
1978 Papillion
Butterfly Records

T.H.P. ORCHESTRA .... **Half as nice**
from the album "Tender is the night", FLY-014
1978 Papillion
Butterfly Records

TOMITA .... **Firebird**
from the album "Firebird", ARL1-1312
1976 RCA Red Seal

TONI RALLO AND THE MIDNITE BAND........................
Burning Alive, from the album "Burning Alive"
produced by Alec R. Costandinos
1979

TUXEDO JUNCTION .... **Rainy night in Rio**
from the album "Tuxedo Junction", FLY 007
Limited edition White vinyl
1978 Butterfly Records

U.N.... **Disco Power**
from the album "The Super Disco Band"
Buddha 67.007
1979 Prelude Records

ULTRAFUNK .... **Gotham City Boogie**
from the album "Meat Heat", CLP 601
1977 Prelude Records

THEO VANESS .... **Back to music**
from the album "Back to music" PRL 12157
1973 Prelude

THE VAST MAJORITY........................ **Get up and grunt**
from the album "Kongmania", DML 6
1977 D&M Sound

WAR[27]... **Galaxy(Pt.1&2)**
from the album "Galaxy", MCA 30303(MCA)
1977 MCA Records)

[27] Dachte erst, der Name hätte etwas mit einer pazifistischen Protestbewegung zu tun. Tatsächlich bedeutet er aber: We Are Roccobroccolo. Ob es sich dabei um eine Verballhornung des Namens des italienischen Designers Rocco Barocco handelt? Immerhin, die Familie des verstorbenen Rio Bravo stammt ebenfalls aus Neapel.
Fazit: Für Anton Kuhlmann und Rio Bravo kam jede Hilfe zu spät. Man kann nur hoffen, dass andere Jugendliche – dank ihrer nur rudimentär entwickelten Englischkenntnisse – nicht in der Lage sind zu verstehen, was hier in aller Offenheit verherrlicht und evoziert wird: Sex & Geld als einzige Sinnhaftigkeit des Daseins. Auch angesichts ständiger Verweise auf den bio-mechanischen Menschen, künstliche Frauen, Drogen, soziale Miss-Stände, wissenschaftliche Theorien im Grenzbereich zur Science-Fiction und die Brutalität der modernen Welt und Nietzsches Theorie vom Übermenschen erscheint es mir eine Tatsache, dass der Verstorbene und der verschwundene Anton Kuhlmann tatsächlich in „Albträumen aus einem bösartigen Universum“ lebten und dass sie in diesem psychotischen Zustand von etwas heimgesucht wurden, dass sich unserer Vorstellung entzieht. Sie waren offensichtlich bereits „Menschen der Zukunft“, Erstlinge, die sich in der Dämmerung einer planetaren Technologie dem Wahn narzisstischer Selbsttäuschung und traurigen Ersatzbefriedigungen hingaben. In Disco sahen sie eine Alternative zu der eindimensionalen, von Gewinn- und Gewaltsucht geprägten Gesellschaft, in der sie lebten, bis sie dann die unterschwellige Botschaft der Bio-Rhythmen verstanden und sich selbst an die fragwürdigen Wechselwirkungsmechanismen von Kausalketten klammerten.

WAR .... **The world is a ghetto**
from the album "The world is a ghetto"[28] UAS 29400
1973 United Artists

ED WATSON .... **Ain't No Stopppin Us Now**
from the album "Hot Soca Featuring Ed Watson & Brass Circle" Nr.: CR 1012 produced by Circle Records, 90 Abbe Poujade Str., Carenage, TD'AD
1979 Circle Records

VENUS GANG ....**Evil Times**
produced by Jean-Pierre Massiera & Patrick Barbero
EPC 82860
1978 EPIC Records

WITCH QUEEN .... **Bang A Gong**
produced by Gino Soccio, FC 1489
1979 RCA Victor

[28] Als reale Individuen fühlten sich Bravo und Kuhlmann zweifellos am untersten Ende der Sozialhierarchie, deren Aufbau sie traurigerweise auf den bekannten Nenner „Beziehungen" brachten. In diesem Spiel sahen sie für sich keine Chance.
Männer erschienen ihnen als „Triebmarionetten und miese Schweine", Frauen als „Instinktpuppen und gebrochene Versprechen des Lebens", eine – wie ich finde – versalzene Erkenntnis für einen Jungen in diesem Alter. Ganz offenbar lehnten beide nicht nur die Gesellschaft, in der sie lebten, ab, sondern auch das Menschsein an sich.
Sollte Barry White Recht haben, wenn er singt THE PEOPLE OF TOMORROW ARE THE CHILDREN OF TODAY, dann gnade uns Gott.

Vielleicht wird es einer zukünftigen Polizeiwissenschaft gelingen, diesen an Komplexität kaum zu überbietenden Fall eines Tages zu lösen. So wie sich heute schon ganze Abteilungen mit Tätowierungen und ihren Beziehungen zum Verbrechertum beschäftigen, wird es vielleicht einmal eine Abteilung geben, die die Umwelt eines Opfers – oder Täters – nach verdächtigen Begriffen und semantischen Indizien durchsucht.
Ich schließe heute – am 24.03. 1980 – die Akten. Die Kollegen vom 7. Revier waren so freundlich, die Plattensammlung des verstorbenen Rio Bravo seiner Mutter wieder auszuhändigen.

gez. Kommissar J. Herbricht, Mordkommission, Polizei-Präsidium Frankfurt am Main

Pulp Master 22

Rick DeMarinis
KAPUTT IN EL PASO

Deutsche Erstausgabe
Paperback EUR 13,80
ISBN: 3-927734-36-5

lieferbar

FAZ: Bücher wie dieses beweisen, wie stark die Innovationskraft eines Genres ist, das längst nicht ausgereizt ist.
Hannes Hintermeier

Uriah Walkinghorse wähnt sich mit Midlife-Crisis in der Sackgasse. Einst als Bodybuilder noch als Mister West Texas erfolgreich, tritt er nunmehr als Hausmeister eines heruntergekommenen Apartmentkomplexes in El Paso nur noch gegen verstopfte Toilettenschüsseln an. Um dem Alltagstrott zu entrinnen, läßt er sich von einem Dominastudio als maskierter Henker anheuern. Doch als der VIP-Banker Clive Renseller bei einer S/M-Session einem Herzinfarkt erliegt und Uriah von Narcoficantes über die Grenze nach Mexiko verschleppt wird, um dort exekutiert zu werden, wird ihm klar, dass es im Leben immer noch schlimmer kommen kann ...

Sollte unsere Zivilisation eines Tages in die Höhlen zurückkehren müssen, kann sich niemand beklagen, man hätte uns nicht gewarnt. Rick DeMarinis hat es mit diesem Noir-Thriller, der den alltäglichen Wahnsinn thematisiert, der uns schon längst zur Gewohnheit geworden ist, zumindest versucht.

Pulp Master 26

Buddy Giovinazzo
PISS IN DEN WIND

Deutsche Erstausgabe
Paperback EUR 13,80
ISBN: 978-3-927734-40-1

Frühjahr 2009

James Gianelli fristet ein beschauliches Dasein als College-Dozent für Fotografie. Als ihn seine langjährige Freundin Karen verlassen will, bekommt der psychisch labile James einen psychotischen Anfall. Als er wieder zu sich kommt, liegt Karen mit Würgemalen am Hals tot neben ihm. Überzeugt davon, sie getötet zu haben, entsorgt er ihre Leiche an einem entlegenen Pier und scheint damit sogar durchzukommen. Doch James ist nicht der Typ, der lange allein sein kann. Als die hübsche Dominique auftaucht, fangen die Probleme erst richtig an, denn sie ist nicht nur ultra-cool, sondern irgendwie auch ultra-tot ...

Nach seinem grandiosen Roman *Potsdamer Platz* führt uns Buddy Giovinazzo mit einer Tour de Trance zu den Abgründen der menschlichen Seele, in den Bereich zwischen Traum und Wirklichkeit, der der Liebe immer die Dimension des Verhängnisvollen gibt.

www.pulpmaster.de

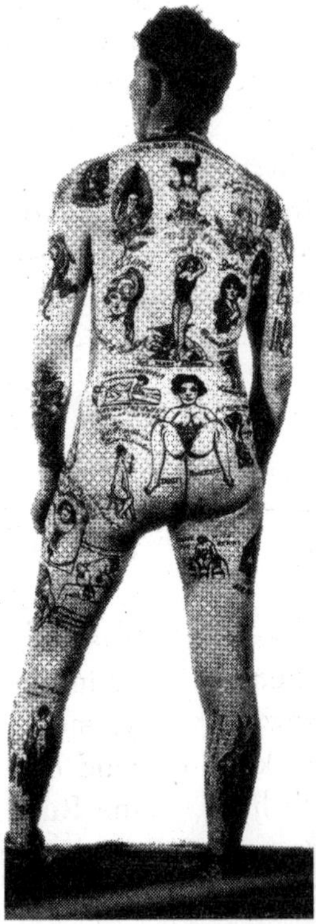